MAX OBAN
MÖRDERISCHES RENDEZVOUS

atb aufbau taschenbuch

MAX OBAN, geboren in Oberösterreich, studierte in Wien und Karlsruhe. Er schlug eine Karriere als Manager ein, arbeitete für einen internationalen Konzern in Deutschland, den USA und Teheran, bevor er sich seiner Tätigkeit als Schriftsteller widmete. Max Oban hat zwei Söhne, er lebt in Salzburg und in der Wachau.

Mit dem Privatdetektiv Tiberio Tanner sind bisher zwei Kriminalromane im Aufbau Taschenbuch erschienen: »Blutroter Wein« sowie »Tödlicher Herbst«.

Die Geschichte beginnt ganz harmlos: »Komm noch mit rauf«, sagt die attraktive Elena zu dem Winzer Georg Rottenmann. Eine Stunde nachdem Rottenmann nur kurz Zigaretten holen war, liegt seine Geliebte ermordet vor ihm – und er wird verhaftet. Tiberio Tanner, Privatdetektiv und Genussmensch, nimmt sich des Falles an. Er steht zunächst vor einem Rätsel. Gemeinsam mit seinem Mitarbeiter Schluzzer durchforstet er die Winzerfamilie Rottenmann. Könnte Valentina, die zweite Ehefrau Rottenmanns, etwas damit zu tun haben? Oder die zahlreichen Liebhaber Elenas, auf deren Namen Tanner stößt, als er die Wohnung durchsucht. Doch niemand scheint ein Motiv zu haben. Der Albtraum beginnt, als die siebzehnjährige Marianna spurlos verschwindet.

MAX OBAN

MÖRDERISCHES RENDEZ-VOUS

EIN KRIMI AUS SÜDTIROL

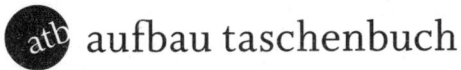 aufbau taschenbuch

Dieser Roman beruht nicht auf Tatsachen. Namen, Personen und Handlungen sind frei erfunden. Irgendwelche Ähnlichkeiten mit tatsächlichen Begebenheiten, Orten oder Personen, seien sie lebend oder tot, sind rein zufällig.

Zum besseren Verständnis und um Missdeutungen auszuschließen, wird der Leser darauf hingewiesen, dass der Autor die Meinungen und Sichtweisen seines Protagonisten Tiberio Tanner in wesentlichen Punkten teilt.

ISBN 978-3-7466-4115-7

Aufbau Taschenbuch ist eine Marke
der Aufbau Verlage GmbH & Co. KG

1. Auflage 2024
© Aufbau Verlage GmbH & Co. KG, Berlin 2024
www.aufbau-verlage.de
10969 Berlin, Prinzenstraße 85
Der Verlag behält sich das Text- und Data-Mining nach § 44b UrhG
vor, was hiermit Dritten ohne Zustimmung des Verlages untersagt ist.
Umschlaggestaltung und Motive www.buerosued.de, München
Satz LVD GmbH, Berlin
Druck und Binden CPI books GmbH, Leck, Germany

Printed in Germany

»Das Bergsteigen wird durch die Existenz
von Bergen sehr erschwert.«
Jan Rys

*

»Runter geht's dann schneller.«
Tiberio Tanner

*

»Der Berg ruft!«
Luis Trenker

*

»Ich rufe zurück.«
Tiberio Tanner

PERSONEN

Chessler, Maurizio, 63, Freund Tiberio Tanners und ehemaliger Commissario Capo in der Questura Bozen

De Santis, Nero, Nachfolger Maurizio Chesslers als Commissario Capo bei der Polizia Stato Bozen

Kompatscher, Lisa, Schulkollegin Marianna Urthalers in der Internatsschule Prokolus

Moroder, Markus, Kellermeister im Weingut der Rottenmanns

Paula, 46, Apothekerin, verständnisvolle, hübsche und schlagfertige Partnerin Tanners

Pircher, Urban, Unternehmer, DNA-Fachmann und Freund Tanners

Rottenmann, Georg, 49, unglücklich agierender Weingutsbesitzer im Südtiroler Unterland

Rottenmann, Philipp, 86, Senior am Weingut

Rottenmann, Roland, 24, Student und angehender Juniorchef am Weingut

Rottenmann, Valentina, 35, stets chic gekleidete (zweite) Ehefrau Georgs

Rubner, Verena, 23, Haushälterin und Pflegerin Philipp Rottenmanns

Schluzzer, Paulas Cousin und Tanners Famulus

Schrödinger, Alessandro, Dott., Bankprokurist in Bozen

Senoner, Elias, Single, wohnhaft in Brixen

Sonnerer, Konrad, aufmerksamer Hausbesorger

Stufles, Cassian, Dott., Rechtsanwalt der Rottenmanns

Tanner, Tiberio, 56, Genussmensch und Leiter der Detektei *Diskretion & Fazit* mit Bürositz Bozen, Privatanschrift: Altenburg, Fraktion der Gemeinde Kaltern

Tomasi, Mattheo, Gemeindeangestellter aus Sarnthein im Sarntal

Turato, Ophelia, (zweite) Ehefrau Patricks

Turato, Patrick, (erster) Ehemann Elena Zingerles

Turato, Laura, 17, Tochter Patricks (und Elenas)

Ulrike (Uli), rothaariges und lebenslustiges Dienstmädchen bei den Rottenmanns

Urthaler, Lukas und *Erika*, Mariannas Eltern

Urthaler, Marianna, 17, Schülerin in der Internatsschule Prokolus

Valloni, Claudio, verdächtiger Handelsreisender aus St. Pankraz im Ultental

Varga, Andreas, 24, Bruder von Gabriel Varga

Varga, Gabriel, junger Vater aus der Fraktion Mölten

Zingerle, Elena, attraktive, relativ amoralische und tote Single-Frau

Weitere Personen: ehrbare Bauern, Mitarbeiter der Questura Bozen, obskure Verdächtige aus ganz Südtirol, diverse Langweiler und Snobs

VOR ZWEI TAGEN. AM SPÄTEN ABEND.

Ihr Kleid war kurz. Viel zu kurz. Aus den Augenwinkeln betrachtete er ihre übereinandergeschlagenen Beine. Die Tätowierung auf dem Oberschenkel sah einem Weihnachtsengel ähnlich. In Gedanken glitt seine Hand an der Innenseite des Schenkels nach oben. Bis er den Engel erreichen würde.

In einer engen Kurve berührte er ihr Knie, während er die Gangschaltung betätigte. Sie rückte nicht zur Seite.

»Sorry«, sagte er.

Sie lachte kehlig, sagte aber nichts.

Sie waren in Bozen verabredet gewesen. Bei einer Weinverkostung, die von der Winzergenossenschaft Bozen veranstaltet wurde, und wie immer ging alles ganz schnell. Schon nach zehn Minuten verließen sie die Halle. »Ich habe Hunger.« Sie deutete auf das benachbarte Gebäude. »Da drüben gibt es jede leckere Sachen zu essen.« Sie lachte, als ob sie selbst nicht an ihre Aussage glaubte. »Oder willst du gleich mit mir ins Bett?«

Als sie im Auto saßen, sagte sie: »Mein Hunger wird immer größer.«

Er deutete mit dem Zeigefinger auf die Windschutzscheibe. »Ich kenne ein gutes Gasthaus oben in den Bergen.«

»Welche Berge?«

»In Sirmian. Das ist oberhalb von Nals.«

»Meinst du das Apollonia?«

»Du kennst dich gut aus hier in der Gegend.«

»Und ich wette, deine Frau bekommt langsam Wind, dass wir uns treffen.«

Er lächelte zu ihr hinüber. »Darum fahren wir jetzt in die Berge. Dort sieht uns keiner.«

Als sie das Restaurant betraten, rechnete er nach, wie lange er Elena kannte. Fast schon ein Jahr. Sie stammte aus Bergamo, wo ihr Mann immer noch lebte, war geschieden und vor zwei Jahren nach Vilpian gezogen.

»Zeit für ein gutes Getränk«, sagte er, und sie einigten sich auf einen Blauburgunder Riserva Rottenmann aus einer Spitzen-Hanglage in fünfhundert Metern Meereshöhe, wie der Kellner erklärte.

Nach dem ersten Schluck deutete er auf das Flaschenetikett. »Rottenmann ... das bin ich. Weißt du das eigentlich?«

Beeindruckt zog sie die Mundwinkel nach unten. »Du bist Winzer? Davon hatte ich keine Ahnung.« Sie griff nach der Flasche und betrachtete das Etikett. »Und das ist dein Wein? Warum verrätst du mir das erst jetzt? Riserva Rottenmann ... du bist für mich reserviert.« Sie lachte kichernd und hob ihm ihr Glas entgegen. »Prost, Herr Winzer! Da schmeckt mir der Rotwein gleich doppelt gut.« Rasch kippte sie ihr Glas hinunter.

Es war dämmrig im Restaurant, doch wenn sie sich vorbeugte, fiel das warme Licht der Lampe, die über dem Tisch hing, auf ihr Gesicht und ihr tiefes Dekolleté. Ihre Brüste berührten für kurze Zeit den Rand des Tisches. Dann lehnte sie sich zurück, und er konnte noch immer ihre großen, dunklen Augen sehen, die ihn stumm ansahen. Ihre Ohrringe klimperten leise. Verführerisch lächelnd sah sie ihn an. »Ich kann deine Gedanken erraten.«

»Dann ist es Zeit, dass wir aufbrechen.«

Es regnete leicht, als er eine halbe Stunde später vor dem Haus ankam, in dem sie wohnte. Galant öffnete ihr Georg Rottenmann die Beifahrertür, und unendlich langsam hob sie ihre Beine aus dem Wagen.

Sie hängte sich bei ihm ein, und während sie durch den Vorgarten gingen, fiel ihm auf, dass sie in einen exakten Gleichschritt verfallen waren.

»Hast du Lust, noch auf einen Kaffee reinzukommen?«

»Ich mag das Spiel«, sagte er und küsste sie.

Sie nahm ihm den Mantel ab, und Georg sah ihr beeindruckt hinterher, wie sie sich rhythmisch vor ihm den Flur entlangschwang. Das Wohnzimmer war nicht groß, aber zweckmäßig eingerichtet. Durch das breite Fenster konnte man in der Ferne ein Stück einer Schnellstraße sehen und die Lichtpunkte der vorüberfahrenden Autos.

»Was möchtest du trinken?«, fragte sie mit belegter Stimme

»Vorher war von einem Kaffee die Rede.« Georg grinste und sah ihr zu, wie sie einige Zeitschriftenstöße von der Couch und voll gerauchte Aschenbecher wegräumte. Sie stützte das Knie auf das Sofa, beugte sich vor und zog den Vorhang zu. Georg trat hinter sie und legte seine Hand auf ihre Hüfte. Seufzend drehte sie sich um und schlang ihre Arme um seinen Hals.

Sie lösten sich voneinander und lagen einige Momente schwer atmend auf dem Rücken. Elena hatte den Vorhang schlampig zugezogen, und durch den Spalt sah man den Schein einer Straßenlampe.

»Tja«, sagte sie und kroch aus dem Bett. Sie griff nach

ihrer Handtasche und suchte darin herum. »Hast du eine Zigarette für mich? Ich hab keine mehr.«

»Sorry. Ich bin Nichtraucher. Schon vergessen?«

Mit gespielter Verzweiflung ließ sie sich auf das Bett fallen. »Nein! Ein Königreich für eine Zigarette.« Lachend kniete sie sich aufs Bett und wippte auf und ab. »Holst du mir Zigaretten? Bitte!«

Das ist eine Investition in die Zukunft, dachte er und richtete sich auf.

»Danke. Das vergesse ich dir nie.« Sie streckte den Arm aus und zeigte in irgendeine Richtung. »Die Straße runter. Fünfhundert Meter auf der rechten Seite ist ein Kiosk mit einem Zigarettenautomaten. In zehn Minuten bist du wieder da.« Sie ließ sich auf den Rücken fallen, lächelte ihn an und öffnete langsam ihre Schenkel. »Ich bezahle auch für deine Dienstleistung.«

Schon gut, dachte er und schlüpfte in seine Hose.

Zehn Minuten später betrat Georg wieder das Haus und läutete an Elenas Tür. Keine Reaktion. Die Wohnungstür war nur angelehnt. Langsam trat er in den dämmrigen Flur. Irgendetwas war anders. Irgendetwas hatte sich verändert. Der Geruch, dachte er.

»Hallo«, rief er laut. »Der Zigarettenmann ist da.« Keine Antwort. Georg blieb stehen. Durch die halb geöffnete Schlafzimmertür sah er Elena am Boden liegen, genau zwischen dem Bett und dem Spiegelschrank an der Wand. Warum war er sich sofort sicher, dass sie tot war? War es die Tatsache, dass sie etwas verdreht auf dem Rücken lag, den Kopf weit nach hinten geneigt, so dass sie mit Sicherheit

Probleme beim Luftholen hätte, wenn sie noch am Leben wäre? Oder war es die Stellung des linken Beines, das eigenartig abgewinkelt war und wie krampfhaft zur Seite zeigte. Ihr braun karierter Pantoffel lag mit der Sohle nach oben einen Meter neben ihrem Fuß. Zitternd vor Schreck, bückte Georg sich und sah das weiße Gesicht der Toten und die entblößte Schulter. Der Schlafrock war ihr seitlich heruntergerutscht. Ihre Augen waren geöffnet und wie von den grausamen Geschehnissen, die über sie hereingebrochen waren, überrascht. Sie starrten sie auf irgendeinen Punkt an der Decke. Unter ihrer rechten Brust zeichnete sich auf dem Stoff ein großer Blutfleck ab. Hinter ihrem etwas zur Seite gedrehten Körper verlief eine dünne rote Spur, die, ein unregelmäßiges Muster formend, auf dem hellbraunen Parkettboden einige Zentimeter weit geronnen war.

Was sollte er jetzt tun? Die Flucht ergreifen? Die Carabinieri rufen? Mit zitternden Fingern zog er sein Handy aus der Tasche.

EINS

Tanner blinzelte einige Male, dann öffnete er die Augen und starrte zur Decke. Er war tatsächlich eingeschlafen. Von wegen nur ein Viertelstündchen! Der Blick auf die Uhr versetzte ihn in Panik. Fast zweieinhalb Stunden hatte er auf der Couch gelegen. In einer Stunde würde Paula da sein. Und er hatte sie bei sich zum Abendessen eingeladen. Er rannte ins Bad, frisierte sich, steckte das Hemd in die Hose und wusch sich das Gesicht. Einige Augenblicke stand er in der Tür und betrachtete missbilligend das unaufgeräumte Wohnzimmer. Das Sonnenlicht, das in das Wohnzimmer flutete, ließ die tanzenden Staubkörnchen in der Luft flimmern. Das sah nicht gut aus. Er erinnerte sich an seine Mutter, die so etwas nicht gutgeheißen hätte. »Staubfreiheit ist die erste Stufe zur Hygiene«, hatte sie immer gesagt.

Guten Freunden, dachte Tanner, ist es egal, ob die Wohnung stubenrein ist. Sie wollen, dass das Essen bereitsteht und Wein im Kühlschrank ist. Er eilte in die Küche und sah das Plakat, das Paula an die Kühlschranktür geklebt hatte: *Was immer dein Problem ist, du wirst die Lösung hier drin nicht finden.* Er öffnete den Kühlschrank und schlug sich bestürzt mit der flachen Hand auf die Stirn. An die kulinarischen Südtiroler Spezialitäten, die sich Paula zum Abendessen wünschte, hatte er gedacht und die Kühlregale beim Feinkost Egger am Obstplatz halb leer gekauft: Speckknödel, Käseknödel, Spinatknödel, Rohnenknödel und Leberknödel. Dazu nicht zu kleine Portionen vom Kürbisstrudel,

Pilzstrudel und Krautstrudel. Nur auf den Wein hatte er vergessen. Ein Abendessen mit Paula ohne Wein war undenkbar. Zur Sicherheit lief er noch in den Keller, aber auch dort war nicht eine Flasche zu finden. Sein Weinvorrat musste sich während der letzten Tage in geradezu mysteriöser Weise in nichts aufgelöst haben. Wo bekam er jetzt auf die Schnelle einige Flaschen Wein her? Gudrun, dachte er, die Wirtin des Altenburgerhofs, muss mir helfen. Er ließ alles stehen und liegen und lief mit wehenden Haaren aus dem Haus, wo ihn Stille und der winterliche Geruch nach Frische und Kälte empfing. Tanner mochte den Winter und die Reinheit des Schnees, der hier oben wie ein sauberer, weißer Teppich über der Landschaft lag. Die hohen Winterschuhe hatte er vergessen anzuziehen, er verfluchte den Ausflug zum Gasthaus, das Gott sei Dank nur einen Steinwurf von seinem Haus entfernt lag. Nach einigen Metern war seine Hose durchnässt, und die Halbschuhe waren mit Schnee gefüllt. Der Weg auf dem tief verschneiten Gehsteig war glatt und eisig und hätte seine ganze Aufmerksamkeit verdient. Er sah ins Tal hinunter, wo sich nach Osten der Blick auf das weite Land des Überetsch öffnete, das im Westen von der Mendelwand geschützt war. Einige hundert Meter unterhalb lag der fast zur Gänze zugefrorene Kalterer See, umringt von ausgedehnten Weingärten, die die weißen Hänge hinaufkletterten. Am oberen Ende des Sees konnte er die Häuser des Ortes St. Josef ausmachen, hingestreut wie kleine Legosteine. Mit raschen Schritten pflügte er durch den Schnee Richtung Gasthaus, als er mit seinen Schuhen zwischen zwei Steinen feststeckte, die er, abgelenkt von der Aussicht ins Tal, unter dem Schnee nicht bemerkt hatte. Der

Länge nach fiel er hin, so schnell, dass er keine Chance mehr hatte, den Sturz mit seinen Händen abzufangen. Nachdem er seine Brille gefunden und sich mühsam hochgestützt hatte, drehte er sich nach allen Seiten um, ob ihn auch keiner beobachtete.

Gudrun, die Wirtin, wartete bereits in der Gaststube auf ihn. »Wenn es etwas ganz Besonderes sein soll«, sagte sie und lächelte ihn wissend an.

Sie wittert ein Geschäft, dachte Tanner.

»Ich habe noch zwei ganz besondere Flaschen von der Kellerei Kaltern, einen Weißburgunder mit dem Namen Kunst-Stück, eine limitierte Auflage der Winzergenossenschaft aus dem Jahr 2014. Bekommt man im Handel nicht mehr.«

»Weißburgunder. Limitierte Auflage«, wiederholte er. »Nehme ich.«

Auf dem Weg zurück machte sich Tanner Vorwürfe, nicht vorher nach dem Preis der limitierten Spezialität gefragt zu haben.

Als er mit fliegenden Haaren und den beiden Flaschen unter den Armen zu seinem Haus lief, bog Paula in ihrem Fiat Spider um die Ecke.

Sie schälte sich aus dem Sportwagen und zog den Rock nach unten. »Du wirkst verwirrt«, sagte sie. »Bin ich zu früh gekommen?«

»Du kommst immer zur richtigen Zeit.« Er deutete auf ein stacheliges Gewächs, das sie in der Hand hielt. »Was ist das?«

»Das ist ein Greisenhaupt. Cephalocereus senilis. Stammt aus Mexiko.« Sie hielt ihm den kleinen Blumenstock hin. »Ein Geschenk für dich.«

»Seniles Greisenhaupt«, sagte er und schüttelte abwertend den Kopf. »Ist das eine Anspielung?«

»Nein. Eine Pflanze für dein Büro. Übrigens habe ich Hunger. Was hast du für deine Liebste vorbereitet?«

Eine halbe Stunde später teilten sie die Knödel und Strudel gerecht untereinander auf.

»Das ist ein typisches Männeressen«, sagte sie. »Deftig und fett.«

Er zeigte auf ihren leer gegessenen Teller. »Aber offenbar schmeckt es dir. Südtiroler Tradition, hast du gesagt. Ecco!«

»Der Wein ist herrlich.« Paula drehte die Flasche und betrachtete das Etikett. »Weinbaugebiet Überetsch, limitierte Auflage ... ich kann mich daran erinnern. Die Kellerei in Kaltern hat einen Künstler aus der Gegend beauftragt, das Etikett für die Flaschen zu entwerfen.«

»Die Trauben kommen von Lagen oberhalb vom Dorf Kaltern auf sechshundert Meter Höhe.«

»Woher weißt du das?«

»Gudrun vom Altenburger Hof hat es mir erzählt. Strahlend gelber Weißburgunder. Aromatische Frucht, mineralische Würze und pikante Säure.« Tanner hob sein Glas gegen die Lampe, die über dem Tisch hing, und lächelte dann zu ihr hin. »Erinnerst du dich noch an die grausamen Weine, die in der sechziger Jahren unter dem Namen *Kalterer* verkauft worden sind?«

»Für solche Erinnerungen bin ich zu jung, mein Schatz.« Ihr Lächeln war mehr ein Grinsen. »Während deiner Fiat-Zeit in Turin ... welche Weine hast du eigentlich damals getrunken?«

»Gewächse aus dem Piemont. Nicht zu verachten übrigens. Barolo, Barbera und Barberesco. Damit habe ich mir damals die Zeit vertrieben.« Er trank sein Glas leer und stellte es zurück. »Aber ich mag das hier lieber ... es lebe das Unterland.«

Paula deutete in Richtung Wohnzimmer. »Lass uns rübergehen. Auf der Couch ist es bequemer.«

Tanner nahm die zur Hälfte geleerte Flasche mit. Paula ließ sich auf die Couch fallen, zog die Beine unter sich und klopfte mit der Hand einladend neben sich auf das Sofa.

»Wie geht es eigentlich Maurizio? Hast du in letzter Zeit mit ihm geredet?«

»Maurizio ist alt geworden. Er hat abgebaut, seit er nicht mehr arbeitet.«

»Er ist kaum älter als du.«

»Kommst du jetzt wieder mit deinem senilen Greisenhaupt?«

»Wie lange ist das her? Seit er in Pension gegangen ist, meine ich.«

»Maurizio ist nicht in Pension gegangen«, sagte Tanner. »Er wurde gegangen. Vor einem Jahr ungefähr. Zwanzig Jahre lang war er Commissario Capo bei der Bozner Polizei, dann bekam er Streit mit dem Vizequestore, und der hat ihn kurzerhand pensioniert. Von heute auf morgen. Aber das weißt du ja alles.«

»Wie heißt noch mal sein Nachfolger, mit dem du auch schon Zerwürfnisse hattest?«

»Nero De Santis heißt der Mann. Maurizio nennt ihn ein Arschloch ... und weiß Gott, er hat recht.«

»Du solltest dich um Maurizio kümmern.«

Tanner nickte. »Wir haben verabredet, uns demnächst zu treffen.«

Paula nickte und gähnte dabei.

»Bist du müde?«

»Es war anstrengend in der Apotheke. Kaum ist es Winter, werden die Menschen krank. Und alle gleichzeitig.«

»Umso mehr freue ich mich, dass du zu mir gekommen bist.«

Paula sah sich im Zimmer um. »Wann hast du dein Haus hier gekauft? Vor zwei Jahren?«

Er dachte nach. »Im Frühjahr werden es drei.«

Während der langen Zeit bei Fiat war er auf der ganzen Welt unterwegs gewesen. Jetzt fühlte er sich wieder in seiner alten Heimat wohl. Zu Hause bleiben statt unterwegs sein. *Griaß di* und *pfiat di* statt *See you*, *Hello* und *Tschüss*. Tanners Elternhaus, in dem er aufgewachsen war, hatte dem Bau einer Ferienwohnanlage weichen müssen, daher hatte er vor einem Jahr das alte Steinhaus in Altenburg gekauft.

»Mein Nachbar in Bozen hat sein Haus gestrichen«, sagte Paula. »Hellblau. Sieht furchtbar aus.«

»Dein Nachbar … ist das der scheißfreundliche Alleskönner?«

»Mach dich nicht lustig über Kassian. In der Nacht sind mindestens zehn Zentimeter Schnee gefallen. Und heute früh hat er mir die gesamte Garagenausfahrt freigeschaufelt.«

»Der rechtschaffene Kassian … er trinkt nicht, er raucht nicht, kommt jeden Tag pünktlich nach Hause, bringt seiner Frau Blumen mit und hilft ihr beim Staubsaugen. Ein richtiger Mister Perfekt. Ich kann ihn nicht leiden.«

»Lukas hat mich heute in der Apotheke besucht.«

»Wer ist Lukas? Auch einer deiner Nachbarn?«

Paula schüttelte den Kopf. »Ein Freund aus früheren Zeiten.«

»Ein alter Verehrer?«

Sie machte eine wegwerfende Handbewegung. »Er war ein attraktiver Mann. Aber keine Aufregung. Lange her. Er kommt dich morgen besuchen.«

»Wo? Hier?«

»Du bist Detektiv, und du hast ein Büro ... schon vergessen?«

»Lukas ... hat der attraktive Mann auch einen Nachnamen?«

»Habe ich vergessen. Ist Jahre her.«

»Was will er von mir?«

»Ich glaube, er will dir einen Auftrag geben. Mehr weiß ich nicht. Ich habe ihm deine Adresse gegeben. Er wird dich morgen aufsuchen. Im Büro.«

»Ein Auftrag wäre gut.«

»Stimmt. Du hattest schon lange keinen. Ein Mann braucht eine Beschäftigung. Wann kommt eigentlich dein Adlatus Schluzzer aus dem Urlaub zurück?«

»In zwei oder drei Tagen.«

»Was macht ein Mann wie er im Winter auf Mallorca?«

Tanner zuckte mit den Achseln. »Wahrscheinlich ist da alles billiger. Der Sangria und das Hotel.«

»Apropos Getränk«, sagte Paula und erhob sich. »Du hast doch sicher noch eine Flasche von diesem herrlichen Weißburgunder. Während ich auf die Toilette gehe, könntest du sie öffnen.«

Als Tanner mit der geöffneten Weinflasche ins Wohnzimmer trat, stand Paula mit suchendem Blick vor dem raumhohen Bücherregal.

»Was suchst du?«, fragte Tanner.

»Ein Buch.«

»Zum Lesen?«

»Deine Fragen waren schon mal intelligenter.« Sie sagte es, ohne sich umzudrehen, und deutete auf die Bücherwand. »Hast du eigentlich das alles gelesen?«

»Deine Fragen waren schon mal intelligenter.«

Sie blickte über ihre Schulter, sagte aber nichts. Immer wieder wollten Bekannte, die ihn besuchten, wissen, ob er denn um Himmels willen alle diese Bücher gelesen hätte. Natürlich nicht! Und gerade die Tatsache, dass er über ein großes Reservoir an noch unbekanntem Lesefutter verfügte, empfand Tanner als tröstlich. Erst vor Kurzem machte er die Rechnung auf, dass sich der Kauf eines Buches sechshundertmal schneller bewerkstelligen ließ, als das Buch hinterher zu lesen. Aus dieser Sicht galt es für ihn als physikalisch begründbares Faktum, warum sich so viele ungelesene Bände in seinen Regalen befinden mussten.

Paula zog einen dicken Band aus dem Regal und nahm wieder auf der Couch Platz.

»Für was hast du dich entschieden?«

Sie hielt ihm das Buch hin. »Rückwärts in die Zukunft«, las er laut. »Ein interessanter Titel.«

Sie nickte. »Es geht um Paul Flora. Der wurde übrigens in Glurns im Vinschgau geboren. Wusstest du das?«

»Wie viel Seiten hat das Buch?«

»Keine Ahnung«, sagte sie.

»Wie kann man ein Buch lesen, ohne zu wissen, wie viel Seiten es hat?«

»Du hast beschlossen, lästig zu sein. Stimmt's?«

»Hat das Buch mehr als dreihundert Seiten?«

»Erinnerst du dich, wir haben vor einiger Zeit darüber gesprochen, wer von uns beiden mehr Blödsinn redet?«

»Und?«

»Du hast soeben die Wette gewonnen.«

ZWEI

Um in sein Büro zu kommen, konnte Tanner entweder am Talferbach entlanggehen oder die Außenbezirke Bozens durchqueren, um zur St.-Anton-Brücke zu gelangen. Meist nahm er den Weg am Flussufer entlang, nicht nur weil er kürzer war, sondern ruhiger, und es gab ihm auch das Gefühl, durchatmen zu können wie im Urlaub an einer Uferpromenade in einem Seebad.

Tanners Schritte verlangsamten sich, je näher er dem Büro kam. Leichte Kopfschmerzen plagten ihn. Nicht die 13,5 Prozent Alkohol des Weißburgunders gestern Abend waren das Problem, sondern die zweite Flasche, die er auf Paulas Anraten geöffnet hatte. Sie war schuld. Nach einer weiterführenden Analyse stellte er fest, dass ihm auch jeglicher Enthusiasmus für die Büroarbeit abhandengekommen war. Einen Moment blieb er vor der Tür stehen und starrte auf das Schild, das so blank geputzt war, dass er darin sein Spiegelbild sehen konnte.

DETEKTEI DISKRETION & FAZIT
DISCREZIONE E RISULTATO
TIBERIO TANNER

Sein Schreibtisch sah genauso aus, wie er ihn vor einem Tag hinterlassen hatte. Unaufgeräumt. Wie sein Wohnzimmer. Das Wort »Chaos« drängte sich ihm auf. Auf dem Weg zur Wasserleitung machte er am Abreißkalender halt und las den

Spruch des Tages: *Arbeit hat noch niemanden umgebracht, aber ich will kein Risiko eingehen.*

Mit einem Glas Wasser stellte er sich ans Fenster und sah auf die steinerne Mauer am Ufer des Talferbachs, der Richtung Süden floss, wo er sich nach Bozen mit dem Eisack vereinte. Das Feld am anderen Flussufer war tief verschneit und wurde von zahlreichen umherhüpfenden Krähen bevölkert. Tanner mochte den Winter, besonders wenn alles zugeschneit war. Der Gedanke, dass die Natur zum Nichtstun gezwungen war, gefiel ihm. Mit einem weißen Mantel zugedeckt, so dass alle Bewegungen und Abläufe gebremst wurden und so ihre Hektik verloren. Der einzige Nachteil war, dass er manchmal auf einem schneeglatten Gehweg ausrutschte und auf die Nase fiel.

Von irgendwoher hörte man Kirchenglocken läuten. Neun Uhr. Um diese Zeit hatte er bei Fiat schon zwei Stunden in seinem Büro gesessen und begonnen, die diversen Besprechungen in seinem Terminkalender abzuarbeiten. Tanners Gedanken wanderten zurück zu seiner ehemaligen Firma in Turin und an das Ende seiner beruflichen Tätigkeit. Nach dreißig Jahren im Management war es im Zuge der Fusion des Fiat-Konzerns mit Chrysler auch zu Anpassungen im Personalbereich gekommen. Er erinnerte sich, als ihn der Chef in sein Büro beordert hatte und sagte: »Nehmen Sie Platz, Tanner.« Während sein Boss vor ihm unruhig auf und ab marschierte, beschlich Tanner mit einem Mal das Gefühl, nur noch Befehlsempfänger zu sein. Fünf Minuten später war sein Vertrag einseitig aufgelöst worden, und er stand mit sechsundfünfzig und einer mageren Abfindung auf der Straße.

Ohne lange zu überlegen, beschloss er damals, Zeit und Geld in eine neue Karriere zu investieren. Er verbrachte einige Monate als Lehrling bei einem Mailänder Detektivbüro und erwarb in einer mehrmonatigen Ausbildung die Arbeitsberechtigung als sogenannter Berufsdetektiv, ausgestattet mit Kompetenz und Faktenwissen in Kriminologie, Rechtskunde und Personenschutz, amtlich examiniert und einer von der Behörde ausgestellten Legitimation. Mit farbigem Lichtbild. Er lockerte den Gürtel um zwei Löcher und setzte sich an seinen Schreibtisch.

Das Notebook war noch nicht hochgefahren, als sein Besucher an der Tür läutete.

»Sie heißen Lukas mit Vornamen«, sagte Tanner zur Begrüßung. »Ihren Familiennamen hat Paula vergessen.« Ein guter Gesprächsstart. Tanner lächelte innerlich und deutete auf den Besuchersessel.

»Ich heiße Lukas Urthaler«, sagte der Mann.

Fast eine totale Glatze. Tanner betrachtete den Mann kritisch. Nur an den Ohren waren noch ein paar Haarbüschel, die störrisch zur Seite standen. Was ihm auf dem Kopf fehlte, hatte er am Kinn: einen nach Tanners Meinung zu langen Bart, der Urthalers Aussehen in die Nähe von Osama bin Laden rückte. Und Paula hatte den Mann als attraktiv bezeichnet!

»Was können wir für Sie tun?« Es lebe das Selbstbewusstsein, dachte Tanner und entschied sich für den Pluralis Majestatis.

»Darf ich?« Urthaler erhob sich noch einmal kurz und zog seine dick wattierte Jacke aus. Darunter kam ein blütenweißes Hemd zum Vorschein.

»Ich bin leitender Angestellter im Tourismusverein Eppan, und ich komme mit einem Problem zu Ihnen.«

»Bei uns sind Sie richtig«, sagte Tanner. »Wir vernetzen jedes Problem mit der Lösung.« Er forderte sein Gegenüber mit einer Handbewegung auf zu sprechen.

»Möglicherweise geht es um Betrug.« Urthaler holte ein kleines Büchlein aus der Brusttasche. »Jeder Tourismusverein in Südtirol finanziert sich zu rund achtzig Prozent über die Ortstaxe, manchmal auch Kurtaxe genannt. Mit diesem Geld verbessern wir die Infrastruktur für den Fremdenverkehr und finanzieren kulturelle Veranstaltung sowie die Fremdenverkehrswerbung.« Er grinste. »Tourismusmarketing kostet Geld.«

»Ich mache in Südtirol selten Urlaub. Wie hoch ist die Ortstaxe?«

»Das hängt vom Luxus ab, den der Gast bei uns erwartet. In einfachen Pensionen oder am Campingplatz weniger als ein Euro, ab einem Viersterne-Hotel bezahlen Urlauber mindestens ein Euro sechzig. Pro Tag und pro Person.«

»Sie sprachen von Betrug ...«

Urthaler hob die Hand und unterbrach ihn: »Dazu komme ich gleich. Es geht um das Boutique-Hotel am kleinen Montiggler See. Fünfsterne-Unterkunft und Spitzenrestaurant. Francesco Zaccone heißt der Besitzer.«

Tanner nickte. Kenne ich, hieß das. »Ich dachte immer, Montiggl gehört zu Kaltern.«

»Montiggl ist eine Fraktion der Gemeinde Eppan. Nun zu dem Grund, warum ich von Betrug sprach. Von möglichem Betrug ...« Er lächelte etwas verlegen und blätterte in seinem Notizbuch, bis er die passende Seite fand. »In allen

Fraktionen der Großgemeinde Eppan an der Weinstraße stiegen die Nächtigungen im letzten Jahr um sechs Prozent, im Jahr davor sogar um sieben und noch ein Jahr davor um fünf Prozent.« Er lächelte und schlug in seinem Büchlein eine neue Seite auf. »Eppan liegt damit im Vergleich mit ganz Südtirol auf einem der vorderen Ränge.«

»Tüchtiger leitender Angestellter im Tourismusverein«, sagte Tanner. »Und was ist nun mit dem Hotel am Montiggler See?«

»Das Boutiquehotel ist kein Kleinbetrieb, sondern ein erfolgreicher Riesenschuppen. Und ausgerechnet dort sollen die Zahlen rückläufig sein. Und zwar extrem rückläufig.« Er drehte sein Notizbuch um und hielt es Tanner hin. »Sehen Sie sich das Diagramm an. Die Kurve der gemeldeten Nächtigungen geht bei diesem Hotel ständig nach unten. Völlig unverständlich und gegen den Trend. Vor einem Jahr um minus siebenundzwanzig Prozent, und dieses Jahr sollen es sogar minus vierunddreißig Prozent sein. Ein Drittel weniger als im Vorjahr.« Er klappte das Büchlein zu und sah Tanner scharf an. »Alle wachsen, nur das Boutiquehotel bewegt sich nach unten.«

»Und das stört Sie?«

»Natürlich stört mich das. So viele Vier- und Fünfsterne-Häuser haben wir nicht im Unterland. Verstehen Sie? Da schlägt ein großes Hotel enorm zu Buche. Unsere Kosten im Tourismusverein steigen, weil wir viel vorhaben.« Mit dem Zeigefinger klopfte er auf sein Notizbuch. »Aber unsere Einnahmen sinken. Und ich glaube das nicht.«

»Sie meinen ... die betrügen?«

»Natürlich. Ich bin sicher, der Zacchone meldet uns falsche Übernachtungszahlen. Meine Meinung ist: Er manipuliert die Zahlen, kassiert zwar von den Kunden die Kurtaxe, gibt sie aber nicht an uns weiter.« Urthaler nahm einen Hochglanzprospekt und legte ihn vor Tanner auf den Tisch. Am Titelbild saß eine halb nackte Frau im Schneidersitz, die ihr glücklich entspanntes Gesicht in die untergehende Sonne hielt. Interessiert faltete Tanner den Hotelprospekt auseinander.

Der klare Montiggler See und der Tannenduft des angrenzenden Waldes wird genauso auf die Bühne gebracht wie die wilde Schönheit der kalkweißen Dolomitenkette. Yoga, Ayurveda-Retreat, Detox & Fitness-Meditation, Waldbaden und unsere gesamte Poollandschaft, bestehend aus Wellnesspool, Solepool, Sportpool sowie unserem Nacktpool auf der Dachterrasse.

Bei dem Begriff Ayurveda-Retreat lief Tanner ein Schauer über den Rücken.

»Womöglich haben einige Kunden die Lust an Yoga und Meditationen im Nacktpool verloren. Vielleicht ist der Hotelmensch unfreundlich zu seinen Gästen, oder die Betten sind dreckig.« Tanner legte den Prospekt zur Seite und sah Urthaler ins Gesicht. »Das alles könnte den Rückgang erklären.«

»Sie sind ein tüchtiger Detektiv, erzählt man. Aber ich bin ein tüchtiger Touristikfachmann. Zacchone ist ein Profi. Der versteht sein Geschäft. Außerdem kenne ich die Übernachtungszahlen im Land. Eppan ist die sechstgrößte Gemeinde

Südtirols und somit einer Kleinstadt vergleichbar. Wir liegen direkt an der Weinstraße im Überetsch und genau im touristischen Zentrum zwischen Bozen und Kaltern. Ich kenne auch die Zahlen von Terlan, wo ich mit meiner Familie wohne. Der Fremdenverkehr boomt. Überall. Und noch etwas ...« Er hob seinen Zeigefinger. »Ich habe einen Cousin, der ist der Besitzer des Weingutes Rottenmann in Hofstatt ...«

»Rottenmann habe ich schon gehört«, unterbrach Tanner. »Wo liegt Hofstatt?«

»Eine kleine Siedlung oberhalb von Kurtatsch. Dort gibt's phantastischen Wein. Worauf ich hinauswill ... die Firma von meinem Cousin beliefert schon seit Jahren das Hotel am Kleinen Montiggler See. Und jetzt kommt's: Die Weingeschäfte mit dem Hotel laufen hervorragend. Ich habe mit meinem Cousin Georg telefoniert. Francesco Zacchone kauft jedes Jahr mehr Wein bei ihm. Bis jetzt schon fünfzehn Prozent mehr als im vorigen Jahr.« Urthaler verschränkte die Arme vor der Brust. »Verstehen Sie jetzt? Da der Hotelbesitzer den Wein nicht selber trinkt, bechern den seine Kunden. Fünfzehn Prozent mehr Wein bei einem Drittel weniger Gästen ... das passt nicht.«

»Also ...«, sagte Tanner, und in diesem Moment erinnerte er sich an seinen alten Deutschlehrer, der im Gymnasium nicht müde geworden war, darauf hinzuweisen, dass das Wort »Also« einen geradezu verbotenen Satzanfang darstellte. »Ihrer Vermutung nach hat das Boutiquehotel also wesentlich höhere Nächtigungszahlen, und dieser Zacchone führt die Kurtaxe nicht an die Gemeinde ab. Richtig?«

Urthaler nickte. »Vermutlich führt er eine manipulierte Buchhaltung.«

Tanner hob den Kopf. »Dann steckt er nicht nur die Ortstaxe in die eigene Tasche, sondern begeht auch Steuerhinterziehung. Das betrifft mindestens Umsatzsteuer und Körperschaftssteuer. Wahrscheinlich noch weitere. Sie haben doch in Ihrer Gemeinde einen Amtsdirektor oder Steuerreferenten. Das wird den auch interessieren. Haben Sie mit dem gesprochen?«

Urthaler machte eine wegwerfende Handbewegung. »Das ist auch ein Cousin von mir. Mit dem bin ich zerstritten. Wir reden schon seit Jahren nicht miteinander.«

»Schicken Sie doch dem Hotel eine Rechnungsprüfung ins Haus. Dann klärt sich alles ganz schnell.«

»Das gibt große Unruhe. Genau das möchte ich nicht.«

»Warum zeigen Sie Zacchone nicht einfach an? Dazu haben wir eine Polizei und eine Staatsanwaltschaft.«

Urthaler schnaufte. »Wenn es so einfach wäre. Wer glaubt mir kleinem Licht schon? Natürlich werde ich irgendwann die Carabinieri einschalten. Aber vorher brauche ich Beweise. Und deshalb bin ich bei Ihnen.«

»Okay.« Tanner lehnte sich zurück. »Wie lautet Ihr Auftrag?«

»Ganz einfach. Schaffen Sie mir die Beweise! Die Nächtigungszahlen der letzten zwei Jahre. Als Fleißaufgabe wären die Umsätze des Hotels noch interessant. In Euro.«

»Nächtigungszahlen? Und wie soll ich an die rankommen?«

»Keine Ahnung.« Urthaler erhob sich. »Sie sind der Detektiv.«

*

Als Tanner aus dem Haus trat, hatte es wieder zu schneien begonnen. Er schaltete das Radio ein. In den Nachrichten hörte er, dass einige Südtiroler Orte wegen der Schneefälle von der Außenwelt abgeschnitten waren. Für die gesamte Region galt weiterhin Wetterwarnstufe Rot. Der heftige Schneefall sorgte für verschüttete Straßen und Stromausfälle. Im Martelltal, einem Seitental des Vinschgaus, waren einige Gebäude von Lawinen verschüttet worden.

»Kauf dir endlich eine warme Mütze.« Erst gestern hatte er die Empfehlung von Paula wieder gehört. Zum x-ten Mal.

»Ich bin kein Mützentyp.«

»Unsinn«, sagte sie. »Es gibt Mützen für jede Gesichtsform. Auch für deinen Kopf.«

»Ich mag diese Dinger nicht.« Außerdem war Tanner überzeugt, dass eine Mütze den Haarausfall begünstigte.

Im Schritttempo fuhr er am Gasthof in Altenburg vorbei, bis er im Tal die SP 15 erreichte, die vorbildlich geräumt war. Immer noch fielen dichte Flocken, und von der Umgebung war wenig zu erkennen. Er umrundete Kaltern und nahm die Südtiroler Weinstraße, die er kurz vor St. Michael verließ und rechts auf die kurvige Montiggler Straße abbog. Der Weg durch den Wald war eisig, und immer wieder kam sein Wagen ins Schleudern. Fünf Minuten später fuhr er an der kleinen Kirche vorbei, die, so hatte ihm Paula einmal erklärt, den Heiligen Drei Königen gewidmet war. Sie bildete den Dorfkern, um den herum sich einige alte Bauernhäuser und traditionelle Städel gruppierten. Beim Tennisplatz bog er nach links ins Frühlingstal ab, das zum Großen Montiggler See führte und unter der Schneedecke nicht nach Frühling aussah. Tanner kannte die Gegend hier oben gut.

Wie alt war er gewesen, als er seinen Vater das letzte Mal zum Angeln hierherauf hatte begleiten dürfen? Sechs Jahre. Oder sieben vielleicht. Damals konnte man im See noch kostenlos fischen. Einmal, am Beginn der großen Ferien, fing er einen Schwarzbarsch. Irgendwo musste er zu Hause noch ein Foto von sich haben, das ihn gemeinsam mit dem Fisch zeigt. Lange her.

Langsam fuhr er die Uferstraße entlang, die sich wie die ganze Umgebung in den letzten Jahren stark verändert hatte. Der Gasthof *Fischerhaus* hatte eine neue Fassade bekommen, und der Zufahrtsweg war asphaltiert und breiter geworden. Das Ufer des Sees war nur noch an wenigen Stellen zugänglich. Wohin man sah, mannshohe Mauern und Schilder mit Einfahrts- und Parkverboten. Da, wo früher feuchte Wiesen zum See hinunterführten, standen jetzt protzige Villen, ihre schmucke Seite dem See zugewandt. Im Fischerhaus war Tanner oft gewesen. Dort hatte er auch sein erstes Bier trinken dürfen. Ob in der Gaststube noch die Musicbox stand, die sein Vater Wurlitzer nannte? Eine schmale Privatstraße, die für den öffentlichen Verkehr gesperrt war, führte zum Kleinen Montiggler See. Dort musste sich das sagenhafte Boutiquehotel befinden.

Nach einem kleinen Wiesenstück öffnete sich der Blick auf einen steilen Hang, der sich bis zum Wald hinaufzog. Ein paar Kinder waren mit Skiern unterwegs oder sausten auf ihren Schlitten gut gelaunt die Böschung herunter. Einer der Rodler saß wie ein wilder Reiter auf einem durchgehenden Pferd und jagte mit voller Wucht den Hang herunter über den Gehsteig hinweg, wo er zwei Meter vor Tanners Auto zum Stehen kam.

Tanner sprang auf die Bremse und kurbelte das Fenster herunter.

»So etwas könnte auch schiefgehen.«

»Ich habe meinem Schlitten zugerufen, stehen zu bleiben«, sagte der Kleine, »aber er hat nicht auf mich gehört.«

Tanner lächelte dem Buben zu. »Hat denn deine Rodel einen Namen?«

»Meine Rodel ist keine Rodel, sondern ein Schlitten. Und er heißt Rosebud.«

»Das ist ein toller Name für einen Schlitten«, sagte Tanner und schloss das Wagenfenster.

Fünf Minuten später umrundete er eine verfallene Scheune, und dahinter kam das Gebäude des Hotels zum Vorschein. Hässliche supermoderne Architektur war sein erster Gedanke, ein klobiger Sichtbetonklotz mit bläulich spiegelnder Glasfront. Der Nacktpool auf der Dachterrasse fiel ihm ein, doch der war zu dieser Jahreszeit sicher nicht in Betrieb.

Die Winterlandschaft war tief verschneit. Beinahe geräuschlos rollte sein Wagen den leicht abschüssigen Fahrweg hinunter. Nach einer leichten Rechtskurve entdeckte Tanner den Parkplatz des Hotels, auf dem zehn zugeschneite Autos standen. Der Wind war fast ein Sturm, der seine Hose flattern ließ, als er vor dem Portal stand. Ein paarmal stampfte er auf, um den Schnee von den Schuhen zu schütteln. Eine Katze lief ihm regelrecht über die Füße, wahrscheinlich auf dem Weg zurück ins Haus und in die Wärme.

Durch eine schnell rotierende Glastür betrat er die Hotelhalle, die still dalag. Wie sollte er jetzt am besten vorgehen?

Schaffen Sie mir Beweise. Die Nächtigungszahlen der letzten zwei Jahre. Während der Autofahrt hatte er sich den Kopf zerbrochen, wie er es anstellen sollte, sich einen Einblick in die Buchhaltung des Hotels zu verschaffen.

In der Hotelhalle war es angenehm warm. Etwas unschlüssig schnappte er sich eine Zeitung, die auf einem der niedrigen Tische lag, und ließ sich in einem der Sessel nieder. Wie in einer gotischen Kathedrale erhoben sich schlanke Säulen bis zum sternenförmigen Gewirr eines Kreuzrippengewölbes, das von farbigen Lampen angestrahlt wurde. Der rundliche, goldbetresste Portier lümmelte gelangweilt hinter dem Tresen und richtete sich schlagartig auf, wenn ein Hotelgast die Lobby betrat. Ein Ehepaar kam eiligen Schrittes in die Halle, steuerte die Rezeption an und begann übergangslos ein lautstarkes Gespräch mit dem Portier. Soweit Tanner aus der Ferne verstehen konnte, gab es Probleme mit dem Zimmer, das von dem Ehepaar reserviert worden war.

Leise Musik tönte aus unsichtbaren Lautsprechern, lyrische Folklore, irgendwo zwischen seichten Schlagern und volkstümlichen Heile-Welt-Klängen. Ein gut frisierter Herr in dunkelblauem Anzug mit schwarzem Aktenkoffer stand am Fenster und sprach leise in sein Mobiltelefon.

Nach fünf Minuten des Nachdenkens näherte sich Tanner der Empfangstheke, wo ihn der Uniformierte lächelnd erwartete.

»Ich habe Sie schon beobachtet«, sagte der kleine Mann mit rotem Gesicht, dessen Mund hinter einem mächtigen Schnurrbart verborgen war. Tanner erinnerte sich an eine alte Verfilmung des *Don Quijote,* in der die Figur des Sancho Pansa genauso aussah. Auf seiner mächtigen Brust prangte das Schild »Paolo Bertram«.

Diensteifrig fuhr sich Paolo durch sein sprödes, nach allen Seiten wegstehendes Haar und blickte Tanner erwartungsvoll an. Er überlegte wohl, ob Tanner ein Gast war oder nur einer, der sich verfahren hatte und nach dem Weg fragen wollte.

»Ich möchte zwei Doppelzimmer buchen«, sagte Tanner, und um die Seriosität seiner Worte zu unterstreichen, holte er sein Notizbuch heraus und blätterte darin.

»Zimmer buchen.« Das freute Sancho Pansa. Er angelte nach einem Stück Papier und suchte einige Zeit nach einem Stift, den er schließlich hinter seinem Ohr fand.

Tanner beugte sich vor und lehnte sich mit dem Ellbogen auf die Theke. »Wissen Sie, Onkel Ludwig besucht mich. Er und Tante Gerda kommen aus Düsseldorf, und beide haben hohe Ansprüche. Was könnten Sie mir bieten?«

»Zuerst die Eckdaten«, sagte Paolo. »Von wann bis wann dürfen wir Onkel und Tante aus Düsseldorf begrüßen?«

Tanner blätterte in seinem Notizbuch. »Vom zehnten bis achtzehnten Februar. Höchster Komfort … Sie haben verstanden?«

»Höchster Komfort. Ich habe verstanden.«

Mit einem eigenartigen Gang watschelte er ein paar Schritte den Tresen entlang und zog eine in Augenhöhe befindliche Schranktür auf. Dahinter befand sich ein Tresor, dessen Tür nur angelehnt war. Sancho Pansa griff nach einem dicken Buch, das vorne in dem Safe lag, drehte sich schwungvoll um und legte den Wälzer auf die Theke.

»Ecco!« Er begann in dem Buch zu blättern. »Zehnter bis

achtzehnter Februar. In dieser Woche kann ich Ihnen das Apartment ›Wilder Mann‹ und die Suite ›Mitterberg‹ bieten. Die Suite bietet eine Herzbadewanne, gemütliche Bauernstube und Panoramabalkon mit See- und Bergblick.«

Tanner deutete auf das dicke Buch. »Alles analog. Das gefällt mir.«

»Was meinen Sie mit analog?«

»Die meisten Hotels planen ihre Buchungen mit dem Computer. Digitaler Terminkalender, verstehen Sie. Sie schreiben alles mit der Hand in ein Buch. Das ist zwar etwas altmodisch, aber äußerst sympathisch.«

»Francesco ... das ist mein Chef ... er mag keine Computer. Keine Ahnung, warum.« Paolo sah sich nach allen Seiten um, ob auch niemand mithörte. Dann beugte er sich über die Theke, und Tanner fiel auf, dass die Augen des Mannes verdächtig glänzten und er nach Alkohol roch. Grappa vermutlich. »Ich glaube, mein Chef ist zu dumm für einen Computer. Den Fernseher zu Hause bedient nur seine Frau. Das kann ich beschwören.«

Mit der ausgestreckten Hand zeigte Tanner über Paolos Schulter auf den im Wandschrank eingebauten Tresor. »Ich erkenne ihn wieder«, sagte Tanner mit aufgeregter Stimme. »Das ist ein Tresor der Firma Krupp.« Erklärend fügte er hinzu. »Ich habe mal bei der Firma gearbeitet. Das ist eine richtige Freude, so einen Panzerschrank hier zu finden. Pflegen Sie ihn gut. Ein guter Safe wird mit dem Alter immer wertvoller. So wie ein guter Vernatsch.«

Paolo grinste. »Das mit dem Vernatsch verstehe ich.«

»Ich wette, das ist ein Krupp XY 1000.« Tanner streckte wieder die Hand aus und zeigte auf den Tresor.

Paolo drehte sich um, setzte umständlich die Brille auf und besah sich den Tresor aus der Nähe und schüttelte den Kopf. »Leider falsch«, sagte er und wies auf die aufgeklappte Tresortür. »Tresor Krupp MX 15 steht hier.«

»Ja, ja.« Tanner nickte wissend. »Der gute alte MX 15. Der hat sicher schon einige Jahre auf dem Buckel.«

Paolo zuckte mit den Schultern. »Schon möglich. Ich arbeite erst seit einem Jahr hier. Was ist nun mit Ihrer Buchung für Onkel Ludwig und Tante Gerda aus Düsseldorf?«

Tanner machte eine beschwichtigende Handbewegung. »Gemach! Ich rufe Sie dazu an. Kurzfristig.« Nach kurzem Zögern fügte er hinzu: »Ich kann mir nicht vorstellen, dass Ihr Hotel jetzt im Winter ausgebucht ist.«

»Sie haben recht«, sagte Paolo, und es klang fast etwas traurig. »Im Frühjahr kommen die Gäste wieder. Jetzt ist Tote-Hose-Zeit.«

»Ein fast leeres Hotel ... haben Sie und Ihr Chef nicht Angst, dass in der Nacht eingebrochen wird?«

»Ach nein.« Er machte eine verneinende Handbewegung. »Alles gesichert! Wir haben Bewegungsmelder und Sicherheitsschlösser an den Türen. Von außen kommt hier keiner rein.«

Tanner bedankte sich für die Auskunft und verabschiedet sich. Von außen kommt keiner rein, dachte er.

*

Eisige Luft schlug ihm entgegen. Der Wind pfiff durch die Wipfel der Bäume, die jenseits des Sees standen. Von Zeit zu Zeit jagten Wolken über den blauen Himmel. Tanner zog seine Jacke fester um sich und stapfte zum Parkplatz, auf dem sein Wagen stand. Die Mondsichel stand hoch über der Bergkette. Es würde eine kalte Nacht werden, dachte er, während er zurück in den Ort Montiggl fuhr.

Als er die erste warme Luft aus dem Gebläse spürte, blieb er in einer Parkbucht stehen und rief Paula an, die sofort ans Telefon ging.

»Wo bist du, und wann kommst du?«, fragte sie.

»Welche Frage soll ich zuerst beantworten?«

»Wir haben nichts im Kühlschrank.«

»Das trifft sich gut«, sagte er. »Es ist zwar kalt, aber was hältst du von einem romantischen Spaziergang mit Mondschein und mir am See entlang.«

»Romantik am Kalterer See. Das klingt überzeugend.«

»Und hinterher lade ich dich zum Abendessen ein. Beim Klughammer.«

»Abendessen klingt doppelt überzeugend.«

»Reservierst du bitte einen Tisch? In einer Stunde.«

»Du lädst mich ein, und ich soll reservieren?«

»Halt! Noch eine Frage. Wie heißt noch mal dein Neffe?«

»Ich habe viele Neffen. Welchen meinst du?«

»Den Schlosser. Seine Frau heißt Ursula. Ich glaube, er wohnt in Nals.«

»Das ist mein Lieblingsneffe Daniel. Daniel Plankensteiner. Ein tüchtiger Handwerker.«

Tanner ließ sich die Telefonnummer geben und sagte Paula, dass er sich auf das gemeinsame Abendessen freue.

Es läutete einige Male, bis ein Mann ans Telefon ging, der sich mit einem etwas bellenden Ton meldete »Hier Plankensteiner.«

Tanner musste den Stammbaum Paulas einige Male rauf und runter erklären, bis der Mann wusste, wen er am Telefon hatte. »Tiberio ... wir haben uns ja eine Ewigkeit nicht gesehen.«

Das soll sich schon morgen in der Nacht ändern, dachte Tanner. »Deshalb rufe ich dich an«, sagte er. »Du bist doch Schlosser, oder?«

»Nicht nur. Eisen, Maschinenbau und Bleche sind meine Welt. Warum fragst du?«

»Weil ich deine Unterstützung brauche. Als Detektiv. Ich muss einen Safe knacken.«

»Einen Safe knacken ist ungesetzlich. Dafür wandern wir beide ins Gefängnis.«

»Na ja«, sagte Tanner. »Erstens lassen wir uns nicht erwischen, und zweitens arbeite ich mit der Questura in Bozen zusammen.« Dieses Argument zieht immer, dachte er. »Große Sache ... wir sind betrügerischen Machenschaften auf der Spur. Und die letzten Beweise befinden sich in einem altertümlichen Tresor. Um den geht es.«

»Wie sehr altertümlich?«

»Es geht um einen Tresor Krupp MX 15.«

Er hörte Daniel am anderen Ende der Leitung kurz auflachen. »Den MX 15 kenne ich wie meine Unterhosenschublade. Vierzig Millimeter Verbundplattenkonstruktion aus Krupp-Stahl und ein Chubbschloss. Der Safe stammt aus Deutschland. Wahrscheinlich noch aus der Zeit vor dem Weltkrieg. Völlig veraltete Technik. Für das Chubbschloss brauche ich maximal zwanzig Minuten.«

»Ich weiß zwar nicht, was ein Chubbschloss ist«, sagte Tanner, »aber ich habe volles Vertrauen zu dir.«

»Wann soll das Ganze über die Bühne gehen? Hast du schon einen Plan?«

»Ich habe immer einen Plan. Deine Tante Paula kann dir das bestätigen. Morgen in der Nacht. Punkt eine halbe Stunde nach Mitternacht. Hast du was zum Schreiben? Ich sag dir jetzt die Adresse? Und zieh was Dunkles an. Nachts sind alle Schlosser schwarz.«

Während der Fahrt ins Tal merkte Tanner, wie müde er war. Er schob die Gesamtaufnahme von Verdis *Macbeth* in den CD-Player und hoffte, dass sich die dramatischen Klänge positiv auf seine Befindlichkeit auswirkten. Er freute sich auf den heutigen Abend mit Paula.

Während Lady Macbeth überdrehte Koloraturen im Rahmen des von Verdi ersonnenen Ehekrachs durch den Wagen schmetterte, überlegte Tanner, dass er zu seiner Essenseinladung noch ein paar Blumen hinzufügen sollte. Damit polierte er sein Image bei Paula wieder so weit auf, dass es für die nächsten zwei Wochen reichen müsste. Als er bei der ENI-Tankstelle kurz vor Girlan vorbeifuhr, sprang er auf die Bremse und erstand einen schon etwas zusammengeschrumpften Strauß Nelken. Paula mochte zwar Nelken nicht besonders, aber was sollte man machen? Im Winter war die Auswahl an Blumen deutlich eingeschränkt.

*

»Der ganze Kalterer See ist zugefroren«, sagte Paula. »So was gab es schon lange nicht mehr.«

Gemächlich spazierten sie am Ostufer des Sees entlang.

Von einem der Holzstege kletterten sie auf die Eisfläche hinunter. Der Nachmittag ging langsam zur Neige, dennoch war viel los auf dem spiegelnden Eis. Spaziergänger, Schlittschuhläufer und Kinder, die Hockey spielten. Vor ihnen ging eine Familie, die ihre Sprösslinge auf einem Schlitten hinter sich herzog. Alle paar Meter stand ein Warnschild, das auf die Gefahr hinwies, die brüchige Eisfläche zu betreten.

»Ab zehn Zentimeter Dicke trägt das Eis sicher«, sagte Tanner. »Haben wir in der Schule gelernt.«

Paula wandte ihm den Kopf zu. »Und wie dick ist das Eis jetzt?«

»Keine Ahnung. Das haben wir nicht gelernt. Bleiben wir in der Nähe des Ufers. Es knirscht so komisch beim Gehen.«

Sie blieben einige Augenblicke stehen und sahen dem bunten Treiben zu. Schließlich wandten sie dem Leuchtenburger Berg den Rücken zu und wanderten zügig bis zum Biotop am südlichen Ende des Sees. Im Frühjahr war der Aufstieg auf die Leuchtenburg ihr Standardprogramm zum Start der Wandersaison, nicht so sehr weil Tanner es so wollte, sondern weil Paula ihn dazu überredete. Zwang also.

In der eisfreien Zone, die sich das Ufer entlangzog, tummelten sich ganze Entenfamilien und schnappten nach den Brotkrumen, die ihnen Spaziergänger von der Aussichtsplattform am Kuchlweg zuwarfen.

»Wie geht es eigentlich Maurizio?«, fragte Paula.

»Das hast du mich schon einmal gefragt. Er ist einsam. Seit seine Frau gestorben ist.«

»Was tut er dagegen?«

»Maurizio liest viel, vor allem Bücher, die zwischenmenschliche Beziehungen zum Thema haben. Von Zeit zu

Zeit hat er depressive Phasen und trinkt zu viel. Gott sei Dank hat er eine widerstandsfähige Leber.«

»Du solltest ihn gelegentlich zu uns einladen.«

»Ich habe mit ihm telefoniert, und wir haben uns für die nächsten Tage verabredet.«

Paula deutete zu den Enten. »Hast du was für die Enten dabei? Zum Füttern meine ich.«

Tanner schüttelte den Kopf. »Ich hab Hunger. Wenn ich etwas hätte, würde ich es selber essen.«

»Tiberio geht vor Erpel«, sagte Paula und sah auf die Uhr. »Gehen wir zurück. Ich hab auch Hunger.«

»Ich soll dir übrigens einen schönen Gruß von deinem Neffen Daniel bestellen. Ich habe mit ihm telefoniert.«

»Warum?«

Auf die Frage war er nicht vorbereitet, daher brauchte er einen Moment, bis ihm eine unverfängliche Antwort einfiel. »Ich habe seine Expertise als Schlosser in Anspruch genommen.« Tanner war froh, dass sie nicht nachfragte.

Langsam legte sich die Dämmerung über den See. Die Mischwälder rund um den See waren weiß gefroren, und auch die Weingärten auf den ringsum liegenden Hängen ähnelten mit ihren regelmäßigen Mustern weiß angestaubten Schachbrettern. Tanner sah nach Altenburg hinauf, wo man jetzt im Winter sein kleines Haus erkennen konnte. Ein Stück nördlich lag der Mendelkamm mit dem Penegal, die sich schon an der Grenze zum Trentino befanden.

Am oberen Ende des Sees angekommen, stiegen sie vom Eis wieder aufs feste Land und betraten das Lokal von der Seeterrasse her. Im Windfang blieb Paula stehen und sah an ihm herunter, als ob sie überrascht wäre. »Lässig, aber etwas desolat bist du angezogen. Wir waren am See wandern … dafür ist das okay, doch für ein gutbürgerliches Gasthaus siehst du heruntergekommen aus.«

»Quatsch.« Er blickte an sich herunter und wischte sich den Staub von der Hose. »Ich passe zum Gasthof. Von Kopf bis Fuß gutbürgerlich.«

»Wann hast du dir zuletzt etwas zum Anziehen gekauft?«

»Darüber möchte ich jetzt nicht diskutieren. Hier ist es kalt. Gehen wir rein.« Tanner deutete zur Glastür, durch die man ins Innere der Gaststube sehen konnte.

An einem kalten Winterabend während der Woche war es im Gasthof Klughammer nie besonders voll. Sie waren früh dran, zu spät für Leute, die ein frühes Mittagessen wollten, und zu früh für welche, die nach eher italienischer Manier gewohnt waren, erst nach neun zum Nachtmahl zu kommen. Am Nebentisch saß Franz Perathoner, einer seiner Nachbarn, mit einer aufgetakelten Blondine, die Tanner nicht kannte. Jedenfalls war es nicht Frau Perathoner. Warum fiel ihm gerade jetzt das Lied *Die Kirschen in Nachbars Garten* ein? Als Perathoner ihn und Paula entdeckte, erschrak er sichtlich, dann winkte er mit einer verschämten Handbewegung zu ihrem Tisch herüber. Ansonsten war die Gaststube leer bis auf einen Mann vom Typ einsamer Trinker, der, den Kopf in beide Hände gestützt, an der Bar lümmelte.

Tanner klappte die Weinkarte zu und sagte: »Philosophie ist etwas Wunderbares. Sie schafft Bildung und ein tieferes Verständnis für das Leben. Ein Beispiel: ›Alle Südtiroler trinken Wein. Ich bin ein Südtiroler.‹ Was kannst du daraus schließen? Philosophisch, meine ich.«

Paula ließ die Speisekarte sinken und zog die Augenbrauen in die Höhe. »Welchen Wein schlägst du also vor?«

»Zum Start einen Sauvignon Blanc. Funkelndes Goldgelb steht da. Das klingt überzeugend.«

»Was meinst du mit ›zum Start‹?«

»Man sollte vom Beginn weg den gesamten Abend planen. Bezüglich des Weins, meine ich.«

»Du solltest vor allem weniger Alkohol trinken«, sagte sie, ohne ihn anzusehen. »Ein Detektiv braucht aktive Gehirnzellen. Und Alkohol tötet sie ab.«

»Das ist ein verbissenes Vorurteil. Die Wissenschaft sagt etwas ganz anderes, nämlich dass unser Gehirn aus unterschiedlich schnellen Gehirnzellen besteht. Und Schnaps zum Beispiel tötet zuerst die langsamen und schwachen. Alkohol ist also äußerst nützlich, da er die labilen und saumseligen Gehirnzellen zuerst eliminiert. Dadurch wird mein Gehirn zu einer effizienteren und schnellen Denkmaschine.«

Ihre Augenbrauen wanderten noch ein Stück höher. »Deshalb hältst du dich nach drei Gläsern Kalterer für so schlau.«

Der glatt gescheitelte Kellner näherte sich auf leisen Sohlen, und Tanner klappte wortlos die Speisekarte noch einmal auf. Ihm wäre keine Antwort auf ihre Bemerkung eingefallen.

Paula bestellte das Lachssteak mit Garnelen, Couscous Creme, Zucchini und Kirschtomaten, Tanner entschied sich für die Milchlammkeule, in Kräuterbutter gebraten, mit Kartoffelgnocchi. Vorher aßen sie die Suppe vom Südtiroler Schüttelbrot.

»Ich wollte eigentlich die Schlutzkrapfen bestellen«, sagte Tanner. »Du weißt schon, mit Käseknödel und Krautsalat. Aber ich hab's nicht getan. Aus purer Vernunft.«

»Du möchtest gelobt werden, stimmt's? Apropos Schlutzkrapfen ... ist Schluzzer schon zurück aus dem Urlaub?«

»Er hat mir ein SMS geschickt. Demnächst will er wieder im Büro auftauchen.«

»Ist er eigentlich eine große Hilfe für dich?«

Tanner zögerte mit der Antwort. Immerhin war Schluzzer einer aus Paulas Verwandtschaft. »Sagen wir mal so ... er ist keine dramatische Hilfe für mich. Manchmal habe ich das Gefühl, er ist so klug, dass er sich manchmal dumm stellt. Sein Problem ist, dass er nach wie vor viele Fehler macht.«

»Aber jeder Mensch hat doch eine Lernkurve.«

»Schluzzers Lernkurve ist so flach wie die Po-Ebene.«

Der Nachbar Perathoner verließ mit der Blondine, die nicht Frau Perathoner war, die Gaststube. Bei der Tür drehte er sich noch einmal zu Tanner um und winkte ihm etwas verlegen zu. Verrat mich nicht!, hieß das wohl.

Tanner war froh, dass sie jetzt allein in der Gaststube waren. Immerhin wollte er Paula einige Informationen geben, die nicht ganz unkompliziert zu vermitteln waren, insbesondere nicht einem kritischen Geist wie Paula. In der Hochsaison würden sich unter dem Geklapper von Messern und Gabeln hundert gut gelaunte Urlaubsgäste hier aufhalten.

Naturrein und wild stand auf der Weinflasche, und schon die goldgelbe Farbe im Glas war ein Erlebnis. Er schwenkte das Glas zweimal, hielt es an die Nase und ließ dann den

Schluck Wein am Gaumen zirkulieren. Über das Glas hinweg sah er zu Paula hinüber, die mit geschlossenen Augen dasaß. »Hast du es gerochen?«, fragte er. »Ein herrliches Bukett von Mango, Papaya und Passionsfrucht.«

»Ich bin schon weiter fortgeschritten«, sagte sie. »Angenehme Säure, vollmundig und mineralische Frische.« Sie öffnete die Augen wieder und nickte ihm zu. »Gut ausgesucht. Ich bin nur unsicher, ob deine Lammkeule mit der Kräuterbutter zu dem Wein passt.«

»Alles Einstellungssache«, sagte er und nahm noch einen Schluck.

Während er die Suppe aß, erinnerte sich Tanner an seine Kindheit, wo zum Essen neben Salz und Pfeffer immer eine Flasche Maggi auf dem Tisch gestanden hatte. Und zur obligatorischen Rindsuppe hatte er fasziniert seinem Vater zugesehen, der, ohne vorher zu kosten, stets viel Maggi in die Suppe gab. Er hatte heute noch den Verdacht, dass sein Vater die richtige Würzmischung nach dem Farbton der mit zunehmendem Maggi-Gehalt immer dunkler werdenden Suppe entschieden hatte.

Lange hatte Tanner überlegt, wie er es Paula sagen sollte. Er hatte sogar mehrere Formulierungen probiert, welche ihm am leichtesten über die Lippen ging und welche am glaubwürdigsten klang. Dann hatte er die Lösung.

Der Hauptgang war beendet und der richtige Zeitpunkt gekommen. Langsam legte er das Besteck zur Seite und sagte: »Hast du schon einmal in einer herzförmigen Wanne gebadet?«

Sie legte ihre Gabel zur Seite und starrte ihn an. »Geht's dir gut, mein Schatz?«

»Du hast doch demnächst Geburtstag, und ich habe mir ein besonderes Geschenk für dich ausgedacht. Eine Nacht im Boutiquehotel am Kleinen Montiggler See. Wellness und Luxus pur.«

»Wie kommst du auf so etwas?«

»Weil ich weiß, dass dies der Traum jeder Frau ist. Ich habe mir nicht alles gemerkt, was im Hotelprospekt steht; jedenfalls bieten die Yoga, Ayurveda mit irgendwas und eine ganze Poollandschaft. Nur für dich.«

»Das würde mir schon Spaß machen«, sagte Paula. »Ist das nicht zu teuer?«

»Ich lade dich ein. Da spielt der Preis keine Rolle. Und vor dem Panoramabalkon wartet die Herzbadewanne auf dich.«

»Okay. Wann?«

»Morgen Abend.«

DREI

Im Leben eines Menschen gab es immer wieder einen Tag, der einem nicht aus dem Gedächtnis ging. Nicht nur der Tag an sich blieb einem im Gedächtnis haften, sondern jedes kleinste Detail. Ob heute so ein Tag war? Tanner hatte unruhig geschlafen. Immer wieder wachte er auf und dachte mit gemischten Gefühlen an das Abenteuer, das ihn in der kommenden Nacht gemeinsam mit dem Neffen Daniel erwartete. Krupp MX 15, das war das Thema, das ihn heute nach Mitternacht beschäftigen würde. Und da nachts alle Sorgen schlimmer zu werden beginnen, lief das Gedankenkarussell auch zu Paula. Die Bedenken wuchsen, dass sie seine Einladung ins Boutiquehotel durchschauen würde. Was sollte er tun? Ihr die Wahrheit sagen? Unmöglich. Im Hotel kein Zimmer buchen und stattdessen gemeinsam mit Daniel gewaltsam einbrechen? Keine gute Lösung. Er legte sich in lupenreiner Königsstellung hin, horchte auf das vielstimmige Vogelkonzert vor dem Fenster und fragte sich, welche Vogelarten im Winter schon so aktiv waren. Im Haus war es still. Paula stand bestimmt schon seit einer Stunde in der Apotheke und verkaufte Aspirin und irgendwelche unwirksamen homöopathischen Mittel.

Der Blick aus dem Fenster am nächsten Morgen war deprimierend: Ein trüber Tag mit ausdauerndem Nieselregen, der den Schnee vom Gehsteig fraß und ihn zu grauem Matsch verarbeitete. Der stürmische Wind warf die Regentropfen an die Scheibe. Er dachte an Schluzzer, der es sich auf Mallorca gut gehen ließ und wahrscheinlich schon zum Frühstück einen Cocktail genoss. Hier im Wohnzimmer war es gemütlich und warm. Man sollte nie gegen seine innere biologische Uhr arbeiten, hatte er gelernt. Manche Menschen waren Kurzschläfer, die bereits früh am Tag vor Energie sprühten, er fühlte sich heute eher nach einer langen Anlaufzeit, um Körper und Geist auf Betriebstemperatur zu bringen. Erst mal ausgiebig frühstücken, beschloss er und schlafwandelte in die Küche. Je mehr Würmer der frühe Vogel gefangen hatte, umso schmackhafter war das Essen der ausgeschlafenen Katze. Schließlich musste er heute in der Nacht zu detektivischer Hochform auflaufen.

Nach dem Frühstück durchsuchte er erfolgreich Paulas CD-Sammlung, dann legte er sich mit einem Hemingway-Buch auf die Couch. *Über den Fluss und in die Wälder.* Tanner erinnerte sich, dass das Wetter in dem Roman genauso winterlich-verdüstert war wie derzeit in Bozen. Es musste vor dreißig oder vierzig Jahren gewesen sein, als er diesen Roman zum ersten Mal gelesen hatte. Damals war er begeistert gewesen. Der tapfere, männliche Oberst und das hübsche Mädchen. Und der Zauber von Venedig. Heute fand er das Buch geschwätzig und kitschig. Die männlichen Ideale sind aus der Mode gekommen, dachte er. Die Welt hat sich verändert. Oder hatte er sich verändert? Darüber dachte Tanner so lange nach, bis er eingeschlafen war.

In der Bozener Altstadt parkte Tanner sein Auto meist in der Tiefgarage am Waltherplatz. Nicht ganz billig, aber zentral. Es war immer noch kalt und neblig, und über den Obstplatz pfiff der Wind. Mit etwas Wehmut dachte er an die zahlreichen Markstände, die erst im Frühjahr hier wieder Birnen, Rhabarber, Erdbeeren und Melonen anbieten würden. Während er durch die Innenstadt schlenderte, verspürte er Hungergefühle hochsteigen. Sollte er eine kurze, kräftigende Pause einlegen? Aber, so kam ihm in den Sinn, er musste am Abend Paula noch zum Abendessen im Boutiquehotel einladen. Da musst du durch, Tiberio, sagte er sich. Die kommenden Ereignisse in der Nacht erfordern deine ganze Kraft und Konzentration. Und Konzentration kommt nicht von allein.

Unter dem Vordach bei der Kunstgalerie Morandell blieb er stehen und wählte die Nummer des Boutiquehotels. Es meldete sich die schnarrende Stimme des Portiers: »Paolo Bertram, was kann ich für Sie tun?«

»Ich bin es«, sagte Tanner. »Sie wissen schon, der mit der Luxussuite.«

»Ich kann mich gut erinnern. Onkel Ludwig kommt mit Tante Gerda aus Düsseldorf. Hohe Ansprüche.«

»Leider kann Onkel Ludwig nicht kommen. Er hat Grippe. Stattdessen buche ich die Suite jetzt für Tante Gerda und mich.«

»Ach, so eine Tante ist das ... ich verstehe.« Tanner konnte Paolo am anderen Ende der Leitung förmlich grinsen sehen.

»Ich wiederhole«, sagte Paolo, bevor sie ihr Telefonat beendeten. »Die Suite Mitterberg für Sie und Tante Gerda. Für eine Nacht. Mit Frühstück.«

Na ja, dachte Tanner, als er in die nächste Straße rechts abbog. Mal sehen, was Paula dazu sagt.

Er war bereits in der Nähe von Paulas Apotheke, als ihm in der Dr.-Streiter-Gasse das Schild »Dai Carrettai« ins Auge fiel. Hier konnte er unmöglich vorbeigehen. Er betrat die kleine Osteria und entdeckte noch einen freien Platz an einem der Holztische. Tanner gab an der Theke seine Bestellung auf, indem er der Reihe nach auf jene belegten Brötchen zeigte, nach denen es ihn und seinen Bauch begehrte. Schinken, Ei, Shrimps und Käse. Mehr nicht. Er wollte nicht übertreiben. Vor einiger Zeit war er mit Maurizio hier gewesen, der beim Anblick der zahlrechen Köstlichkeiten den Ausspruch tat, dass er bereit wäre, sich von den Crostini eine Gesichtsmaske zu machen. Tanner nahm ein Glas Weißwein, das der freundliche Mann mit dem Schild »Stefano« an der Brust direkt aus einem kleinen Holzfass zapfte. In jeder der Bruschette steckte ein farbiger Zahnstocher, den er während des Essens sorgfältig vor sich auf den Tisch legte. Der Wein schmeckte frisch und herb.

Zum Bezahlen legte Tanner die Zahnstocher auf den Tresen. Stefano zählte sie und sagte: »Ecco, lo scontrino.«

Die Laubengasse war überfüllt wie immer und mutete mit ihren Boutiquen, Cafés und Feinkostgeschäften wie ein kleines Babylon an, so viele Sprachen schwirrten da durcheinander.

Tanner kannte Paula über zwanzig Jahre. Genauso lang betrieb sie ihre Apotheke am Anfang der Silbergasse, in der sie sich auch kennengelernt hatten, als er mit rotweinbedingten Kopfschmerzen in der Apotheke Linderung gesucht hatte.

Paula war gerade mit einem älteren Kunden beschäftigt, also setzte er sich geduldig in den Homöopathie-Erker und beobachtete sie von dort aus, wie sie mit dem Mann verhandelte. Sie redete mit dem ganzen Körper, zeigte auf die Medikamentenschachtel, die sie in der Hand hielt, turnte zwei Stufen auf die Leiter hinauf, wo sie nach einer weiteren

Pillenpackung griff. Es war ständig Bewegung in ihr, und ihre schulterlangen braunen Haare flogen in weitem Bogen um ihr Gesicht. Tanner war sehr zufrieden mit dem, was er von seinem Platz aus sah. Er liebte Paula. Manchmal, wenn es ihm besonders bewusst wurde, verspürte er Lust, ein Gedicht zu schreiben und es ihr zu widmen. Das Problem war nur, dass Tanner zwar gern Lyrik las, aber selbst keinerlei Talent besaß, ein Gedicht zu verfassen.

Der ältere Kunde, den Paula bedient hatte, schien nicht recht zufriedengestellt, jedenfalls schüttelte er den Kopf und verließ hocherhobenen Hauptes die Apotheke.

»Ein lästiger Kunde?«, fragte er.

»Nervig. Er wusste nicht, was er wollte.«

»Das ist selten bei Männern«, sagte Tanner.

»Dafür haben Frauen einen ausgezeichneten Geruchssinn.« Paula zeigte mit dem Finger auf ihn. »Du hast Wein getrunken.«

»Hochsensible Geruchsnerven«, sagte er und trat einen Schritt zurück. »Ich musste konzentriert über meinen Fall nachdenken. Dabei habe ich mir von einem kleinen Glas helfen lassen.«

»Ich bin müde.« Sie wischte sich über Stirn und Augen. Tanner mochte diese Geste. Wahrscheinlich hatte sie die schon als kleines Mädchen gemacht.

»Die Luxussuite Mitterberg und der Hotelpool warten auf dich«, sagte er. »Wann kannst du hier weg?«

»Auf der Stelle«, sagte sie. »Das mit dem Pool hat mich überzeugt.«

*

»Hast du die herzförmige Badewanne gesehen?«

Sie nickte. »In meinem Badezimmer wäre dafür kein Platz.«

Die Hotelsuite hatte mehr Quadratmeter als Tanners Haus, allein das Doppelbett war größer als sein Wohnzimmer. Durch die raumhohen Fenster blickte man auf den See, der trotz des Regens immer noch einen zugefrorenen Eindruck machte.

Paula nahm einen flauschigen Bademantel aus dem Schrank und sah ihn fragend an. »Ist die Übernachtung in dieser Luxussuite nicht sehr teuer?«

Jetzt ist der erste Schritt der Annäherung an die Wirklichkeit fällig, dachte er. »Der Aufenthalt im Hotel ist halb dienstlich. Dadurch kann ich einen Teil der Kosten an die Gemeinde Eppan weiterverrechnen.«

Sie zog die Augenbrauen hoch. »Ich dachte, das war deine vorweggenommene Einladung anlässlich meines Geburtstages?«

Lächelnd erwiderte er ihren Blick und überlegte fieberhaft, wie er dem drohenden Dilemma entkommen könnte. »Ist es auch. Zu einem geringen Teil hat der Aufenthalt auch mit einem gewissen Lukas Urthaler zu tun. Du kennst ihn. Sagtest du.«

»Ich kenne ihn nicht.« Ihre Stimme war laut geworden. »Ich kannte ihn mal. Das ist ein gehöriger Unterschied. Langsam durchschaue ich deinen Plan.« Sie zog den Bademantel am Kragen zusammen, als ob ihr kalt wäre. »Wir reden später darüber. Jetzt heißt es für mich: Pool, ich komme!«

Tanners Blick wanderte durch das Zimmer. Alles vom Feinsten. Die Möbel und Einrichtungsgegenstände waren in cremigem Beige gehalten, in den Räumen lagen dicke Teppiche derselben Farbe, sogar in den beiden Badezimmern.

Tanner führte ein kurzes Gespräch mit Daniel Plankensteiner, der ihm bestätigte, alle Vorbereitungen für die nächtliche Aktion getroffen zu haben.

Entspannt legte er sich auf das Bett, griff nach der Fernbedienung und schaltete sich durch die mehrsprachige und überwiegend geistlose Programmvielfalt, ohne etwas Anregendes zu finden. Interessant wurde es, als er auf der Fernbedienung einen Knopf fand, mit dem sich das ganze Bett rauf- und runterfahren ließ. Begeistert ließ er zuerst die Beine ganz hoch und langsam wieder heruntergleiten. Dann wurde er müde.

Gegen Abend stellten beide fest, dass sie nicht von Hunger geplagt wurden, also begnügten sie sich mit ein paar Snacks im Restaurant. Sie genossen den Abend und waren sich über das Leben und die Welt einig. Einige Zeit verbrachten sie in der Hotelbar, wo sich Paula wunderte, dass Tanner den ganzen Abend nur Alkoholfreies zu sich nahm. Paula hatte einen trockenen Martini vor sich, als sie sagte: »Es sieht so aus, als ob wir die einzigen Gäste wären. Als ich durch die leeren Flure zum Schwimmbad ging, hatte ich Angst. Ich bin mir vorgekommen wie in Stanley Kubricks Film *Shining*.«

Im Bett konzentrierte sich Tanner darauf, seinen inneren Wecker auf einige Minuten nach Mitternacht zu stellen. Er hatte dies in der Vergangenheit schon einige Male versucht, und es war regelmäßig schiefgegangen. Zur Sicherheit stellte er den Wecker seines Handys auf zwölf Uhr fünfzehn und schlief sofort ein, während Paula in ihrem Krimi las.

Fünf Minuten bevor das Handy klingelte, wachte er auf, blieb noch einige Augenblicke liegen, verschränkte die Hände unter dem Kopf und horchte auf Paulas ruhigen Atem.

Vorsichtig setzte er sich auf, um sie nicht zu wecken, stemmte sich aus dem Bett und verschwand im gegenüberliegenden Bad. Bevor er die Suite verließ, warf er nochmals einen Blick auf die schlafende Paula. Alles ruhig. Leise zog er die Tür hinter sich ins Schloss und sah auf die Uhr. In fünf Minuten war es halb eins.

In kompletter Dunkelheit schlich er Schritt für Schritt die breite Treppe nach unten. Es war völlig still, nur das leise Kratzen seiner Schuhe auf dem Teppich war zu hören. In der Hotelhalle lag ein eigenartiger Geruch. Hoffentlich warteten hier keine Bewegungsmelder auf ihn. Es blieb alles dunkel und ruhig. Eine Uhr tickte leise.

Das breite Eingangsportal war verschlossen, was ihn nicht überraschte. Panik kam bei ihm erst auf, als er keine Möglichkeit entdeckte, die Tür zu öffnen. Mit der Taschenlampe leuchtete er kurz auf die Türklinke. Nichts zu sehen. Keine Öffnung, kein Schloss, kein Schlüssel. Verdammt! Warum hatte er das bei seinem gestrigen Besuch nicht überprüft? Wie sollte er jetzt Daniel ins Haus lassen? Er lehnte sich rücklings gegen die Tür, atmete tief durch und dachte nach. Ein Gebäude hat immer mehrere Ein- und Ausgänge. Neben den Aufzügen befand sich eine Tür mit der Aufschrift »Garage«. Das klang gut. Langsam drückte er die Klinke nach unten. Jetzt befand er sich in einem fensterlosen Raum, in dem es nach Schmutz und Abfall roch. Ein Tier mit langem Schwanz lief ihm über die Füße. Tanner blieb stehen und versuchte, ruhig und gleichmäßig zu atmen. Seine Nerven waren aufs Äußerste gespannt. Da war ein Geräusch. Ein leises Knistern. Er erstarrte. Doch da war niemand. Im Licht der Taschenlampe sah er eine Metalltür, die sich mit einem leisen Quietschen öffnen ließ und in einen Raum führte, in dem sich mindestens zwanzig Müllcontainer befanden. Mühsam schlängelte er sich zwischen den stinkenden Behältern hindurch und stand schließlich auf der anderen Seite vor einer schweren Stahltür, durch die man, so war Tanner sicher, auf die Straße gelangte. Es war eine jener Türen, durch die man nicht von außen hereinkommen konnte, die sich aber von innen öffnen ließ.

Er fand ein Stück Holz und legte es in die Tür, damit sie nicht zufiel. Dann schlüpfte er nach draußen und freute sich über die frische Luft. Es war so still, dass ihm selbst das Rauschen der Bäume laut vorkam, als er die Hausmauer entlangschlich. Er kam an einer endlosen Reihe von Fenstern vorbei, die alle dunkel waren. Irgendwo in einem der benachbarten Grundstücke bellte ein Hund. Da vorne waren Schritte. Er hielt den Atem an. Leise, scharrende Schritte. Dann sah er eine Gestalt. Dunkel gekleidet.

»Daniel«, rief er leise. Der andere reagierte so, wie es Tanner erhoffte. Er kam langsam näher und flüsterte: »Na endlich. Ich warte schon seit zehn Minuten. Ich habe durch die Glasfassade eine Taschenlampe aufblitzen sehen und mir gedacht, dass du das bist.«

»Wir müssen da rüber«, sagte Tanner. »Die vordere Tür ist zu.«

»Die sind schwer.« Daniel zeigte auf die beiden Taschen, die bei seinen Füßen standen. »Voll mit Werkzeug. Nimm mir eine Tasche ab.«

Sie nahmen den Weg durch die Müllcontainer nach oben und standen wenig später in der dunklen Hotelhalle.

»Wir müssen hinter die Empfangstheke kriechen«, sagte Tanner. »Die dritte Schranktür von rechts ist es. Dahinter befindet sich dein Tresor.«

Tanner blieb stehen und horchte in die Dunkelheit. Daniel benahm sich weniger geschickt und stieß mit dem Fuß gegen eine riesige Bodenvase, die umkippte und laut über den Fliesenboden kollerte.

»Verdammt!«, flüsterte Tanner. »Pass auf.«

Eine halbe Minute warteten sie in der Dunkelheit. Es blieb ruhig. Niemand hatte etwas gehört. Erleichtert blies Tanner die Luft aus. Seine Gedanken liefen zu Paula. Was würde sie tun, wenn sie erwachte und sein Bett leer vorfand? Er verscheuchte den Gedanken. Doch was wäre, wenn sie ihn anrief? Dann gab es ein lautes Klingeln in der dunklen Hotelhalle. Er zog sein Handy aus der Hosentasche und stellte es stumm.

Tanner öffnete die Schranktür, leuchtete kurz darauf und winkte Daniel.

»Ecco. Der MX 15. Jetzt bist du dran.«

Daniel stellte die Werkzeugtaschen auf den Boden und öffnete sie.

»Während du arbeitest, gehe ich Schmiere stehen«, sagte Tanner.

»Bleib hier und halte die Taschenlampe. Safes knacken sich im Licht besser.«

Etwas umständlich setzte Daniel seine Brille auf und hielt seinen Kopf nahe an die Safetür heran. »Tatsächlich ein Chubbschloss«, sagte er leise.

»Maximal zwanzig Minuten, hast du mir versprochen«, sagte Tanner.

»Halt die Taschenlampe ordentlich«, sagte Daniel. »Die zwanzig Minuten waren kein Versprechen, sondern eine Prognose.«

»Zumindest kannst du jetzt beweisen, dass du ein guter Schlosser bist.«

Daniel tat, als hätte er nichts gehört, nahm einige Werkzeuge aus der Tasche und legte sie wie ein Operationsbesteck nebeneinander auf den Boden. »Der Trick sind diese Hobb'schen Haken«, flüsterte er, mehr zu sich selbst. Langsam führte er einen der kompliziert aussehenden Bügel in das Schloss. »Damit kann ich die einzelnen Vertiefungen abtasten und so die Haken genau auf dieses Tresorschloss abstimmen. Dazu brauche ich Zeit und völlige Stille. Also hör auf zu schnaufen.« Daniels Hände zitterten. »Ich hebe mit diesem Spezialbügel jede der schmalen Federscheiben an und kann hören, wenn mein Haken exakt in die Vertiefung passt.« Er legte sein Ohr an die Safetüre und drehte mit geschickten Fingern den Haken. Diesen Vorgang wiederholte er einige Male. Tanner sah auf die Uhr. Genau zwölf Minuten waren vergangen, seit sie die Hotelhalle betreten hatten. In diesem Moment sprang die Tresortüre auf, und Daniel grinste ihn an.

Das Erste, was Tanner auffiel, waren dicke Banknotenbündel. Er nahm sie heraus und blätterte sie durch. Fast ausschließlich Hundert-Euro-Scheine, dahinter lagen aber auch

US-Dollars und Schweizer Franken. Der Hotelier schien kein Freund der örtlichen Banken zu sein. Hinter den Banknotenbündeln lag das dicke Buch, das Tanner wiedererkannte. Darin hatte der Portier geblättert, um die Termine für die Buchung zu überprüfen. Im Hintergrund des Safes lag ein zweites Buch, das in den Terminen weiter zurückreichte. Tanner blätterte im Licht der Taschenlampe einige Seiten auf und fand Hotelbuchungen von vor zwei und drei Jahren. Er beschloss, beide Bücher durchzuarbeiten.

»Das war's.« Tanner sah zu Daniel und deutete auf den geöffneten Safe. »Deine Arbeit ist abgeschlossen.«

»Was machst du mit den zwei Büchern?«

»Die werden von mir auszugsweise dokumentiert.«

»Wozu?«

»Das gehört zu meinem Auftrag.«

»Verstehe ich nicht. So ein Aufwand wegen zwei Büchern.«

Tanner legte ihm die Hand auf die Schulter. »Deine Tante Paula hat recht. Du bist wirklich ein ausgezeichneter Fachmann auf deinem Gebiet. Gute Arbeit. Und nicht mal zwanzig Minuten, bis der Kasten offen war.«

Daniel freute sich über das Lob. Jedenfalls gewann Tanner im Licht der Taschenlampe den Eindruck, dass der Schlosser glücklich aussah. Wie ein gestreichelter Cockerspaniel.

»Noch eine Frage zu deiner Bezahlung ...«

»Das ist nicht notwendig«, unterbrach Daniel.

»Doch. Meine Frage ist: Möchtest du dein Honorar eher in der Farbe Weiß oder Rot? Weißburgunder oder Cabernet Sauvignon?«

»Jetzt verstehe ich. Eher Rotwein. Gehaltvoll und trocken.«

»So mag ich ihn auch. Noch eine Frage: Worauf muss ich achten, wenn ich die Tresortür später schließe? Logischerweise soll keiner merken, dass der Safe geöffnet wurde.«

Daniel lächelte. »Die Tresortür schließen ist deutlich einfacher, als sie aufzubekommen. Schau her ... Da du die Zahlenkombination sicher nicht ändern willst, brauchst du die Tür nur fest anzudrücken, bis es klick macht, dann den Türgriff gegen den Uhrzeigersinn bis zum Anschlag nach links drehen und den Drehknopf in die Gegenrichtung. Fertig.«

Tanner blickte auf die Uhr. Seit sie die Hotelhalle betreten hatten, waren achtundzwanzig Minuten vergangen.

Als Tanner mit den beiden Büchern unter dem Arm die Suite betrat, wartete eine Überraschung auf ihn. Paula saß auf der Couch und wischte auf ihrem Handy herum.

»Ich habe dich angerufen. Aber du hebst nicht ab. Was ist los? Wo geisterst du in der Nacht herum? Triffst du dich mit irgendwelchen Weibern? Was schleppst du für Bücher durch die Gegend? Es ist fast halb zwei Uhr.«

»Das ist ein Tatort. Und hier sind die Beweise. Ich muss einige Seiten fotografieren, und ich bitte dich, mir zu helfen.«

»Ich hab so etwas Ähnliches schon vermutet. Zuerst kommt eine getürkte Einladung zu meinem Geburtstag, und dann stellt sich heraus, dass du mich in eine Falle gelockt hast. Das ist Missbrauch einer unschuldigen Frau.«

Tanner legte die beiden Bücher auf den niedrigen Couchtisch. »Bist du fertig?«

»Ich bin noch längst nicht fertig«, sagte sie pointiert. »Wobei soll ich dir helfen?«

Tanner setzte sich neben sie auf die Couch, schaltete das Leselicht ein und blätterte konzentriert in dem älteren der beiden Bände. »Hier. Seite 4 bis 34. Die musst du fotografieren. Ich kümmere mich um das andere Buch.«

»Fotografieren? Mit dem Handy?«

»Mit dem Handy. Leg das Buch unter die Lampe und achte darauf, dass man die Zahlen gut lesen kann.«

Tanner holte sich eine kleine Flasche Rotwein aus der Minibar, dann legten sie los.

»Ich bin noch längst nicht fertig, hab ich vorhin gesagt. Und das meine ich ernst. Ich helfe dir, deinen Fall zu lösen. Weißt du, was das bedeutet?«

»Du wirst es mir gleich erzählen, mein Schatz.« Tanner war in voller Aktion. Auf die nächste Seite blättern. Lampe justieren. Mit dem Handy über das Buch beugen. Bildausschnitt kontrollieren. Schärfe einstellen. Abdrücken. Nächstes Bild. Stöhnend richtete er sich auf. Mit jedem Foto wurden seine Rückenschmerzen stärker.

»Das bedeutet Honorar-Sharing«, sagte sie laut. »Weißt du, was das ist?«

»Ich fürchte, ich kann dich verstehen.«

»Vierzig Prozent für dich, sechzig stehen mir zu. Und weißt du warum? Du brichst in einen Tresor ein, was dir nur gelang, weil ich dir meinen Neffen Daniel zur Verfügung gestellt habe. Wenn das Ganze auffliegt, komme ich als deine Komplizin ins Gefängnis. Wahrscheinlich sind sechzig Prozent zu wenig, und es läuft auf einen deutlich höheren Risikozuschlag hinaus. Zu meinen Gunsten natürlich.«

»Ich glaube, ich brauche noch so ein Weinfläschchen aus der Minibar«, sagte Tanner.

»Wenn da auch Weißwein drin ist, mache ich mit.«

Nach einer Stunde intensiver Arbeit atmete Tanner tief durch und legte sein Handy zur Seite.

»Ich bin in zehn Minuten wieder da.«

»Der Täter kehrt immer an den Tatort zurück.« Paula grinste. »Lass dich nicht erwischen.«

Tanner benutzte nicht den Lift, sondern tastete sich in der Dunkelheit die Treppe in die Hotelhalle hinunter. Das Mondlicht, das durch die Fenster hereinfiel, reichte gerade aus, dass er nicht stolperte. Paula hatte recht. Die dunklen, menschenleeren Flure in dem Hotel waren unheimlich. Wie in »Shining«. Er versuchte, sich an den Namen des riesigen Hotels zu erinnern, in dem der irre Jack Nicholson herumirrte, bevor er draußen im Schnee den Tod fand. Als er die Lobby erreichte, fiel es ihm ein. Overlook-Hotel. In den Bergen von Colorado.

Tanner versuchte, sich zu erinnern, wie die beiden Bücher in dem Safe gelegen hatten, dann schob er sie hinein, rückte sie zurecht und schloss die Tresortür.

Er hörte Schritte, konnte aber nicht ausmachen, woher die Geräusche kamen. In einer ersten Panikreaktion ging er in die Hocke und horchte in die Stille. Kein Ton zu hören. Zentimeter für Zentimeter tauchte er auf, bis sein Kopf über die Theke ragte. Jetzt konnte er die Schritte wieder vernehmen. Sie kamen von der gegenüberliegenden Treppe her. Langsame, schlurfende Tritte. Ganz leise. Dann waren die Geräusche nicht mehr zu hören. Er hielt den Kopf schief und lauschte in die Dunkelheit. Nichts. Er musste sich getäuscht haben. Doch! Da waren sie wieder. Er ließ sich wieder nach unten sinken und versuchte dabei, seine Lage einzuschätzen. Solange die Person in der Mitte der Hotelhalle blieb, würde man ihn hier hinter dem Tresen nicht sehen. Aber was, wenn ...

Die Schritte kamen näher. Waren es mehrere Personen? Nein. Nur einer. Plötzlich tat Tanner wieder der Rücken weh. Ein Geruch nach Zigaretten stieg in seine Nase. Tanners Herz schlug schneller, und plötzlich schnürte ihm die Angst den Brustkorb ein. Er drückte sich in den engen Hohlraum unter der Abdeckplatte, wo aber bei Weitem nicht sein ganzer Körper Platz fand. Wenn die Person in den schmalen Gang hinter den Tresen trat, würde man ihn sofort entdecken. Die Person stand jetzt irgendwo im Zentrum der Halle. Sie hatte eine Taschenlampe dabei, die durch die Spalte der Bretterverschalung leuchtete. Der Lichtstrahl wanderte durch den Raum und über die gegenüberliegende Wand. Es war ein Mann. Offenbar ein gut gelaunter Mann. Jedenfalls summte er ein Lied. Ein Nachtwächter, dachte Tanner. Hoffentlich nur ein ganz harmloser Nachtwächter, der bald wieder verschwand. Einige Augenblicke war es totenstill. Der Mann stand irgendwo in der Dunkelheit und summte. Langsam stemmte sich Tanner hoch, bis er über die Theke schauen konnte. Er sah nur den Rücken des Mannes, der in schleppenden Schritten auf das Hauptportal zuging, nach der Klinke griff und daran rüttelte. Der Nachtwächter auf seinem Kontrollrundgang, der gerade prüfte, ob alle Türen verschlossen waren. Tanner konnte so viel vom Gesicht des Mannes sehen, dass er ihn erkannte. Es war Paolo. Scheißjob, dachte Tanner. Tagsüber Portier und nachts Sicherheitsverantwortlicher, der im gesamten Gebäude nach dem Rechten sehen musste. Ob der Mann auch zwei Gehälter bekam?

Tanners Herzschlag war jetzt so laut, dass er Bedenken hatte, dass Paolo ihn hören konnte. Verdammt! Genau in diesem Moment verspürte Tanner den übermäßigen Drang, aufs Klo gehen zu müssen. Er schloss die Augen und rief sich zur Ordnung. Als er sie wieder öffnete, sah er, dass Paolo eine schwungvolle Kehrtwendung machte. Tanner tauchte wieder in die Tiefe ab. Die Taschenlampe des Wächters zog noch einmal eine zitternde Spur über die Wände, dann öffnete er eine schmale Tür und verschwand.

Fünf Minuten später klopfte Tanner leise an die Tür der Luxussuite Mitterberg.

»Du siehst unruhig aus. Wie geht es dir?«, fragte Paula.

»Ich muss auf die Toilette.«

VIER

Die Stimmung beim Frühstück im Hotel mit Paula war immer noch etwas frostig gewesen. Mindestens so kühl wie die Landschaft um den Montiggler See. Nachdem er Paula in der Apotheke in Bozen abgeliefert hatte, hielt er bei einem an der Straße liegenden Zeitungskiosk an und kaufte die aktuelle Ausgabe der »Dolomiten«. Dann begab er sich ins Büro, betrachtete konzentriert die gesamten Fotos nochmals auf dem Notebook und kopierte sie auf einen USB-Stick.

Auftrag erledigt, dachte er und rief seinen Auftraggeber Lukas Urthaler an, der sofort abhob.

»Waren Sie erfolgreich, Herr Tanner?«

»Sie werden zufrieden sein. Offenbar meldet das Boutiquehotel in der Tat falsche Übernachtungszahlen. Mindestens seit zwei Jahren. Betrug in großem Stil, würde ich sagen.«

»Können wir das beweisen?«

»Wie ich sagte: Sie werden zufrieden sein. Discrezione e Risultato. Detektei Tiberio Tanner steht für Qualität. Wann kann ich Ihnen den USB-Stick mit den Daten vorbeibringen?«

»Kommen Sie zu mir nach Hause. Ich habe eine Grippe erwischt. Oder zumindest eine Verkühlung, also lasse ich mich von meiner Frau pflegen.« Im Hintergrund hörte man den leisen Protestruf einer Frau.

»Wo wohnen Sie?«

»In Terlan. Silberleitenweg Nummer zwölf. Das ist in der Nähe des Schwimmbades. Mitten in einem Weinfeld. Leicht zu finden.«

»Zum Wein finde ich immer. Wann passt es Ihnen?«

»Elf Uhr. Okay?«

»Passt«, sagte Tanner und verabschiedete sich.

Auf dem Fensterbrett stand der stachelige Blumenstock, den Paula ihm geschenkt hatte. Wie hieß die Pflanze noch mal? Greisenhaupt. Cephalocereus senilis. Typisch Paula.

Das Hochgefühl, bereits etwas Wesentliches geleistet zu haben, durchströmte ihn. Er griff nach der Ausgabe der »Dolomiten«, deren Schlagzeile ihm in die Augen stach:

Grausamer Mord an Frau (44) in Vilpian erschüttert Südtirol
Die Polizei steht vor einem Rätsel

Tanner hatte gerade einige Zeilen in dem reißerisch aufgemachten Artikel gelesen, als sein Handy klingelte. Er vernahm die müde Stimme Maurizios. »Tiberio, wie geht es dir? Lädst du mich auf ein Glas Wein ein?«

»Wie komme ich dazu?«

»Pensionisten wie ich haben weniger Geld als Detektive, deren Geschäft blüht.«

»Na ja«, sagte Tanner. »Nicht einmal die Cephalocereus senilis blüht.«

»Die was?«

»Vergiss es.«

»Was ist nun mit einem Glas Wein?«

»Eigentlich wollte ich keins trinken, aber jetzt hast du mich überredet. Wo treffen wir uns?«

»Ich bin noch in Margreid bei meiner Tochter und kann in einer halben Stunde in Kaltern sein.«

»Laubencafé, Caldaro sulla strada del vino« stand auf der ersten Seite der kleinformatigen Karte. Im Hintergrund des Lokals fand Tanner einen freien Tisch. Er bestellte ein Glas Weißwein und wartete auf Maurizio, der fünf Minuten später erschien und auf eine Tür im Hintergrund zeigte. »Gehen wir ins Extrazimmer. Da ist es gemütlicher.«

Der kleine Nebenraum war leer bis auf einen quadratischen Tisch in der Mitte. Alles andere als gemütlich.

»Wie geht's dir, mein Freund?«, sagte Tanner. »Du siehst müde aus.«

»Ich fühle mich nicht müde und auch nicht alt. Bis Mittag fühle ich überhaupt nichts, und danach ist es Zeit für mein Mittagsschläfchen.«

Der junge Kellner begrüßte Maurizio mit den Worten: »Schön, Sie zu sehen, Commissario.«

»Ich möchte auch ein Glas Weißen und dazu einen Bauerntoast. Aber einen großen, wenn ich bitten darf ... nein, bringen Sie mir zwei Toasts. Zwei große.«

Maurizio nickte dem Kellner zu, der sich dienstfertig davonmachte, und zog ein zerdrücktes Päckchen Zigaretten aus der Tasche.

»Hier ist Rauchverbot, mein Freund«, sagte Tanner.

»Quatsch.« Maurizio hielt ein Streichholz an die Zigarette und sog die ersten Züge so gierig in sich hinein, als ob dies seine erste nach einem Jahr Abstinenz wäre.

Tanner schüttelte den Kopf. »Ich dachte, du hast dich von dem Nikotinlaster längst befreit. Ich erinnere mich an deine Versuche mit E-Zigaretten.«

»E-Zigaretten sind Mist.« Mit beinahe liebvollem Blick betrachtete Maurizio den rauchenden Glimmstängel. »Das hier ist der wahre Genuss.«

»Wenn dich der Kellner rauchen sieht, wirft er uns aus dem Lokal.«

Maurizio grinste. »Al contrario ... darum sitzen wir hier im Nebenraum. Ich kenne den Besitzer des Cafés seit Jahren, und vor einiger Zeit haben wir diesen Raum seiner Privatwohnung zugeschlagen. Und in Privaträumen ist Rauchen erlaubt.« Maurizio grinste. »So etwas nennen wir eine italienische Lösung.«

»Vielleicht wäre es besser, auf das Rauchen zu verzichten.«

»Fang nicht an, mich zu ärgern.«

Maurizio sah nicht gut aus. Sein fetter Körper, so schien es Tanner, hatte offensichtlich nur den Zweck, den schlecht sitzenden Anzug auszufüllen, der genauso grau und zerknittert war wie sein Gesicht. Tanner empfand beinahe Mitleid mit ihm. »Geht's dir auch wirklich gut? Bist du sicher?«

»Schau mich nicht so kritisch an. Nicht jeder Tag ist gleich.« Maurizio spießte das letzte Stück seines Bauerntoasts auf die Gabel und wedelte mit der Gabel herum. »Wie läuft dein Geschäft? Etwas ruhig im Moment, habe ich den Eindruck.«

»Al contrario, wie du zu sagen pflegst. Ich habe soeben einen Fall abgeschlossen. Betrug im großen Stil. Was gibt es Neues in der Questura?«

»Dort geht alles drunter und drüber. Gerd Rieper, mein ehemaliger Mitarbeiter, ist der Letzte der alten Garde, der mich nach wie vor auf dem Laufenden hält, was bei den Bozner Carabinieri und in der Questura vor sich geht.«

»Und?«

»Nero De Santis bringt alle gegen sich auf. Und keiner nimmt ihn ernst. Ein richtiger Toagoff eben.«

Maurizio deutete auf die »Neue Südtiroler Tageszeitung«, die mit der Schlagzeile nach oben auf der Kommode lag. »Hast du schon von dem Mord in Vilpian gelesen?«

Tanner nickte. »Schlimme Sache.«

Maurizio senkte den Kopf. Mit dem Kinn auf der Brust sah er aus, als hätte er keinen Hals. »Ich habe vorhin mit Gerd Rieper telefoniert. De Santis glaubt den Fall gelöst zu haben. Jedenfalls hat er einen Verdächtigen zum Täter erklärt und ihn in U-Haft genommen.«

Tanner drückte sanft Maurizios Unterarm. »Nicht dein Bier. De Santis' Bier.«

»Nicht mehr mein Bier«, murmelte Maurizio. Er wirkte abwesend, als sei ein Teil seines Geistes irgendwo in der Einsamkeit der Südtiroler Berge unterwegs.

Der freundliche Kellner kam herein. Mit anhaltender Geistesabwesenheit verfolgte Maurizio, wie der junge Mann den Tisch abräumte. »Darf ich den Herrn im verlängerten Wohnzimmer noch etwas bringen?«

Maurizio versuchte mühsam, an seine Geldbörse in der hinteren Hosentasche heranzukommen. Als er sie endlich erwischte, sah er den Kellner an. »Ich habe es mir anders überlegt. Bringen Sie uns zwei Grappa. Mir einen doppelten.«

»Was ist los, Maurizio?«

»Wie ich vorhin sagte: Nicht jeder Tag ist gleich.« Der Kellner kam mit schnellem Schritt zurück, Maurizio hob ruckartig das Glas und blickte wie gedankenverloren hinein, als wäre das Grappaglas eine Kristallkugel, die ihm seine Zukunft verraten könnte.

»In letzter Zeit denke ich oft an meinen Vater.« Maurizio hob Tanner das Glas entgegen. Er lächelte. Ein trauriges Lächeln. »Kennst du die Geschichte von meinem Vater?«

Tanner schüttelte den Kopf. Er wusste zwar, dass Maurizio keine sonderlich glückliche Kindheit hatte, kannte aber keine Details. Er ermunterte ihn zum Erzählen.

»Ich versuche immer wieder, manche Erinnerungen loszuwerden, aber die Geschichten holen mich immer wieder ein«, sagte Maurizio, leerte sein Grappaglas und lächelte wieder. Immer wenn er die fetten Hamsterbacken bewegte, begann sein Doppelkinn leicht zu zittern.

»Meine Eltern haben sich früh scheiden lassen. Damals war ich gerade elf Jahre alt. Keine Ahnung, warum, jedenfalls kam ich zu meinem Vater, obwohl ich das gar nicht wollte, denn wir zwei fanden keinen Zugang zueinander. Da war nichts. Mein Vater war ein wankelmütiger Mensch. Ich wusste nie, wie ich bei ihm dran war, obwohl er sich immer abgemüht hat. Noch viel mehr abgemüht hat er sich aber in seinem Beruf. Es ist aber nie etwas daraus geworden. Ständig hatte er Streit mit seinem Chef und auch mit den Nachbarn. Es war nie normal mit ihm, nie entspannt, und ich kann mich nicht erinnern, dass er mal ein vernünftiges Gespräch mit dem Nachbarn geführt hat. Wenn ich ehrlich bin ... ich kann mich auch nicht daran erinnern, dass er abends einmal nüchtern war. Einmal hat er mich gezwungen, ein Instrument zu lernen. Er kaufte mir ein Saxophon. Das auch noch. Dann gab es natürlich wieder Streit mit dem Nachbar. Der mochte Saxophon nicht. Einmal hat mich mein Vater geschlagen. Und am Abend kam er zu mir ans Bett und hat geweint und gesagt, dass es ihm leidtut. Wir kamen nie zusammen. Manchmal denke ich, meinem Vater fiel es sein ganzes Leben lang schwer, die Realität und ... wie soll ich sagen? ... die Fiktion auseinanderzuhalten. ›Bald wird alles besser‹ ... das waren seine Worte, wenn wieder etwas schiefging. Ich glaube, er hat dreimal hintereinander den Job gewechselt. Meist hat er irgendetwas verkauft. Bügeleisen waren es einmal, daran erinnere ich mich.« Der Kellner steckte den Kopf durch die Tür, und Maurizio bestellte weitere zwei Grappa. Tanner wollte protestieren, überlegte es sich aber anders. Maurizio hatte rote Flecken im Gesicht und war nicht zu bremsen. »Wenn ich versuche, meinen Vater mit einem Wort zu beschreiben, dann ist es: realitätsblind. Ständig hat er sich überschätzt und sich was vorgemacht. Dabei war er rastlos und sprühte vor Ideen, die sich nie realisieren ließen. Mit sechs Jahren habe ich ihn bewundert, mit vierzehn bedauert. Stets kam er an den falschen Job und immer an die falschen Frauen. Wir sind vier- oder fünfmal umgezogen, durch ganz Italien, vom Süden nach Sardinien und dann hier in den Norden. Immer hatte er einen Job, bei dem er ständig unterwegs war, und so konnte er sich nicht um mich kümmern. Eigenartigerweise hat mich das wenig gestört. Manchmal kam die Nachbarin und hat mir etwas zu essen gebracht. Meist jedoch habe ich mich selbst versorgt. Heute denke ich, dass er der Einsamere von uns beiden war. Ich bin sehr selbstständig geworden damals, obwohl ich immer den Wunsch hatte, ihm nahe zu sein und etwas mit ihm gemeinsam zu unternehmen. Dann wurde er krank. Eines Tages bin ich von der Schule heimgekommen, und er war tot. Er hat sich am Dachboden erhängt. Ich habe ihn gefunden.«

*

Heimat ist mehr ein Gefühl als ein Ort, dachte Tanner, als er auf der Südtiroler Weinstraße nach Norden fuhr. Insgesamt sechzehn Weindörfer säumten die Straße, und Tanner kannte sie alle, ihre kulinarischen Vorzüge und die über zwanzig verschiedenen Rebsorten, die dort angebaut wurden.

Seine Gedanken kehrten zu dem deprimierenden Gespräch mit Maurizio zurück. »Du solltest dich mehr um ihn kümmern«, hatte ihm Paula geraten. Wahrscheinlich hatte sie recht.

Die Autofahrt nach Terlan dauerte nur zwanzig Minuten. Tanner mochte die Gemeinde, die sowohl für seinen Gewürztraminer und Weißburgunder als auch als Spargelgebiet berühmt war. Anders als Spargel ließ sich der Wein äußerst praktisch in Flaschen aufbewahren. Für frischen Spargel mit der hervorragenden Bozner Sauce musste man noch bis zum Frühjahr warten. Beim Gedanken daran rann ihm das Wasser im Mund zusammen. Aquaplaning auf der Zunge, hatte sein Vater dazu gesagt.

»Silberleitenweg« hatte Tanner in das GPS eingegeben. Als das Schloss Maultasch in Sicht kam, bog er rechts ab, ließ die gotische Pfarrkirche mit dem hohen, rot schimmernden Turm links liegen und parkte wenige Minuten später vor Urthalers Haus. Der Bauherr oder der Baumeister des Gebäudes hatten keine Zeit für den Versuch verschwendet, ein hübsches Haus zu bauen. Es war eine hässliche Hütte.

»Ich bin Erika Urthaler«, sagte die Frau, die ihm die Tür öffnete. »Mein Mann ist beim Arzt. Er kommt jeden Moment zurück.« Es klang wie eine Drohung.

Es war heiß in dem kleinen Wohnzimmer, und Tanner hatte Durst. Ein eigenartiger Geruch lag in der Luft, er konnte nicht sagen, wonach. Vielleicht der Geruch der unendlichen Sauberkeit und der blitzblanken Ordnung. Die Wohnung sah aus, als ob jemand versucht hatte, den Durchschnittsgeschmack einer Südtiroler Kleinfamilie nachzubauen. Überall glatte, glänzende Möbeloberflächen in IKEA-Qualität. Auf einem Sideboard standen zahlreiche Fotografien, die ein hübsches Mädchen oder eine junge Frau zeigten.

Erika Urthaler war groß gewachsen und hager, sie hatte zu allem Überfluss die Haare hochgesteckt, so dass sie noch größer wirkte. Tanner mochte es nicht, wenn Frauen größer waren als er. Sie trug eine weiße Bluse aus dünner Seide, durch die einige Bänder schimmerten, die offensichtlich zu ihrer Unterwäsche gehörten.

»Darf ich Ihnen einen Kräutertee anbieten?« Tanner erstarrte und schüttelte verbissen den Kopf. Dann griff er in seine Hosentasche. »Ich habe hier einen USB-Stick, den ich für Ihren Mann mitgebracht habe. Ich möchte Sie nicht mehr länger stören.«

Plötzlich waren Schritte zu hören, dann betrat Lukas Urthaler den Raum und streckte ihm beide Hände entgegen. »Danke, dass Sie gekommen sind.«

Tanner nahm den Dank wortlos entgegen. »Wie geht es Ihnen? Sie sehen krank aus.«

»Der Arzt sagt das Gleiche. Erzählen Sie mir von Ihren Ergebnissen.«

»Praktischerweise hat das Hotel am Montiggler See eine handgeschriebene Buchhaltung«, sagte Tanner. »Ich habe die Übernachtungszahlen der letzten zwei Jahre fotografiert.« Tanner winkte mit dem USB-Stick. »Alles hier drauf.«

»Möchten Sie etwas trinken?«

»Ihre Frau hat mir dankenswerterweise schon etwas angeboten. Vielen Dank.« Tanner sah auf die Uhr, um zu beweisen, wie sehr er unter Zeitdruck stand. Als er bei dem Sideboard vorbeikam, zeigte er auf die Fotografien. »Ihre Tochter?«

Lukas nickte. »Marianna.« Er nahm eines der gerahmten Bilder in die Hand. »Marianna ist siebzehn und besucht eine Internatsschule in Naturns.«

Tanner sah zu Erika, die mit überkreuzten Beinen an der Schrankwand lehnte. »Sie haben eine hübsche Tochter.«

Sie nickte. »Ich weiß.«

»Morgen darf ich Ihnen meine Honorarnote zusenden«, sagte Tanner zu Lukas und hielt ihm die Hand hin. »Auf Wiedersehen.«

*

Die Hungerattacke überfiel ihn auf dem Weg zur MeBo Richtung Süden. Als er von der Kirchgasse auf den Karl-Atz-Platz einbog, führte das Schicksal seinen Blick auf das Schild »Metzgerei Nigg« an einem rosarot gestrichenen Haus. »Qualität einkaufen, Qualität produzieren und Qualität verkaufen« stand über der Theke, die mit verführerischem Inhalt gefüllt war. Hier war er richtig. Vier Euro vierzig für zwei Schüttelbrote mit Speck waren eine gute Investition in die nahe Zukunft. Das Überleben bis zum Abendessen war gesichert.

Tanner saß gerade im Auto und kaute mit vollen Backen, als sein Telefon läutete. Erschrocken schluckte er den Bissen hinunter und fischte sein Handy aus der Hosentasche. Die Nummer am Display war ihm unbekannt.

»Hier Stufles. Doktor Cassian Stufles. Ich bin Rechtsanwalt.« Eine laute, selbstbewusste Stimme.

Cassian … ein ladinischer Name, dachte Tanner. »Was kann ich für Sie tun?«, sagte er.

»Wir brauchen Ihre Unterstützung.«

»Wer ist ›wir‹?«

»Mein Mandant, Georg Rottenmann, und ich. Es geht um den Frauenmord in Vilpian.«

Augenblicklich sah Tanner die rosaroten Wolken eines neuen Auftrages am Horizont hochsteigen, und das gab seiner Stimme ein Vibrato, das überzeugend nach »Discrezione e Risultato« klang.

»Wann können wir uns treffen?«

»Am besten sofort. Es ist wichtig.«

»Wo? In der Dantestraße?«

»Gut kombiniert, Herr Detektiv. Ich bin gerade bei meinem Mandanten, der sich hier in Untersuchungshaft befindet.«

»Sie haben Glück, und ich habe Zeit«, sagte Tanner. »Zurzeit befinde ich mich am Ortsausgang von Terlan. In zwanzig Minuten bin ich bei Ihnen.«

»Rufen Sie mich vom Parkplatz aus an. Ich sorge dafür, dass Sie ohne Probleme hereinkommen.«

Jetzt wäre es hilfreich, ein bisschen mehr über den Mord in Vilpian zu wissen. Kurz entschlossen fuhr Tanner auf den Parkplatz eines MPREIS-Supermarktes und rief Maurizio an. Der meldete sich mit den Worten: »Heute ist Tiberio-Tanner-Tag.«

Tanner erzählte von dem Anruf des Rechtsanwalts, was Maurizio mit einem lauten Pfiff beantwortete. Es stellte sich jedoch heraus, dass Maurizio nicht viel über den Frauenmord zu berichten wusste. »Ich habe nur gehört«, sagte er, »dass der Mann verdächtig sein soll, der die Leiche entdeckt hat.«

»Warum verdächtig?«

»Nachdem der Bursche auf die Leiche gestoßen ist, hat er offenbar extrem lange gewartet, bis er die Polizei anrief. De Santis hat ihn daraufhin festnehmen lassen.«

Tanner mochte den Bozner Stadtteil Gries-Quirein, der sich am rechten Ufer der Talfer erstreckte. Der Fluss, an dem sich auch sein Büro befand, war so etwas wie ein Zuhause für ihn.

Er fuhr über die Drususbrücke, von der aus zum ersten Mal die verwahrlosten rotbraunen Mauern des Bozener Gefängnisses in sein Blickfeld kamen. Schon aus der Entfernung konnte man erkennen, dass der Putz großflächig von der Fassade abbröckelte. Seit Jahren wurde in der Stadtverwaltung über den Neubau eines Gefängnisses diskutiert.

Tanner wusste, dass es zu jeder Tageszeit beinahe unmöglich war, in der Nähe der Strafanstalt einen freien Parkplatz zu ergattern. Er parkte seinen Wagen in der blauen Zone am Obstplatz, überquerte den nahe liegenden Waltherplatz, wo er dem steinernen Minnesänger, der sinnigerweise sein Hinterteil der Sparkasse zuwandte, einen kurzen Blick zuwarf, und bog rechts in den Pfarrplatz ein. Nach fünf Minuten erreichte er die Dantestraße, in der sich das riesige Gerichtsgebäude befand. Allein mit seinen monumentalen Ausmaßen erinnerte es heute noch an die allgewaltige Kontrollfunktion des damaligen faschistischen Staates, für den es der römische Architekt Paolo Rossi de' Paoli errichtet hatte. Vor dem Gebäude stehend, bedachte Tanner die Justitia, die auf dem Giebelrelief thronte, mit einem kurzen Blick. In der Hand hielt sie eine Waage, deren Balken, so schien es ihm, ziemlich schief stand.

Tanner marschierte an den Zellenfenstern vorbei. Er hätte den Anwalt fragen sollen, wo genau die Verhöre der Untersuchungshäftlinge stattfanden. Am Ende des Traktes standen ein dicklicher Uniformierter und ein in feines Tuch gekleideter Anzugträger, der ihm die Hand entgegenstreckte. »Ich bin Cassian Stufles. Wir haben telefoniert.«

Nach einer nachlässig durchgeführten Kontrolle, die sich im Wesentlichen auf ein Studium von Tanners Ausweis beschränkte, führten ihn die beiden Männer in das Besucherzimmer.

»Kennen Sie den Fall?«, fragte der Anwalt.

Tanner schüttelte den Kopf. »Nur aus der Zeitung.«

»Okay«, sagte Dr. Stufles und stieß einen Seufzer aus. »Wie ich Ihnen am Telefon sagte, geht es um einen Mann mit dem Namen Georg Rottenmann. Er ist mein Mandant. Während wir ihn holen lassen, informiere ich Sie in kurzen Zügen über den Grund, warum er im Gefängnis sitzt.«

Der Anwalt hatte straff zurückgekämmtes schwarzes Haar und ein kantiges Gesicht mit schwermütigen braunen

Augen. Mit wenigen Sätzen erzählte er von dem Mord an einer gewissen Elena Zingerle aus Vilpian. Er beendete seinen Bericht mit: »Mein Mandant ist verheiratet und Besitzer eines großen Weingutes oberhalb von Kurtatsch.«

»Welches Verhältnis bestand zwischen ihm und der Ermordeten?«

»Das fragen Sie ihn am besten selbst.« Stufles nickte dem Uniformierten zu, der neben der Tür Platz genommen hatte. »Holen Sie bitte Herrn Rottenmann.«

Als der Polizist das Zimmer verlassen hatte, öffnete der Anwalt seine Aktentasche und holte einige Papiere heraus. »Kennen Sie Nero De Santis?«

Tanner zog die Mundwinkel nach unten und schüttelte den Kopf. »Flüchtig.«

»Ich kann den Typ nicht leiden«, sagte der Anwalt. »Er hat keinerlei Beweise, ist aber zutiefst von der Schuld meines Mandanten überzeugt. Oder tut wenigstens so.«

Krachend flog die Tür auf, und Georg Rottenmann wurde hereingeführt. Er nahm Tanner gegenüber Platz und musterte ihn eine Zeit lang. »Holen Sie mich heraus hier«, sagte er.

Tanner nickte, sah zuerst Georg und dann seinen Anwalt an. »Das wird nicht ganz so einfach werden. Über welche Beweise könnten De Santis und seine Leute verfügen, dass Sie die Frau umgebracht haben?«

»Sagte ich Ihnen bereits. Keine!« Stufles nestelte mit dem Finger am Hemdkragen herum, als wäre er ihm zu eng geworden.

»Für die Polizei hat es Tradition, sich bei einem Mord zuerst die Bekannten und Verwandten genauer anzusehen.

In achtzig Prozent der Fälle gibt es eine Beziehung zwischen Opfer und Mörder. Sagt die Statistik.«

Georg Rottenmann warf den Kugelschreiber, den er in der Hand hielt, auf den Tisch. »Ich scheiße auf die Statistik.«

»Gern«, sagte Tanner. »Aber vorher verraten Sie mir noch mal genau, was Sie von mir erwarten.«

»Sagte ich doch schon. Holen Sie mich aus diesem stinkenden Loch heraus. Abgesehen von meiner Unschuld … ich halte das nicht länger aus. Die Zelle, in der ich eingesperrt bin, ist so klein wie eine Besenkammer und so feucht, dass ich den Schimmel von der Wand kratzen kann.«

»Um Ihre Frage konkret zu beantworten …«, griff der Anwalt ein. »Mein Mandant möchte Ihnen den Auftrag geben, den Mörder zu suchen. Um seine Unschuld zu beweisen. Normalerweise ist das die Aufgabe der Polizei.« Er lachte angewidert. »Doch darauf setzen wir keine große Hoffnung.«

Georg Rottenmann saß zusammengesunken da und starrte auf einen Punkt auf dem Fußboden. Er sah nicht wie ein erfolgreicher Winzer aus. »Fragen Sie schon«, sagte er, ohne Tanner anzusehen.

»Warum haben Sie sich in der Wohnung der Frau aufgehalten?«

»Das habe ich der Polizei schon erklärt. Es war alles harmlos. Ich habe die Frau vor einiger Zeit kennengelernt. Rein zufällig übrigens. Auf einer Veranstaltung der Winzergenossenschaft Bozen habe ich sie getroffen.«

»Rein zufällig«, warf Tanner ein.

Rottenmann verdrehte genervt die Augen und schüttelte

den Kopf. »Noch einmal ganz langsam: Ich kannte die Frau flüchtig, und bei dem Winzertreffen in Bozen lief sie mir über den Weg. Und ja! Rein zufällig.«

»Und wie ging es dann weiter?«

»Lassen Sie mich erzählen. Ich war mit ihr beim Abendessen, und hinterher hat sie mich noch auf einen Kaffee in ihre Wohnung eingeladen. Ganz harmlos.«

Und wie war der Kaffee?, wollte Tanner schon fragen. Stattdessen sagte er: »Hatten Sie Sex miteinander?«

Georg Rottenmann hob den Kopf und sah zu seinem Anwalt, der mit den Achseln zuckte. »Nein. Natürlich nicht«, sagte Rottenmann. »Schließlich bin ich verheiratet.«

»Aha«, sagte Tanner.

»Und vorher, vor der Veranstaltung in Bozen, haben Sie die Frau schon einmal getroffen. Oder mehrmals?«

»Sagte ich schon. Ich kannte sie flüchtig.«

Die Antwort kam zu schnell, um wahr zu sein. Tanner beugte sich vor und sagte etwas lauter: »Mir sollten Sie jetzt die Wahrheit verraten. Wie oft waren Sie in der Wohnung der Frau?«

»Na ja«, kam die zögerliche Antwort. »Einige Male. Aber nicht oft.«

»Erzählen Sie. Wie ging die Geschichte an diesem Tag weiter?«

»Wir haben ein Glas Wein getrunken, und dann hat die Frau festgestellt, dass sie nichts mehr zu rauchen hat, und mich gebeten, Zigaretten zu holen. Vom Automaten. Und ich habe den Kavalier gespielt, und als ich zurückkehrte, war sie tot. Überall war Blut.« Er bedeckte sein Gesicht mit beiden Händen, und Tanner überlegte, ob die Erschütterung echt oder nur geschauspielert war, kam jedoch zu keinem abschließenden Ergebnis.

Tanner schlug sein Notizbuch auf. »Wie lange waren Sie weg?«

»Ich habe nicht auf die Uhr gesehen. Zehn Minuten vielleicht.«

»Als Sie auf die Straße gingen, ist Ihnen da irgendetwas aufgefallen? Ein Spaziergänger vielleicht ...«

Georg Rottenmann schüttelte den Kopf. »Es war stockdunkel. Und eisig kalt. Da war niemand. Nur ein richtiger Lottl wie ich hat sich den Arsch abgefroren. Mit einer Packung Zigaretten in der Hand.«

»Warum haben Sie nicht sofort die Polizei angerufen? Als Sie die Leiche sahen, meine ich.«

Interessiert beugte sich der Anwalt vor. »Ich verstehe nicht, worauf Sie hinauswollen«, sagte er.

Rottenmann deutete mit dem Daumen auf seine Brust. »Ich hoffe, Sie verdächtigen nicht mich, die Frau getötet zu haben.«

»Mir wurde eine Insider-Information zugetragen. Die Polizei wirft Ihnen vor, dass Sie lange gewartet haben, nachdem Sie die Frau in der Wohnung aufgefunden hatten. Warum das Zögern?«

»Ich war wie von Sinnen. Ich saß da und habe auf die Leiche gestarrt und wusste nicht, was ich tun sollte.« Rottenmann sah zu Dr. Stufles hinüber. »Dann habe ich meinen Anwalt angerufen.«

»Und ich habe Georg geraten, sofort die Notrufnummer der Questura anzurufen.«

»Und das habe ich getan«, bestätigte Georg.

»Um wie viel Uhr haben Sie mit der Frau die Wohnung betreten?«

»Ich weiß es nicht. Vielleicht eine Stunde vor meinem Ausflug zum Zigarettenautomaten. Oder zwei.«

Tanner machte sich eine Notiz. »Noch eine Frage. Sagen Sie mir, wo sich der Zigarettenautomat befindet. Sie gehen also aus dem Haus ... Beschreiben Sie mir den genauen Weg.«

»Ich kann Ihnen den Weg aufzeichnen. Geben Sie mir Ihr Notizbuch.« Er griff nach dem Kugelschreiber, zeichnete in die Mitte der Seite ein Rechteck und zog eine dünne Linie quer über das Blatt, an dessen Ende ein kleiner Kreis kam. »Wie die Straße heißt, weiß ich nicht, aber von hier bis hier ist es ungefähr ein halber Kilometer.« Er deutete zuerst auf das Rechteck, dann auf den Kreis. »Das ist das Haus, in dem die Frau wohnt, und hier befindet sich ein kleiner Lebensmittelladen. Neben der Tür hängt der Zigarettenautomat an der Mauer.«

»Das können Sie nachprüfen. Mein Mandant sagt in allen Punkten die Wahrheit.«

Erzählte der Mann wirklich die Wahrheit? Tanner war davon nicht überzeugt. Er machte sich wieder eine Notiz, dann fragte er Georg Rottenmann: »Was glauben Sie, wer es war? Und wie es passiert ist? Ich meine, fällt Ihnen dazu irgendetwas ein?«

»Ich habe keine Ahnung.« Ein kurzes Zucken lief über Rottenmanns Gesicht. »Wenn Sie mich fragen. Er kam von außen. Sehen Sie, die Wohnung der Frau liegt im Erdgeschoss, und ohne großen Aufwand kann man auf ihren Balkon steigen und ins Wohnzimmer gelangen.«

»Es war Nacht«, sagte Tanner. »Und es hatte Minusgrade. Vermutlich war die Balkontür geschlossen.«

Rottenmann zuckte nun mit den Schultern.

»Vermutlich? War die Tür nun zu oder offen?«

Schulterzucken. »Vermutlich geschlossen.«

»Sie sind Winzer, habe ich gehört. Ihnen gehört ein großes Weingut.«

»Meine Weinberge liegen in fünf- bis sechshundert Meter Seehöhe. Hofstadt befindet sich am Fuße der Mendel. Ein Weiler ... ein paar Häuser nur und unser Ansitz aus dem sechzehnten Jahrhundert. Dort lebe ich mit meiner Familie.«

»Alles ehrenvoll und würdig«, sagte Tanner.

Georg Rottenmann machte wieder einen niedergeschlagenen Eindruck. Dann lachte er kurz auf. »Ehrenvoll ... nur die Anklage wegen Mord passt nicht dazu.«

»Bin gleich wieder da«, murmelte der Anwalt, erhob sich und ging aus dem Zimmer.

»Noch eine Frage«, sagte Tanner, als sie bis auf den schläfrigen Uniformierten im Hintergrund allein waren. »Wie sind Sie eigentlich auf mich gekommen? Alleine in Bozen gibt es mehrere Detektivbüros.«

Georg Rottenmann lächelte. »Das können Sie meinem Vater zuschreiben. Sie müssen mal für einen befreundeten Winzerkollegen einen Betrugsfall bearbeitet haben. Und zwar kompetent und zuverlässig. Das wurde meinem Vater zugetragen, daher hat er mir Ihren Namen genannt.«

Tanner nickte. »Kompetent und zuverlässig, das ist bei mir der Standard.«

Der Winzer sah sich um und beugte sich vor, als wollte er Tanner etwas Vertrauliches mitteilen. »Bevor mein Anwalt zurückkommt, möchte ich noch ein Thema ansprechen, das mir am Herzen liegt. Mein Vater bittet um Ihren Besuch.«

Tanner reagierte erstaunt. »Warum?«

»Was ich Ihnen jetzt erzähle, hat nichts mit dem Umstand zu tun, dass ich in Untersuchungshaft sitze. Es geht um Folgendes: Mein Vater wird im März sechsundachtzig. Er ist geistig soweit okay, einigermaßen jedenfalls; das Problem ist nur, dass ihm jede Kleinigkeit große Sorgen bereitet, mit denen er nicht umgehen kann. Allein die Tatsache, dass man mich festgenommen und ins Gefängnis gesteckt hat, wirft ihn total aus der Bahn.«

Tanner hörte konzentriert zu und nickte. »Das kann ich gut verstehen.«

»Verena, seine Pflegerin ... eigentlich mehr seine Haushälterin ... sie hilft ihm nach Kräften, aber er ist doch viel allein.«

In Tanner machten sich Bedenken breit. Sollte er jetzt einen senilen Alten ruhigstellen und ihn bespaßen? »Ich habe noch nicht verstanden, warum ich Ihren Vater besuchen soll.«

»Dazu komme ich jetzt. Irgendetwas Eigenartiges geht in dem Haus vor, in dem er wohnt. Er hört Geräusche und sieht Spuren im Schnee, die ihn beunruhigen.«

»Wohnt er nicht im selben Haus wie Sie?«

»Er hat mir das Weingut vor zehn Jahren übertragen, wobei er sich das Ausgedinge zurückbehalten hat. Er lebt in einem kleinen Haus nicht weit vom Hauptgebäude entfernt.«

»Sie sind dem doch sicher nachgegangen ... den Spuren und den Geräuschen, meine ich.«

»Konnte ich nicht, weil mich an dem Tag die Carabinieri in meinem eigenen Haus festgenommen haben. Seitdem mache ich mir nicht nur Sorgen um meine Zukunft, sondern auch um meinen Vater. Okay, er ist alt, aber er ist nicht verrückt. Natürlich kann das alles auch nur Einbildung sein, aber ich glaube es nicht. Wie ich schon sagte: Mein Tatta ist zu viel allein. Und zu Valentina hat er kein Vertrauen ...«

»Wer ist das?«

»Meine Frau. Meine zweite Frau. Mein Sohn Roland studiert und ist wenig zu Hause. Wie ich sagte ... Vater ist viel allein.«

»Und diese Pflegerin?«

»Ist ein junges Mädchen. Lieb und nett. Nicht mehr.«

Eine kurze Pause entstand. Georg Rottenmann kritzelte ein paar Zahlen auf einen Zettel und schob ihn Tanner hin. »Das ist Verenas Telefonnummer. Fahren Sie hin. Natürlich bekommen Sie das bezahlt.« Er lächelte. »Schreiben Sie's auf die Rechnung.«

Der Anwalt betrat wieder den Besprechungsraum, und sie beendeten ihr Gespräch. »Sie hören von mir«, sagte Tanner, bedankte sich förmlich für den Auftrag und drückte Georg Rottenmann die Hand. Dann nickte er dem Anwalt zu.

*

Tanner sah auf die Uhr. Sollte er direkt nach Hause fahren oder Paula von der Apotheke abholen? Die Honorarrechnung an Lukas Urthaler war noch offen. Geld eintreiben ging vor Feierabend. Es dämmerte bereits, als er das Auto wendete und die schnurgerade Rittner Straße am Bahnhof vorbeifuhr. Er bog links ab und warf einen bewundernden Blick auf die romanische Kirche im Stadtteil St. Johann.

Wie immer ließ er sein Auto nahe bei seinem Büro in einer Parkbucht am Bach stehen. Kühle Luft stieg herauf. Er genoss die wenigen Schritte entlang der Wassermauer bis zum Talfergries.

Als er auf das Haus sah, in dem sich sein Büro befand, blieb er erstarrt stehen. In seinem Büro brannte Licht. Alle Fenster waren hell erleuchtet.

Ein Einbrecher? In seinem Büro war schon einmal eingebrochen worden. Wer beging schon einen Einbruch bei Festbeleuchtung?

Mit klopfendem Herzen stand er vor seinem Büro und legte das Ohr an die Tür. Ein schwaches Geräusch. Gleich hinter der Tür. Wie knarzende Schuhe. Oder wie ein unregelmäßiges Klopfen. War das der Warmwasserboiler? Langsam drückte er die Klinke herunter und war erstaunt, dass die Tür nicht versperrt war. Er spürte, wie sich sein Pulsschlag beschleunigte. Die Pistole! Sie war irgendwo im Schreibtisch in seinem Arbeitszimmer. Eine Gänsehaut lief ihm den Rücken hinunter, als er Schritt für Schritt den dunklen Flur entlangschlich. Nur durch die Milchglasscheibe der Bürotür fiel ein schwacher Lichtschein, und dann und wann erschien ein Schatten auf dem Glas. Der Schatten bewegte sich. Da war jemand in seinem Büro. Sein Blick fiel auf eine gläserne Vase, die ihm Paula geschenkt hatte. Das war zwar keine taugliche Waffe, aber besser als nichts. Mit lautlosen Schritten schlich er weiter, bis er genau vor der Tür stand, die ins Büro führte. Wie eine Keule umklammerte er mit festem Griff die Blumenvase, atmete tief ein und stieß mit lautem Gepolter die Tür auf.

Mitten im Zimmer stand Schluzzer und starrte ihn erschrocken an. »Hallo, Chef, wollten Sie mir Blumen bringen? Die Vase ist leer.«

»Schluzzer, was ist los?«

»Eigenartige Frage, Chef. Ich bin aus Mallorca zurück und melde mich zum Dienst. Ich habe Ihnen mehrere SMS geschickt, aber Sie haben nicht geantwortet.«

Tanner zog sein Handy aus der Tasche. »Sie haben drei ungelesene Nachrichten«, stand da.

»Sie sehen so verändert aus, Schluzzer. Woran liegt das?«

»Ich trage eine Brille.«

Schluzzer gähnte und setzte sich auf den Besucherstuhl. Tanner nahm hinter dem Schreibtisch Platz. »Wie war's im Urlaub? Sind die Winter nicht sehr kalt auf Mallorca?«

Schluzzer beugte sich langsam vor, hob den Kopf und flüsterte: »Ich habe mich verliebt.«

Beeindruckt nickte Tanner. »Eine Urlaubsbekanntschaft?«

Schluzzer schüttelte den Kopf. »Keine Bekanntschaft. Große Liebe.«

»Warum tragen Sie jetzt eine Brille?«

»Molly heißt sie.«

»Ich rede von der Brille. Wie viel Dioptrien hat sie?«

»Sie ist grau und lieb.«

»Sind Sie eigentlich kurzsichtig? Schluzzer, Sie wissen, ein Detektiv braucht Weitsicht.«

»Ich habe ein Foto von Molly dabei. Möchten Sie es sehen?«

»Später«, sagte Tanner. »Zuerst zu der aktuellen Entwicklung im Büro. Seit gut einer Stunde haben wir einen werterheblichen Auftrag. Es geht um den Mord an einer Frau, und wir sollen den Täter finden.«

Schluzzer machte einen unglücklichen Eindruck. Wahrscheinlich wollte er noch mehr über seine mallorquinische Freundin erzählen. Das musste warten. Pflicht vor Molly.

»Ich fahre morgen früh in die Berge. Zum Weingut Rottenmann. Dort ist unser Auftraggeber zu Hause. Nur im Moment sitzt er noch in U-Haft. Und genau da sollen wir ihn herausholen. So lautet unser Auftrag.«

»In den Bergen ist es kalt«, sagte Schluzzer.

»Ich fahre allein. Nicht wegen der Kälte. Den Grund erkläre ich Ihnen später. Dann können Sie sich morgen noch um Molly kümmern. Aber treiben Sie es nicht zu arg. Schließlich sind Sie nicht mehr der Jüngste.«

»Okay«, sagte Schluzzer. »Sie sind der Chef. Und dann? Was steht als Nächstes auf dem Programm? Ich würde mich gern vorbereiten.«

»Machen Sie einen Vorschlag, Schluzzer. Womit beginnt ein erfahrener Detektiv eine Recherche?«

Nach einigen Augenblicken kam die Antwort: »Keine Ahnung.«

»Wir müssen zuerst die Familie des Mordopfers durchforsten. Elena Zingerle hat nach der Scheidung vor einigen Jahren wieder ihren Mädchennamen angenommen. Sie hat übrigens eine Tochter mit dem Namen Laura.«

Schluzzer runzelte die Stirn. »Und wer ist der Vater der Tochter?«

»Ihr Ex. Er heißt Patrick Turato. Der hat nach der Scheidung ein zweites Mal geheiratet. Mit seiner neuen Frau wohnt er in Klausen. Und die beiden besuchen wir.«

»Woher wissen Sie das alles, Chef?«

»Freund Maurizio macht's möglich. Er hat sich umgehört für mich.«

»Für uns.«

»Für uns. Noch hat er gute Kontakte zu einigen seiner ehemaligen Kollegen in der Questura.«

»Ich hole Sie übermorgen von zu Hause ab.« Tanner blätterte in seinem Notizbuch. »Sassari-Straße im Stadtteil Don Bosco ... das ist doch Ihre Adresse?«

Schluzzer nickte. »Hausnummer 126 im zweiten Stock.«

»Wir fahren mit meinem Wagen. Übermorgen, Punkt neun Uhr dreißig. Okay?«

»Okay.«

Schluzzer griff in die Innentasche seiner Jacke und zog eine Fotografie heraus. »Jetzt aber zu meiner Molly. Das ist sie.«

Tanner nahm das Bild in die Hand und lachte. Das Foto zeigte keine Frau, sondern eine Katze. »Ich dachte, Sie reden von ihrer neuen Freundin.«

»Ist auch so. Auf Mallorca gibt es jede Menge Straßenkatzen. Molly ist mir zugelaufen. Abgemagert war sie, und ich habe sie jeden Tag gefüttert. Und jetzt mag sie mich.«

»Wie haben Sie die ins Flugzeug gebracht?«

»Nicht ganz legal.« Schluzzer grinste. »Sie saß in meiner Reisetasche im Handgepäck. Der Flug hat ihr gefallen.«

FÜNF

Der Morgen war kalt und frostig. Tanner warf einen Blick auf das Thermometer vor dem Küchenfenster. Minus vier Grad. Eine dünne Schicht frisch gefallener Schnee bedeckte den Vorgarten und den Gehsteig. Er fühlte sich unausgeschlafen, obwohl es bereits nach acht Uhr war. Paula stand wohl schon in ihrer Apotheke. Noch im Pyjama saß Tanner in der Küche, blätterte lustlos in seinem Notizbuch und versuchte, seine Gedanken zu ordnen. Nach dem ersten Espresso würde die Welt freundlicher aussehen.

Die Rottenmanns residieren in einem Ansitz aus dem sechzehnten oder siebzehnten Jahrhundert, hatte er sich gemerkt. Und knapp oberhalb beginnen schon die Mischwälder des Mendelgebirges.

Die Straßen waren vorbildlich vom Schnee geräumt. Auf der Fahrt in die Berge liefen seine Gedanken zu Valentina, Rottenmanns Ehefrau. Ob sie wusste, dass sie der Gatte mit der ermordeten Frau betrogen hat? Wahrscheinlich ja. Wenn sie nicht ganz dumm war. Was Frauen ja selten waren. Zumindest nicht in Fragen der Treue oder Untreue des Ehemannes. Hatte ihn Georg bei seinem Gespräch im Gefängnis angelogen? Nicht bei all seinen Aussagen möglicherweise, aber bei einigen. Zumindest war sein Besuch bei dieser Frau nicht völlig harmlos, wie er behauptet hatte. Natürlich war da mehr als eine simple Einladung auf einen Kaffee.

Tanner fuhr auf der SP 19 nach Süden, wo er nach einer Weile die Gemeinde Kurtatsch erreichte, eines der südlichsten Dörfer im deutschen Sprachraum. Das hatte er sich seit der Volksschule gemerkt. Heute war Kurtatsch das Zentrum der kulinarischen Genusswochen und im ganzen Südtiroler Unterland bekannt für seinen Wein. Im Moment schliefen die Weingärten noch, aber mit ein bisschen Phantasie konnte man trotz der Schneedecke die feinen Duftaromen eines Merlot aus Kurtatsch oder eines herrlich fruchtigen Chardonnay aus Tramin riechen.

Tanner kramte im Handschuhfach und fand eine alte CD, auf der eine *Tosca*-Aufführung aus den frühen sechziger Jahren zu hören war. Mit Leontyne Price und Franco Corelli. Ein wahrer Genuss.

Von Kurtatsch führte die gut geräumte, aber spiegelglatte Straße hinauf in die Berge. Nebelfetzen hingen im Tal, während weiter oben die Sonne hervorlugte und die schneebedeckten Weinberge in eine glitzernde Hügellandschaft verwandelte. Auf der rechten Seite der steil aufragende Hang, links ein traumhafter Blick hinunter ins Etschtal. Als Tanner in einer besonders engen Spitzkehre ins Rutschen kam, verzichtete er auf weitere traumhafte Blicke ins Tal.

Ein eisiger Wind fegte über die Wiesen, als er aus dem Auto stieg. Der Ansitz der Rottenmanns sah eher wie eine mittelalterliche Burg aus als ein Winzerhof. Tanner vermutete, dass vorne die Wohngebäude lagen, die sich nach beiden Seiten fortsetzten und einen Hof umschlossen, der von Loggien und einer eindrucksvollen Freitreppe gesäumt wurde. Überetscher Stil. Mindestens siebzehntes Jahrhundert. Efeu rankte sich um die wuchtigen Säulen neben dem Portal und überdeckte beinahe das steinerne Wappen, das auf die adlige Familiengeschichte hinwies.

Über dem Dach des Gebäudes kreisten einige Raben und krächzten.

Im Innenhof kurvte ein Gabelstapler mit einer scheppernden Palette leerer Flaschen und verschwand in einem der Tore. Aus einem der Nebengebäude trat ein Mann, der wie ein Bauer aussah, mit gestutztem Bart und einer blauen Schürze. Als er Tanners Wagen erblickte, blieb er ruckartig stehen, dann kam er lächelnd näher, die Hände in den Hosentaschen.

»Was wollen Sie hier?«

Tanner mochte Leute nicht, die ständig lächelten. »Ich bin mit Herrn Rottenmann verabredet.«

»Der sitzt. Im Tschumpus.«

»Ich besuche Philipp Rottenmann. Den Senior.«

»Wozu?«

»Verena hat mich angerufen.«

»Verena?« Ohne sein Lächeln zu unterbrechen, zog der Mann die Augenbrauen hoch und zeigte zum Haus. »Die finden Sie dadrin.«

»Und wer sind Sie?«

»Ich bin Markus Moroder, der Kellermeister von Herrn Rottenmann.«

Es entstand eine kurze Pause. Der Mann lächelte, wenn er redete, und er lächelte, wenn er nichts sagte. Wahrscheinlich verlor er das Lächeln auch während des Schlafes nicht. Möglicherweise träumte er sogar, dass er lächelte.

Tanner betrat das Haus und durchquerte die Eingangshalle, die der Lobby im Boutiquehotel am Montiggler See ähnelte. An den Wänden hingen dunkle Ölgemälde, etwa zehn großformatige Porträts älterer, seriös dreinblickender

Männer. Offenbar die Ahnengalerie derer von Rottenmann. Am auffallendsten war eine riesige, antik aussehende Baumkelter, die Tanners Interesse weckte. Allein die Holzspindel der Weinpresse war einen halben Meter dick.

Eine Tür im Hintergrund öffnete sich, und eine junge Frau erschien auf der Schwelle.

»Sie sind Verena«, sagte Tanner.

Sie nickte. Verena war ein blasses Mädchen mit hübschen, gleichmäßigen Zügen und vollen Lippen. Ihr braunes Haar trug sie hochgesteckt, was sie ein wenig älter aussehen ließ. Tanner schätzte die junge Frau auf zweiundzwanzig, vielleicht war sie aber auch ein oder zwei Jahre älter.

»Wie geht es Georg? Ich meine, Herrn Rottenmann junior?«

»Ich war gestern bei ihm«, antwortete Tanner. »Für ihn ist es eine Qual, im Gefängnis zu sein. Er leidet unter der Schmach, und er leidet an Einsamkeit.«

»Er hat die Frau nicht getötet«, sagte das Mädchen leise. »Ich fühle es.«

»Wir holen ihn raus. Aus dem Gefängnis.« Tanner räusperte sich. Verena hatte eine angenehme Stimme. Je länger er mit ihr redete, desto sympathischer wurde sie ihm.

»Es geht vor allem um das Gespräch mit Ihrem Senior, um das mich Georg Rottenmann gebeten hat. Deshalb bin ich gekommen. Wenn es möglich ist, würde ich allerdings auch gern ein paar Worte mit Valentina Rottenmann reden.«

Verena schüttelte den Kopf. »Sie ist in Bozen. Einkäufe tätigen.« Wie entschuldigend hob sie beide Hände. Kann man nichts machen, hieß das.

»Wo wohnen Sie eigentlich?«, fragte Tanner.

Sie zeigte auf eines der Gebäude im Hintergrund. »Dort im ersten Stock.« Sie lachte. »Eineinhalb Zimmer mit allem Komfort.«

»Bisschen einsam hier oben. Aus welcher Gegend kommen Sie?«

»Meine Eltern wohnen in St. Pauls.«

»St. Pauls«, wiederholte Tanner und nickte anerkennend. »Eine schöne Ortschaft. Dort war ich beim Dorffest. Vor zwei oder drei Jahren. Ich denke heute noch gerne an das Giggerle vom Holzkohlengrill.«

»Im Gegensatz zum Dorffest ist es natürlich etwas einsam hier oben. Aber Herr Rottenmann … ich meine den Senior, er hängt sehr an mir. Außerdem werde ich mich demnächst öfter in Bozen aufhalten. Ich beginne ein Studium an der Claudiana.«

»Claudiana?«, fragte Tanner.

»Das ist die Landesfachhochschule für Gesundheitsberufe. Ich beginne einen Kurs für Pflegerinnen.« Verena sah auf die Uhr und nickte. »Herr Rottenmann wartet sicher schon auf Sie.«

»Wenn Ihr Senior ungeduldig ist, sollten wir zu ihm gehen«, sagte Tanner.

Sie waren dabei, den Raum zu verlassen, als etwas Unerwartetes geschah. Eine der Türen wurde aufgerissen, und ein junger Mann mit blondem Haarschopf steckte den Kopf durch den Türspalt. Ein hageres, blasses Gesicht spähte herein, zuckte dann wie erschrocken zurück und verschwand. Tanner sah zu Verena und zog die Augenbrauen hoch.

»Wer war das?«

Verenas Gesicht hatte schlagartig einen etwas lebhafteren

Farbton angenommen. Sie wirkte verlegen. Da muss sie durch, dachte Tanner und wiederholte die Frage. »Wer war das?«

»Das war Roland Rottenmann. Der Sohn. Und der Enkel des Seniors.«

»Hat er Angst hereinzukommen?«

»Wahrscheinlich sucht er seine Mutter ... seine Stiefmutter, meine ich.« Sie deutete zur Haustür. »Gehen wir!«

Sie marschierten ein paar hundert Meter, bis sie ein großes Steinhaus erreichten. Georg hatte im Gefängnis von einem kleinen Haus gesprochen, in dem sein Vater wohnte. Doch das Ausgedinge war ein respektables einstöckiges Haus.

So als hätte Verena seine Gedanken erraten, sagte sie: »Offizielle Anlässe finden drüben im Ansitz statt. Ansonsten hat sich Herr Philipp Rottenmann hierher zurückgezogen, wo er nur das Erdgeschoss bewohnt. Der erste Stock steht leer. Meist jedenfalls.«

Der Raum, den sie betraten, war klein und überhitzt. Im Kamin, der fast die gesamte Breitseite des Zimmers einnahm, brannte ein Feuer. Davor saß ein alter Mann mit einer Decke auf dem Schoß.

»Das ist Herr Tanner«, sagte Verena. »Sie wissen schon, von dem Detektivbüro aus Bozen.«

Sie gaben sich die Hände.

»Nehmen Sie Platz.« Philipp Rottenmann hatte eine überraschend feste und laute Stimme. Er sah zu Verena hoch und sagte: »Bringst du uns bitte den Tee, mein Kind?«

Nur wenn ein Mann ganz alt war, durfte er eine junge Frau mit Kind ansprechen. Tanner zog den Wintermantel aus und legte ihn auf einen der Stühle. Mit einer müden Handbewegung wies ihm der Senior einen Sitzplatz auf der riesigen Couch mit Blumenmuster zu, in der Tanner spontan bis zum Bauch versank, so dass er tief und ohne Bewegungsspielraum in den Blumen feststeckte.

Über dem weißen Leinenhemd trug der alte Mann eine golden schimmernde Weste mit einer schweren Uhrkette. Er hatte störrisches weißes Haar und einen üppigen Schnurrbart. Wenn er jetzt noch die Zunge herausstreckt, sieht er wie Albert Einstein aus, dachte Tanner.

»Sie haben ein gemütliches Heim.« Tanner lehnte sich zurück und sah sich um.

»Ich bin schon vor vielen Jahren hier im Ausgedinge gelandet«, sagte Rottenmann.

Verena kam herein. Sie unterbrachen ihr Gespräch, während die junge Frau mit flinker Hand Tee und Gebäck servierte und sich dann lautlos zurückzog.

Tanner hatte Durst bekommen in dieser Hitze, befreite sich etwas aus seiner Couch-Zwangsjacke, um an seine Teetasse heranzukommen, die er in einem Zug leer trank.

Mit seinem Stock zeigte Rottenmann zur Fensterfront. »Die Stube ist sonnenseitig, da drüben ist die Schlafkammer und daneben die Küche. Ein alter Mann braucht nicht viel Platz.« Er lächelte ein trauriges Lächeln. »Das Gebäude ist zweihundert Jahre alt. Die Baustoffe wurden nicht von weither transportiert, sondern stammen aus der Gegend. Dadurch hat das Haus einen Bezug zum Ort hier. Das ist auch der Grund, warum die Gebäude in jedem Landstrich anders aussehen. Im Südtiroler Unterland und im Überetsch ist es heute noch guter Brauch, mit Stein und Mörtel zu bauen und die Dächer mit Steinplatten oder gebrannten Ziegeln zu decken.«

Mit fest geschlossenen Augen thronte Philipp Rottenmann auf seinem Polstersessel. Tanner vermutete schon, dass er eingeschlafen war, als er, ohne die Augen zu öffnen, nach seinem Sohn fragte: »Wie geht es Georg?«

»Ihm geht die Arbeit hier im Weingut ab. Und seine Familie fehlt ihm. Es gibt etwas, was Sie mit mir besprechen möchten, sagte mir Ihr Sohn. Etwas, was Sie beunruhigt.«

Der alte Mann öffnete kurz die Augen und nickte. »Der Rebschnitt ist abgeschlossen. Und es wird nicht mehr lange dauern, dass der Weinberg seine Winterruhe beendet und wieder zum Leben erwacht. Dann brauchen wir Georg.« Ruckartig hob der Alte seinen Kopf. »Ich freue mich, dass Sie sich bemühen, die Unschuld meines Sohnes zu beweisen. Die Leute in der Questura müssen blöde oder verrückt sein, ihn zu verdächtigen. Warum sollte er so was Schreckliches tun? Damit wäre nicht nur sein eigenes Leben am Ende, sondern auch unser Weingut.«

»Wie alt ist Ihr Sohn? An die fünfzig, nicht?«

Philipp Rottenmann nickte. »Und Roland, mein Enkel ...« Seine Stimme wurde laut und beinahe pathetisch. »... er wird einmal in Georgs Fußstapfen und in die seines Nens treten. Er wird die Mission der Rottenmanns fortsetzen.«

»Ich habe Ihren Enkel Roland vorhin kurz gesehen«, sagte Tanner. »Ein hübscher Bursche.«

Philipp Rottenmann nickte versonnen. »Ein hübscher Bursche. Und ein kluger. Er studiert Weinbau und Weinmarketing.«

»Können wir jetzt zu dem Thema kommen, weswegen Sie mich ...«

Rottenmann hob die Hand. »Seien Sie nicht so ungeduldig. Georgs erste Frau ... Erna hieß sie ... sie war eine gute Winzerin. Leider ist sie an Krebs gestorben. Kennen Sie Valentina, seine jetzige? ... Nein? Na, macht nichts. Sie ist eine Modepuppe.« Er machte eine Handbewegung, als wollte er etwas wegwischen.

»Sie haben doch einen tüchtigen Kellermeister«, sagte Tanner. »Ich habe ihn draußen getroffen.«

»Markus Moroder«, sagte Philipp und wiederholte seine Handbewegung. »Na ja.« Er zeigte mit dem Finger auf Tanner. »Ich entsinne mich ... Sie hatten vor einiger Zeit Kontakt zu Filippo von Murach. Er ist einer der größten Weingutsbesitzer im Meraner Land. Und wir sind eng befreundet.«

Tanner versuchte bescheiden zu lächeln. »Ich konnte Herrn Murach einen kleinen Dienst erweisen.«

»Es war kein kleiner Dienst. Es war Weinpanscherei im großen Stil, die Sie bei einem der schwarzen Schafe aufgedeckt haben. In Kastelbell im mittleren Vinschgau, wenn ich mich richtig entsinne. Der gute Ruf unseres Südtiroler Weins stand auf dem Spiel.«

Raffetseder hieß das schwarze Schaf. Tanner nickte innerlich. Er erinnerte sich gut an diesen Auftrag, den er prinzipiell bravourös ausgeführt hatte, bei dem er aber in einen riesigen Maischebehälter gefallen war. In Erfüllung seiner detektivischen Pflicht beinahe in Rotwein ertrunken.

Verstohlen sah Tanner auf die Uhr, während Rottenmann seine monotone Rede fortsetzte. »Sie sind mir sympathisch,

Herr Tanner. Ich werde Sie gelegentlich zum Essen einladen, gemeinsam mit Ihrer Frau, wenn Sie einverstanden sind.«

Tanner verneigte sich dankend. »Sie leben in einer wunderbaren Umgebung. Ich mag die Landschaft hier oben.« Er lächelte wieder. »Meine Frau schleppt mich von Zeit zu Zeit in die Berge. Natürlich erst, wenn der Schnee verschwunden ist.«

Philipp schüttelte den Kopf. »Darauf müssen Sie nicht warten. Es gibt eine traumhafte Route durch den Hohlweg hierherauf. Eine ideale Winterwanderung.«

»Ich werde es mir merken.«

»Alles, was Sie hier sehen, hat mein Großvater gegründet«, sagte Rottenmann mit zunehmend brüchiger Stimme. »Und ich habe das Werk gemeinsam mit meiner Frau fortgesetzt. Leider ist sie vor einiger Zeit von uns gegangen. Georg, mein Sohn, wurde sozusagen mit Wein getauft, und er hat gemeinsam mit seiner Frau … mit seiner ersten Frau, meine ich, das Werk erfolgreich fortgesetzt, in moderne Maischegärtanks investiert und die ganzen Abläufe im Weingut modernisiert.« Wie eine Warnung hob er den Finger. »Aber behutsam modernisiert.« Er schloss wieder die Augen.

»Herr Rottenmann, Ihr Sohn hat mich gebeten, Sie wegen einer wichtigen Angelegenheit aufzusuchen. Worum geht es?«

Der Alte richtete sich auf und hatte offensichtlich Mühe, in die Gegenwart zurückzukehren. Einige Augenblicke sah es aus, als ob er nachdachte. Dann sagte er: »Es spukt.«

»Es tut was?«

Rottenmann deutete zur Decke. »Auf dem Dachboden.«

»Geräusche?«

»Ja. Manchmal.« Der Alte nickte. »Klopfen. Und Schritte.«

»Was ist da oben? Eine Wohnung?«

»Früher hat einer unserer Dienstboten im Obergeschoss gewohnt. Jetzt stehen die Zimmer leer. Aber da ist noch etwas, was mich beunruhigt.«

Mit Mühe stemmte sich der Alte aus seinem Polstersessel und wankte zum Fenster. »Kommen Sie.« Er winkte Tanner zu und zeigte hinaus.

Mit einigen kraftvollen Ruderschlägen befreite sich Tanner aus den Untiefen der Couch, stellte sich neben den Alten und sah in die Richtung, in die der Mann wies. Die schneebedeckte Wiese zog sich nach oben bis zum Wald, der wie eine bedrohliche dunkle Mauer am Ende des Hanges zu sehen war.

»Ich habe das schon einige Male beobachtet«, sagte der alte Mann. Seine Hand, die immer ausgestreckt aus dem Fenster zeigte, begann leicht zu zittern. »Da sind Spuren. Im Schnee. Sie führen vom Wald bis herunter zum Haus.«

»Vielleicht ein Spaziergänger.«

»Halten Sie mich nicht für dumm, junger Mann.« Rottenmanns Stimme bekam einen ärgerlichen Ton. »Ich habe mir die Fußspuren genau angesehen. Sie führen quer über den Hang bis hierher.« Er hob den Kopf. »Aber nicht wieder zurück.«

»Aber nicht wieder zurück«, wiederholte Tanner. »Was bedeutet das Ihrer Meinung nach?«

»Dass mich das beunruhigt.« Rottenmann sah ihn streng an. »Deshalb habe ich Sie hergebeten.«

Der alte Mann machte zusehends einen ermüdeten Eindruck. Tanner erhob sich, er versprach, die Sache mit den geheimnisvollen Schritten zu untersuchen, und verabschiedete sich.

Das Wetter war etwas freundlicher geworden. Tanner ging an der Vorderfront des Ansitzes vorbei bis zu der Stelle, an der er den Wagen geparkt hatte.

Mit heulendem Motor fuhr in diesem Moment ein dunkelblauer SUV den Weg herauf, bremste und kam vor Tanner zum Stehen. Die Autotür öffnete sich, und eine junge Frau schwang die Beine nach draußen, stieg aber nicht aus, sondern blieb halb im Auto sitzen und zeigte auf Tanner.

»Ich weiß, wer Sie sind.«

»Ich auch«, sagte Tanner. »Sie kommen vom Shopping und ich von Ihrem Schwiegervater.«

»Mein Mann hat Ihnen einen Auftrag gegeben. Und wissen Sie warum? Weil er kein Vertrauen zur Polizei hat. Ich verstehe nicht, warum er sich jetzt auf irgendein Detektivbüro verlässt.«

»Vielleicht weil ich nicht irgendein Detektivbüro leite.« Tanner trat einen selbstbewussten Schritt nach vorn.

Hastig stieg die Frau aus dem Wagen. »Und? Was haben Sie bisher erreicht? Wann kommt Georg nun aus dem Gefängnis? Ihre Dienste kosten doch unvernünftig viel Geld.« Ihre Worte waren an Tanner gerichtet, aber ohne ihn anzusehen, als wollte sie ihm damit zeigen, dass die Rede eigentlich nicht für ihn bestimmt war.

Tanner schätzte Valentina Rottenmann auf Mitte dreißig. Unter einem bodenlangen weißen Mantel trug sie ein glitzerndes weites Oberteil und dunkle Leggings, die ihre wohlgeformten Beine zur Geltung brachten. Sie hatte ein schmales Gesicht und schulterlange dunkle Haare, die sie in der Mitte gescheitelt trug. Tanner versuchte, sich die Frau als Chefin eines Weingutes vorzustellen. Es misslang.

Auf dem Rücksitz ihres Autos lagen mehrere große Einkaufstaschen.

»Ich habe Ihren Mann im Gefängnis in Bozen besucht. Ich bin sicher, er wird in absehbarer Zeit freikommen.«

»Wenn er unschuldig ist.« Ungläubig schüttelte Valentina den Kopf.

»Haben Sie denn Zweifel an der Unschuld Ihres Gatten?«

»Was ich denke, geht Sie nichts an.«

Sie zog die Einkaufstaschen aus dem Wagen, murmelte ein kaum verständliches »Hat mich sehr gefreut« und stolzierte zum Haus.

Als er im Wagen ins Tal unterwegs war, erinnerte sich Tanner, dass Philipp Rottenmann die Frau seines Sohnes eine Modepuppe genannt hatte. Wahrscheinlich, überlegte Tanner, kann sie einen Merlot nicht von einem Vernatsch unterscheiden, wenn auf der Flasche kein Etikett angebracht ist. Oder die Trauben noch am Rebstock sind.

SECHS

Tanner fuhr die breite, schnurgerade Luigi-Cadorna-Straße entlang, die an dem lang gezogenen Park mit den Spiel- und Fußballplätzen vorbeiführte. Luigi Cadorna … Tanner musste lächeln. Erst vor wenigen Wochen waren die Bozner Stadtpolitiker auf den Umstand gestoßen, dass Luigi Cadorna ein Kriegsverbrecher war und die Straße erst unter dem Faschismus nach ihm benannt wurde. Vorher hieß sie »Hohler Weg«.

Schluzzer stand bereits frierend vor der Haustür und war froh, zu Tanner ins warme Auto zu steigen.

»Wie geht es Molly?«, fragte Tanner.

Schluzzer warf ihm einen dankbaren Blick zu. »Es braucht seine Zeit, habe ich gelesen, bis sich Katzen an eine neue Umgebung gewöhnt haben. Dabei habe ich Molly gestern tatkräftig unterstützt.«

Sie fuhren durch das Eisacktal nach Norden, in dem es manchmal sehr eng zuging, da neben dem Fluss noch die Brennerstraße, die A22 und die Eisenbahn Platz finden mussten.

»Wie war es bei Ihnen gestern in den Bergen?«

Tanner berichtete von seinen Gesprächen mit Philipp und den geheimnisvollen Fußtritten im Schnee.«

»Und was unternehmen wir jetzt? Mit den Fußspuren, meine ich, die der alte Mann im Schnee entdeckt haben will.«

»Gar nichts«, sagte Tanner.

»Ist er ein seniler alter Onkel?«

»Schluzzer, da bin ich mir gar nicht so sicher. Wir sollten uns nur jetzt strikt auf unseren Auftrag konzentrieren. Schließlich werden wir dafür bezahlt, die Unschuld Georg Rottenmanns zu beweisen. Um Spuren im Schnee zu analysieren, haben wir keine Zeit. Später vielleicht.«

Tanner erinnerte sich an eine mehrtägige Radtour durch das Eisacktal bis Brixen, zu der ihn Paula vor zwei Jahren überredet hatte. Eigentlich mehr gezwungen hatte. Erinnern konnte er sich auch daran, dass er hinterher einige Zeit lang sein Essen im Stehen einnahm. Der Fahrradsattel war auf der mehrtägigen Tour jeden Tag um ein Stück kleiner und härter geworden.

Nach einer halben Stunde erreichten sie Klausen, wo sie vom Kloster und dem Schloss Branzoll auf dem hoch aufragenden Säbener Berg begrüßt wurden. Tanner fand einen Parkplatz in einer der Nebenstraßen. Während sie auf den hässlichen Wohnblock zugingen, in dem Patrick und Ofelia Turato wohnten, überlegte er sich einige Fragen, die er dem Mann stellen wollte.

»Wir haben miteinander telefoniert«, sagte Tanner zur Begrüßung. Während sie dem Mann ins Wohnzimmer folgten, überlegte Tanner, wie mitfühlend man die Beileidskundgebung für eine geschiedene Ex-Partnerin gestalten sollte. Weniger teilnahmsvoll als bei der geliebten Ehefrau und etwas mehr als bei einem ungeliebten Chef.

»Unser Beileid«, murmelte Schluzzer.

Mein Mitarbeiter macht sich, dachte Tanner und sagte: »Danke, dass Sie Zeit für uns haben.«

Patrick Turato hatte ungepflegte lange Haare, und Tanner

konnte nicht unterscheiden, ob sie fettig oder nass waren. Mit seinem grimmigen Gesichtsausdruck machte er den Eindruck, als wäre er niemals jung und unbeschwert gewesen.

»Sie sind doch nicht von der Polizei«, sagte er mit lauter, tiefer Stimme und richtete seinen Blick vor allem auf Schluzzer.

»Wir arbeiten eng mit der Polizei zusammen«, sagte Schluzzer. Tanner hielt kurzzeitig die Luft an und war froh, dass sich Turato diese enge Zusammenarbeit nicht genauer erklären ließ.

»Ihre Kollegen waren bereits bei uns und haben viele Fragen gestellt.« Patrick erhob sich. »Möchten Sie etwas trinken?«

Tanner schüttelte den Kopf. Durst hatte er nicht. Dafür schrecklichen Hunger. Sie hätten die Fahrt hierher an einer strategischen Stelle unterbrechen sollen. Jetzt war es zu spät.

»Haben Sie ein Bier?«, fragte Schluzzer.

»Ich dachte, Sie sind im Dienst.« Patrick schüttelte den Kopf, ging in die Küche und kam mit einer Flasche Rienzbräu zurück. »Wollen Sie ein Glas?«

Schluzzer nahm einen Schluck aus der Flasche und sagte: »Nein, danke.«

Turato sah auf die Uhr. »Wir sollten uns beeilen. Meine Frau kommt gleich zurück. Abgesehen davon ... ich kann Ihnen ohnehin nichts Besonderes erzählen. Das ist bestimmt schon zwei Jahre her, dass ich Elena zum letzten Mal gesehen habe.«

»Seit wann sind Sie geschieden?«

»Vier Jahre. Wir haben uns getrennt ... na ja, getrennt ist

vielleicht nicht der richtige Ausdruck. Ich habe sie verlassen. Sie war zu viel unterwegs. Mit anderen Männern. Verstehen Sie? ›Ich weiß jetzt, wie sich Freiheit anfühlt‹, sagte sie eines Tages zu mir, und kurz darauf habe ich sie in Bozen mit einem Mann gesehen, der ihr Sohn hätte sein können.«

»Arbeiten Sie in Bozen?«

Er schüttelte den Kopf. »Arbeitslos. Ich bin Tischler und habe mehr als zwanzig Jahre bei einer Möbelfirma gearbeitet. Kein Mensch kauft mehr neue Möbel. Alle sparen.«

»Ich könnte neue Möbel gebrauchen«, sagte Schluzzer.

»Meine Arbeit hat mich nicht ausgefüllt.« Wie zur Bekräftigung schlug Patrick mit der Faust auf die Polsterlehne. »Wenn ich nicht eine Tochter hätte, wäre ich schon längst über alle Berge.«

»Sie reden von Ihrer Tochter Laura?«

»Ja.«

»Wohnt sie hier bei Ihnen?«

»Sie und Ofelia ... Ofelia ist meine Frau ... sie mögen sich nicht besonders. Laura wohnt in Bozen.«

»Wo in Bozen?«

»Irgendwo in einer WG. Genau weiß ich das nicht.«

»Wie alt ist sie?«

»Siebzehn. Sie macht eine Lehre. Sagen Sie, warum ist das alles wichtig für Sie?«

»Ich mache mir ein Bild von der Familie.«

»Und jetzt? Der Vater weiß nicht genau, wo seine Tochter wohnt. Welches Bild der Familie ergibt das für Sie?«

Die Tür öffnete sich, und eine etwa vierzigjährige Frau trat ein. »Meine Frau Ofelia«, sagte Patrick.

Die Frau nickte Tanner und Schluzzer kurz zu, sagte irgendetwas über ihre Müdigkeit und dass sie den ganzen Tag auf den Beinen gewesen sei. Sie strampelte die Schuhe von ihren Füßen, stöhnte und ließ sich in der Pose eines kontrollierten Zusammenbruchs auf die Couch fallen.

»Geht's um Elena?« Die Frau sah zuerst Tanner, dann ihren Mann fragend an.

»Wir haben nur ein paar Fragen«, sagte Schluzzer in entschuldigendem Tonfall.

Ofelia war ein paar Jahre jünger als ihr Mann und hatte die offensichtlich blond gefärbten Haare kurz geschoren. Wie eine Männerfrisur.

»Dio bono! Siehst du«, rief sie ihrem Mann zu, »ich hab dir ja gleich gesagt, dass jetzt die Polizei kommt und dich verdächtigt, deine Ex, die Schlampe, umgebracht zu haben. Merk dir eins: Von mir bekommst du kein Alibi. Sieh zu, wie du allein zurechtkommst.«

Patricks Gesicht färbte sich leicht rot. »Du Schnotterpix ... würdest du ein paar Minuten deinen Mund halten?«

Ofelia wandte sich Tanner zu. »So ist er immer, spielt den Mutigen, aber in Wirklichkeit ist er a Hiasl.«

Patrick war in der Zwischenzeit immer weiter nach vorne gerutscht. Angespannt saß er auf der Kante des Sessels, schloss die Augen und sah aus, als wollte er auf der Stelle sterben.

Tanner sah zu Schluzzer, der, zurückgelehnt und lächelnd, die Szene beobachtete. Wie im Theater.

Tanner räusperte sich. »Wann haben Sie Elena zum letzten Mal gesehen?«

Verwirrt sah Patrick zuerst zu seiner Frau, dann zu Tanner. »Schon lange her. Vor ein paar Monaten vielleicht.«

Offenbar kam sich Ofelia überflüssig vor. Ohne ein Wort zu sagen, verschwand sie in der Küche und knallte die Tür hinter sich zu.

»Wie halten Sie das nur aus?«, sagte Schluzzer.

»Schluzzer!« Tanner griff hinüber und drückte den Arm seines Mitarbeiters. »Es gibt wichtigere Themen zu besprechen.«

»Soweit wir wissen, ist der Mörder nicht gewaltsam in die Wohnung Ihrer Ex-Frau eingebrochen. Wir vermuten, dass sie ihn kannte ... ihm sogar die Tür geöffnet haben könnte.«

Patrick sah von Schluzzer zu Tanner. »Ja und? Verdächtigen Sie mich! Für die Tatzeit habe ich ein Alibi. Das habe ich bereits dem Polizisten erzählt, der gestern hier war.«

»Kann Ihre Frau das Alibi bestätigen?«, fragte Schluzzer scheinheilig.

»Schluzzer!«, rief Tanner in bellendem Ton. »Die Fragen stelle ab jetzt ich.« Er wandte sich Patrick zu und sagte: »Der Mann, der die Leiche Ihrer geschiedenen Frau gefunden hat, heißt Georg Rottenmann. Kennen Sie ihn?«

Patrick Turato lächelte. »Ich kenne den Namen nur von seinem Wein. Teure Gewächse, erzählt man.«

»Sie sind wahrscheinlich ...«

»Ich mache mir einfach nichts aus Wein.«

»... Biertrinker.«

»Sagte ich ja.«

»Man erzählt, dass Elena mehrere Freundschaften unterhielt.«

»Mehrere Freundschaften ist gut. Ihr horizontaler Fleiß soll in der ganzen Gegend bekannt gewesen sein.«

»Kennen Sie einen Namen ... von einem der horizontalen Freunde?«

Wieder zog ein Grinsen über Patricks Gesicht. »Einen kenne ich: Georg Rottenmann.«

»Und was ist mit Freundinnen? Jede Frau hat mindestens eine beste Freundin, der sie sich anvertrauen kann.«

»Hatte sie nicht. Elena hat sich nur Männern anvertraut. Meist im Bett.«

»Wovon hat sie gelebt? Sie muss doch einem Beruf nachgegangen sein.«

»Ich bin ziemlich sicher, dass sie keinem Beruf nachgegangen ist. Soweit ich weiß, hat sie mal eine kleine Erbschaft gemacht. Von ihrer Mutter, glaube ich. Ansonsten hat sie von meinem Geld gelebt. Und von ihren Bettgeschichten.«

»Haben Sie sie unterstützt? Finanziell, meine ich.«

»Ich musste. Dazu bin ich bei der Scheidung verdonnert worden. Das war viel Geld ... jeden Monat ... aber damit ist ja jetzt Schluss.«

»Wenn die Leiche vom Gericht freigegeben ist ... wer kümmert sich eigentlich um Elenas Begräbnis?«

Er zuckte mit den Achseln. »Keine Ahnung. Laura vielleicht. Ich jedenfalls nicht.«

Tanner legte eine Visitenkarte auf den Tisch. »Für den Fall, dass Ihnen oder Ihrer Frau noch etwas einfällt.«

Beim Weggehen drehte sich Tanner noch einmal zu dem Haus um. Die Sonne stand jetzt auf der anderen Seite des Gebäudes, und die zahlreichen kleinen Fenster des Wohnblocks sahen, da sie im Schatten lagen, düster aus. Wie die Schießscharten einer Festungsanlage.

Als Tanner den Motor des Wagens startete, machte dieser eigenartige Geräusche, bis der Motor endlich startete. Der Fiat hatte fast hunderttausend Kilometer auf dem Tacho.

»Klingt nicht gut«, sagte Schluzzer.

Tanner antwortete nicht. Ob er sich wieder einen Fiat kaufen sollte? Schließlich hatte er einmal bei dieser Firma gearbeitet. Lange Jahre sogar. Oder vielleicht einen Golf. Doch der war teuer. Sinnvollerweise doch wieder einen Fiat. Dann müsste er sich aber auf ein neues Modell umstellen. Er lächelte. Paula würde sagen: Ältere Männer ändern ungern ihre Gewohnheiten.

SIEBEN

Heute war Samstag, überlegte Marianna. Heute sah sie ihren Andreas wieder. Gleich nach dem Frühstück. Hoffentlich konnte er sich von seinen Leuten losmachen. Das wurde von Mal zu Mal schwieriger. Schwester Theresa kam Marianna in den Sinn, die wieder einmal abscheulich zu ihr gewesen war. Irgendwer musste sie gemeinsam mit Andreas gesehen haben. Wahrscheinlich am Mittwoch, als sie sich mit ihm in Meran getroffen hatte. Sicher war es Sylvia, die Ratschkattl. Und natürlich war sie sofort zu den Schwestern gerannt, um es allen zu berichten. Nicht nur Schwester Theresa hatte es gewusst, ganz sicher auch der Ranickel, der neugierige Schleimer. Das konnte Marianna an den Blicken erkennen, die ihr der Mann zugeworfen hatte, als sie sich am Gang begegneten.

Fast ein ganzes Jahr hatte Marianna an sich gearbeitet, um sich mit den strengen Gegebenheiten im Internat zurechtzufinden und sich einigermaßen wohlzufühlen. In dem Jahr hat sie kaum Freundinnen gefunden im Heim. Ihre Klassenkameradinnen waren anders, dachte sie. Vielleicht stellten sie weniger Ansprüche oder nahmen alles nicht so schwer. Einmal, als Lisa, ihre Zimmernachbarin, übers Wochenende zu ihren Eltern gefahren war, hatte sie sich in ihrem Zimmer mit einem Messer ins Handgelenk geschnitten. Es hat saumäßig geblutet. Sie hatte sich mit Klopapier einen dicken Verband um die Hand gebunden, bis die Blutung aufgehört hatte. Im Internat war es schlimm. In der Früh kein warmes

Wasser, kein freundliches Wort während des langweiligen Unterrichts und dazu das grausam eintönige Essen. Zweimal hat sie ihren Vater gebeten, sie aus dem Internat zu holen. »Halt noch ein Jahr durch.« Das waren jedes Mal seine Worte gewesen. Durchhalten. Erika ist schuld. Wenn ihre Mutter noch lebte, müsste sie nicht in diesem schrecklichen Internat sein. Das Problem begann erst, als ihr Vater Erika mit nach Hause gebracht hatte. »Deine Stiefmutter«, hatte er gesagt. Sie hatte dieses Wort nicht ein einziges Mal ausgesprochen. Vor drei Wochen traf sie Andreas zum ersten Mal. Andreas war fast vierundzwanzig. Mehr als sieben Jahre älter als sie, eine Ewigkeit älter, aber er sah gut aus. Sie hatte davon geträumt, dass Andreas sie seinen Freunden und Kollegen vorstellte, die bei der Veranstaltung in Meran zu tun hatten. Damals wusste sie noch nicht, was das für Freunde waren, die Andreas immer nur »seine Gemeinde« nannte. Irgendetwas mit Religion, dachte sie. Später hatte er ihr mehr darüber erzählt. Andreas war kräftig und hager, er hatte braune Haare und verträumte dunkle Augen. Mit seinem schlanken Gesicht und den Grübchen in den Wangen hatte sie sich sofort verliebt in ihn. Meine Gemeinde ... Die Leute kamen Marianna von Beginn an etwas eigenartig vor, doch am Anfang fehlte ihr der Durchblick. Erst nach und nach kam sie dahinter, was das für Leute waren, was sie taten und was sie vorhatten. »Die glauben tatsächlich an Dämonen«, sagte Andreas, als er sie eines Tages zu einer Veranstaltung der Gemeinde mitnahm. Zuerst wollte sie nicht. Sie konnte sich nicht mehr erinnern, ob aus Angst oder ob ihr diese Leute unangenehm waren. Gleich beim ersten Mal rief sie einer der Prediger nach vorn und bat sie, sich hinzuknien. Sie erinnerte sich, dass sie Andreas einen Seitenblick zugeworfen hatte, doch er presste gerade beide Hände auf sein Gesicht, als wollte er von dem Ganzen nichts wissen. Auf jeden Fall sah er sie nicht, als ihr der Prediger befahl, einen Arm in die Luft zu strecken. Sie tat es. Dann ertönte Musik aus unsichtbaren Lautsprechern, und ein Mann sang eine Ballade. Es klang ein bisschen wie der junge Bob Dylan. »Schreib deine Sünden auf ein Blatt Papier« war der nächste Befehl, und Marianna erinnerte sich, dass sie lange nicht wusste, was sie schreiben sollte. »Los! Du hast noch eine halbe Minute!« Den Satz, den sie schließlich auf den Zettel schrieb, hatte sie total vergessen. Also war es nichts Wichtiges, sagte sie sich. Für den Prediger war es jedoch sehr wichtig. »Wirf dein Blatt in die Sündentonne!« Die blaue Plastiktonne erinnerte sie an den großen Wasserbottich im Garten ihres Vaters. Sie faltete den Zettel zusammen und warf ihn hinein. Andreas entschuldigte sich später bei ihr. »Ich hätte dich nicht mitnehmen sollen.« An diesem Tag sagte er auch das erste Mal, dass er da rauswollte. Raus aus der Gemeinde. Er fühlte sich da nicht mehr wohl. Er fühlte sich unter Druck gesetzt. »Es ist keine Diskussion mehr möglich«, sagte Andreas. »Und seit sie meine Gegenwehr spüren, stellen sie mich kalt. Sie ignorieren mich und fordern mich zum Schweigen auf. Dabei möchte ich nur meine Eltern und meine Geschwister besuchen.« Andreas durfte nie zu seiner Familie. »Was sind das für Leute, und was ist das für eine eigenartige Gemeinde?« Wie oft hat Marianna ihm diese Frage gestellt? Mehr als den Begriff »Evangelikale Organisation« bekam sie aber nicht zu hören. Er wollte weg. Das war jetzt immer öfter von ihm zu hören. Aber austreten war nicht so einfach. Andreas versuchte ihr das zu erklären. Wenn man sich gegen die Gemeinde entschied, bekam man vorgeworfen, gegen die Religion zu arbeiten, was eine große Sünde darstellte. Andreas hatte außerhalb der Gemeinde keine Freunde. Deshalb war er froh, als er Marianna kennenlernte. »Du bist so wichtig für mich«, sagte er. Immer öfter und jedes Mal intensiver bat er Marianna, ihm zu helfen. Andreas fühlte sich von Woche zu Woche mehr eingeengt. »Ohne Freiraum, verstehst du?« Dann begann das mit dem Geld. »Die wollen jeden Tag mehr Geld von mir. Spenden nennen sie es.« Marianna war sicher, dass Andreas immer rascher in eine psychische Krise schlitterte. Er fühlte sich zunehmend isoliert, und bei dem Gedanken, wieder in die Welt da draußen zurückzukehren, bekam er richtige Angst. »Ich bin unsicher geworden«, sagte er und: »Sie terrorisieren mich.« Andreas bekam Anrufe mitten in der Nacht, und sie bombardierten ihn mit Mails. Sie nannten ihn ein abtrünniges Schaf und wollten ihn zur Herde zurückbringen. Mit Gewalt. Marianna schlug ihm vor, einfach abzuhauen. Zum Bahnhof und in irgendeinen Zug einsteigen. Egal, wohin. Nur weg. Dann erinnerte sich Andreas in der Nacht an eine Unterkunft, die einem Freund von ihm gehörte. Die Unterkunft stand leer. Das war zum ersten Mal ein Lichtblick in ihrer ansonsten ausweglos erscheinenden Diskussion.

ACHT

Tanner verließ den Gscheibten Turm neben Paulas Haus auf dem Moritzinger Weg, der ihn nach drei Kilometern an dem futuristischen Gebäude der Kellerei Bozen vorbeiführte. Paula hatte den riesigen, straßenseitig angeordneten Kubus einmal als Cousin der Glaspyramide vor dem Louvre bezeichnet. Mit dem Unterschied, dass hier der Architekt kein Chinese und die Glasskulptur keine Pyramide, sondern ein überdimensionaler Würfel war. Tanner hatte bereits an mehreren Weinproben teilgenommen und wusste, dass sich der größte Teil der Kellerei in der Tiefe unter den angrenzenden Weinbergen versteckte.

Bevor der Moritzinger Weg seinen Namen in Bozner Straße änderte, rief er Maurizio an und begrüßte ihn mit der Frage: »Wie geht es dir, mein Freund?«

»Nicht gut«, antwortete Maurizio. »Ich höre, dass du ohne Freisprechanlage telefonierst. Das kostet dich fünfhundert Euro. Wenn du Pech hast, noch einen Hunderter mehr.«

»Ich bin in Eile«, log Tanner. »Hör mal, was haben die Herren der Questura zwischenzeitlich über den Mord an der Frau in Vilpian herausgefunden?«

»Du hast mir vor einiger Zeit berichtet, dass dich ein Anwalt kontaktiert hat. Hast du von dem einen Auftrag an Land gezogen?«

In kurzen Worten berichtete Tanner von seinem Auftrag und den bisherigen Gesprächen mit den Rottenmanns.

Maurizio schnaufte tief durch. »Mit deinem Bestreben, die Unschuld Georgs beweisen zu wollen, arbeitest du direkt gegen Nero De Santis. Der ist mehr denn je davon überzeugt, dass Rottenmann der Täter ist.«

»Ich bin gerade nach Vilpian unterwegs, wo ich mir Elenas Wohnung ansehen möchte.«

»Die Wohnung ist natürlich versiegelt. Und ich würde dir raten, das Siegel nicht aufzubrechen. Soweit ich weiß, hat die Spurensicherung ihre Arbeit noch nicht abgeschlossen. Und der Commissario Capo hat ohnehin bereits eine Aversion gegen dich. Also ärgere De Santis nicht noch mehr.«

»Nero ist ein Affe, sagst du immer. Also kann er mich mal. Erzähl mir lieber, welche Details er bisher über den Mord herausgefunden hat. Wie erklärt er sich das, was in den paar Minuten passiert ist, während Georg auf dem Weg zu dem Zigarettenautomaten war?«

»De Santis glaubt Georg Rottenmann kein Wort.«

»Und was glaubst du?«

»Was ich glaube, spielt keine Rolle.«

»Doch, für mich schon. Immerhin warst du mehr als zwanzig erfolgreiche Jahre Commissario. Und ich glaube nicht, dass deine Expertise und Logik mit dir in Pension gegangen ist. Nehmen wir einmal an, Georg sagt die Wahrheit. Wie kam der Mörder in die Wohnung? Stell dir die Situation vor … Es klopft an der Tür. Elena glaubt, Georg ist mit den Zigaretten zurück, sie öffnet, und der Mörder sticht zu. Okay?«

»Was soll dabei okay sein?«

»Sie hat ihrem Mörder die Tür geöffnet. Also hat sie ihn gut gekannt. Oder?«

»Nicht notwendigerweise. Ich hatte mal einen ähnlichen Fall, da stand ein Fremder vor der Haustür. Er sagte: ›Guten Tag, ich habe eine Neuigkeit für Sie.‹ Sie öffnet, und er bringt die Frau um.«

Tanner dachte einen Augenblick nach, dann sagte er: »Sie hat ja nicht allein in dem Haus gelebt. Hat keiner was gehört?«

»Fährst du deshalb zu der Wohnung?«

»Maurizio, es gibt in jedem Haus mehr oder weniger aufmerksame Nachbarn.«

»Soweit ich weiß, wohnen dort drei Parteien auf jeder Etage. Von den zwei Nachbarn in ihrem Stockwerk waren die einen auf Urlaub im Ausland, die anderen hatten eine laute Geburtstagsfeier in ihrer Wohnung.«

»Einige Leute, mit denen ich gesprochen habe, schildern Elena Zingerle als ... sagen wir ... sehr lebenslustig. Jedenfalls muss es jede Menge Männerbekanntschaften gegeben haben.«

»Davon weiß ich nichts.«

»Wann ist die Obduktion?«

»Keine Ahnung. Irgendwann in den nächsten Tagen. Ich melde mich, wenn ich was erfahre.« Maurizio beendete das Gespräch.

Vilpian lag auf der östlichen Seite des Etschtals am Fuße des Tschögglberges. Bei den ersten Häusern der Ortschaft erreichte ihn von draußen ein verlockender Essensduft, der Tanner daran erinnerte, dass er, Paulas Einfluss gehorchend, am Morgen sehr wenig gefrühstückt hatte. Ich muss etwas essen, sagte er sich, um sich seelisch irgendwo anlehnen zu können.

Es war wie eine Schicksalsfügung, dass in diesem Moment sein Blick auf dem Schild »Bäckerei Mayr« hängen blieb. Und darunter las er: »Häppchen und Snacks«. Tanner liebte diese drei Worte.

Einige Minuten später erreichte er die Straße, in der Elena gewohnt hatte. Er fuhr an dem Haus vorbei und stellte seinen Wagen in einer der Nebenstraßen ab. Einige Autos parkten vor den Ein- und Mehrfamilienhäusern. Es war ruhig. Keine fahrenden Autos oder spielende Kinder. Der Ort schien zu schlafen. Er überquerte die Straße und blieb vor Elenas Wohnblock stehen, einem heruntergekommenen dreistöckigen Gebäude mit fast so vielen Satellitenschüsseln wie Fenstern. Welcher der beiden Erdgeschossbalkone gehörte nun zu Elenas Wohnung? Die Frage beantwortete sich rasch, als er auf dem einen Balkon die zum Trocknen aufgehängte Wäsche sah, darunter einige männliche Unterhosen.

Was sollte er jetzt tun? Die Haustür stand weit offen, und Tanner betrat ein schmales, grün gestrichenes Stiegenhaus, in dem es säuerlich roch. Das fahle Licht aus einer nackten Glühbirne, die von der Decke baumelte, reichte gerade aus, um den Staub zu erkennen, der auf den Stufen lag. Als er an einem weißen Kinderwagen vorbeiging, der auf dem ersten Treppenabsatz stand, sprang plötzlich mit einem lauten Pfauchen eine Katze heraus.

Wie von Maurizio angekündigt, befanden sich im Erdgeschoss drei Wohnungstüren, von denen die mittlere ein Schild mit dem Namen E. ZINGERLE trug. Die Tür war an mehreren Stellen mit einem rot-weißen Kunststoffband überklebt, auf dem viele Male das Wort POLIZIA stand.

An der nächsten Tür entzifferte er den Namen »L. & G.

Fink« auf einem Kärtchen, das mit einer Reißzwecke am Türstock befestigt war. Er läutete, und eine etwa fünfzigjährige Frau öffnete die Tür. Hinter ihrem Rock versteckte sich ein kleines Mädchen. Tanner hatte sich den Text vorher zurechtgelegt, warum er gekommen war, doch die Frau unterbrach ihn und schüttelte den Kopf. Nein, dazu konnte sie gar nichts sagen. Sie hatten Besuch an diesem Abend. Geburtstag der Oma. »Verstehen Sie? Laut war's. Mit viel Grappa. Außerdem war die Polizei auch schon da. Schönen Tag noch«, sagte sie und schloss die Tür.

An der linken Tür stand zwar kein Name, aber auf sein Läuten öffnete eine ältere Frau mit kurz geschnittenen Haaren, die früher einmal blond gewesen waren. Sie sah ihn mit blitzenden Augen an. »Ich kaufe nichts«, sagte sie selbstbewusst.

»Ich verkaufe Ihnen ganz bestimmt nichts.« Tanner versuchte ein Lächeln und betete sein Sprüchlein herunter.

»Sind Sie von der Polizei?«, fragte die Frau und schaltete spontan auf Flüsterton um.

»So gut wie«, antwortete Tanner.

»Ich könnte Ihnen schon etwas sagen«, meinte sie verschmitzt.

»Warum tun Sie's dann nicht?« Er intensivierte sein Lächeln

Sie trat einen Schritt zurück und sagte: »Kommen Sie rein, und machen Sie die Tür hinter sich zu.«

In der Wohnung roch es nach gebratenem Fleisch. Lammfleisch, vermutete Tanner. Er bekam spontan wieder Hunger.

Sie setzten sich an dem runden Tisch gegenüber. Einen Augenblick herrschte Stille. Die Frau musterte ihn und strich dabei das gestickte Tischtuch glatt. Mit leise gestelltem, kaum hörbarem Ton lief ein Fernsehapparat, der seinen offensichtlichen Ehrenplatz neben der Tür hatte.

»Es geht also um den Mord an der da drüben.« Mit dem Finger deutete sie auf eine der Wände. Dann zog sie ihr rosarotes Jäckchen am Hals zusammen, als ob ihr kalt wäre. Irgendwo tickte langsam eine Uhr. Kurz und struppig waren die blonden Haare der Frau, wie ein abgeerntetes Kornfeld im Herbst. Am Hinterkopf stand ein Haarbüschel senkrecht nach oben. Wie eine Indianersquaw, dachte Tanner, mit einer Feder am Hinterkopf.

»Es war ein ewiges Kommen und Gehen bei meiner Nachbarin«, sagte sie leise. »Ich meine, man soll nichts Böses über Tote sagen, aber … Es waren viele Männer, die hier im Lauf der letzten zwei Jahre ein und aus gegangen sind.« Sie blickte ihn treuherzig an. »So lange wohne ich hier.«

»Sie könnten mir etwas sagen …« Tanner machte ein gespanntes Gesicht. »Kam immer derselbe?«

»In der letzten Zeit war es immer ein und derselbe Mann, der sie besucht hat. Er kam immer am Nachmittag, und es lief immer das gleiche Programm.« Sie lächelte und deutete auf den Fernseher. »Wie bei einem Film. Immer dasselbe. Zuerst waren Gespräche zu hören. Elena … also Frau Zingerle und der Mann. Dann wurde es für einige Zeit still, und nachher kam immer das laute Gestöhne und Gequietsche. Sie wissen schon, was das bedeutet … und hinterher gab es meist Streit. Sehr laut! Ich konnte nicht verstehen, warum sie gezankt haben, ich glaube aber, er hat sie auch geschlagen. Jedenfalls hat es sich so angehört.«

»Wie oft kam der Mann?«

»Oschpilemuggn«, rief die Frau. »Ich habe mir natürlich keine Strichliste gemacht. Schließlich bin ich net virwitze.«

»Sie wissen doch sicher, ob der Mann einmal im Monat gekommen ist oder öfter.«

»Na ja, so ein bis zwei Mal in der Woche war er schon da.«

»Und Sie haben ihn doch sicher auch gesehen.«

Sie schüttelte energisch den Kopf. »Rein zufällig. Ich habe unbeabsichtigt beim Fenster hinausgesehen, und da lief er vorbei. Wie ich sagte ... rein zufällig.«

Tanner beugte sich vor. »Wie sah er denn aus?«

»Er hatte einen Pullover an, der ihm viel zu groß war. Und bei seinen Schuhen waren die Absätze schief gelaufen.«

»Sie sind eine gute Beobachterin.«

Die Frau freute sich über die Bemerkung. »Ich schaue bei Männern immer auf die Absätze. Das habe ich mir schon vor dreißig Jahren angewöhnt.«

Tanner nickte anerkennend. »Der Mann hatte doch sicher auch einen Kopf. Wie sah der denn aus?«

Sie dachte einige Augenblicke nach, dann stach ihr Zeigefinger wie ein Dolch in die Luft. »Dunkle Haare hatte er, die viel zu lang waren. Und fettig. Richtig ungepflegt sah er aus. Und schlank war er. Schlank, fast dünn. Kein Kilo zu viel.«

Tanner kritzelte einige Stichworte in sein Merkheft. Neugierig beugte sie sich vor, um zu sehen, was er schrieb. Als er es bemerkte, klappte er sein Notizbuch zu.

»Können Sie sein Gesicht beschreiben?«

»Hören Sie mal ... Er lief vor meinem Fenster vorbei. Da kann man nicht mehr erkennen.«

Tanner bedankte sich für das Gespräch und ging zur Tür, als sie ihm nachrief: »Nicht sehr groß war der Mann. Eher klein. So wie Sie ungefähr.«

Tanner verließ die Wohnung, ohne sich noch einmal umzusehen. Dumme Kuh! Eher klein. So wie Sie.

Er stand am Gehsteig vor dem Haus und machte sich noch ein paar Notizen, was ihm die Frau über den Mann berichtet hatte. Das mit dem Größenvergleich ließ er weg. In seinem Merkheft fand er die Skizze, mit der ihm Georg Rottenmann im Gefängnis beschrieben hatte, wo sich der Zigarettenautomat befand. Am Ende der Straße neben einem kleinen Lebensmittelladen. Konzentriert betrachtete er die Zeichnung und bemerkte nicht, dass ein Mann hinter ihm stand.

»Was machen Sie da?«

Tanner schreckte auf und drehte sich zu der Gestalt um, die sich mit beiden Händen auf einen Besen abstützte.

»Wie meinen Sie?«

»Was tun Sie da bei unserem Haus? Ich beobachte Sie schon die ganze Zeit.«

»Na und? Wer sind Sie denn?«

»Ich bin der Hausmeister.«

Tanner zeigte auf das Gebäude. »Ich untersuche den Mordfall. Wie Sie wissen, läuft der Mörder immer noch frei herum.«

»Darum achte ich darauf, wer hier ums Haus schleicht. Vielleicht sind Sie der Mörder.« Der Hausmeister wechselte den Besen von einer Hand in die andere und hielt ihn jetzt wie ein Soldat sein Gewehr. »Können Sie sich legitimieren?«

Tanner überlegte einen Moment, was er tun sollte. Besser

keinen Streit anfangen. »Verraten Sie mir auch Ihren Namen?«, sagte er stattdessen.

»Ich heiße Konrad Sonnerer und sorge hier in dem Haus für Ordnung.« Er sah Tanner vorwurfsvoll an. »Seit dreißig Jahren.« Stirnrunzelnd blätterte er sich durch Tanners Detektivausweis, der ihn offenbar überzeugte. »Man muss vorsichtig sein«, brummte er. Es klang wie eine Entschuldigung.

»Sie achten darauf, wer um das Haus herumschleicht. Und? Haben Sie jemanden beobachtet? Außer mir, meine ich.«

Der Hausmeister schüttelte den Kopf. »Da fällt mir niemand ein.«

Am Ende der Straße neben einem kleinen Lebensmittelladen. Tanner brauchte einige Zeit, bis er auf seinem Handy die Stoppuhrfunktion gefunden hatte. Während er die Straße hinunterging, überlegte er, wie schnell wohl Georg zum Zigarettenautomaten marschiert sein mochte. In ihrer Wohnung wartete eine verführerische Frau auf ihn. Tanner versetzte sich in Georgs damalige Lage und legte einen Zahn zu. Bereits aus der Ferne konnte er den Automaten sehen. Als er wieder beim Wohnhaus angekommen war, zeigte die Uhr acht und eine halbe Minute. Acht Minuten. Keine lange Zeit für den Mörder, um sein tödliches Programm zu absolvieren. Hatte er gewusst, dass sich Georg bei Elena in der Wohnung befand? Hatte er schon vor dem Haus gewartet und beobachtet, wie die beiden aus Georgs Auto gestiegen und ins Haus gegangen waren?

Wie in einem inneren Film liefen die Szenen vor Tanner ab. Der Mann steht vor dem Haus. Da drüben wahrscheinlich, um nicht in den Lichtkegel der Straßenlampe zu geraten. Er muss irritiert sein, als er Georg aus dem Haus kommen sieht. Warum steigt er nicht in sein Auto, sondern geht zu Fuße die Straße hinunter? Geht er davon aus, dass ihm Elena die Tür öffnen wird, wenn er läutet? Er kann nicht wissen, dass Georg schon nach wenigen Minuten wieder hier auftauchen wird, es sei denn, Elena hat es ihm erzählt, als er ihr in der Wohnung gegenübersteht. Egal, ob er es gewusst hat oder nicht, der Mörder hat nicht lange gefackelt. Und das Ende des Films, den Tanner jetzt ein zweites Mal vor seinem geistigen Auge abspulte, sah gleich aus: Elena liegt blutüberströmt in ihrem Vorzimmer.

Noch einmal ging Tanner zur Rückseite des Gebäudes. Die Wäsche auf dem rechten Balkon war verschwunden. Es war totenstill. Selbst Herr Sonnerer, der übereifrige Hausmeister, war nirgendwo zu sehen. Der Balkon lag nur in einer Höhe von einem halben Meter über dem Erdboden und hatte beinahe die Funktion einer Terrasse. Von dort müsste man auf direktem Weg in die Wohnung gelangen. Ein verführerischer Gedanke.

Noch einmal sah er nach links und rechts, dann schwang er sich ächzend über das verrostete Geländer. Wenigstens war hier kein rot-weißes Absperrband angebracht, doch aus der Nähe machte die Terrassentür einen überraschend stabilen Eindruck. Und sie besaß zwei Schlösser. Der Edgar-Wallace-Krimi mit dem Titel »Die Tür mit den sieben Schlössern« fiel ihm ein. Hier waren es nur zwei, doch auch das fand er irritierend. Paulas Neffe Daniel muss mir helfen, dachte er und holte sein Handy aus der Tasche. Er fotografierte die beiden Schlösser, einmal aus einiger Entfernung und dann von ganz nah. Ausreichend genaue Unterlagen für eine erfolgreiche Ferndiagnose.

Als er im Auto saß, mailte er die Fotos Daniel Plankensteiner mit ein paar erläuternden Bemerkungen zu und schrieb darunter: »Eilt sehr.«

Tanner hatte kaum den Motor gestartet, als sich sein Handy meldete. Vorsichtig spähte er auf das Display. Er sah die Nummer von Lukas Urthaler. Der wollte sich entweder noch einmal für die Unterstützung beim Montiggler Hotel bedanken, oder er hielt die Honorarrechnung für zu hoch.

Beides traf nicht zu, als Tanner die Stimme Lukas Urthalers hörte, die niedergeschlagen und erschöpft klang.

»Wir brauchen Ihre Unterstützung.«

»Wer ist *wir*?«

»Meine Frau und ich.«

»Was ist passiert?«

»Marianna, unsere Tochter … sie ist verschwunden.«

»Wie, verschwunden? Sie ist doch in einem Internat, erinnere ich mich.«

»Verschwunden eben. Können Sie nicht zu uns kommen? Am besten sofort. Meine Frau und ich … wir sind total fertig. Verstehen Sie, wir wissen weder ein noch aus.«

Tanner sah auf die Uhr. »Sie haben Glück. Ich stehe mit dem Auto gerade in Vilpian und kann in zehn Minuten bei Ihnen sein.«

»Es ist wichtig«, sagte Lukas Urthaler mit brüchiger Stimme und legte auf.

Terlan. Silberleitenweg. Tanner fand die Adresse, die noch in seinem GPS-Gerät gespeichert war. Auf der kurzen

Fahrt nach Süden fegte ein Sturm über die Landschaft und drängte sein Auto fast von der Straße. Eine Zeit lang war er zwischen zwei Lastwagen eingeklemmt, bis es ihm nach Oberkreuth endlich gelang, auszuscheren und den Lkw vor ihm zu überholen.

Wenige Minuten später saß er Lukas Urthaler in dessen Wohnzimmer gegenüber. Seine Frau stand mit dem Rücken gegen den Schrank gelehnt.

»Es ist furchtbar«, sagte Lukas. Er hatte geschwollene Augen und machte einen erschöpften Eindruck.

»Wann haben Sie erfahren, dass Ihre Tochter ... verschwunden ist?«

»Das Internat hat angerufen«, sagte Lukas. »Am Sonntag haben die Mädchen den Nachmittag frei ... zur eigenen Verfügung. Und beim Abendessen hat sie gefehlt. Der Geschäftsführer der Internatsschule hat uns angerufen. Es war schon sehr spät am Abend. Sie ist nicht ins Heim zurückgekommen.«

»Wo war sie denn an diesem freien Nachmittag?«

»Keine Ahnung«, sagte Lukas. »Normalerweise fahren die Mädchen aus dem Internat nach Meran. Das sind ja nur zwanzig Kilometer. Wahrscheinlich hat Marianna das auch gemacht.«

»Wie alt ist Ihre Tochter?«

»Siebzehn. Sie hat immer spaßhaft gesagt, dass Naturns inmitten von Reben und Obstgärten liegt. Gerade richtig für Pensionisten zwischen siebzig und achtzig.«

»Sie ist doch sicher nicht allein nach Meran. In dem Alter sucht man sich gewiss Freundinnen oder Klassenkameradinnen und verbringt den freien Tag gemeinsam.«

»Darüber wissen wir nichts«, sagte die Stiefmutter.

»Sie sollten sich im Moment keine Sorgen machen«, sagte Tanner. »In Südtirol verschwinden jährlich hundert Menschen und tauchen munter wieder auf.«

»Sie sind a Dompfplouderer«, rief Lukas. »Wir haben Sie nicht gerufen, damit Sie uns mit Märchengeschichten beruhigen.«

»Ich kenne die Statistik«, sagte Tanner. »Sie sollten nicht sofort das Schlimmste annehmen. Beruhigen Sie sich.«

Tanner sah zu Erika Urthaler, die bewegungslos im Hintergrund stand. So als ob sie die Sache nichts anginge. Offenbar zeigte sie demonstrativ, dass sie nur die Stiefmutter war.

»Beruhigen?« Lukas Urthalers Stimme wurde laut. »Ich kenne auch eine Statistik, dass in Italien jedes Jahr sechstausend minderjährige Mädchen entführt werden. Kam gestern in den Nachrichten. Und viele davon werden zur Prostitution gezwungen. Wie Sklavinnen.«

»Na ja.« Tanner versuchte eine beruhigende Handbewegung. »Vielleicht hat Marianna einen Freund oder eine Freundin nach Hause begleitet. Sie haben noch ein wenig gefeiert, und dann ist es spät geworden, und sie hat die Einladung angenommen und dort übernachtet.«

»Meine Tochter macht so etwas nicht.« Lukas Urthaler schüttelte ungläubig den Kopf. »Außerdem hätte sie sich in so einem Fall im Internat abgemeldet.«

»Ihre Tochter ist siebzehn. Jugendliche entdecken ihren Abenteuertrieb oder hauen ab, weil sie mit dem Verhalten ihrer Eltern oder der Lehrer nicht einverstanden sind.«

Erika räusperte sich. »Wollen Sie uns die Schuld geben, dass Marianna verschwunden ist?«

Tanner schüttelte den Kopf. »Ihre Tochter hat sicher ein Handy.« Er sah Erika fragend an.

»Lukas hat seit gestern Abend gefühlte tausendmal angerufen.« Sie machte eine abschätzige Handbewegung. »Nichts. Keine Sprachbox. Kein Besetztzeichen. Nicht wahr, Lukas?«

»Seit gestern Abend ... und wie war das vorher? Ich meine, wie oft haben Sie mit ihr telefoniert?«

Lukas sah zu seiner Frau. »Na ja ... sicher jede Woche.«

»Wann haben Sie zuletzt mit ihr gesprochen oder von ihr gehört?«

Lukas hob zögernd die Schultern. »Weiß ich nicht mehr. Vor ein paar Tagen wohl.«

»Und es war alles wie immer?«

»Alles wie immer.«

»Seit wann ist Ihre Tochter in dem Internat?«

»Seit zwei Jahren.«

»War sie gerne dort?«

»Sie hat sich nie beschwert«, sagte Erika Urthaler.

»Dass Sie uns nicht falsch verstehen«, sagte Lukas Urthaler. »Wir haben uns immer um meine Tochter gekümmert. Sie bekam alles, was sie sich gewünscht hat. Wir haben es bei Marianna an nichts fehlen lassen.«

»Ihre Tochter hat doch sicher jede Menge Freunde.« Urthalers Stirn verfinsterte sich wieder. »... und Freundinnen«, schob Tanner rasch nach.

»Wir haben alle angerufen. Noch gestern, und heute, seit wir wach sind, tun wir nichts anderes, als mit halb Südtirol zu telefonieren. Keiner weiß was.« Er sah Tanner ins Gesicht. »Wissen Sie, was mir soeben durch den Kopf geht? Vielleicht hat Franceso Zaccone meine Tochter entführt.«

»Wer ist das?«

»Schon vergessen. Zaccone ist der Besitzer des Hotels am Montiggler See. Die Klage gegen ihn ist eingereicht, und möglicherweise hat er herausgefunden, dass ich dahinterstecke. Verstehen Sie? Eine Racheaktion.«

Tanner schüttelte den Kopf. »Versteigen Sie sich nicht in Spekulationen. Zurück zu der Frage, wo Ihre Tochter sein könnte. Was ist mit Ihrer Familie? Onkel, Tanten, Großeltern.«

»Nichts. Alle angerufen.«

»Waren Sie eigentlich schon bei der Polizei?«

»Das hat das Internat bereits getan. Der Internatschef hat mir aber keine großen Hoffnungen gemacht. Wahrscheinlich werden die Carabinieri noch abwarten, bis sie nach Marianna suchen ... mit Helikopter und so.«

»Wie heißt das Internat?«

»Internatsschule Prokulus.« Lukas Urthaler nahm sein Handy vom Tisch und wischte darauf herum. »Die Äbtissin heißt Schwester Theresa Wieland. Es gibt auch einen weltlichen Geschäftsführer ... Moment ... der heißt Walter Ranickel.« Er sah Tanner an. »Wollen Sie die Telefonnummern?«

Nachdem sich Tanner die Kontaktdaten notiert hatte, sagte er: »Hatte Marianna viel Geld? Oder Zugang zu einem Konto? Kreditkarte?«

»Sie bekam Taschengeld. Nicht üppig, aber ausreichend.« Er schüttelte den Kopf. »Nein, sie hatte keine Kreditkarte.«

»Ich brauche eine Fotografie Ihrer Tochter. Möglichst groß und in Farbe.«

Lukas sah zu seiner Frau. »Holst du eines.« Er zeigte zur Tür. »Die Fotoalben sind im Schlafzimmer.«

»Wenn's sein muss«, sagte sie und verschwand.

»Noch eine Frage, Herr Urthaler, hat Ihre Tochter Drogen genommen?«

Lukas überlegte ein paar Sekunden. »Nein. Eher nein.«

Tanner beugte sich etwas vor. »Nein oder eher nein?«

»Nein.«

»Könnte ich einen Blick in Mariannas Zimmer werfen?«

»Wozu?« Die Frage kam von der Frau, die mit einer Fotografie in der Hand wieder den Raum betrat.

»Um mir eine Vorstellung von ihr zu machen.«

»Bringt nichts. Wir haben schon vor einem Jahr ihr Zimmer in einen Abstellraum umgewandelt. Sie ist ja im Internat.«

Tanner wandte sich Erika zu. »Was war sie für ein Mensch? Wie würden Sie sie beschreiben?«

»Herr Tanner, Sie sollen keine Charakterstudie erstellen, sondern herausfinden, was mit Marianna passiert ist.«

»Womit wir beim Thema wären«, sagte Tanner. »Was genau erwarten Sie von mir? Was soll ich tun?«

»Finden Sie heraus, wo sich meine Tochter befindet. Ich bitte Sie darum. Fahren Sie in das Internat.«

Tanner bedankte sich für den Auftrag und versprach, alles zu tun, was in seiner Macht stand. Beim Hinausgehen folgte ihm Lukas Urthaler und berührte Tanner an der Schulter, so dass er sich noch einmal umdrehte. »Herr Tanner«, sagte er mit heiserer Stimme. »Finden Sie meine Tochter.«

*

Als Tanner die Wohnung betrat, hörte er Paula in der Küche hantieren. Er steckte seinen Kopf durch den Türspalt und sagte: »Was gibt es zu essen, und wie geht es meiner Liebsten?«

Sie fuhr herum, und Tanner sah, dass sie den hölzernen Kochlöffel wie eine Waffe in der Hand hielt. »Dreh sofort die Reihenfolge deiner Fragen um, sonst kannst du ins Gasthaus essen gehen.«

Es gab Kabeljau im Speckmantel auf Rosmarinkartoffeln und dazu jede Menge Wintergemüse. Und als Vorspeise eine Geflügelleberpastete mit Südtiroler Apfel.

»Mit diesem Mantel aus Südtiroler Speck überzeuge ich sogar Fischskeptiker wie dich.«

Dazu tranken sie einen 2019er Sauvignon Blanc aus der Kellerei Bozen.

»Herrlich«, sagte Tanner. »Der Fisch war exzellent und die Pastete ein Traum.«

»Die Pastete ist gekauft.«

»Und der Wein ist herrlich«, sagte Tanner, hielt das Glas unter die Nase und versank einen Moment in tiefe Konzentration. »Kräftiges Strohgelb im Glas und ein Duftspiel von Aprikose und Passionsfrucht, begleitet von Minze und Brennnessel. Wir haben noch einige Flaschen davon im Keller.«

»Apropos Wein. Mein Neffe Daniel hat mich angerufen. Er hat sich für dich eine Nacht um die Ohren geschlagen, sagt er, noch dazu mit höchst kriminellen Machenschaften. Du hast ihm Rotwein als Bezahlung versprochen. Er sitzt aber immer noch auf dem Trockenen.«

»Darf ich auf keinen Fall vergessen«, sagte Tanner. »Ich habe ihn heute wieder um einen Gefallen gebeten.«

»Du machst nicht nur mir leere Versprechungen, mein Schatz, du nutzt meine ganze Verwandtschaft aus. Was willst du schon wieder von Daniel?«

»Wenn einem Detektiv eine Balkontür im Weg steht, ist das eine berufsbedingte Behinderung, die aus dem Weg geräumt werden muss. Dazu brauche ich den Rat eines erfahrenen Schlossers.«

»Wieder ein Einbruch? Mit meinem Besuch darfst du nicht rechnen, wenn du im Gefängnis sitzt.«

»Daniel besucht mich sicher. Das mit der Rotwein-Bezahlung werde ich umgehend erledigen.«

»Ist auch höchste Zeit.«

»Du machst ein kummervolles Gesicht«, sagte Tanner nach einer Weile. »Hast du Sorgen?«

»Linda geht es schlecht.«

»Wer ist Linda?«

»Meine jüngste Angestellte in der Apotheke. Jung verheiratet. Sie hat Krebs.«

»Auwei.«

»Sie ist Mutter einer zweijährigen Tochter. Seit gestern weiß sie, dass sie Krebs hat. Noch dazu einen sehr aggressiven.«

Tanner verzog sein Gesicht. »Reden wir nicht davon.«

»Jedes Mal, wenn es um etwas Unangenehmes geht, blockst du ab.«

»Ich mag solche Geschichten nicht. Sie sind wie ein loser Wollfaden an meinem Pullover. Wenn du daran ziehst, löst sich der ganzer Pullover auf.«

»Du musst dich den Problemen des Lebens stellen und nicht davonlaufen.«

»Ich habe meine eigenen Probleme. Ich war heute bei Lukas Urthaler. Mit dem warst du mal befreundet, hast du gesagt ...«

»Lange her«, unterbrach sie ihn.

»Gut aussehend, hast du ihn genannt. Dabei ist er a schiacher Laggl. Und a Wamperle hat er auch. Und jede Menge Sorgen.«

»Sorgen?«

»Seine Tochter Marianna ist verschwunden. Und ich soll sie finden.«

»Wie alt ist das Mädchen?«

»Siebzehn.«

»Schwieriges Alter.«

»Habe ich dir eigentlich von dem alten Philipp Rottenmann erzählt?«

»Du erzählst mir nie, was du den ganzen Tag so treibst.« Sie lächelte. »Wie alt ist er?«

»Sechsundachtzig. Ein freundlicher alter Herr. Er hat uns beide eingeladen. Ich habe ihm erzählt, dass ich gerne Wanderungen in die Berge mache ...«

»Du machst gerne Wanderungen?«, unterbrach Paula. Sie stützte ihre Hände in die Hüften und blitzte ihn an. »Warum erzählst du fremden Menschen Märchen? Ich muss jedes Mal wie eine Blöde auf dich einreden, bis du dich bereit erklärst, mit mir auf irgendeinen Berg zu gehen.«

»Wahrscheinlich hat mich etwas verwirrt, als ich das sagte.«

»Verwirrt? Also war ein hübsches Weib in der Nähe.«

»Bleiben wir bei der Wahrheit. Es war keine Frau in der Nähe.«

»Bleiben wir konkret bei der Landpartie, die der Oldie empfohlen hat. Was ist nun damit?«

»Eine traumhafte Winterwanderung soll es sein. Und oben hat uns der alte Rottenmann zum Essen eingeladen.«

»Essen ist nebensächlich. Das Schneestapfen steht im Vordergrund. Verstehst du? Es geht um deine körperliche Fitness.«

Tanner nickte kaum merklich. Natürlich verstand er. Es war in der Tat ein Fehler gewesen, Paula von der Wanderung zu erzählen. Zu spät. Zurückrudern unmöglich.

»Nach dem Gespräch mit dem Oldie ist mir noch Valentina über den Weg gelaufen.«

»Die Chefin des Weinguts?«

»Sie ist viele Jahre jünger als Georg Rottenmann. Und mit dem Weingut hat die Frau wenig am Hut.«

»Wie sieht sie aus?«

»Sie sieht eher wie ein Glamourgirl aus.«

»Also doch! Das war deine Verwirrung, über die du vorhin gesprochen hast.«

NEUN

Tanner konnte nicht sagen, was ihn geweckt hatte. Möglicherweise war es der Sturm, der ums Haus heulte. Nach teilweiser Rückkehr der geistigen Klarheit kroch er aus dem Bett und schlafwandelte zum Fenster. Kein erbaulicher Anblick bot sich ihm dar. Die ganze Welt draußen sah verfroren aus. Man konnte den Nordwind förmlich sehen, der den Schnee auf der Wiese verwehte und die Äste des Kastanienbaumes vor dem Fenster erzittern ließ.

Eine Stunde später saß Tanner in seinem Büro und versuchte, eines Papierstoßes Herr zu werden, der sich die letzten Tage über angesammelt hatte. Außerdem war es höchste Zeit für seine Steuererklärung. »Va, pensiero, sull'ali dorate.« Immer wenn er sich diesen temperamentlosen Seiten des Lebens widmen musste, kam ihm Verdis Gefangenenchor in den Sinn.

Ein Blick auf sein Handy zeigte ihm, dass eine Nachricht von Paulas Neffen Daniel eingetroffen war: »Ruf mich an.«

Tanner entschloss sich, das Gespräch unterwürfig zu beginnen: »Daniel, ich weiß, ich schulde dir den versprochenen Rotwein. Er ist bereits unterwegs.«

»Leg noch ein paar Flaschen dazu. Ich habe mir die Fotos der Terrassentür angesehen, die du knacken willst. Wahrscheinlich wieder ohne gerichtliches Plazet. Irgendwann landest du im Tschumpus. Ich besuche dich nicht.«

Das hat Paula auch gesagt, dachte Tanner. »Was ist nun mit der Tür?«

»Die gute Botschaft lautet: Die ganze Tür macht einen desolaten, vergammelten Eindruck.«

»Aber sie hat zwei Schlösser. Das verwirrt mich.«

»Verwirren ist menschlich. Hör zu! Das obere nennen wir Fachleute ein Buntbartschloss. Das ist archäologisch. Man kann es mit verbundenen Augen öffnen.«

»Und die schlechte Botschaft?«

»Kritisch ist das Sicherheitsschloss darunter. Das müssen wir überlisten.«

»Überlisten? Kann ich das?«

»Das schaffst du. Besitzt du einen großen Schraubenzieher?«

»Habe ich.«

»Wir arbeiten mit dem sogenannten Hebeltrick. Hör jetzt gut zu …«

Ohne anzuklopfen, betrat Schluzzer das Büro, nachdem Tanner das Telefonat beendet hatte. »Guten Morgen, Chef. Was steht heute auf dem Programm?«

»Kennen Sie Naturns?«, fragte Tanner und klappte sein Notizbuch zu.

»Kennen Sie meine Tante Fini?«, fragte Schluzzer. »Sie wohnt im Vinschgau, nicht weit von Naturns entfernt. Ich weiß aber nicht, ob sie noch lebt.«

Die Fahrt von Bozen nach Naturns nahm weniger als eine Stunde in Anspruch. Die Wolken hatten sich verzogen, und als sie im Etschtal Richtung Westen fuhren, kam die Sonne zum Vorschein.

Am östlichen Rand von Naturns deutete Schluzzer aus dem Fenster. »Sehen Sie die kleine Kirche? Da war ich einmal mit Tante Fini. Auf einem der Bilder sieht man den Heiligen Prokulus auf einer Schaukel, was ihm offenbar Spaß macht. Tante Fini nannte den Burschen immer den lustigsten Heiligen in Südtirol.«

»Die Internatsschule ist nach dem Heiligen benannt«, sagte Tanner. »Dort geht's im Moment nicht so lustig zu.«

»Wo ist das Internat?«

»Muss irgendwo im Süden liegen.«

Den Sonnenberg im Rücken, passierten sie das Ortszentrum, überquerten die Etsch und fuhren weiter auf der schmalen Straße, die sie durch dichte Nadelwälder führte. Als sie aus dem Wald herauskamen, endete der immer enger werdende Weg bei einem zweiflügeligen Tor, das bestimmt drei Meter hoch war und aus dicken Eisenstäben bestand. Kein Panzer wäre in der Lage, das Hindernis zu durchbrechen. Tanner stoppte und warf einen Blick aus dem Fenster. Oben an der eisernen Pforte war ein auffälliges Wappenschild angebracht, auf dem man das Wort PROKULUS entziffern konnte. Mit einem geheimnisvollen Summen öffneten sich die Torflügel, und als Tanner im Schritttempo vorbeifuhr, fiel ihm die Überwachungskamera auf, die hinter ihnen herschwenkte.

Es war ein riesiger Gebäudekomplex, der inmitten des umzäunten Geländes lag. Sie passierten ein Pförtnerhäuschen, in dem kein Mensch saß. Rundherum war alles sehr ländlich. Viel Wiese und Bäume. Und weit weg von Naturns. Sicher eine halbe Stunde Fußweg. Wenn man zügig ausschritt.

Neben dem hoch aufragenden Gebäude befand sich eine kleine Kirche, bei der es sich, im Unterschied zum Haupthaus, um einen Neubau handelte, nüchtern und langweilig.

Tanner blieb stehen und sah sich um. Das Internatsgebäude bestand aus dunklen Backsteinen und machte einen verwitterten Eindruck.

Stille schlug ihnen entgegen, als sie das Gebäude betraten. »Hier ist es noch kälter als draußen«, flüsterte Schluzzer.

Am Fenster stand eine Art Pult, und dahinter thronte eine dick eingemummte Frau, die Ordenstracht trug. Nur an Stirn und Schläfen lugte ihr Haar unter der Haube hervor. Sie sah ihnen entgegen, und hinter den Brillengläsern blitzten ihre Augen.

»Sie sind wegen des verschwundenen Mädchens gekommen?«

»Um sie zu finden«, sagte Schluzzer und trat einen beherzten Schritt auf die Frau zu.

»Kommen Sie!« Einen Moment erschien ein Lächeln auf ihren Lippen. Mit einer einladenden Geste forderte sie Tanner und Schluzzer auf, ihr zu folgen. »Unsere Äbtissin erwartet sie im Refektorium.«

Tanner nickte. Refektorium ging in Ordnung. Das konnte im weitesten Sinn mit Essen zu tun haben. Sie folgten der eingemummten Frau über einige Stufen nach oben, bogen nach links ab und gingen einen endlosen Flur entlang, in dem ihnen eine Art Klosterschwester entgegenkam, die sie wortlos lächelnd grüßte, indem sie wie zum Gebet die Hände vor der Brust kreuzte.

Das Refektorium entpuppte sich als großer, schmuckloser Raum mit einigen halb gefüllten Bücherregalen an den Wänden. Keine Spur von Essen.

»Nehmen Sie Platz.« Die Frau zeigte auf einige Stühle, die unregelmäßig über den großen Raum verteilt waren.

»Von wegen ... die Äbtissin erwartet uns«, sagte Schluzzer. »Wir warten jetzt auf sie.«

Männer hatten aufzustehen, wenn eine Dame den Raum betrat. Tanner erinnerte sich an die Benimmregel, die er in der Tanzschule gelernt hatte. Das galt sicher auch für Äbtissinnen. Also sprang er auf und deutete zu Schluzzer, es ihm gleichzutun.

»Herzlich willkommen in der Internatsschule Prokulus. Sie kommen in Auftrag von Herrn Urthaler, nehme ich an. Behalten Sie doch Platz.«

»Kommen wir gleich zur Sache«, sagte Schluzzer. »Wo könnte das Mädchen sein?«

»Bevor ich es vergesse«, sagte die Äbtissin. »Herr Ranickel möchte Sie auch gern sprechen.«

»Wer ist das?«

»Walter Ranickel ist der weltliche Geschäftsführer des Internats.« Sie lächelte. »Meine Aufgabe und die meiner Mitschwestern ist es, unseren Schülerinnen Mut zu machen, damit sie später ein Leben voll Zuversicht und Freude führen können. Die Aufgabe von Herrn Ranickel ist es, dass wir etwas Gewinn machen, um nicht pleitezugehen.«

Die Frau hatte freundliche, weiche Gesichtszüge und etwas vorstehende Zähne, die bei jedem Lächeln zum Vorschein kamen. Und sie lächelte oft. Von ihrem dunkelbraunen Haar waren unter ihrer Schwesterntracht nur zwei Locken zu sehen. Tanner überlegte, warum er sicher war, dass unter ihrer wallend weiten Uniform eine gute Figur zum Vorschein käme. Sofort rief er sich und seine Phantasie zur Ordnung.

»Gestern hatten die Mädchen der oberen Klassen Ausgang. Normalerweise nützen dies viele für einen Ausflug nach Meran. Dort ist immer was los.« Sie lächelte Tanner zahnreich an. »Aus Sicht der Mädchen jedenfalls.«

»Wie kommen die Mädchen nach Meran?«

»Zu Fuß nach Naturns … oder es nimmt sie ein Autofahrer mit … wovor wir den Schülerinnen dringend abraten. Von dort fährt alle Stunde ein Bus nach Meran.«

In diesem Moment steckte ein junges Mädchen ihren Kopf zur Tür herein. »Ich soll fragen, was Sie gern trinken möchten. Tee oder einen Kaffee?«

Tanner schüttelte den Kopf. Nervös verknotete die Äbtissin ihre Finger ineinander. »Was kann ich sonst noch für Sie tun?«

»Sie haben doch die Polizei verständigt …«

»Das gehört in den Aufgabenbereich von Walter … Herrn Ranickel. Er hat mit den Carabinieri gesprochen.« Sie sah auf die Uhr. »Sie können ihn das gleich selbst fragen.«

»Was war Marianna für ein Mädchen?«

»Was meinen Sie?«

»War sie eine gute Schülerin?«

»Ich habe sie in Religion und Biologie unterrichtet. Marianna ist ein intelligentes Mädchen mit einer raschen Auffassungsgabe. Leider ist sie manchmal etwas abgelenkt, und darunter leiden ihr Fleiß und ihre Aufmerksamkeit.«

»Hat sie sich in Ihrem Internat wohlgefühlt?«

Die Äbtissin verschränkte die Arme vor der Brust. »Alle unsere Mädchen fühlen sich wohl bei uns.«

»Natürlich«, sagte Tanner. »Ich würde jetzt gern einen Blick in Mariannas Zimmer werfen.«

»Wenn es sein muss. Sie teilt sich den Raum mit Lisa.« Wieder sah die Äbtissin auf die Uhr. »Lisa Kompatscher ... die hat gerade keinen Unterricht. Kommen Sie!«

Sie gingen ein Stockwerk höher, wo sich offenbar die Zimmer der Mädchen befanden. Wahrscheinlich waren hier früher die Kemenaten der Mönche oder der Nonnen gewesen.

Lisa war blond und sah einer Barbiepuppe ähnlich. Sie trug Jeans und ein enges T-Shirt, das ihre schmale Taille betonte.

»Ist es okay, wenn wir *du* zu dir sagen?« Schluzzer drängte sich als Erster in den Raum und streckte dem Mädchen die Hand hin.

Das Mädchen lachte. »Na klar.« Dann bemerkte sie die Ordensfrau im Hintergrund. Ihr Lachen verschwand.

»Es geht um Marianna, nicht wahr?«

»Vielleicht kannst du uns einen Tipp geben, wo sie sein könnte.«

Sie sah zur Äbtissin und schüttelte den Kopf. »Keine Ahnung.«

»War sie in letzter Zeit anders? Hat Mariannas etwas bedrückt?«

Kopfschütteln. »Nicht, dass ich wüsste.«

Tanner deutete auf das Notebook auf dem schmalen Schreibtisch. »Wem gehört das?«

»Mir.«

»Und Marianna? Sie hatte doch sicher auch einen Laptop.«

»Hatte sie eben nicht.«

»Eine Schülerin in den oberen Klassen hat doch immer

so ein Gerät«, sagte Tanner und drehte sich zu der Äbtissin um.

Sie zuckte mit den Schultern. »Mich dürfen Sie so etwas nicht fragen.«

»Fragen Sie Mariannas Eltern«, sagte Lisa »Die hatten zwar genug Geld. Aber ein Notebook für die eigene Tochter war wohl nicht drin.«

Die Äbtissin sah auf die Uhr. »Ich muss in eine Klasse.« Sie deutete auf ein Telefon, das neben der Tür an der Wand montiert war. »Das ist das Haustelefon. Rufen Sie bitte Walter Ranickel an, wenn Sie hier fertig sind. Er hat die Nebenstelle drei-drei-fünf. Ich sagte Ihnen schon, dass er Sie unbedingt sprechen möchte.«

Es war nicht zu überhören, dass das Mädchen erleichtert aufatmete, als die Äbtissin die Tür schloss.

»Ich weiß nichts über Marianna«, sagte sie. »Ich kenne sie kaum. Wir wohnen erst ein paar Wochen gemeinsam im Zimmer.«

Bockig, dachte Tanner. Schwierig.

Plötzlich raschelte es am Boden, und ein riesiger Käfer rannte quer durch den Raum. Tanner beobachtete, dass das Mädchen das Tier mit den Augen verfolgte, bis es in einem Spalt im Fußboden verschwunden war. Ein leises Lächeln glitt über ihr Gesicht. Sie deutete auf den hölzernen Fußboden. »Alles feucht in diesem Haus. Da unten wohnt eine ganze Käferfamilie.«

»Hör mir bitte zu. Ich bin Detektiv und habe den Auftrag, Marianna zu finden.«

»Von wem?«

»Von ihrem Vater. Er liebt Marianna.«

»Ich bin froh, dass die Äbtissin weg ist. Ich kann sie nicht leiden. Natürlich kann ich Ihnen etwas über Mariannas Verschwinden erzählen.«

Tanner lächelte. Dem Käfer war es gelungen, die Situation zu entspannen.

Es trat eine kurze Pause ein. Tanner lehnte sich zurück. Jetzt nicht drängen.

»Da gibt es einen jungen Mann, mit dem sie sich getroffen hat.«

Überrascht hob Tanner den Kopf. »Wer war das?«

»Ich habe Marianna in Meran gesehen. Auf der Passerpromenade. Mit einem Mann.«

»Langsam kommen wir weiter. Kennst du ihn?«

»Ich glaube, er heißt Andreas.«

»Andreas ... und wie noch?«

»Weiß ich nicht.« Sie sah Tanner in die Augen und hob die Schultern. »Echt nicht.«

»Wie sah er aus?«

»Sie standen nebeneinander am Fluss und haben sich geküsst.«

»Marianna ist siebzehn. Wie alt war der Mann? Ungefähr?«

»Knapp über zwanzig. Vielleicht dreiundzwanzig. Braune Haare.«

»Lang oder kurz? Die Haare, meine ich.«

»Kurz geschnitten. Zurückgekämmt.« Sie seufzte. »Mein Gott, ich hab ihn nur aus der Ferne gesehen.«

»Wann war das?«

»Vor einer Woche. Ungefähr.«

»Hör zu«, sagte Tanner möglichst sanft und möglichst

langsam. »Wenn zwei Mädchen, so wie ihr zwei, gemeinsam in einem Zimmer wohnen ... dann erzählt man sich das doch. Da lernt Marianna einen Mann kennen, und sie verbringen einen Nachmittag in Meran zusammen, und sie küssen sich ... Ich meine, das erzählt man doch seiner Freundin.«

»Wir waren Zimmerkolleginnen, nicht befreundet.« Lisa verschränkte die Arme. Ihr Gesicht wurde noch blasser. »Ich bin keine Ratschkattl, und als ich sah, dass Marianna nicht vorhatte, mir von dem Mann zu erzählen, den sie kennengelernt hatte, hab ich auch den Mund gehalten. So etwas respektiere ich.«

»Und dieser junge Mann ... Woher kennst du seinen Namen?«

»Ich habe ihn an dem Tag noch einmal gesehen. Am Platz vor dem Kurhaus. Dort war er mit einer Gruppe anderer junger Leute. Und einer hat laut nach ihm gerufen. Daher weiß ich, wie er heißt. Vielleicht habe ich mich aber auch verhört.«

»Was war das für eine Gruppe?«

»Ich habe ein Foto gemacht.« Lisa griff nach ihrem Handy, tippte darauf und hielt es Tanner hin.

Das Bild zeigte einige Männer und Frauen, eine zusammengewürfelte Gruppe junger Leute, die bunte Gewänder trugen und offenbar gut gelaunt waren. Einer von ihnen hielt ein Plakat an einer Stange hoch, auf dem Tanner die drei Buchstaben SGG entziffern konnte. Darunter stand ein Name, zu klein und unscharf, um ihn lesen zu können.

»Welcher ist es?«, fragte Tanner.

»Andreas? Der Typ ganz links. Mit den dunklen Haaren.«

»Was sind das für Leute?«

»Irgendeine Sekte, sagte mir einer. Ich habe mich erkundigt. Sie nennen sich Evangelikale. Glaube ich jedenfalls. Sie standen auf dem Platz ... mit Plakaten und haben Zettel verteilt an die Leute, die vorübergingen. Auf allen Plakaten stehen die Buchstaben SGG. Südtiroler Glaubensgemeinde. Das Ganze sah sehr nach Mitgliederwerbung aus.«

»Und dieser Andreas gehörte dazu?«

»Ganz sicher. Einer aus der Gruppe hat den Arm um seine Schultern gelegt. Und dann gingen sie zusammen weg.«

»SGG«, sagte Tanner und deutete auf Schluzzer. »Geben Sie Lisa Ihre Mailadresse. Und die Handynummer. Zur Sicherheit.«

Dann sah er das Mädchen an. »Sendest du bitte die Fotografie, auf der dieser Andreas zu sehen ist, an meinen Mitarbeiter weiter.«

Sie grinste. »Was bekomme ich dafür?«

Tanner rollte die Augen. »Zwanzig Euro ... ganz schön viel für eine unscharfe Fotografie.«

»Das Foto ist scharf, und alle sind deutlich zu sehen ... dreißig Euro.«

»Geben Sie der geschäftstüchtigen Dame dreißig Euro«, sagte Tanner zu Schluzzer, der daraufhin die Augen verdrehte und seufzte.

Während Lisa auf ihrem Handy tippte, sagte sie: »Ich war gestern am Abend in Meran. Diese Evangelikalen überschwemmen im Moment die ganze Stadt. Im Zentrum gibt es Infostände, und im Thermenpark haben sie ein Zelt aufgebaut, das sogar beheizt wird. Dort halten sie irgendwelche Veranstaltungen ab.«

»Hast du diesen Andreas noch einmal gesehen?«

Sie schüttelte den Kopf.

»Glaubst du dasselbe wie ich?«, fragte Tanner.

Sie nickte. »Die sind gemeinsam weg.«

»Abgehauen«, sagte Schluzzer. »Aber wohin?«

»Keine Ahnung.«

»Wir werden es herausfinden«, sagte Tanner. »Das Gespräch mit dir war sehr wertvoll für uns.«

»Und teuer«, ergänzte Schluzzer.

»Vielleicht melden wir uns noch mal.« Tanner gab dem Mädchen seine Visitenkarte. »Falls eine wichtige Frage auftaucht. Schließlich machen wir uns alle große Sorgen um deine Zimmerkollegin.«

Zehn Minuten später gingen sie zu Walter Ranickel, der in einem Büro saß, das nur ungefähr dreimal so groß war wie der Beichtstuhl eines Priesters. Er saß mit dem Rücken zum Fenster an einem winzigen Schreibtisch und war gerade mit seinem Laptop beschäftigt.

»Sie sind wegen des verschwundenen Mädchens hier«, sagte er.

Das ist keine Frage, sondern eine Feststellung, dachte Tanner und schwieg.

»Sie wollten uns sprechen«, sagte Schluzzer.

Ranickel war ungefähr zehn Jahre älter als Tanner. Er trug ein hellblaues Hemd mit einer grünen Krawatte. Ein interessanter Farbkontrast. Sein Haaransatz, der offenbar schon vor einiger Zeit beschlossen hatte, sich zurückzuziehen, offenbarte eine hohe Stirn.

»Schwester Theresa hat mir berichtet, dass Sie kommen.« Ranickel stützte die Ellbogen auf dem Tisch auf, verschränkte die Finger ineinander und lehnte sein Kinn darauf. »Unsere altehrwürdige Anstalt feiert im nächsten Monat sein hundertdreißigjähriges Jubiläum. Tradition ist unser Credo, und seit der Gründung erfüllen wir die Erwartungen der Eltern, die ihre Töchter der Internatsschule Prokulus anvertrauen.« Er entwirrte seine Finger und zeigte mit der Hand auf Schluzzer, der zusammenzuckte. »Ich verbiete Ihnen, herumzureden und den guten Ruf unserer Anstalt zu gefährden.«

»Eine der Schülerinnen ist abgängig. Haben Sie mit der Polizei gesprochen?«, fragte Schluzzer.

Er schüttelte den Kopf. »Ich habe mich mit den Carabinieri darauf verständigt, keine Verunsicherung aufkommen zu lassen.«

»Was sagte die Polizei?«

»Mal abwarten. Eine aus meiner Sicht sehr vernünftige Denkhaltung ... und ich hoffe, dass auch Sie sich zu einer solchen Einstellung durchringen.«

»Das Gespräch mit diesem Ranickel hätten wir uns sparen können«, sagte Schluzzer, als sie im Auto saßen. »Der hat nur Angst um den Ruf des Internats und dass ihn vielleicht die Eltern verklagen ... wegen Verletzung der Aufsichtspflicht oder so.« Er hantierte mit seinem Handy. »Lisas Foto ist angekommen.«

»Leiten Sie es mir weiter. Dann habe ich auch die Handynummer des Mädchens. Sie könnte eine wichtige Zeugin werden.«

Schluzzer hielt das Handy vor seine Augen. »Manfred Toth steht auf dem Plakat, das einer der Männer in der Hand hält. Und darüber sind die drei Buchstaben SGG.« Schluzzer sah zu Tanner hinüber, der sich auf die matschige Straße ins Tal konzentrierte. »Wohin fahren wir?«

»Wir haben den Mord an Elena Zingerle aufzuklären, und wir haben den Auftrag, das verschwundene Mädchen zu finden.« Tanner sah zu Schluzzer auf dem Beifahrersitz hinüber. »Teamarbeit bedeutet Arbeitsteilung, verstehen Sie? Ich kümmere mich ab morgen um den Mörder Elenas, und Sie finden Marianna.«

»Ich bekomme immer den schwierigeren Fall«, sagte Schluzzer. Es klang etwas weinerlich. »Und die dreißig Euro für das Foto musste ich aus meiner Tasche bezahlen.«

»Das sind berufsbedingte Aufwendungen, die Sie mit Ihrer Spesenabrechnung rückerstattet bekommen. Und zu Ihrer Frage von vorhin: Wir fahren jetzt ins Meraner Rathaus und fragen nach, was das für eine religiöse Gruppe ist, von der Lisa geredet hat. Wenn die in der Stadt Zelte aufstellen und Versammlungen abhalten, muss das behördlich genehmigt werden.«

»Und wenn wir das wissen … wie geht es dann weiter?«

»Dann wird sich Detektiv Schluzzer an die Fersen dieser Leute heften, und zwar so lange und so penetrant, bis wir wissen, wo sich Marianna aufhält.«

Schluzzer seufzte. Immer ich, hieß das. »Und was tun Sie?«

»Zurückfahren. Ich sehe mich in Elenas Wohnung um.«

»Das gefällt mir«, sagte Schluzzer laut. »Sie fahren zurück, und ich bin ohne Auto hier.«

»Wahrscheinlich wird es notwendig sein, dass Sie in

Meran übernachten. Suchen Sie sich eine preiswerte Pension, und morgen hole ich Sie hier ab. Hier kann man alles zu Fuß erledigen. Meran ist nicht groß.«

»Ich habe kein Nachthemd mit und keine Zahnbürste. Außerdem ... wer kümmert sich um Molly, wenn ich nicht zu Hause bin?«

»Ihre Katze? Die Grundregel jedes Detektivs lautet: Mörderjagd geht vor Katzefüttern.«

»Nicht einmal eine Reserveunterhose habe ich dabei«, sagte Schluzzer und verfiel zusehends in einen weinerlichen Ton.

Es trat eine längere Gesprächspause ein, die Schluzzer erst unterbrach, als sie auf der von Süden kommenden Straße den Milchhof Meran erreichten. »Sie sind zielstrebig unterwegs, Chef«, sagte Schluzzer. »Wissen Sie denn, wo sich das Rathaus befindet?«

»Nicht genau. Aber schräg gegenüber ist die Bäckerei Lemayr. Dort finde ich mit verbundenen Augen hin ... wegen der besten Buchweizentorte im Meraner Land.« Tanner küsste seine Fingerspitzen. »Traumhaft. Mit Preiselbeermarmelade natürlich. Ich lade Sie zu einem besonders großen Stück ein. Als Wiedergutmachung wegen der fehlenden Reserveunterhose.«

Nach einigem Herumfragen stießen sie im zweiten Stock des Rathauses auf einen überarbeitet aussehenden Beamten, der bereit war, ihnen Auskunft zu geben. Genervt rief der Beamte auf seinem PC einige städtische Webseiten und Dokumente auf, fragte Tanner mehrere Male, warum sie das wissen wollten, und gab ihnen schließlich die Information, dass ein gewisser Manfred Toth im Namen der Südtiroler Glaubensgemeinde eine Doppelhaushälfte in der Karl-Wolf-Straße 37 gemietet hatte. »Das ist im Norden Merans. Gleich hinter dem Krankenhaus.«

»Besuchen Sie diese Leute«, sagte Tanner und klopfte Schluzzer ermutigend auf die Schulter. »Versuchen Sie, diesen Manfred Toth zu erwischen, und sehen Sie zu, dass Sie eine substanzielle Spur finden. Noch Fragen?«

»Ja.« Schluzzer sah verwirrt aus. »Was bedeutet ›substanziell‹?«

*

Die Straßenlampen waren bereits angeschaltet, als Tanner, mit dem größten Schraubenzieher bewaffnet, den er bei Paula im Keller gefunden hatte, aus dem Auto stieg. Einen Moment hatte er überlegt, ob er nicht doch den Hausmeister bitten sollte, ihm die Tür zu Elenas Wohnung zu öffnen. Nein, Hausmeister waren neugierige Menschen.

Die Straße war leer. Kein Mensch zu sehen. Rasch stieg er über das eiserne Geländer, zückte den Schraubenzieher und versuchte sich an Daniels Anweisungen zu erinnern. Die Praxis ist immer komplizierter als die Theorie, dachte er, während er mit dem Schraubenzieher die beiden Schlösser bearbeitete. Einmal fuhr ein Taxi in gemächlicher Fahrt vorbei, und Tanner warf sich auf den Boden, um nicht gesehen zu werden.

Das Holz des Türrahmens war rissig und brüchig. Eine Viertelstunde später stand er im Wohnzimmer und versuchte, sich in der Dunkelheit zurechtzufinden. Jede Wohnung hat einen eigenen Geruch, dachte er, während er den

Flur entlangtappte. »Der Nestgeruch«, hieß das. Hatte er irgendwo gelesen. Der hing hauptsächlich von den dort wohnenden Menschen und deren Körpergeruch ab. Daneben trugen auch Möbel, das Essen, das in der Küche gekocht wurde, und die Bodenbeläge zu dem Duftcocktail bei.

Die Wohnung, die aus drei Zimmern und einer winzigen Küche bestand, war einfach und praktisch möbliert. Nur im Schlafzimmer gaukelte ein gewaltiges Himmelbett etwas Luxus vor. Die beiden Schränke quollen über von Kostümen, Kleidern, Röcken, Blusen und anderen Textilien. Am Fenster stand ein weiß lackierter Tisch und darauf ein PC. Als Tanner die Maus berührte, wurde der Bildschirm plötzlich hell. Er setzte sich und sah ein weißes, sich langsam um die eigene Achse drehendes Einhorn, das als Bildschirmschoner fungierte. Kein Passwort erschwerte den Zugang, und so klickte er sich mit Herzklopfen durch die wenigen Dateien. Nichts Besonderes kam ans Tageslicht. Steuersachen, Mietabrechnungen und Einkommensbescheide. Er ging zurück ins Wohnzimmer, blieb einen Moment in der Mitte stehen. Ob die Unordnung von Elena stammte oder von der Polizei, die die Wohnung durchsucht hatte? Systematisch durchsuchte er die Türen des Wandschranks, die nur Krimskrams und Wäsche enthielten. Eine der Türen war versperrt.

Im Flur war es noch dunkler. Mit der Taschenlampe leuchtete er den Gang entlang und entdeckte eine unregelmäßige dunkle Spur auf dem hellbraunen Linoleum. Tanner bückte sich und betrachtete die geschwungene Linie, die von unterschiedlich großen schwarzen Flecken umgeben war. Er befeuchtete seine Fingerspitze und strich darüber. Eindeutig Blut. Er sah zur Tür und stellte sich vor, wie Elena aufschrie, als der Mörder ohne Zögern zustach. Vielleicht mit einem normalen Küchenmesser. Wahrscheinlich war der erste Stich noch nicht sofort tödlich gewesen. Das könnte die Blutspur erklären, die durch den halben Flur lief.

An der Wand neben der Tür war ein Holzbrett mit mehreren Haken befestigt. An einem hing ein kleiner Schlüssel, der nicht gekennzeichnet war und keinen Anhänger hatte. Tanner ging zurück und probierte den Schlüssel bei jedem Schloss. Schon beim zweiten Versuch ertönte ein leises Klicken, und er konnte die Schranktür öffnen. Auf dem oberen Regalbrett fand er einen Karton, in dem sich ungeordnet Fotos und einige zusammengefaltete Papiere befanden. Einige der Hochglanzfotos zeigten Elena allein, Elena mit einer etwa gleichaltrigen Frau, Elena am Markusplatz mit ausgestrecktem Arm, auf dem zwei Tauben saßen. Unter dem verstaubten Packen Fotografien lag ein schmales Notizheft. Tanner zog es heraus. Es dauerte nur Sekunden, bis er die wenigen Seiten des Büchleins durchgeblättert und die handschriftlichen Eintragungen überflogen hatte. Die Seite drei war abgegriffen. Speckig. Vier Telefonnummern und jeweils ein Buchstabe. Jetzt sollte man wissen, wer M. war. Die anderen drei Nummern waren mit den Buchstaben C., G. und E. gekennzeichnet. Eine der Vorwahlnummern, die 0472, kam ihm vertraut vor. Die gehörte zu Brixen, wo seine Tante Else lebte, die er dreimal im Jahr mit einem Anruf beglückte. Tanner steckte das Büchlein ein. Er hätte nicht sagen können, warum er sofort überzeugt war, dass dieses Telefonverzeichnis für die Suche nach Elenas Mörder ein wichtiges Indiz sein würde.

Im unteren Regal lag ein Stapel selbst gebrannter CDs in Papierhüllen. Er nahm sie aus der Hülle und sah, dass jede Scheibe mit einem Filzstift beschriftet war. »Claudio« war auf der obersten CD zu lesen, auf den anderen standen nur Buchstaben. E und M las er und noch einige mehr. Zusätzlich waren die CDs mit den Ziffern von 1 bis 6 durchnummeriert. Nur die Nummer 4 fehlte. Noch einmal glitt seine Hand in die Tiefe des Regals, fand jedoch nichts mehr. Tanner steckte die CDs in die Innentasche seines Mantels, warf noch einmal einen Blick in alle Räume, trat ins Freie und schwang sich über das Geländer.

*

Schluzzer überquerte die Passer auf dem Steinernen Steg und sah auf den Fluss hinunter, der viel Wasser führte. Die Promenade auf der anderen Seite lag in der Sonne, die aber zu wenig Kraft hatte, um ihn zu erwärmen. Er zog den Reißverschluss noch ein wenig höher und richtete sich den Schal. In dieser kalten Jahreszeit gab es keine jungen Mädchen in kurzen, schwingenden Kleidern und leider auch keinen Würstelstand vor dem Kurhaus. Jede Stadt wurde erst im Frühjahr wieder interessant.

An der Bushaltestelle blieb er stehen und las das Plakat.

Wir begrüßen die Jugendlichen Merans.
Südtiroler Glaubensgemeinde.
SGG-Zelt, Thermenpark. Beginn 14 Uhr.

Die Uhr der Georgenkirche schlug gerade eins. Bis zum Beginn der Veranstaltung war noch genügend Zeit. Während er den Gartenweg entlangschlenderte, dachte Schluzzer, dass ihm Meran um vieles besser gefiel als Bozen. Schade, dass sein Chef das Detektivbüro nicht in Meran hatte. In Bozen wohnen die Menschen in modernen, aber gänzlich unromantischen Wohnblocks, dachte er. Im Sommer schwitzt man sich zu Tode, und jetzt im Winter bläst der eisige Wind aus dem Sarntal durch die Stadt. Anders in Meran, das durch die Texelberge im Norden geschützt wird.

»Wir begrüßen die Jugendlichen Merans«, stand auf dem Plakat. Schluzzer beschloss, sich als vermeintlicher Interessent unter die Jugendlichen zu mischen, hatte aber Zweifel an der Knabenhaftigkeit seines Aussehens. Vor einer Metzgerei blieb er stehen und betrachtete sein Gesicht im Schaufenster, zwischen einem am Fleischerhaken hängenden Bauernspeck und Meraner Würsten, die in Form einer Pyramide übereinandergestapelt waren. Es war kein jugendliches Gesicht. Eher das eines blassen Mittvierzigers. Vielleicht sollte er sich Dreadlocks flechten, um als Jugendlicher durchzugehen. Nein. Dazu hatte er zu wenig Haare. Sein Blick blieb an den Meraner Würsten im Schaufenster hängen. Er konnte sie beinahe riechen. Seine Mutter hatte sie manchmal selbst gemacht, und er hatte ihr dabei geholfen, das Rind- und Schweinefleisch in kleine Würfel zu schneiden und in den Darm zu füllen. Danach durfte er die Würstel in den Räucherkamin hängen, der mit Buchenholz und Kräutern beheizt wurde.

Schluzzer ging in einem weiten Bogen durch die Altstadt, dann kehrte er auf die Südseite der Passer zurück. Einige

Zeit betrachtete er den von allen Seiten sichtbaren Kubus aus Glas und Stahl, dann durchquerte er das Gebäude, betrat den dahinter liegenden Park und hörte schon von Weitem die Musik aus dem Zelt, vor dem sich die Menschen stauten. Natürlich, dachte Schluzzer. Alles Jugendliche. Ein muskulöser Torwächter beäugte ihn kritisch, ließ ihn aber mit einem freundlichen Nicken passieren, nachdem Schluzzer zwanzig Euro aus seiner Geldtasche geholt und in einen bereitstehenden Plastikeimer geworfen hatte. »Unsere Kirche liebt Spenden«, sagte der Türsteher.

»In einem Jahr sind wir wie eine Megachurch in den USA«, sagte eine danebenstehende Frau, die verwaschene Jeans und ein gelbes T-Shirt mit der Aufschrift »We love SGG« trug. Im Vorbeigehen drückte sie ihm unaufgefordert ein Programmheft in die Hand. »Nehmen Sie auch unsere DVD mit«, rief sie ihm nach. »Bringt Sie auf den richtigen Weg.«

Das ganze Zelt war mit überdimensional großen Girlanden geschmückt, die quer über den Raum gespannt waren. Sie trugen Aufschriften wie »Wir retten Südtirol!!« oder »Wir sind die wahre Religion!!«. Stets mit zwei Rufzeichen.

Mindestens zweihundert Leute saßen an langen Tischen, Junge und Alte, Frauen und Männer, jeder ein Getränk vor sich. Es herrschte eine ausgelassene Stimmung wie bei einem Betriebsausflug früher in seiner Firma. Schluzzer fand einen freien Platz auf einem der langen Bänke, die auf eine behelfsmäßig aufgebaute Bühne zuliefen. Neben ihm saß ein junger Mann mit rotblonden Haaren, der ihn mit offenem Mund anstarrte. »Bist du zum ersten Mal dabei?«

Schluzzer nickte.

»Ich bin Lars. Herzlich willkommen.« Der Rotblonde nickte freundlich und vollführte mit der Hand einen Kreis durch die Luft. »Das sind alles meine Freunde. Die SGG-Revolutions. Wir evangelisieren offensiv. Das ist unser Motto. Mit Musik und Tanz ziehen wir durch alle Länder Europas. Im Moment ist Südtirol dran, wo wir die Menschen vor der Hölle retten. Denn der Weg in die Hölle ist angenehm hell und breit. Und der Pfad in den Himmel eng, steinig und dunkel.«

Plötzlich ertönte ein Tusch, ein etwa fünfzigjähriger Mann kletterte auf die Bühne und stellte sich breitbeinig und selbstbewusst vor das Mikrofon.

»Das ist Manfred Toth«, flüsterte Lars, der rhythmisch zu klatschen begann. Die anderen im Zelt fielen begeistert ein.

»Kommt zu uns!« Toth hatte eine brüllende Stimme, die sich überschlug. In der karierten Uniform, einer Art Tropenanzug mit Knickerbockerhose, sah der Mann aus wie Captain Spaulding in dem Film der Marx Brothers.

»Bei uns findest du den Frieden. In ein paar Wochen ist Frühling, und bei uns kannst du ihn heute schon finden.« Seine Rhetorik war schlecht, und er wippte im Takt seiner Worte ständig auf und ab. »Unter meiner Leitung ist SGG kräftig gewachsen. Allein in Südtirol sind derzeit vier Kirchen in Bau. Dazu kommen Kindergärten und Jugendgruppen. Auch für unsere Alten sind wir da. Wir organisieren Seniorennachmittage und Gesundheitsberatungen.«

Die Lautsprecheranlage war katastrophal und übersteuert, an den meisten Tischen ging das Lärmen und Lachen weiter, so dass sich der Redner auf der Bühne nur mühsam Aufmerksamkeit verschaffen konnte. Er lief hektisch vorne am Bühnenrand hin und her. Von Zeit zu Zeit schoss sein Arm in die Höhe und der Zeigefinger stach in die Luft. Er sprach von den Feinden des Glaubens und machte einige Vorschläge, wie diese besiegt werden konnten.

»Unsere Mission kostet Geld«, rief Toth. »Wir bitten noch einmal um eure Spende!« Er hob einen blauen Plastikeimer hoch. »So wollen wir unserer Kirche dienen. Mit eurem Obulus.«

Aus den Augenwinkeln beobachtete Schluzzer die vor ihm Sitzenden, die zumeist größere Geldscheine zückten und in dem Kübel versenkten. Der blaue Eimer wanderte durch die Reihen und kam langsam näher.

»Lassen Sie mich bitte raus«, sagte Schluzzer zu Lars. Er sprang auf, zwängte sich an dessen Knien vorbei und eilte dem Ausgang zu.

»So etwas mögen wir«, knurrte der muskulöse Torwächter beim Ausgang. »Bevor es ans Zahlen geht, die Flucht ergreifen.«

»Ich habe zwanzig Euro Eintritt bezahlt«, sagte Schluzzer und drängte sich an dem Mann vorbei.

Während er zweimal in unterschiedlicher Richtung die Passerpromenade entlangmarschierte, dachte er über das nach, was er im Zelt gehört hatte. Ging es da wirklich um Religion? Standen nicht eher das Geld und die ständig eingeforderten Spenden im Vordergrund? Schluzzer hatte immer schon ein entspanntes Verhältnis zur Religion. Er war noch nie auf den Gedanken gekommen, seine religiösen Überzeugungen kritisch zu hinterfragen. Seit er denken konnte, griff er auf dieselben Anschauungen zurück wie seine Eltern oder auch die meist strengen Religionslehrer in der Schule. Nie wäre er auf die Idee gekommen, sich von der Religion seiner Eltern abzuwenden. *Mit eurer Spende wollen wir unserer Kirche dienen.* Der Satz fiel ihm ein, den der Mann auf der Bühne einige Male laut ins Publikum gerufen hatte. Auch früher, als er mit seinen Eltern auf der harten Kirchenbank saß oder davor kniete, ging der Mesner mit einem Klingelbeutel von vorn nach hinten, um Geld einzusammeln. Später wanderte stattdessen ein geflochtener Korb durch die Reihen, und fast jeder warf eine Münze hinein, bevor er den Korb an den Danebensitzenden weiterreichte. Eine alte Frau, die von allen nur die Generalin genannt wurde und die immer in der Reihe vor ihnen saß, zelebrierte ihre Spende, indem sie ihren Arm hoch in die Luft hob und allen ihren Zwanzigtausend-Lire-Schein präsentierte, bevor sie ihn in den Korb versenkte.

Was sollte er jetzt tun? »Besuchen Sie diese Leute«, hatte ihm sein Chef aufgetragen. Karl-Wolf-Straße, Nummer 37, war ihm in Erinnerung geblieben. Im Norden Merans.

Die Karl-Wolf-Straße lag zwischen dem Meraner Krankenhaus und einem weitläufigen Schulkomplex. Die Nummer 37 entpuppte sich als zweistöckige Doppelhaushälfte mit einem weit überstehenden, rot gedeckten Satteldach. Das Gebäude stammte wohl aus den Achtzigern und sah so aus wie die meisten Einfamilienhäuser in der schmalen Gasse, nur dass es einen frisch renovierten Eindruck machte. Das dunkle Holz der Tür und der Fenster war erst vor Kurzem gestrichen worden.

Vor dem Haus stand ein dunkelblauer Golf, der nicht mehr der jüngste war, aber glänzend sauber. An einem der Erdgeschossfenster bemerkte er ein Gesicht, das ihn neugierig anstarrte.

Schluzzer läutete und musste etwa eine halbe Minute warten, bis sich die Tür einen Spalt öffnete und das blasse Gesicht eines jungen Mannes zum Vorschein kam, das ihn einige Zeit wortlos beobachtete.

»Was wollen Sie?« Eine sanfte, melodische Stimme.

Bei unangenehmen Themen nie mit der Tür ins Haus fallen. Diesen Tipp seines Chefs galt es, heute mehr denn je einzuhalten. Besonders wenn man an der Haustür stand.

»Ich würde Sie gerne sprechen.« Schweigen. Dann schloss sich die Tür, und Schluzzer wartete wieder über eine Minute, bis der junge Mann zurückkehrte und sich langsam die Tür öffnete.

»Worum geht es?«

»Ich komme gerade von Ihrer tollen Veranstaltung im Zelt.«

»Ja und?«

»Da sind ein paar Fragen offengeblieben.« Er versuchte, seinem Gesicht einen treuherzigen Ausdruck zu geben. »Verstehen Sie? Ich bin eine arme Seele, die nach dem rechten Weg sucht.« Schluzzer wunderte sich, wie leicht ihm der Satz von den Lippen ging.

Der junge Mann bat ihn in ein recht geräumiges Wohnzimmer und wies ihm mit einem kurzen »Bitte!« den Platz auf einer Couch an der Wand zu. Dann angelte er sich einen Holzsessel und setzte sich Schluzzer gegenüber.

»Für Fragen, die die SGG betreffen, haben wir ausgebildete Fachleute. Die sind alle unten im Zelt. Aber wenn Sie schon mal da sind ... Worum geht es genau?«

»Mein Name ist Erwin Schilling«, sagte Schluzzer. »Könnten Sie mir auch Ihren Namen verraten. Dann wird das Gespräch gleich vertrauter. Und persönlicher.«

»Ich bin Konstantin. Sie können Konny zu mir sagen.«

Konny sah ihn mit großen dunklen Augen an. Leicht gekränkt und etwas überempfindlich sieht er aus, dachte Schluzzer, so als ob er überall Demütigungen erwartet. Er trug einen schlecht sitzenden fleckigen Pullover und hatte etwas zu lange Haare. Unter dem Pullover hing ihm das Hemd über die Hose.

»Worum geht es genau?«

»Ihr seid eine junge, begeisternde Gruppe junger Missionare«, begann Schluzzer. »SGG-Revolution steht auf einem eurer Plakate.«

»Wir verstehen unsere Aufgabe als Weltmission. Im Moment beackern wir Südtirol.« Er deutete mit dem Zeigefinger auf den Fußboden. »Und hier in diesem Haus ist unsere Zentrale. Von hier aus retten wir die Menschen vor der Hölle. Von hier aus kämpfen wir gegen den Unglauben der Evolution.«

»Gegen die Evolution?«, fragte Schluzzer.

»Natürlich. Wir Menschen stammen nicht vom Affen ab. Die Wahrheit ist: Die Welt wurde so erschaffen, wie es in der Bibel steht. In sechs Tagen. Punkt. Und es wurde Abend, und es wurde Morgen, und am siebten Tag sollst du ruhen.«

»Punkt«, sagte Schluzzer. »Jetzt zu meiner Frage: »Ich war schon einmal auf einer Ihrer Informationsveranstaltungen. Damals habe ich einen jungen Mann kennengelernt ...

ungefähr so alt wie Sie. Er hatte dunkelbraune Haare und hat sich mir mit dem Namen Andreas vorgestellt.«

»Und ... weiter?«

»Ich habe zu ihm Vertrauen gefasst. Dieser Andreas ... ist er hier? Ich möchte ihn gern sprechen.«

Sein Gegenüber sah ihn gedankenverloren an, so als ob er durch ihn hindurchschauen könnte. »Er ist nicht da.«

Schluzzer beugte sich vor. »Wo ist er?«

»Warum fragen Sie das nicht mich?« Eine laute Männerstimme. Die Tür zu einem Nebenraum war aufgegangen, und Manfred Toth betrat den Raum. Er trug noch immer den karierten Tropenanzug mit der Knickerbockerhose.

Der blasse Konstantin sah auf den Mann, der offensichtlich sein Chef war. »Das ist ein Herr Schilling. Er löchert mich mit der Frage, wo sich Andreas aufhält.«

»Wo Andreas ist? Er ist weg!«

»Wo weg?«

»Weg eben. Er hat uns verlassen.«

»Er soll doch einer der Tüchtigsten gewesen sein.«

»Sagt wer?«

»Sage ich.«

»Lieber Herr ...« Toth deutete auf Konstantin, der wie ein Stichwortgeber blitzartig »Erwin Schilling« rief.

»Es ist Zeit, dass Sie gehen. Wir wünschen Ihnen alles Gute auf Ihrem Lebensweg. Sie verstehen, dass ich Sie nicht hinausbegleite. Guten Tag.«

Kurz bevor Schluzzer die Haustür schloss, machte er nochmals einen Blick zurück und sah, dass Manfred Toth das Handy am Ohr hatte und aufgeregt mit jemandem sprach.

Dann fiel die Tür ins Schloss.

Nachdenklich ging er die Straße hinunter, als sein Handy läutete. Eine Mädchenstimme. »Hallo! Hier ist Lisa.«

Das Handy am Ohr, blieb Schluzzer stehen und dachte nach. »Lisa?«

»Lisa Kompatscher. Sie waren mit diesem Detektiv bei mir, und ich habe Ihnen von dem jungen Mann erzählt, mit dem ich Marianna gesehen habe, diesem Andreas.«

»Ich war nicht mit diesem Detektiv bei Ihnen«, korrigierte Schluzzer scharf. »Ich bin der Detektiv.«

Sie lachte. »Okay, Herr Detektiv … was ich zu berichten habe, wird Sie interessieren. Ich habe Andreas gesehen.«

»Was?« Schluzzer rief es so laut, dass einige Passanten stehen blieben und kopfschüttelnd zu ihm herübersahen. »Wo?«

»In Meran. Ich war am Grab von meinem Vater, und als ich aus dem Friedhof kam, bin ich ihm fast in die Hände gelaufen.«

»Er war allein oder mit Marianna?«

»Unterbrechen Sie mich nicht dauernd. Er war allein. Offenbar haben nicht nur Sie, sondern auch ich einen detektivischen Spürsinn.« Sie lachte wieder. »Jedenfalls wurde ich neugierig, wohin er geht, und dann bin ich ihm wie ein Stalker hinterhergeschlichen.«

»Wie eine Stalkerin«, korrigierte Schluzzer. »Und? Wohin ist er gegangen?«

»Zuerst am Bahnhof vorbei, und ich habe schon befürchtet, dass er mit einem der Züge wegfahren will, aber er ging weiter und verschwand dann in einem C&C. Zehn Minuten später kam er mit einer voll bepackten Tasche wieder raus … und ich hinterher, jede Deckung ausnutzend.«

Schluzzer erinnerte sich, dass sie sich mit dem Mädchen geduzt hatten. »Du machst es sehr spannend. Wo ist der Bursche jetzt?«

»Warten Sie! Er ging in ein Einfamilienhaus in der Segantinistraße. Und kam nicht wieder raus. Keine tolle Gegend übrigens, gleich neben dem Bahnhof.«

»Welche Hausnummer?«

»Giovanni-Segantini-Straße, Nummer 116. Ein hässliches Haus mit einer Mauer davor.«

»Und da ist er jetzt noch?«

»Wahrscheinlich«, sagte das Mädchen. »Auf dem Schild neben der Tür steht kein Name. Oder man kann ihn nicht entziffern. Ich habe überlegt, ob ich läuten soll, hab's aber nicht getan. Zehn Minuten hab ich noch gewartet, dann bin ich gegangen.«

»Wie lange ist das her, was du mir gerade erzählt hast?«

»Vielleicht zwei Stunden. Ich hab mich an Ihre Visitenkarte erinnert.«

»Das ist ganz toll«, sagte Schluzzer und bedankte sich noch einmal.

Eine halbe Stunde später ging er an einigen Siedlungshäusern vorbei, die sich direkt den Bahndamm entlangzogen, bis er das Haus mit der Nummer 116 erreichte. Ein hässliches Haus, hatte es Lisa genannt. Das einstöckige Gebäude stammte wohl aus den Achtzigern und sah so aus wie viele Einfamilienhäuser, deren Pläne nie auf dem Tisch eines Architekten gelegen hatten. Der Putz war rissig, und die ehemals gelbe Farbe löste sich großflächig von der Mauer. Nur das dunkle Holz der Tür und der Fenster war erst vor Kurzem gestrichen worden. In dem ungepflegten Vorgarten lagen einige schmutzige Schneeberge.

Schluzzer blieb ein paar Sekunden lang vor dem Haus stehen und warf einen Blick auf das Schild neben der Haustür. Nummer 116 stand da und darunter ein Name, den er nicht entziffern konnte.

Die erste Müdigkeitsattacke überfiel ihn eine halbe Stunde später. Mattigkeit war bei Schluzzer stets mit intensivem Hungergefühl verknüpft. Ob er beim nahen Bahnhof etwas zum Essen bekäme? Er entschied sich, das Haus nicht aus dem Auge zu lassen. Also stellte er sich hinter einen kahlen Kastanienbaum und sah zu dem Gebäude hinüber, wo er während der nächsten zehn Minuten wie eine Statue verharrte. Nichts passierte. Er startete eine kleine Runde, einmal den Häuserblock hinauf und wieder zurück. Gott sei Dank war es nicht so kalt wie gestern, und es regnete nicht, dennoch wurden der Hunger und vor allem der Durst immer übermächtiger. Vor Schluzzers innerem Auge erschienen Bilder von gefüllten Schweinekoteletts und einem schäumenden Bier. Der Mensch ist zum Gehen gebaut, hatte seine Mutter immer gesagt. Ob das auch für Überwachungsaktionen oder Dauerspaziergänge auf harten, asphaltierten Wegen rund um ein langweiliges Einfamilienhaus zutraf? Jedenfalls schmerzten Schluzzers Füße.

Neben einem Wohnblock am nördlichen Ende des Viertels stieß er auf eine kleine Tankstelle, die von einem traurig aussehenden Ausländer betrieben wurde. Schluzzer steckte den Kopf in die gläserne Koje neben den Zapfsäulen.

»Haben Sie was zum Essen?«

»Ich verkaufe Benzin«, sagte der Traurige.

»Und was zum Trinken?«

»Benzin und Motoröl sind die einzigen Flüssigkeiten, die Sie haben können.«

»Aber Tankstellen verkaufen immer auch Getränke.«

»Hören Sie, ich bin eine freie Tankstelle und keine Supermarktfiliale.« Er zeigte mit dem ausgestreckten Arm nach draußen. »Gehen Sie vier Straßen weiter. Dort ist der Bahnhof, und dort finden Sie auch ein Kaffeehaus.«

Schluzzer wendete und startete die Runde um das Wohnviertel, die er schon dreimal gedreht hatte. Hundertfünfzig Meter weiter hörten die Gehsteige auf, die Straße wurde schmaler und änderte ihren Namen. Dort fand er das Kaffeehaus. Die Schrift über dem Eingang war verblasst und kaum zu lesen: »Caffe Desolato«. Darunter hing ein Schild mit der Aufschrift »Wegen Trauerfall geschlossen«. Also nichts zu essen. Und nichts zu trinken.

Mit raschen Schritten eilte er zurück zur Nummer 116 in der Segantini-Straße, lehnte sich an den Gartenzaun des gegenüberliegenden Hauses und zwang sich zur Aufmerksamkeit. Langsam ging ihm das Warten auf die Nerven. Er versuchte, seinen aktuellen Zustand zu analysieren, und kam zu dem Ergebnis, dass er gerade eher eine Art psychischer Belastung durchlitt statt körperlicher Erschöpfung. Während der letzten gefühlten Dreiviertelstunde war der Zeiger seiner Uhr genau um acht Minuten weitergerückt. Mit schmerzendem Oberschenkel wechselte er von einem Standbein zum anderen. Ein eisiger Wind pfiff durch die enge Straße und zerrte an seiner Kleidung. Die Kälte stieg die Beine hoch und kroch unter seine gesteppte Jacke. Schräg gegenüber entdeckte er eine Telefonzelle, in der er es sich, so weit wie möglich, gemütlich machte. Doch auch dort war es frostig, und nach gefühlten zwei Stunden verstärkte sich der Schmerz in den Oberschenkeln. Jetzt eine Zigarette rauchen, das wäre die Rettung. Schluzzer hatte vor zwei Jahren das Rauchen aufgegeben. Oder waren es schon drei Jahre? Bemerkenswert, dachte er, dass in einer solchen gleichermaßen physischen wie psychischen Ausnahmesituation das Verlangen nach Nikotin zurückkehrt. Nein! Das schaffte er auch ohne Zigarette. Nach einer weiteren Stunde schmerzten nicht nur die Oberschenkel, so dass er die Telefonzelle verließ. Inzwischen hatte sich die Dämmerung über die Straße gelegt, und nach wie vor beobachtete er aufmerksam den beleuchteten Eingang des Hauses. Auch im Erdgeschoss war ein Fenster hell. Vielleicht sollte er einfach zur Tür marschieren und läuten. Nein. Sein Plan war anders. Zuerst müsste er den Beweis haben, dass sich Andreas und Marianna überhaupt in dem Haus befanden. Dann würde er läuten. Oder Tanner fragen, was er als Nächstes tun sollte.

Ein japanischer Kleinwagen blieb stehen. Eine junge Frau stieg aus, die im Licht der Straßenlampe etwas in ihrer Handtasche suchte und dann im Nachbarhaus verschwand. Das Auto raste davon, eine Staubwolke hinter sich herziehend. Nun stand Schluzzer schon mehr als drei Stunden vor dem Haus, ohne dass etwas passiert war. Um zu vermeiden, dass Anwohner oder Vorbeigehende auf ihn aufmerksam wurden, blieb er nie an einer Stelle länger stehen, sondern schlenderte umher, wobei er darauf achtete, nicht in den Lichtkegel einer der Straßenlampen zu geraten. Gelangweilt beobachtete er, wie in den Häusern auf beiden Seiten manche Fenster hell und wieder dunkel wurden und ein flackerndes blaues Licht anzeigte, dass jemand vor dem Fernseher saß. Irgendwo bellte ein Hund. Sein Blick glitt noch einmal über die Fenster des Hauses mit der Nummer 116. Im ersten Stock wurde ein Fenster hell. Schluzzer ging ein paar Schritte zurück und starrte nach oben. Hinter dem beleuchteten Fenster bewegten sich Schatten. Er glaubte, die Silhouette einer Frau und eines Mannes zu erkennen, die miteinander sprachen. Der Mann öffnete das Fenster und warf einen Zigarettenstummel auf den Gehsteig. War das Andreas? Nach dem Foto, das Schluzzer gesehen hatte, könnte er es sein. Neben ihm erschien ein Mädchen, das ihren Arm um die Schultern des Mannes legte. Das war eindeutig Marianna.

Stolz und Freude erfüllten Schluzzer. Aufgeregt zog er sich ein paar Schritte in die Dunkelheit zurück und rief Tanner an.

»Chef, ich habe die beiden gefunden.«

»Marianna?«

»Und den Andreas.« In knappen Worten berichtete Schluzzer, mit welch tiefschürfenden detektivischen Tricks es ihm gelungen war, das Mädchen aufzustöbern. Und so rasch noch dazu. Genüsslich ließ er die Lobeshymnen seines Chefs an sich herunterperlen. »Ich habe jetzt zwei Fragen«, sagte er, als Tanners Loblieder ausgesungen waren. »Erstens, was soll ich jetzt tun? Und zweitens, bekomme ich nun eine Gehaltserhöhung?«

»Schluzzer, nur die erste Frage ist ein Thema, das am Telefon erörtert werden sollte. Mein Hinweis: Bleiben Sie dran! Observieren Sie weiter! Bis Mitternacht. Suchen Sie sich eine Pension ... am besten in der Nähe. Und morgen früh beobachten Sie weiter. Sagen wir ab fünf Uhr.«

»Dann muss ich meine Nachbarin bitten, dass sie sich um Molly kümmert.«

»Molly?«

»Schon vergessen, Chef? Meine mallorquinische Katze. Sie hat sicher Hunger. Wie ich übrigens.«

»Detektiv sein ist ein harter Beruf, Schluzzer. Halten Sie durch!«

Bei Kälte muss man sich bewegen, sagte er sich und begann von Neuem, die Segantini-Straße auf und ab zu marschieren. Als er die Straße überquerte, entdeckte er an dem Haus gegenüber ein Schild: »Zimmer zu vermieten. Bei Poier läuten.«

Frau Poier war eine ältere Frau, die ihn finster ansah. Wahrscheinlich hatte Schluzzer sie mitten in einem Fernsehkrimi gestört. »Was ist los?«

Er trat einen Schritt zurück und deutete auf das Schild am Fenster. »Das Zimmer – ist es noch frei?«

»Für wie lange wollen Sie es mieten?«

»Da muss ich erst mit meinem Chef reden.«

Sie ließ den Kopf zur Seite kippen. »Kommen Sie rein.«

In der Tat keine überaus freundliche alte Dame. Irgendwie erinnerte sie Schluzzer an die weißhaarige Mrs. Wimmerforce, die in dem Film »Ladykillers« drei Schwerverbrechern das Handwerk legt. Nur war das Auftreten von Frau Poier etwas barscher.

»Geht das Zimmer auch zur Straße raus? Sonst nehme ich es nicht«, sagte Schluzzer.

»Sie sind lustig. Ja, Ihr Zimmer geht zur Straße raus. Aber

keine Angst, die Fenster haben Doppelverglasung und lassen wenig Lärm durch.«

Auf der Treppe in den ersten Stock blieb sie stehen und drehte sich nach ihm um. »Wo ist denn Ihr Gepäck?«

»Das hole ich später. Kann ich jetzt das Zimmer sehen?«

In dem Moment, in dem sich Schluzzer auf dem niedrigen Eisenbett niederließ, verfluchte er seine Gutmütigkeit, sich in diesem dunklen Loch einzumieten. Er strich mit der Hand über die braungraue Decke, wie man sie auch in Schlafsälen beim Militär fand. Nicht nur die Bettdecke, alles an dem Zimmer war billig, das sicher seit den fünfziger Jahren nicht mehr renoviert worden war. In dem halb blinden Spiegel über dem kleinen Waschbecken konnte er sich nur verschwommen sehen, bei dem braunen Holzschrank neben dem Fenster hing die Tür schief herunter und ließ sich nicht schließen. Was soll's ... es war ja nur für eine Nacht. Hoffentlich jedenfalls.

Obwohl es dunkel war, verzichtete Schluzzer darauf, das Licht anzumachen. Er öffnete das Fenster und sah die Straße rauf und runter. Die Segantini-Straße lag still da. Kein Hupen und kein Kindergeschrei störten die Ruhe. Nur aus der Ferne hörte man das Geräusch eines Zuges.

Er rückte den Lehnstuhl, der neben dem Bett stand, ans Fenster, von wo aus er zwar nicht die gesamte Straße sehen konnte, aber wenn er einen Fensterflügel öffnete und sich etwas hinausbeugte, konnte er den Eingang des gegenüberliegenden Hauses gut im Blick behalten. Das Problem war nur, dass es eiskalt im Zimmer wurde. Also zog er seine gefütterte Jacke an und holte sich die Decke vom Bett. Die Kälte verschwand, und mit der Zeit wurde es sogar gemütlich warm auf dem bequemen Lehnstuhl, was seine Aufmerksamkeit nur unmerklich reduzierte.

*

Als Tanner die Wohnung betrat, saß Paula mit einer halb leer gegessenen Keksschachtel vor dem Fernseher.

»Warum bist du noch nicht im Bett?«, fragte er.

Sie legte die Fernbedienung weg und sah ihn fragend an. »Ist das Kritik an mir oder Ausdruck deiner Freude?«

Er gab ihr einen Kuss. »Freude«, murmelte er. »Wie geht es dir?«

Paula deutete auf den Fernsehapparat. »Ein Film mit George Clooney im Nachtprogramm. Da lohnt es sich, aufzubleiben. Ein extrem gut aussehender Mann.«

»Ist das Kritik an mir oder ein Lob für diesen Hollywood-Schönling?«

»Wie war dein Tag?«

»Schluzzer hat mich angerufen. Der hat in Meran einen Bombenerfolg eingefahren.«

»Hat er endlich eine Frau kennengelernt?«

»Viel besser. Marianna lebt, und er hat entdeckt, wo sie sich aufhält.«

»Und wo?«

»Das Mädchen hat sich mit einem jungen Mann zusammengetan, der von einer obskuren Sektengemeinschaft geflohen ist.«

Beeindruckt wiegte sie ihr Haupt. »Er macht sich also ... dann könntest du ihm ja eine Gehaltserhöhung genehmigen.«

»Stopp. Auf die Idee kam Schluzzer auch schon.«

Paula sah ihn stirnrunzelnd an. »Du siehst müde aus.«

»Es war ein langer Tag. Ich war übrigens in der Wohnung von Elena Zingerle.«

»Der Wohnung des Mordopfers? Wie bist du da reingekommen?«

Tanner schüttelte den Kopf. »Das wissen nur dein Neffe Daniel und ich.«

»Und welche Erkenntnisse hast du gewonnen?«

Er legte Elenas Telefonbüchlein und die CDs auf den Tisch. »Interessante Telefonnummern.«

»Was ist auf den CDs?«

»Keine Ahnung. Gute Musik vielleicht. Oder irgendwelche Daten. Schau ich mir morgen an. Heut bin ich zu müde.«

Dann entdeckte Tanner das Kuvert auf dem Couchtisch. »Was ist das für ein Brief?«

»Das wollte ich dich fragen«, sagte Paula etwas lauter als notwendig. »Den Umschlag habe ich in deinem Anorak gefunden.«

»Seit wann durchschnüffelst du meine Kleidungsstücke?«

»Seit ich deine Kleidungsstücke zur Reinigung bringe, wenn sie dreckig sind. Also gefühlte fünfzig Jahre.«

Tanner fiel keine Antwort ein. Mit spitzen Fingern griff er nach dem Brief und riss ihn auf.

Der Mörder beobachtet Sie.
Geben Sie acht auf sich.

Tanner schnaufte und ließ sich neben Paula auf die Couch fallen.

»Wo hast du den Brief her?«, sagte sie.

»Keine Ahnung.«

»Es steht kein Absender drauf.«

»Es steht auch drinnen kein Absender.« Er hielt ihr das Schreiben hin.

»Diese Art von Warnungen haben es in sich. Das solltest du ernst nehmen.«

Er schüttelte den Kopf. »Das ist nicht zum ersten Mal, dass ich solch dumme Briefe erhalte.«

»Wie kommt der Umschlag in deinen Anorak?«

»Den muss mir jemand zugesteckt haben.«

»Was hast du heute angehabt?«

»Den blauen Wintermantel.«

»Und wann hast du zuletzt den Anorak getragen?«

Tanner dachte nach. »Keine Ahnung.«

»Und was machst du jetzt mit dem Brief?«

Tanner öffnete die Tür des Kachelofens und warf das Blatt hinein, worauf Paula bedeutungsvoll den Kopf hin und her wiegte.

Unruhig lag er zwei Stunden später neben Paula im Bett und konnte nicht sagen, ob er geschlafen hatte oder all diese bedrohlichen und bedrückenden Gedanken in einer Art Halbschlaf über ihn hergefallen waren. *Der Mörder beobachtet Sie.* Ihm war heiß, und er strampelte die Decke weg. Den ganzen Abend über war er erschöpft und müde gewesen, und jetzt konnte er nicht schlafen. *Geben Sie acht auf sich.* Paulas regelmäßiger Atem verriet ihm, dass sie fest schlummerte. Plötzlich fühlte er sich wie ein Versager in der Dunkelheit des Schlafzimmers, wie einer, der in einem riesigen Labyrinth auf der Suche nach der verborgenen Wahrheit herumirrte, doch nie dort ankam, soviel er sich auch bemühte. *Wer immer strebend sich bemüht, den können wir erlösen.* Wer hat das gesagt? Irgendein deutscher Dichter. Lange her. Wenn er aufstand, war die Schlaflosigkeit zweifellos leichter zu ertragen. Auf Zehenspitzen schlich er in die Küche. Es war zwei Uhr. Er holte sich ein Glas Wasser und setzte sich an den Küchentisch, auf dem noch immer das Notizheft mit den Telefonnummern und der Stapel CDs lagen, die er aus Elenas Wohnung mitgenommen hatte. Entmutigt klappte er das Büchlein zu. Er würde die Telefonnummern an Maurizio weitergeben. Er holte sein Notebook aus der Schublade, fuhr es hoch und legte eine CD ein. Nichts rührte sich. Wenn Dateien auf der Scheibe waren, gelang es ihm jedenfalls nicht, sie aufzurufen. Die Dinger sahen wie selbst gebrannte CDs aus. Vielleicht waren sie leer. Doch dagegen sprachen die mit Filzstift aufgemalten Buchstaben. Was sollte er jetzt tun? Vielleicht einen Grappa trinken? Auf gut Glück klickte Tanner auf ein Symbol am Bildschirm, das wie ein rot-weiß gestreifter Absperrhut aussah, wie sie manchmal auf Baustellen zu sehen waren. Der Bildschirm begann zu flackern, und das Laufwerk machte ein eigenartig surrendes Geräusch. Dann erschien ein Bett auf dem Bildschirm, in dem sich eine Frau räkelte und formatfüllend die Beine spreizte. Als nach einigen Sekunden zum ersten Mal der Kopf der Frau ins Bild kam, erkannte Tanner, dass es sich um Elena Zingerle handelte. Verführerisch lächelnd, winkte sie mit beiden Händen in die Kamera, als ob sie auf ein Geschenk wartete, das im selben Moment in Form eines nackten Mannes auftauchte, der sich ohne Zögern auf sie warf. Wie auf eine Luftmatratze. Um Gottes willen, dachte Tanner, wo bin ich hier hingeraten? Er warf die DVD aus und steckte eine andere in den Laptop, die mit dem Buchstaben C beschriftet war. Dieselbe Frau, nur ein anderer Mann. Tanner wusste, dass Elena vierundvierzig Jahre alt war, und für das Alter hatte sie eine traumhafte Figur. Nur der Mann war unförmig fett. Nackte Männer sind immer hässlich, dachte Tanner. Der hier hatte einen Bauch, und sein ganzer Körper war schwabbelig. Eine Zeit lang verfolgte Tanner die anmutigen Bewegungen der Frau, als ihn ein Geräusch aufschreckte und er mit Schrecken bemerkte, dass Paula hinter ihm stand.

»Was würdest du einer Frau raten, die soeben dahinterkommt, dass ihr Geliebter nachts Pornos schaut?«

»Dieser Frau rate ich, sich die Realität unter die Nase zu reiben.« Er deutete auf den Bildschirm, auf dem die beiden nackten Körper gerade in nicht sehr eleganten Schwüngen dabei waren, die Stellung zu wechseln. »Darf ich vorstellen: Elena mit einem ihrer Liebhaber.« Er zeigte auf den Stapel DVDs. »Und dadrauf sind die anderen Herren, mit denen sie sich im Bett vergnügt hat. Ich hab mir im Schnelldurchgang alle angesehen.«

»Kennst du jemanden von den Männern?«

Er schüttelte den Kopf. »Bemerkenswert ist, dass Georg Rottenmann nirgendwo auf einem der Videos auftaucht. Immerhin war er einige Male bei Elena in der Wohnung.«

»Hat er das zugegeben?«

»Nicht sofort. Aber nach leichter Überredung zur Wahrheit ist er damit rausgerückt.«

»Raffiniert.« Paula lachte. »Und die Herren wissen nicht, dass sie gefilmt worden sind.«

Tanner nickte. »Die Videokamera muss gut versteckt sein. Ich war in Elenas Schlafzimmer ... Mir ist nichts aufgefallen.«

»Warum macht sie das?«

»Die Videoaufnahmen? Da gibt es zwei Möglichkeiten. Entweder die Männer wissen es vorher, dass sie gefilmt werden, und es turnt sie an, oder sie erfahren es erst, wenn Elena sie um Geld angeht.«

»An welche der beiden Varianten glaubst du?«

»Dass die Männer nichts wussten. Ein solches Video ist das sicherste Instrument, um einen Mann zu erpressen. Entweder man droht, das Sexvideo oder pikante Fotos daraus an die Firma zu schicken, bei der der Mann arbeitet, oder an die Ehefrau. Beides ist eine lukrative Drohgebärde.«

»Und ein hervorragendes Motiv für einen Mord«, sagte Paula. »Einer der Männer auf den DVDs wollte nicht zahlen und hat Elena umgebracht.«

»Genauso könnte es gewesen sein.« Tanner griff nach Elenas Notizbüchlein. »Und ich wette, die Telefonnummern dadrin gehören zu den Herren, die wir hier nackt bewundern können.«

Auf dem Bildschirm des Laptops lief immer noch eines der Videos. »Dadrin passiert so viel Schweinkram, den ich noch nie vorher gesehen habe«, sagte Tanner und fuhr das Notebook herunter.

»Komm ins Bett«, sagte Paula. »Es ist zwar schon spät, aber ein paar Dinge könnte ich dir noch rasch beibringen.«

Tanner schlief zwar sofort ein, sein Schlaf war jedoch oberflächlich und unruhig, und immer wieder träumte er von seinem Anorak und dem Brief, den Paula darin entdeckt hatte. »Wann hast du ihn zuletzt angehabt?« Es war schon früh am Morgen, als er aus dem Traum hochschreckte. Plötzlich fiel ihm ein, wann und wo er den Anorak zum letzten Mal getragen hatte.

ZEHN

»Wenn du mit mir frühstücken möchtest, musst du jetzt aufstehen«, rief Paula ins Schlafzimmer. Tanner mochte Wenn-du-Sätze nicht. In gewisser Weise ähnelten solche Wortfolgen einer Erpressung.

Im Badezimmer putzte er sich ausführlich die Zähne und wusch sich mit kaltem Wasser so lange das Gesicht, bis ihm ein Blick in den Spiegel bewies, dass er die Kontrolle über seine Gesichtszüge zurückgewonnen hatte.

In der Küche ließ er sich auf die Eckbank fallen und starrte auf das eigenartige Muster des Tischtuchs.

»Du siehst müde aus«, sagte Paula.

»Im Badezimmer habe ich in den Spiegel geschaut. Dabei kam eine wichtige Erkenntnis hoch.«

»Verrätst du sie mir? Die Erkenntnis, meine ich.«

»Wenn ich ein Hund wäre, wäre ich jetzt neun Jahre alt.«

»Wenn ein Mann am Abend Pornovideos schaut, ist er am nächsten Tag hundemüde.«

»Was gibt's zum Frühstück?«

»Das Beste für einen geistig schwer beanspruchten Detektiv. Ein selbst gemachtes Müsli mit einem gesunden Smoothie.«

»Die Farbe von dem Getränk gefällt mir.« Er nahm einen vorsichtigen Schluck und fragte: »Was ist dadrin?«

»Gesundheit pur. Äpfel, Minze, Sellerie und etwas Ingwer.«

»Schmeckt überraschend gut.«

»Streich das *überraschend*. Was steht bei dir heute auf dem Programm?«

»Ich werde mich mit Schluzzer in Meran treffen.« Tanner deutete auf das abgegriffene Büchlein, das immer noch an der Ecke des Tisches lag. »Die Telefonnummern da werde ich Maurizio durchgeben. Ich hoffe, er hat noch genügend Kontakt zu seinen früheren Kollegen in der Questura, um an die Namen und Adressen ranzukommen.«

Irgendwo in der Küche meldete sich ein Handy.

»Das ist deines.« Paula deutete zur Kredenz. »Und falls du es suchst, es liegt da drüben.«

»Maurizio« las er auf dem Display. »Du hast Neuigkeiten für mich?«

Er hörte Maurizio schnaufen. »Ich möchte nicht wissen, wo du diese Telefonnummern herhast, aber ich kann dir die Namen sagen, die dazu gehören, und ich habe auch ein paar Informationen, wo die Leute arbeiten. Hast du was zum Schreiben?«

Tanner notierte sich die Adressen und Namen, die ihm Maurizio diktierte, und bedankte sich für die prompte Unterstützung.

»Noch etwas«, sagte Maurizio. »Nero De Santis ist nach wie vor überzeugt, dass Georg Rottenmann der Mörder ist. Und jetzt hör dir die neueste Geschichte an … Nero hat einen hochqualifizierten Mitarbeiter des psychologischen Dienstes aus Rom angefordert, der ab jetzt bei allen Vernehmungen Georgs dabeisitzt und alles notiert und ständig dumme Fragen stellt.«

»Und was soll das bringen?«

Maurizio lachte. »Nichts. Jedenfalls nichts außer Zeitvergeudung und Kosten.«

Während sie am Telefon verabredeten, sich demnächst wieder einmal zu treffen, nahm Paula den Zettel mit den Namen vom Tisch.

Mattheo Tomasi, Sarnthein
Gabriel Varga, Mölten,
Claudio Valloni, St. Pankraz
Elias Senoner, Brixen

»Jetzt kann ich dir die Frage beantworten, was bei mir heute am Programm steht.« Tanner deutete auf den Zettel. »Mit dem Ersten auf der Liste werde ich reden. Mattheo Tomasi.«

»Sind das die Männer von heute Nacht?«

Tanner nickte. »Mindestens einen von den vieren hast du in dem Video gesehen.«

»Einer hatte einen knackigen Po«, sagte Paula. »Sah nicht schlecht aus.«

Tanner riss ihr den Zettel aus der Hand. »Mit dir kann man keine ernsthafte Diskussion führen. Danach treffe ich deinen Verwandten Schluzzer in Meran.«

Als Tanner am Telefon erläuterte, warum er ihn zu sprechen wünschte, reagierte Mattheo Tomasi zuerst verblüfft, dann wurde seine Stimme unsicher. »Um Gottes willen! Hierher können Sie nicht kommen. Ich sitze gerade im Büro. Muss es denn sofort sein?«

»Je früher, desto besser. Und zwar für Sie.« Tanner sah

auf die Uhr. »Ich habe noch in Bozen zu tun. Sagen wir um halb zwölf Uhr. Wo treffen wir uns?«

»Wie Sie wahrscheinlich wissen, bin ich in Sarnthein zu Hause. Dort arbeite ich auch. Hier möchte ich nicht mit Ihnen gesehen werden.«

»Also ... wo?«

»Aus welcher Richtung kommen Sie?«

»Von Bozen.«

»Okay. Ein paar Kilometer vor Sarnthein sehen Sie rechts eine große GNP-Tankstelle. Die haben auch ein Café. Dort warte ich auf Sie. Um halb zehn. Wenn's denn sein muss.«

Eine gute Viertelstunde später durchsuchte Tanner das Parkhaus am Waltherplatz nach einem freien Platz. »Abzocke am Parkplatz Bozen«. Während er durch die nachlässig beleuchteten Tunnel tief unter der Erde fuhr, erinnerte er sich an den Zeitungsartikel in der Neuen Südtiroler Tageszeitung. Zwei Euro siebzig kostete es hier pro Stunde.

Es regnete leicht, als er das Parkhaus durch einen der Seitenausgänge verließ, der ihn in der Bahnhofsallee ans Tageslicht brachte.

Während er die Poststraße entlangging, blätterte er in seinem Notizbuch, bis er die Adresse fand: Fotostudio Hugo Fellner, Sernesi Galerie. »Komm sofort«, hatte sein alter Freund und Klassenkamerad Hugo gesagt, als sich Tanner mit seinem delikaten Sonderauftrag angemeldet hatte. »Delikate Spezialaufträge sind die Stärke in meinem Fotogeschäft.«

Vor der Bar Marilyn stand ein Schild auf dem Gehsteig: »Pasta fredda con pomodorini e mozzarella.« An solchen

Angeboten sollte man nie achtlos vorbeigehen, jedenfalls nicht nach einem kalorienschwachen Müsli.

Während Tanner den ersten Schluck des trockenen Pinot Grigio trank, vergaß er beinahe, warum er hier war. Der Genuss der Pasta und des Weins versetzte ihn in einen angenehmen Zustand des Wohlbefindens, was sich schlagartig änderte, als eine Frau das Café betrat. Sie trug ihre dunklen Haare hochgesteckt, was ihr ein etwas strenges Aussehen gab. Dennoch erkannte sie Tanner sofort wieder. Es war Valentina Rottenmann. Sie hatte den Wintermantel geöffnet und betont lässig über ihre Schulter geschoben. Darunter trug sie enge Jeans und eine weiße Bluse. Tanner war sicher, dass sie sich daran erinnerte, wer er war. Mit gespielter Unbefangenheit stöckelte sie auf seinen Tisch zu, starrte ihn einen Augenblick an und begrüßte ihn im letzten Moment mit einem frostigen Nicken.

Tanner deutete auf den Sessel neben sich. »Nehmen Sie Platz. Ich muss ohnehin bald gehen.«

Man konnte ihr den Widerwillen ansehen, mit dem sie stehen blieb, und dann zögernd ganz vorne auf der Kante des Sessels Platz nahm.

»Kein Wunder, dass Georg immer noch im Gefängnis sitzt, wenn Sie die Cafés von Bozen bevölkern, statt Ihren Auftrag ernst zu nehmen. Wann arbeiten Sie eigentlich?«

»Ich habe heute früh noch einmal den aktuellen Stand in der Questura abgefragt. Der Commissario Capo ist nach wie vor überzeugt, dass Ihr Gatte die Frau getötet hat.«

Sie schüttelte den Kopf und zog sich den Schal vom Hals. »Georg fehlt uns ... Das Weingut leidet, von Tag zu Tag mehr.«

Das Weingut leidet, wiederholte er im Stillen. »Sie haben einen tüchtigen Kellermeister. Und ich bin sicher, dass sich Georgs Unschuld herausstellen wird. Wir verfolgen jetzt mehrere Spuren gleichzeitig.«

»Mehrere Spuren gleichzeitig ...« Valentina warf den Kopf zurück, und erstaunt stellte Tanner fest, dass ihr lautes Lachen fast eine Oktave umfasste, so dass die Leute an den Nebentischen den Kopf drehten.

Der Kellner trat an ihren Tisch, und Valentina bestellte einen trockenen Martini. »Gerührt, nicht geschüttelt.«

Als ob sie sich in der Zwischenzeit die Worte zurechtgelegt hätte, sagte sie zu Tanner: »Mein Mann ist möglicherweise ein guter Winzer, als Ehemann ist er ein Versager. Er hat mich mit dieser ... dieser Putana hintergangen.« Mit wutverzerrtem Gesicht sah sie ihn an. »Er ist ein Ehebrecher.«

»Kennen Sie Elena Zingerle?«

»Pah!«, rief sie und wechselte wieder den Tonfall. »Glauben Sie, ich kenne jedes Weib, mit dem er mich betrügt?«

Tanner bedankte sich für das Gespräch und wünschte der Frau noch einen schönen Tag.

Am Ende der Postgasse erreichte er den Dominikanerplatz, bog rechts in die Goethepasse ein, die mit »Via Johann Wolfgang von Goethe« auf dem blauen Straßenschild bezeichnet wurde.

Die Türklingel spielte eine unmelodische Sequenz. Während er in die Dämmerung des Ladens eintrat, überlegte Tanner, wie lange er seinen Freund nicht mehr gesehen hatte.

Mit ausgebreiteten Armen stürmte Hugo auf ihn zu. Er war klein und untersetzt und hatte eine markante Falte zwischen Stirn und Nase, was seinem Gesicht etwas Verdrießliches gab. Nur sein Mund war freundlich gestimmt, er lachte und bleckte dabei die Zähne.

Alt ist er geworden. In der Schule war Hugo ein blonder Lockenkopf gewesen, überlegte Tanner, aber wahrscheinlich dachte der andere gerade dasselbe über ihn.

Alt sind immer nur die anderen.

»Was kann ich für dich tun, mein alter Freund? Du bist Detektiv geworden ... stimmt das?«

Tanner nickte und hielt ihm die DVDs hin. »Da sind sehr spezielle Spielfilme drauf. Die sollte niemand sehen. Außer uns beiden, meine ich. Von den männlichen Schauspielern brauche ich ein paar Fotos. Geht das?«

»Standbilder sagen wir dazu. Hugo macht alles möglich. Zeig mal deine Videos her.«

Er nahm Tanner die DVDs aus der Hand und blätterte sie wie die Seiten eines Buches durch. »Die Nummer 4 fehlt«, sagte er.

»Das macht nichts. Auf den anderen sind genügend Schweinereien drauf.«

Hugo legte eine DVD in einen Computer und pfiff erstaunt durch die Zähne, als sich Elena das erste Mal in voller Pracht und Detailfreude auf dem Bildschirm zeigte. »Du hast eigenartige Hobbys, mein Freund.«

»Zieh keine falschen Schlüsse«, sagte Tanner. »Das sind Beweismaterialien aus einer Mordermittlung. Streng seriös.«

»Na ja. Ich hab mir deine strenge Seriosität anders vorgestellt.« Hugo lachte. »Also, welche Standfotos willst du jetzt haben?«

»Normalerweise geht es bei dieser Art von Spielfilmen nicht um die Gesichter, sondern um die Erkennbarkeit speziellerer Körperteile. Bei mir ist es anders. Die Frau wurde brutal getötet, und der Mörder ist möglicherweise einer dieser Burschen. Deshalb brauche ich Fotos von den Gesichtern. Also achte nur auf die Köpfe der beteiligten Mannsbilder.«

Hugo seufzte. »Wie soll ich mich bei *der* Frau auf die Männer konzentrieren?«

»Tu dein Bestes.«

*

Zwanzig Minuten Fahrt bis Sarnthein, sagte ihm sein GPS-Gerät. Bevor er ins Auto stieg, warf er einen Blick zum Himmel. Typische Wetterlage. Graue Wolken, die Regen oder Schnee ankündigten. Als Tanner, das Schloss Klebenstein mit der Burgkapelle St. Anton vor Augen, auf die Sarntaler Straße Richtung Norden einbog, legte er eine CD mit italienischen Liebesliedern ein, gesungen von Dean Martin. Auf schmalen Brücken, begleitet von schmalzigen Gesängen, überquerte er einige Male den Talferbach. »Sott'er celo de Roma«. Dean Martin sang gerade von einem Liebesabend in Rom, als er die von Mattheo Tomasi beschriebene GNP-Tankstelle erreichte. Das Wort »Bar« und »Dorftankstelle« über der rechten Eingangstür wies ihm den Weg. Hier war er mit Mattheo Tomasi verabredet.

Ein feuchter Luftschwall empfing Tanner, als er den kleinen Raum betrat, und seine Brille beschlug sofort. Mattheo war ein dünner Endvierziger, der auf einem Barhocker am Tresen saß und Tanner zuwinkte.

»Herr Tomasi?«, fragte Tanner der Form halber und kletterte umständlich auf den nächsten Barhocker.

»Extrem gemütlich hier«, fuhr Tanner fort und blickte sich um. »Wie gemeinsam mit zwanzig Fernfahrern in einem überhitzten Gewächshaus.«

»Soweit ich Sie am Telefon verstanden habe, wird das auch kein Wohlfühlgespräch zwischen uns beiden.« Tomasi nahm einen Schluck aus seinem Bierglas und sah sich lauernd um. Wortlos stellte sich das auffallend blonde Mädchen hinter der Theke vor Tanner hin und wippte ungeduldig auf und ab. *Was möchten Sie?*, hieß das.

Was sollte er hier trinken? Im Eiltempo ließ er den Blick über die magere Flaschenbatterie gleiten, die sich in dem Regal hinter der Blondine befand. Am besten etwas aus einem gut verschlossenen Behälter. Tanner bestellte eine Cola Light.

Mattheo Tomasi sah aus, wie man sich einen ehrbaren Gemeindeangestellten vorzustellen hat: grauer Anzug, weißes Hemd und dunkle Krawatte. Seine braunen Haare waren sauber gescheitelt, und er roch, soweit man es in dem dunstigen Umfeld feststellen konnte, aufreizend nach Maiglöckchen. Ob Elena dieses Parfum gefallen hatte?

An der Wand war ein Fernseher montiert. Auf dem Bildschirm fielen gerade Schüsse, und Tanner erkannte Gary Cooper auf einer staubigen Straße und Grace Kelly, die im ersten Stock eines Hauses stand, die Pistole hob und durch ein Fenster auf einen der Ganoven schoss, der daraufhin theatralisch vom Balkon fiel. »Zwölf Uhr mittags«.

Tanner sah auf die Uhr. »Sorry«, sagte er. »Es war viel Verkehr auf der 508.«

Tomasi trommelte mit den Fingern eine Melodie auf die Tischplatte. »Was wollen Sie von mir?«

»Wir haben beide nicht viel Zeit. Also gleich zur Sache. Wo waren Sie am vergangenen Donnerstag zwischen zweiundzwanzig Uhr und Mitternacht?«

»Ich habe von Elenas Tod in der Zeitung gelesen … und auch auf Südtirol TV. Um Gottes willen, Sie glauben doch nicht, dass ich … So ein Unsinn!« Zur Bekräftigung seiner Rede griff Tomasi nach dem Bierglas und trank es in einem Zug leer. Er richtete seinen Zeigefinger auf Tanner und schüttelte den Kopf »Warum sollte ich die Frau umbringen? Sagen Sie mir ein Motiv. So heißt das ja in Ihren Kreisen.«

Tanner griff in seine Aktenmappe und legte ein Foto mit besonders aussagekräftigem Inhalt auf die Theke.

Mattheos Hände klammerten sich krampfhaft an die Theke, er riss den Mund auf, brachte aber keinen Ton hervor. Tanner hatte schon Angst, dass der Mann von seinem Sitz fiel. Locker vom Hocker. Er beugte sich vor und flüsterte ihm zu: »Könnte das nicht ein Motiv sein? Hat die Frau Sie erpresst?«

Aufgeregt schüttelte Mattheo den Kopf. »Wo haben Sie das Foto her?«

Mit neugierigem Gesichtsausdruck näherte sich das blonde Mädchen und hielt den Kopf schief, um einen Blick auf die Fotografie zu werfen. Mit einer raschen Bewegung versenkte Tanner das Bild wieder in seiner Mappe. »Ich habe noch mehr Aufnahmen von Ihnen, mit interessanten Details, großen und kleinen. Möchten Sie die Fotos sehen?«

»Bleiben Sie mir vom Leib mit Ihren dummen Bildern.«

»Die dummen Bilder, wie Sie sie nennen, stammen aus einem noch dümmeren Video. Ich habe die DVD zu Hause.«

»Mein Gott!« Tomasi presste die Hände auf das Gesicht. »Wenn das bekannt wird, bin ich meinen Job an der Gemeinde los. Und meine Ehe kann ich in die Tonne treten.« Er hob den Kopf. »Woher wissen Sie meinen Namen?«

»Es gibt ein Telefonverzeichnis. Und Ihr Name steht obenauf. Daher sollten wir beide nach der Wahrheit trachten. Fangen wir mit Ihrem Alibi an. Also ... Donnerstag zwischen zehn und zwölf in der Nacht. Wo waren Sie da?«

Tanner zog ein kleines Büchlein aus der Tasche, offenbar sein Terminkalender. »Zu Hause. Fernsehen und eine Flasche Wein.«

»Wer kann das bestätigen? Außer Ihrer Frau.«

»Lassen Sie meine Frau aus dem Spiel. Sie ist ...« Er hob den Kopf. »Sie ist eine pure Emanze, verstehen Sie, eine Mutter Teresa des Feminismus. Wenn sie das erfährt, bringt sie mich um.«

»Also kein Alibi«, sagte Tanner und tat so, als ob er sich eine Notiz machte. »Oder nur ein halbes. Nächste Frage: Hat die Frau Sie erpresst? Elena, meine ich.«

»Wenn ich jetzt mit Ja antworte, bin ich verdächtig, oder? Und wenn ich Nein sage, glauben Sie mir nicht. Stimmt's?«

»Gute Zusammenfassung«, sagte Tanner. »Also ... Erpressung ... ja oder nein?«

»Na ja«, sagte Tomasi gedehnt und wackelte mit dem Kopf. »Nicht direkt. So halb ... sie hat mich überredet, ihr eine Halskette zu schenken.«

»Halbes Alibi und halbe Erpressung. Das sieht nicht gut aus für Sie. Sie sollten mir die Wahrheit sagen.« Tanner klopfte auf seine Aktenmappe. »Ich schwöre Ihnen, dass die Polizei mit mehr Vehemenz und weniger Rücksichtnahme vorgehen wird, wenn sie in den Besitz dieser Unterlagen kommt.«

»Wieso sind Sie im Besitz der Fotos und nicht die Polizei?«

»Ganz einfach. Weil ich die Nase vorn habe.«

»Kann ich davon ausgehen, dass Sie die Bilder und die DVDs nicht weitergeben?«

»Das kann ich Ihnen nicht versprechen«, sagte Tanner.

»Ich habe Elena nicht getötet.«

»Wer dann?«

»Woher soll ich das wissen?«

»Wie oft waren Sie bei ihr in der Wohnung?«

Tomasi dachte einige Sekunden nach. »Nicht oft. In der Luftlinie ist es nicht weit von Sarnthein bis Vilpian, aber auf der Straße müssen Sie durch Bozen durch.« Er machte eine längere Pause, dann schob er nach: »Drei- oder viermal vielleicht.«

Tanner wartete, bis das Mädchen hinter der Theke hersah, und hob die Hand. »Zahlen, bitte.«

Auch Mattheo zog seine Geldbörse aus der Tasche. »Wie geht es jetzt weiter?«

Tanner begann zu lächeln und legte seine Hand wieder auf die Aktenmappe. »Hier drin sind noch viele andere Bilder. Gleiche Dame, andere Männer.«

Tomasis Hand schoss in die Höhe. Wie ein Schüler in der Klasse. »Da fällt mir noch etwas ein. Irgendwann sprach Elena darüber, dass sie sich beobachtet fühlt.«

»Beobachtet? Von wem?«

»Mehr hat sie nicht gesagt. Nur dass ihr manchmal eine Gestalt auffiel, die vor dem Haus stand, in dem sie wohnte.«
»Aber sie hat die Gestalt nicht erkannt.«
»Genau.«
Als sie sich vor dem Lokal verabschiedeten, sagte Mattheo Tomasi zu Tanner: »Und Sie müssen jetzt noch zu all den anderen Männern, die mit Elena im Bett waren. Ich beneide Sie nicht. Eigentlich haben Sie einen Scheißjob.«

Tanner versuchte zweimal, Schluzzer zu erreichen, doch der hob nicht ab. Schließlich schickte er ihm eine SMS, dass er spätestens in einer Dreiviertelstunde in Meran sein würde.
Als er von der Bozner Straße auf die MeBo Richtung Norden einbog, fiel ihm ein, was Mattheo Tomasi zu ihm gesagt hatte. *Eigentlich haben Sie einen Scheißjob.*

ELF

Philipp Rottenmann hatte über irgendetwas aus seiner Jugend geträumt, als ihn ein Geräusch weckte. Seine Lippen waren trocken und rau. Er hob den Kopf und lauschte auf die Geräusche der Nacht. Alles ruhig. Nur das leise Rauschen der Bäume war zu hören. Wahrscheinlich hatte er sich alles nur eingebildet. Oder es war ein Teil seines Traumes gewesen. Da waren die Geräusche wieder, und er war sicher, dass sie von draußen kamen. Schritte. Leise, vom Schnee gedämpfte Schritte. Sollte er Georg wecken? Dann fiel ihm ein, dass der schon seit einigen Tagen nicht mehr im Haus war. Traurige Angelegenheit. Die beiden Frauen hatten ihre Schlafzimmer auf der anderen Seite des Gebäudes. Die hörten nichts. Vielleicht war auch alles nur Einbildung. Das Alter spielt einem immer öfter so manchen Streich. Beim Denken wie beim Hören. Er war nie ängstlich gewesen, doch jetzt in der verfluchten Dunkelheit kroch ihm die Angst unter die Haut. Wo hatte er sein Gewehr? In dem versperrbaren Schrank. Seine Unruhe wuchs. Stöhnend schlug er die Bettdecke zur Seite und stieg aus dem Bett. Mondschein fiel durch das Fenster, und ein Blick auf die Uhr zeigte ihm, dass es bald Mitternacht war. Es war kalt im Zimmer. Er schlüpfte in die hohen Schuhe, zog den Schlafrock enger um sich und öffnete die Tür. Vorsichtig stieg er in der Dunkelheit die Treppe nach unten, tappte den Flur entlang und betrat den Vorgarten. Es hatte wieder geschneit. Er schlich an der Mauer entlang. Vor dem Tor der Scheune blieb er stehen.

Über ihm funkelten die Sterne. Ein Kälteschauer lief ihm über den Rücken. Im fahlen Mondlicht wirkte die grauweiße Schneelandschaft gespenstisch. Vom Haus stieg das Gelände leicht an und führte über die Weinfelder hinauf bis zum Wald, der ihm in der Entfernung wie eine bedrohlich dunkle Wand erschien. Der Schnee knirschte unter seinen Schuhen. Eine schöne Nacht, dachte er.

Als er von oben das Rauschen des Waldes hörte, überfiel ihn wieder ein Anflug von Grauen. Zögerlich ging er ein paar Schritte weiter, blieb stehen und sah sich um. Da hörte er wieder das Geräusch. War er nicht allein hier draußen? Seine Mutter hatte ihm früher Schauergeschichten erzählt von Hexen und bösartigen Waldbewohnern, die von Zeit zu Zeit aus dem Dunkel der Wälder kamen, um ihre Opfer zu suchen. Brav sein, hatte die Mutter immer gesagt und dabei mit ihrem Zeigefinger gewackelt, sonst kommen die bösen Geister aus dem Sarntal zu dir. Langsam drehte er sich um. Hier lag der Schnee höher, und während er sich umwandte, verlor er fast das Gleichgewicht. Ein Lächeln kam auf seine Lippen. Mit vierundachtzig war es endgültig vorbei mit der Gelenkigkeit. So war es auch mit Katharina gewesen, die er vor einem guten Jahr zu Grabe getragen hatte. Schenkelhalsbruch, hatte der Arzt gesagt. Wenn einem alten Menschen so ein Unfall passierte, führte dies oft zum Tod. Der Arzt hatte es nicht so ausgedrückt, aber Philipp wusste, dass es schlimm um seine Frau stand.

Er begann den Rückweg zum Haus anzutreten, als er erstarrte. Da war es wieder. Diesmal lauter. Und deutlich näher. Da war jemand. Ein schwarzer Schatten löste sich aus dem Wald, eine dunkle Silhouette vor dem grauweißen

Schneefeld, die sich recht unkoordiniert auf ihn zubewegte. Er kniff die Augen zusammen und fragte sich, ob das wirklich war oder nicht doch Einbildung. Ließen ihn seine Augen im Stich? Wieder überfiel ihn die Angst. Mit den Blicken suchte er das leicht ansteigende Weinfeld ab. Er sperrte die Augen weit auf, um in der Dunkelheit besser sehen zu können. Er suchte nach dem Schatten, der ihm vorhin aufgefallen war. Da war er. Weiter links. Der Schatten bewegte sich jetzt rascher und wurde größer. So schnell es ihm möglich war, machte Philipp kehrt und marschierte zum Haus zurück, als ob dieses in der Lage wäre, ihn zu beschützen. Nach der raschen Bewegung fiel ihm das Atmen schwer, und er rang nach Luft. Er flüchtete sich in die efeuumrankte Nische neben der Haustür und spürte, wie sich der Herzschlag beschleunigte und sich seine Handflächen trotz der Kälte mit Schweiß überzogen. Er beobachtete die Gestalt, die in geringem Abstand an ihm vorbeiging. Einen Moment glaubte er die Gestalt zu erkennen? War das nicht …? Oder doch nicht? Schon wollte er den Namen rufen, überlegte es sich aber im letzten Moment anders. Wer immer die Person war, sie marschierte zielsicher vorbei, als wüsste sie genau, wohin sie wollte. Philipp versuchte den Atem anzuhalten und drückte sich noch tiefer in die Mauernische. Dann wurde wieder alles still, und die Gestalt war in der Dunkelheit verschwunden. Vorsichtig drückte er die Türklinke und betrat das Haus.

ZWÖLF

Was für eine geistlose Beschäftigung!, dachte Schluzzer, während er zum wiederholten Mal die Segantini-Straße hinauf- und herunterging. Am Fenster seines gemieteten Zimmers hatte er es nicht mehr ausgehalten. »Sie lehnen sich ständig zu weit aus dem Fenster«, hieß einer der ständigen Vorwürfe seines Chefs. Das nahm er ernst. Außerdem war Schluzzer ein Bewegungsmensch und zutiefst überzeugt, dass er besser denken und auch fühlen konnte, wenn er sich bewegte. Frau Poier war nicht erfreut, als er das Zimmer schon nach einer Nacht kündigte, und sie vermutete, dass möglicherweise das Bett zu hart oder der Autoverkehr auf der Straße zu laut war.

Langsam taten ihm die Füße weh. Er hätte bequemere Schuhe anziehen sollen. Seufzend blieb er neben der Bushaltestelle stehen, hob zuerst den linken, dann den rechten Fuß an, während er ohne Unterlass den Eingang des Hauses beobachtete, in dem sich Marianna und Andreas befinden mussten. Als detailgenauer Detektiv hatte er sich natürlich davon überzeugt, dass das Haus über keinen versteckten Hinterausgang verfügte. Beobachtungsqualität: hundert Prozent. Chance, dass die beiden jungen Leute unbemerkt entkommen waren: null Prozent.

Es war windstill, und die Luft roch nach trockener Kälte und nach Eiern mit Speck. Irgendjemand in den umstehenden Häusern bereitete ein zünftiges Frühstück vor. Schluzzers Magen knurrte.

Na endlich, dachte Schluzzer, als das Auto seines Chefs um die Ecke bog. Er reckte beide Arme in die Luft und schwenkte sie hin und her, wie zwei Windmühlenflügel, die nicht recht wussten, in welche Richtung sie sich drehen sollten.

Mit quietschenden Bremsen blieb Tanner stehen. »Sind die beiden noch im Haus?«, fragte er zur Begrüßung und kroch aus dem Wagen.

»Zuerst mal guten Tag, Chef«, antwortete Schluzzer. »Sie sind nach wie vor dadrin.«

Wie auf einen geheimen Befehl hin hoben beide den Kopf und sahen auf das schmale Gebäude. In einem der Erdgeschossfenster bewegte sich der Vorhang, und Tanner hätte schwören können, dass einen kurzen Moment lang ein Gesicht zu sehen war. Das Gesicht einer Frau.

Mit dem Kinn deutete Tanner auf das Haus. »Auf geht's!«

Die Haustür war nicht verschlossen, und sie betraten den Flur. Hinter der Tür war leise Musik zu hören. Tanner läutete. Nichts rührte sich. Er wiederholte das Läuten, diesmal anhaltend. Die Musik brach ab. Schlurfende Schritte näherten sich, und der Kopf einer etwa fünfzigjährigen Frau erschien im Türspalt.

»Wollen Sie zu uns?«

»Es geht um Andreas.« Tanner zeigte auf Schluzzer. »Mein Freund und ich sind gute Bekannte von ihm wie auch von Marianna. Dürfen wir reinkommen?«

Die Frau richtete ihren Blick zuerst auf ihn, dann auf Schluzzer, sagte aber nichts. Tanner konnte förmlich sehen, dass sie darüber nachdachte, ob es richtig war, Schluzzer und ihn ins Haus zu lassen.

»Kommen Sie rein«, sagte sie schließlich.

Im Wohnzimmer saß ein glatzköpfiger Mann mit dem Rücken zur Tür, über dessen Kopf blauer Zigarettenqualm schwebte. Er stand langsam auf, nahm die Zigarette in die andere Hand und drehte sich um.

»Kommen Sie von den Evangelikalen? Wollen Sie Andreas holen? Lassen Sie unseren Sohn zufrieden.«

Tanner überlegte einen Moment, dann sagte er: »Keine Angst. Wir haben mit der SGG nichts zu tun, oder wie die sich auch immer nennen.«

»Er hat sich von der Gruppe losgelöst, und er will auch nicht mehr zurück.«

»Das war eine treffliche Entscheidung«, sagte Tanner. »Ich muss ihn dringend sprechen.«

»Sie sind ein Freund?« Die Frage kam von der Mutter. Sie sprach mit einem Zittern in der Stimme.

Tanner nickte. »Ich meine es gut mit Andreas und möchte ihm einen guten Rat geben. Ihm und Marianna.«

Die Frau zeigte mit dem Finger zur Decke, dann winkte sie Tanner zu, ihr zu folgen.

»Kommen Sie. Die beiden sind oben.«

Im ersten Stock klopfte sie an eine Tür, öffnete sie einen Spalt und sagte: »Andreas, Besuch für dich.« Sie trat einen Schritt zurück und ließ Tanner eintreten, ging selbst aber nicht mit hinein.

»Was wollen Sie?«, fragte der junge Mann. Er sprang auf und machte Anstalten, sich Tanner zu nähern.

»Kein Grund zur Aufregung«, sagte Tanner und machte eine beschwichtigende Geste zuerst zu Andreas, dann in Richtung des Mädchens, das auf einem Sessel beim Fenster saß. Marianna hatte dunkle Haare und ebensolche Augen, mit dem sie Tanner selbstbewusst anfunkelte.

Ein etwas zu kleiner Stuhl war noch frei, auf dem Tanner Platz nahm und von ihr zu Andreas schaute. Ihre Plätze in dem kleinen Zimmer bildeten die Eckpunkte eines gleichseitigen Dreiecks. Nur Schluzzer blieb bei der Tür stehen, die Arme hinter dem Rücken verschränkt.

Tanner überlegte sich einen wirksamen ersten Satz, um die Diskussion zu beginnen.

Er sah zu Marianne und sagte: »Deine Zimmerkollegin Lisa lässt dich grüßen, und dein Vater sorgt sich um dich.« Er beugte sich vor und schob nach: »Das Wort Sorge drückt das nicht aus, was dein Vater fühlt … Er vergeht vor Angst um dich. Ich habe mit ihm gesprochen.«

Das Mädchen zuckte mit den Achseln. »Ich wette, Erika macht sich keine Sorgen.«

»Deine Mutter?«

Sie hob den Kopf. »Stiefmutter. Die Kuh ist schuld, dass ich in das Internat abgeschoben wurde.«

»Die Erika habe ich kennengelernt, genauer gesagt, ich habe ein paar Worte mit ihr gesprochen.«

Am anderen Eckpunkt des gleichseitigen Dreiecks saß Andreas, die Arme vor der Brust verschränkt. Ein hübscher junger Mann mit schlankem Gesicht und verträumten Augen.

»Vielleicht glaubt ihr mir nicht, aber ich lüge euch nicht an.« Tanner versuchte einen möglichst freundschaftlichen Tonfall zu finden. Er sah von ihm zu Marianna und wieder zurück. »Ich mische mich auch nicht ein, und ihr könnt machen, was ihr wollt. Versteht ihr? Ich habe nur beruflich einige

Erfahrung mit solchen Dingen. Und ich meine es gut mit euch. Deshalb möchte ich euch zwei Vorschläge machen.« Wieder wanderte sein Blick von ihm zu ihr. »Erstens beglückwünsche ich dich, dass du dich von diesem religiösen Club gelöst hast. Ich weiß, wie schwierig so etwas ist.«

Das Mädchen hatte sich aufgerichtet; ihr Gesicht schien etwas hoffnungsfroh gestimmt. »Mein erster Vorschlag geht an Marianna. Ich schlage dir vor, dass ich jetzt ein Foto von dir mache, das ich deinem Vater zusende. Ich verrate ihm euren Aufenthaltsort nicht, sondern schreibe ihm nur, dass ich mit dir gesprochen habe. Und dass es dir gut geht. Nicht mehr und nicht weniger.«

Aus dem Gesichtsausdruck des Mädchens war nicht zu erkennen, was sie von dem Vorschlag hielt.

»Und wie lautet Ihr zweiter Vorschlag?« Andreas stand auf und ging zu Marianna hinüber. Das gleichseitige Dreieck war verschwunden.

»Mein zweiter Vorschlag ist eher ein Hinweis, und zwar ein kritischer, weil er böse Folgen haben könnte. Und zwar für dich.« Tanner zeigte auf Andreas, der gespannt neben Marianna saß und ihre Hand hielt.

»Marianna ist minderjährig. In so einem Fall bestimmen die Eltern oder der Vater ihren Aufenthaltsort. Aus bestimmten Gründen, die ich zu wenig kenne, wohnt deine Freundin in dem Internat. Und von dort darf sie ohne Erlaubnis des Vaters nicht weg.« Tanners Blick wanderte zu Marianna. »Schau mich nicht so böse an. Das ist nun mal so geregelt in Italien. Rechts- und Handlungsfähigkeit heißt das in unserem Land. Dein Vater kann dich zwingen, nach Hause zu kommen oder ins Heim zurückzukehren. So etwas kann man auch von der Polizei oder den Carabinieri machen lassen. Und wenn man das Ganze bösartig betrachtet, könnte man Andreas eine Entführung unterstellen. Und dann landet er im Gefängnis.«

»Nach Hause gehe ich nicht«, sagte Marianna leise, ohne den Kopf zu heben. »Ich mag meinen Vater, aber es ist wegen dieser Frau ... Ich hasse Erika. Mit ihr an einem Tisch zu sitzen ...« Sie schüttelte den Kopf, dass ihre Haare in Unordnung gerieten, vollendete aber den Satz nicht.

»Lukas ... dein Vater ... er hat Angst um dich.«

»Er hat Angst um mich«, wiederholte sie tonlos. »Wahrscheinlich stimmt das sogar. Aber im Moment hat er andere Dinge im Kopf und die sind wahrscheinlich wichtiger als ich.«

»Was meinst du?«

»Seit einer Woche steigt er einer Frau nach.« Sie machte eine abschätzige Handbewegung. »Aber das gehört nicht hierher. Was wollten Sie genau wissen?«

»Ob du mit meinem Vorschlag einverstanden bist. Ich schicke deinem Vater ein Foto von dir und sage ihm, dass du wohlauf bist. Okay?«

»Okay«, sagte Marianna leise.

»Ich empfehle dir dringend: Ruf deinen Vater an und triff eine Verabredung mit ihm. Wie es mit dir und euch weitergeht, meine ich. Zum Beispiel, dass du ins Internat zurückgehst, zumindest so lange, bis du volljährig bist.« Tanner suchte nach dem freundlichsten Ton, den er finden konnte. »Einen Mindestkonsens herbeiführen, meine ich. Damit seid ihr wegen der Minderjährigkeit aus dem Schneider.«

»Wer will schon ins Gefängnis?«, sagte Andreas mitten in die entstandene Gesprächspause hinein.

Tanner nickte.

Marianna hob den Kopf und lächelte. »Zumal aus unserer Familie gerade jemand im Gefängnis sitzt.«

»Meinst du Georg Rottenmann?«, fragte Tanner.

»Papa und Georg sind Cousins. Er hat gerade Valentina kennengelernt und offenbar Gefallen an dem Weib gefunden.«

»Von der Verwandtschaft zu den Rottenmanns hat er mir erzählt. Kennst du die Geschichte von Georg und dieser Frau, die er tot aufgefunden hat?«

»Nur aus der Zeitung und das, was mir mein Vater erzählt hat.«

»Und was hat dein Vater erzählt?«

»Wir haben telefoniert. Er glaubt, dass Georg die Frau umgebracht hat.«

»Hat er denn Beweise für diese Behauptung?«

»Fragen Sie ihn doch.«

*

»Das haben Sie super gemacht«, sagte Schluzzer. »Ihre zwei Vorschläge waren gut durchdacht.«

Im Süden Merans überquerte Tanner den Fluss, nahm aber nicht die Zufahrt zur MeBo, sondern steuerte nach Norden und folgte der SS 38 Richtung Passeiertal.

»Nachdem wir schon in der Gegend sind, können wir die Gespräche mit zwei weiteren Darstellern erledigen, die auf Elenas DVDs zu bewundern sind.«

»Wann bekomme ich die Filme zu sehen, Chef?«

»Da ist viel nacktes Fleisch zu sehen, Schluzzer.«

»Rindersteaks vielleicht?«

»Weibliche und männliche Körper, die es miteinander treiben. Zwei der maskulinen Darsteller lernen wir heute kennen.«

»Mir geht es nicht um Nacktheit und Porno, Chef. Ich werde die Filme einer ermittlungstechnischen Analyse unterziehen. Dann sehen wir weiter.«

»Es ist ein Glück, Sie als Mitarbeiter an Bord zu haben.«

»Wer sind die beiden Pornodarsteller, die wir jetzt treffen?«

»Zuerst reden wir mit Claudio Valloni. Der ist Vertreter für irgendwelche elektrotechnische Geräte. Ich habe mit ihm telefoniert. Zu Hause ist er in St. Pankraz im Ultental. Dort wollte er sich aber nicht mit mir treffen.« Tanner grinste. »Seine Frau heißt Silvia, habe ich herausgefunden. Also haben wir uns in St. Martin in Passeier verabredet, wo er einen Termin bei einer Firma hat.« Tanner sah zu Schluzzer auf dem Beifahrersitz hinüber. »Nehmen Sie mein Notizheft aus dem Handschuhfach. Letzte Seite. Da steht, wo ich mich mit Valloni verabredet habe.«

»Hier«, sagte Schluzzer. »Brauhotel Martinerhof. Jaufenstraße, St. Martin in Passeier. Was auf der Speisekarte steht, haben Sie nicht notiert. Aber der Name Brauhotel lässt hoffen.«

»Und danach reden wir noch mit dem Dritten auf der Liste.«

»Gabriel Varga steht in Ihrem Notizbuch.«

»Das war ein aggressiver Hund am Telefon. Aber er hat keine Probleme, dass wir zu ihm in die Wohnung kommen.«

»Dann ist er nicht verheiratet.« Schluzzer lachte laut auf. »Treffpunkt Mölten, steht da.« »Wo ist das?«

»Mölten liegt oben in den Bergen«, sagte Tanner. »Ich war dort auch noch nie. Es muss eine kleine Gemeinde sein, irgendwo auf einem Höhenzug über dem Etschtal.«

Die Straße war trocken, wenig Verkehr in Richtung Norden. Tanner gab gerade Gas, als sich sein Handy meldete. Ohne auf das Display zu sehen, nahm er das Gespräch an. Es war Maurizio, dessen Stimme etwas angespannt klang.

»Du klingst aufgeregt. Das ist nicht gut für einen Pensionisten.«

»Die Aufregung wird gleich zu dir wandern, Tiberio. Warst du in der Wohnung der Frau?«

»Meinst du Elena Zingerle?«

»Natürlich meine ich die. Also, warst du drin?«

»Natürlich nicht. Das wäre gegen das Gesetz.«

»Bleib ernst, Tiberio und hör zu. Im Bozner Unterland gab es überdurchschnittlich viele Gewaltdelikte während der letzten zehn Tage, was dazu geführt hat, dass die Spurensicherung offenbar überlastet war. Deshalb hat man erst gestern am Nachmittag die Wohnung der Ermordeten untersucht. Und es wurden aussagekräftige Spuren gefunden.«

»Fingerabdrücke?«

»Vielleicht auch DNA-Material. So genau weiß ich das nicht. Die Fingerabdrücke hat man sofort durch die Computer gejagt. Rat mal, von wem sie stammen?«

»Ich mag Ratespiele nicht, Maurizio. Also, sag schon … von wem?«

»Schöne Fingerabdrücke von einem Bozner Detektiv namens Tiberio Tanner. Die müssen deine Abdrücke abgespeichert haben.«

»Schon möglich. Natürlich war ich in der Wohnung. Ich

dachte nur, dass die Arbeit der Spurensicherer längst abgeschlossen war. Verdammt!«

»Du sagst es. Ich wünsche dir viel Glück in deiner Unterhaltung mit Nero De Santis. Die kommt und wahrscheinlich relativ rasch. Erfinde schon mal eine gute Ausrede. Und noch etwas: Du kannst froh sein, dass dich Nero nicht mit Blaulicht von zu Hause abgeholt hat. Das soll nämlich sein ursprüngliches Ziel gewesen sein.«

»Das mit den Fingerabdrücken … ist das wasserdicht? Dass es meine sind?«

»Tiberio, du redest wie ein detektivischer Newcomer. Ich kenne Richard Blumauer schon viele Jahre, in denen er die Spurensicherung leitet. Auf den kann man sich verlassen. Hundertprozentig.«

»Ich habe noch eine Frage, Maurizio. Hast du Informationen darüber, ob das Handy der ermordeten Frau gefunden wurde?«

»Soweit ich weiß, haben die Techniker in der Questura ihr Handy analysiert. Die haben Anrufe in allen Richtungen gefunden, WhatsApp-Nachrichten, SMS und so weiter. Alles war offenbar unverdächtig, ohne erkennbaren Zusammenhang mit dem Mord an Elena.«

Sie verabschiedeten sich, und Tanner begann langsam, sich wieder auf die Fernlaster zu konzentrieren, die schlingernd um sein Auto herumfuhren und wütend hupten.

Der Martinerhof war ein breites, zweistöckiges Gebäude mit zahlreichen Balkonen, dem man schon von außen ansah, dass man innen gut essen konnte.

»Ich habe Hunger«, sagte Schluzzer.

»Reißen Sie sich zusammen«, erwiderte Tanner. »Dies ist kein Essensausflug.«

Bevor sie aus dem Auto stiegen, rief Tanner seinen Auftraggeber Lukas Urthaler an, dem ein Stein von Herzen fiel, als er die Botschaft bekam, dass seine Tochter Marianna wohlauf ist.

»Ich schicke Ihnen ein Foto von Marianna, das ich vor einer Stunde aufgenommen habe. Das Bild ist der Beweis, dass Ihre Tochter lebt und es ihr gut geht. Somit steht dem Umstand nichts mehr im Weg, dass ich Ihnen meine Kostenrechnung zusende. Marianna hat mir versprochen, dass sie sich bei Ihnen meldet … telefonisch, meine ich. Ich habe das Gefühl, dass sie gesprächsbereit ist, in das Heim zurückzukehren. Noch ein Hinweis, Herr Urthaler: Ich würde das Internat anrufen und sagen, dass wir Marianna gefunden haben.«

Sie stiegen aus dem Wagen und gingen auf das Gasthaus zu, als Schluzzer stehen blieb. »Chef, Sie haben Urthaler falsch informiert. Nicht *wir* haben seine Tochter gefunden. *Ich* war es.«

Sie betraten die geräumige Gaststube. »Interessant«, sagte Tanner und zeigte auf den Tisch, der direkt vor den kupfernen Braukesseln stand. »Unser Gesprächspartner wartet schon auf uns.«

»Interessant«, sagte Schluzzer. »Hier an der Tür steht, dass die hauseigene Pizzeria dreihundertfünfundsechzig Tage im Jahr geöffnet ist.«

Tanner und Schluzzer näherten sich, und Claudio Valloni starrte sie mürrisch an, legte die Hände auf den Tisch und stemmte sich in einer lasziven Art hoch, die deutlich machte, dass er sich am liebsten nicht erhoben hätte.

»Herr Valloni?«, fragte Tanner, wartete, bis der nickte, dann stellte er sich und Schluzzer vor.

Der Mann, mit dem sie verabredet waren, trug korrekte Kleidung mit Weste und Krawatte und sah wie ein Beamter aus. Hageres Gesicht und hinter den dicken Brillengläsern waren seine Augen in ständiger Bewegung. Mit seinen nach unten weisenden Mundwinkeln machte er einen trübsinnigen Eindruck. Ein bisschen erinnerte ihn der Mann an seinen Mathelehrer im Gymnasium. Tanner hatte ihn nie gemocht.

Schluzzer wollte gerade etwas sagen, unterbrach sich aber, da der Wirt mit fragendem Blick an ihren Tisch trat.

Schluzzer deutete auf das große Glas Bier, das Valloni vor sich stehen hatte. »Was ist das?«

»Die Spezialität des Hauses«, sagte der Wirt und wischte seine Hände an der Schürze ab. »Unser vollmundiges Martinsbräu.«

»Das nehmen wir auch«, sagte Schluzzer und nickte Tanner lächelnd zu. »In einem Brauhotel darf man keinen Wein trinken.«

»Können wir jetzt zur Sache kommen«, sagte Valloni, der das Gespräch bis dahin schweigend, aber mit grantigem Gesicht verfolgt hatte.

Tanner überlegte, wie er das Verhör am besten starten sollte. Südtiroler liebten einen eher sanften Ton und schätzten es nicht, gleich am Anfang unter Druck gesetzt zu werden.

Egal, dachte er, griff in seine Aktenmappe und legte ein großformatiges Farbfoto auf den Tisch, das zwei ineinander verschlungene Leiber und den entrückten Gesichtsausdruck eines Mannes zeigte.

»Jeschesna!«, rief Valloni und rutschte ein Stück zurück. »Nehmen Sie das weg!« Er wedelte hektisch mit beiden Händen, wie man eine bösartige Wespe vertreibt.

Als er sich etwas gefangen hatte, fragte er: »Wollen Sie mich erpressen?«

»Wir haben noch mehr Fotos von Ihnen«, sagte Schluzzer. »Das da ist nicht einmal das beste.«

»Wo waren Sie vergangenen Donnerstag zwischen zehn und zwölf in der Nacht?«, fragte Tanner.

Einige Sekunden machte Valloni den Eindruck, als ob er angestrengt nachdachte, dann tippte er sich mit einem Finger an die Stirn. »Da war ich auf Donnerstagstour. Mein Vertriebsbezirk ist groß, und jeden Donnerstag besuche ich die Firma E-Tronic in Niederdorf. Ein wichtiger Kunde. An dem Tag war viel Schnee. Deshalb kam ich erst um Mitternacht nach Hause.«

»Vor oder nach Mitternacht?«, fragte Tanner.

»Ich sagte um Mitternacht. So war es auch.«

Die Brillengläser Vallonis funkelten jedes Mal geheimnisvoll, wenn er sich am Tisch etwas zurückbeugte und einen Schluck aus seinem Bierglas nahm.

»Niederdorf ... wo liegt das?«, fragte Tanner.

»Im Pustertal. Nicht weit von der österreichischen Grenze weg. Schlecht zu erreichen bei Schnee und Eis. Da ich Ihre Gedanken errate, kann ich Ihnen noch sagen, dass ich an diesem Tag hundemüde ins Bett fiel.«

»Können Sie beweisen, dass Sie an diesem Tag und um diese Uhrzeit im Auto unterwegs waren?«

Tanner griff nach dem pikanten Foto und drehte es um. Valloni wollte die Frage schon beantworten, unterbrach sich aber und wartete, bis der Wirt die Getränke abgestellt und den Tisch wieder verlassen hatte.

»Es wäre mir sehr peinlich, wenn Sie bei der E-Tronic anrufen. Das würde kein gutes Licht auf mich werfen. Ich mache Ihnen einen anderen Vorschlag. Ich gebe Ihnen eine Kopie meines Fahrtenbuchs. Darin sind alle Dienstreisen dokumentiert, mit Kilometern und Uhrzeiten.«

Tanner lächelte. »Ich habe früher auch für die Firma Fahrtenbücher führen und Reiseabrechnungen machen müssen und weiß, wie elegant man das alles fälschen kann. Als Alibi taugt so etwas nicht.«

Claudio Valloni zog die Mundwinkel nach unten und zuckte mit den Schultern. Dann eben nicht, hieß das.

Tanner lehnte sich zurück und beobachtete die unwirtliche Umwelt durch das Fenster. Der Wind wirbelte das letzte Laub durch die Luft. Die Vergänglichkeit der Jahreszeiten kam ihm in den Sinn. Sein Blick wanderte vom Fenster zu dem davorsitzenden Valloni, der im Moment ebenfalls einen vergänglichen Eindruck machte.

»Haben Sie Elena ermordet?«, fragte Schluzzer.

»Natürlich nicht.« Valloni rief es so laut, dass der hinter der Schank stehende Wirt fragend herübersah.

»Wie oft haben Sie die Frau besucht?«

»Ich hab nicht mitgezählt. Drei-, viermal, vielleicht auch öfter.«

»Haben Sie sich mit ihr nur in Vilpian getroffen oder auch anderswo?«

»Wo anderswo?«

»Was weiß ich? In einem Hotel vielleicht.«

»Nie.«

»Sie sahen vorhin sehr überrascht aus, als ich Ihnen die Fotografie gezeigt habe. Die Wahrheit ist doch, dass Sie von der Existenz der Videoaufnahmen wussten.«

Valloni nickte.

»Jetzt kommen wir zum Thema Erpressung. Wie viel und wie oft haben Sie Elena Zingerle Geld gegeben?«

Kopfschütteln. »Nie.«

»Ihre Frau heißt doch Silvia, nicht wahr? Hat sie nicht mitbekommen, dass manchmal Geld in der Haushaltskasse gefehlt hat?«

»Shopping Tour, nannte Elena das. Und ich habe sie einige Male begleitet. In Bozen. Meist aber gingen wir in Innsbruck shoppen, wo wir sicher sein konnten, dass uns keiner kannte.«

»Shopping Tour ... wie teuer kam Sie das?«

»Sie hat ein paar Kleider gekauft. Für das bevorstehende Frühjahr.«

Tanner nickte. Er erinnerte sich an die überquellenden Kleiderschränke in Elenas Wohnung.

Vallonis Hände waren offenbar feucht geworden, jedenfalls wischte er sie von Zeit zu Zeit mit der bereits zerknüllten Serviette ab. »Hören Sie«, sagte er mit heiserer Stimme und beugte sich etwas vor. »Besteht die Gefahr, dass sich die Polizei für mich interessiert?«

»Durchaus möglich.«

»Aber die hat doch bereits einen Verdächtigen festgenommen. Georg R. nennen ihn die Zeitungen.«

»Vielleicht war es Georg R. nicht. Was dann?«

»Wie kommt es, dass Sie mit Ihren Fragen daherkommen und nicht die Polizei?«

»Ihr Glück«, sagte Schluzzer. »Weil wir die Nase vorn haben.«

»Dann wünsche ich Ihnen mit Ihrer Nase viel Glück«, sagte Valloni, warf ein paar Münzen auf den Tisch und verließ die Gaststätte.

Der Wirt näherte sich, sammelte die Geldstücke ein und sagte: »Hat sich der Herr nicht mehr wohlgefühlt?«

Schluzzer angelte sich die Speisekarte. »Bringen Sie mir die Brauhaus-Pizza. Aber mit viel Knoblauch. Und noch ein vollmundiges Martinsbräu.«

»Gute Wahl«, sagte der Wirt und wandte sich Tanner zu.

»Ich nehme den Psairer Speck am Holzbrettl mit dem Schüttelbrot.«

»Gute Wahl«, wiederholte der Wirt.

»Und jetzt zu dem Nächsten auf der Liste. Wie heißt der noch mal?«

Schluzzer blätterte in dem Notizbuch. »Gabriel Varga. Wohnhaft in der Fraktion Mölten.«

»Wenn der Mann in Wirklichkeit so ein tamischer Kirbis ist wie am Telefon, dann wird das kein angenehmes Gespräch.«

»Kennen Sie Mölten?«, fragte Tanner. »Ihre Cousine Paula hat mich vor einem Jahr dorthin geschleppt. Auf eine Wanderung quer über den Tschögglberg.« Er lachte. »Mir tun heute noch die Füße weh.«

»Den Tschögglberg kenne ich. Da kommen die Haflinger-Pferde her.«

»In Mölten gibt es übrigens ein interessantes Fossilienmuseum. Dort war ich mit Paula.«

»Chef, Paula ist doch kein Fossil.«

»Schluzzer, Sie begeben sich auf dünnes Eis. Jedenfalls wartet dieser Gabriel zu Hause auf uns.« Tanner sah auf die Uhr. »Das Haus, in dem er wohnt, soll gleich neben dem Museum sein, hat er am Telefon gesagt.«

Es war ein dunkelgraues dreistöckiges Mietshaus. Gabriel Vargas Wohnung befand sich im obersten Stockwerk. Durch die Tür, an der ein Zettel mit dem Namen befestigt war, hörte man Musik. Irgendein mehrstimmiges Volkslied. Nirgendwo war ein Klingelknopf zu sehen. Schluzzer klopfte, und eine hoch aufgeschossene Gestalt erschien in der Tür.

»Wir haben telefoniert«, sagte Tanner.

Der Mann deutete mit dem Kopf, dass sie eintreten sollten, machte eine unsichere Kehrtwendung und ging mit gestelzten Schritten vor ihnen ins Wohnzimmer. Über einer grauen Hose trug er einen überlangen ausgefransten Pullover, der um seinen dünnen Oberkörper schlotterte.

Das Vorzimmer führte in den einzigen Raum, aus dem die Wohnung bestand, ausgenommen eine kleine Kochnische, in der sich das Geschirr stapelte.

Man sah Schimmel an den Wänden, das Zimmer war überhitzt, und es roch modrig. Es gab keine Vorhänge und keinen Teppich. Varga schaltete das Radio aus und setzte sich mit weit übereinandergeschlagenen Beinen auf einen Stuhl neben dem Esstisch. Tanner fiel auf, dass seine Schuhe rissig und die Absätze schief gelaufen waren. Er wippte unaufhörlich mit dem Fuß.

»Also ... was zum Teufel wollen Sie?«

»Wir arbeiten mit der Polizei zusammen«, sagte Tanner. »Und wir suchen ...«

»Das ist gelogen«, unterbrach der Mann, und das Wippen seines Fußes beschleunigte sich. »Sie sind ein zweitklassiger Detektiv aus Bozen. Ich habe mich erkundigt.«

Tanner war einen Moment verblüfft. Woher hatte Varga diese Information? Tanner betrachtete die nervöse Gestalt genauer, die vor ihm hockte. Graues, zerfurchtes Gesicht mit offenkundigen Spuren einer langjährigen Alkoholikerkarriere. Sein fettiges, dünnes Haar war glatt zurückgekämmt, nur einige Strähnen standen störrisch seitlich vom Kopf weg und unterstrichen den ungepflegten Eindruck.

Es musste eine Art Geistesblitz gewesen sein, der Tanner in diesem Moment daran erinnerte, was ihm vor zwei oder drei Tagen die Nachbarin erzählt hatte, die neben Elena Zingerle wohnte. »Ein, bis zweimal in der Woche war er da«, hatte sie gesagt. Und sie erinnerte sich an einen ausgeleierten Pullover, an fettige Haare und schiefe Absätze.

»Sie haben Elena oft besucht«, sagte Tanner und sortierte im Geist bereits die Fotografien in seiner Aktentasche.

»Sie mochte mich. Und ich ging immer gern zu ihr. Im Bett war sie eine Wucht.«

»Abgesehen vom Bett ... wie war Ihr Verhältnis sonst zu ihr?«

»Ich weiß nicht, was Sie meinen ... ach, egal! Ich habe sie nicht getötet. Warum hätte ich das tun sollen? Sagen Sie es mir?«

Tanner holte die Fotografie aus seiner Tasche, die Gabriel Varga in voller Aktion zeigte.

Varga nahm das Bild in die Hand und lachte laut auf.

»Herrlich! Das Foto kenne ich noch nicht.« Er sah Tanner an. »Bin ich nicht gut?«

»Sind Sie erpresst worden?«

»Von Elena? Dazu hat sie mich zu sehr gemocht. Ich kenne die Videos alle. Die von mir und die von den anderen Typen, die zu ihr kamen.«

»Kennen Sie die Namen der Männer?«

Er schüttelte den Kopf. »Aber ich kenne all die Videos, die sie aufgenommen hat. Wir haben sie uns gemeinsam angesehen, die eigenen und die mit den anderen Typen ... und dann sind wir wieder ins Bett. Nein, erpresst hat sie mich nicht. Ich hätte das auch nicht zugelassen.«

»Wir interessieren uns für den vergangenen Donnerstag«, sagte Schluzzer. »Wo waren Sie da? Am späten Abend, zwischen zehn und zwölf Uhr.«

Varga lächelte. Kein bisschen verunsichert. Er hat die Frage erwartet, dachte Tanner.

»So ein Alibi, das ich habe, nennt die Polizei wasserdicht«, sagte er. Sein Lächeln verstärkte sich. »Ich habe mich mit einem jungen Mann getroffen. Und wir haben die ganze fragliche Zeit hier bei mir zusammengesessen. Zu dritt. Der junge Mann, ich und eine Flasche Grappa.«

»Der junge Mann hat doch sicher einen Namen«, sagte Tanner.

Varga nickte. »Hat er, aber den sage ich Ihnen nicht.«

»Wie Sie meinen«, sagte Tanner und erhob sich. »Sie haben eine eigenartige Definition des Begriffs *wasserdicht*. Ihr Alibi zerbricht schon, wenn man es anschaut.«

»Ich habe auch noch eine Frage«, rief Varga ihnen nach, als Schluzzer und er schon fast an der Tür waren.

Tanner drehte sich auf dem Absatz um und ging wieder einen Schritt auf Varga zu, der breitbeinig in der Mitte des Zimmers stand. Man sah ihm an, dass er vorhatte, etwas Wichtiges zu sagen.

»Fragen Sie«, forderte ihn Tanner auf.

Varga nickte. »Sie waren heute früh in Meran und haben ein langes Gespräch mit Andreas und seiner Freundin Marianna geführt. Was wollten Sie dort?«

Tanner blieb die Luft weg. Er wusste nicht, was er antworten sollte.

»Kennen Sie die beiden?«, fragte er schließlich, als sie schon im Stiegenhaus standen.

»Kein Kommentar«, sagte Varga lächelnd und warf die Tür zu.

Es musste wieder geregnet haben, während sie im Haus waren. Die Wolken hatten sich aber verzogen. Der nasse Asphalt glänzte in der Sonne, und von den kahlen Ästen fielen schwere Tropfen. Die vorbeifahrenden Autos zogen Wasserfontänen hinter sich her.

Auf dem Weg zu ihrem Wagen blieb Schluzzer kopfschüttelnd stehen. »Woher weiß der Mann, dass wir in Meran waren?«

»Darüber denke ich schon die ganze Zeit nach«, antwortete Tanner. »Ich habe nicht die geringste Ahnung.«

DREIZEHN

»Expressbrief und Einschreiben an Herrn Tiberio Tanner.« Mit diesen Wort und einem Brief in der Hand betrat Paula die Küche, während Tanner mit dem frugalen Frühstücksmüsli beschäftigt war. Feindselig betrachtete er den Aufdruck **AMTLICHE POST** auf dem Briefumschlag. Schon seit Jahren hatte er eine naturgegebene Abneigung gegen amtliche Post.

»Das war eine Sonderzustellung«, sagte Paula bedeutungsvoll. »Exklusiv für dich.«

»Qualunque cosa significhi.« Er riss den Brief auf und las den Text auf der Vorderseite laut vor: »Vorladung. Polizia di Stato. Questura di Bolzano. Largo Giovanni Palatucci 1–39100 Bolzano. Es ist beabsichtigt, Sie als Beschuldigten/Beschuldigte zu vernehmen.«

»Wann?«

Tanner fuhr mit dem Zeigefinger die Zeilen entlang. »Morgen um neun Uhr. Verdammt früh.«

»Was steckt da dahinter?«

»Nicht *was*. *Wer*, heißt die Frage. Unterschrieben ist der Brief von Commissario Nero De Santis.«

»Ist das der Spezialfreund Maurizios?«

»Genau der.«

»Und warum lädt dich der Spezialfreund auf die Questura ein?«

»Vielleicht weil er auch mein Spezialfreund werden möchte. Paula, er lädt mich aber nicht ein. Er lädt mich vor. Außerdem glaube ich zu wissen, warum.«

»Wenn du im Gefängnis sitzt ...« Ein Grinsen zeigte sich auf ihrem Gesicht. »Ich bringe dir jeden Tag deine Marende in den Tschumpus.«

»Mit dem Thema Gefängnis scherzt man nicht. Vor allem wenn es um mich geht.«

»Apropos Tschumpus. Was ist eigentlich mit Georg Rottenmann? Sitzt der immer noch drin?«

»Mein neuer Spezialfreund De Santis ist nach wie vor von Georgs Schuld überzeugt. Das weiß ich von Maurizio.«

»Diese Sexvideos, die du meist mitten in der Nacht anschaust ... gibt es so eines auch von Georg?«

Tanner überlegte einen Moment, dann schüttelte er den Kopf. »Habe ich dir das nicht gesagt? Er ist auf keiner DVD zu sehen.«

»Wurde er von der Frau erpresst?«

»Du erinnerst mich an alle meine Versäumnisse. Ich werde ihn das demnächst fragen. Diese Marianna, die ich in Meran getroffen habe, hat übrigens keine gute Meinung von Georg. Und ihr Vater ... das ist Lukas der Glatzkopf, den du mal als gut aussehend bezeichnet hast ... der traut Georg Rottenmann durchaus zu, dass er Elena getötet hat.«

Paula sah aus dem Fenster. »Der Wetterbericht ist gut für die nächsten zwei Tage. Der alte Rottenmann hat doch uns beide eingeladen. Und du hast von der Winterwanderung in die Berge geschwärmt. Ruf ihn an, dass wir am Wochenende kommen.«

Keine Widerrede möglich, dachte Tanner.

*

»Ziemlich langweilig, was wir hier tun.«

»Das müssen Sie noch lernen, Schluzzer. Detektivsein besteht in hohem Maße auch aus Routine. Also müssen wir die vier Männer unter die Lupe nehmen, deren Namen in Elenas Telefonbuch stehen.«

»Gott sei Dank ist heute der letzte dran.« Schluzzer blätterte in seinem Notizbuch. »Elias Senoner heißt er.«

Elias Senoner wohnte in einem Zweizimmerappartement am südöstlichen Rand von Brixen, nicht weit von der Stelle entfernt, wo die Rienz in den Eisack mündet. Er war ein großer, hagerer Mann, der leise und unaufgeregt auftrat. Das Erste, was Tanner auffiel, als sie sich in dem kleinen Wohnzimmer gegenübersaßen, war, dass Senoner die Gabe besaß, ohne Nachdenken lange Sätze inklusive verschlungener Nebensätze zu formulieren. Tanner bewunderte so eine Redegabe. Er selbst geriet schon bei mittellangen Sätzen ins Stottern, vor allem wenn er von Paula in die verbale Defensive gedrängt wurde.

»Ich habe darüber nachgedacht, worum es wohl gehen könne, als Sie mich anriefen, und ich kam zu dem Ergebnis, dass es sich nur um Elena beziehungsweise um ihren gewaltsamen Tod handeln könnte«, sagte Senoner in gleichbleibend ruhigem Singsang, selbst als Tanner ihm ein Foto aus der pornografischen DVD zeigte. »Stecken Sie das Bild wieder ein. Die Frau hatte offenbar ein sehr lockeres Verhältnis im Umgang mit Männern. Jedenfalls war ich nicht der einzige, der die Gunst der Frau genossen hat.«

»Hat sie Ihnen das gesagt?«

Senoner zündete sich eine Zigarette an, sog heftig daran

und blies den Qualm aus. Dabei hielt er die Zigarette in der hohlen Hand, als ob keiner den Glimmstängel sehen dürfte.

»Einmal habe ich einen Mann gesehen. Draußen vor dem Haus. Es war schon spät in der Nacht, da hat Elena den Vorhang zur Seite gezogen und aus dem Fenster geschaut. ›Da ist er wieder‹, hat sie gesagt, und ich habe einen Mann gesehen, der auf der anderen Straßenseite stand.«

»Es war also ein Mann. Sind Sie da sicher?«

»Sie wollen es genau wissen, was? Mehr konnte ich in der Dunkelheit nicht sehen. Eine Person stand da. Mit Hut. Der sah wie ein schlapper Männerhut aus. Zweifellos ein Mann. Der wartet dort, bis er drankommt, dachte ich. Nach mir, verstehen Sie? Sex am Fließband. So ist das nun mal bei leichten Mädchen. Bei leichten Frauen.« Er lachte.

Tanner zeigte auf die Fotografie. »Sie wissen, dass es dazu ein ganzes Video gibt?«

»Ist mir egal. Und bevor Sie mich fragen, was Sie mich wahrscheinlich fragen möchten ... Ja, sie hat versucht, mich mit dem Video zu erpressen.«

»Und? Wie viel haben Sie ihr gegeben?«

Mit betonter Ruhe drückte Senoner die Kippe in den überfüllten Aschenbecher und zündete sich eine neue Zigarette an.

»Wissen Sie, ich bin nicht so leicht aus der Ruhe zu bringen. Die Frau wollte entweder Geld oder Schmuck von mir haben.«

»Und was haben Sie ihr gegeben?«, fragte Schluzzer.

»Wollen Sie wissen, was ich zu ihr gesagt habe? ›Dreckloch, verdammtes!‹ Senoner kicherte. ›Dreckloch, verdammtes.‹ Das ist aus dem Theaterstück ›Wer hat Angst vor Virginia Woolf?‹ Ich spiele den George. Das ist die Hauptrolle.«

»Sie spielen den George«, wiederholte Schluzzer.

»Freie Bühne Brixen. Wir sind eine Laienbühne, und ich habe für die Rolle des George die besten Kritiken bekommen.«

»Vergangener Donnerstag zwischen zweiundzwanzig Uhr und Mitternacht. Wo waren Sie da?«

»Selbst wenn ich wollte, werde ich diesen Tag nicht vergessen. Da war Premiere. *Wer hat Angst vor Virginia Woolf?* Ich spiele den George.«

»War das eine Nachmittagsvorstellung?«

Senoner schüttelte den Kopf. »Beginn der Vorstellung um zwanzig Uhr. Ende um halb elf. Und hinterher haben wir uns alle volllaufen lassen. In der Weingalerie. Das ist eine Enoteca in der Weißlahnstraße. Und glauben Sie mir, ich war nicht nur im Theaterstück der Hauptdarsteller, sondern auch in der Enoteca.«

»Haben Sie das notiert?«, fragte Tanner auf der Rückfahrt nach Bozen. »Enoteca Sowieso, und überprüfen Sie das mit dem Theater, ob die wirklich das Stück von Edward Albee gespielt haben. Okay?«

»Nicht ganz«, sagte Schluzzer. »Wie heißt der?«

»Fragen Sie nach, ob Elias Senoner an diesem Abend die ganze Zeit auf der Bühne stand. Und überprüfen Sie, ob er hinterher beim Volllaufen mit dabei war.«

Es begann wieder zu schneien. Die Schneeflocken tanzten im Scheinwerferlicht und behinderten die Sicht.

Schluzzer summte ein Lied, das Tanner aus seiner Kindheit kannte.

»Das ist ein Wiegenlied, Schluzzer. Hören Sie auf damit! Ich bin ohnehin schon müde.«

»Chef, ich kann noch viele andere Lieder summen. Was möchten Sie hören? Ein Liebeslied oder vielleicht *La Montanara?*«

Tanner drehte das Radio auf. Gefahr erkannt, dachte er, Gefahr gebannt.

Sie hatten Klausen schon hinter sich gelassen, als Tanners Gedanken zu dem Gespräch mit Elias Senoner zurückkehrten.

»Was sagen Sie dazu, Schluzzer? Da verlangt die Frau Geld oder Schmuck oder teure Kleider, damit sie die DVD vernichtet, und drei von vier Männern tun das.«

»Was soll ich dazu sagen? Männer sind dumm.«

»Dieses Urteil könnte auch von Paula stammen.«

»Schließlich ist sie meine Cousine.«

»Wir sollten uns Georg Rottenmann nochmals vorknöpfen. Er war der Letzte, der Elena lebend gesehen hat.«

»Und wahrscheinlich waren beide schon ziemlich angetrunken, als sie in Elenas Wohnung ankamen.«

»Das ist ein guter Hinweis«, sagte Tanner. »Georg ist sauer, weil er in die Kälte hinausmuss, um für sie Zigaretten zu holen.«

»Genau.« Schluzzer schaltete die laute Arie ab, die aus dem Autoradio tönte. »Georg kommt zurück, er trinkt weiter und verliert zuerst die Ruhe, dann die Nerven ... Möglicherweise wollte er von Elena etwas, was sie ihm nicht geben wollte ...«

»Was meinen Sie?«

»Ein Bier vielleicht. Oder etwas ausgefallen Erotisches. Eine sexuelle Praktik vielleicht ... und plötzlich läuft das Ganze aus dem Ruder.«

»Schluzzer, jetzt geht die Phantasie mit Ihnen durch.«

»Chef, auf diesem Gebiet kenne ich mich aus. Vielleicht hatte Georg besondere Anwandlungen. Sado-Irgendwas heißt das, glaube ich, dann kam Gewalt dazu, und am Schluss lag sie tot im Vorzimmer.«

VIERZEHN

Wahrscheinlich gab es im Leben jedes Menschen immer wieder einen Tag, der ihm ewig im Gedächtnis bleiben würde. Dieser Gedanke ging Tanner während des Frühstücks durch den Kopf. Heute war so ein Tag. Heute musste er bei Nero De Santis antanzen.

Auf der gesamten Fahrt zur Questura hing Tanner düsteren Gedanken nach, die ihn schließlich zu der Frage führten, ob es nicht das Beste wäre, Nero De Santis zu erwürgen oder ihn sonst auf rasch wirkende Weise ins Jenseits zu befördern. Auf der Bretterwand einer Baustelle fiel sein Blick auf ein riesiges Plakat mit dem Gesicht eines hübschen Mädchens, einem jener Bilder, die so waren, dass ihm während des Vorbeifahrens die Augen der Person folgten. Alle verfolgen mich, dachte Tanner, das hübsche Mädchen auf dem Plakat und De Santis, der wahrscheinlich schon in seinem Büro auf mich wartet. Mit diesem Gedanken fuhr er die Marconistraße bis zur Talfer, überquerte den Fluss und begann mit der Suche nach einem Parkplatz. Der Schneematsch auf dem Palatucci-Platz, so Tanners Eindruck, war hier besonders unansehnlich und dreckig. Kein Wunder, hier arbeitete auch Nero De Santis.

Im Foyer war es noch kälter als draußen. Einige Männer mit und ohne Uniform gingen gemessenen Schrittes zum Ausgang. In der Mitte des ovalen Raumes stand eine Uniformierte mit langen blonden Haaren. Wie ein Begrüßungskomitee.

»Ich möchte zu ... genauer gesagt, ich muss zu Commissario Capo Nero De Santis.«

Die Blondine drehte ihm den Rücken zu und zeigte auf die nach oben führende geschwungene Treppe. »Erster Stock. Zimmer 110. Leicht zu finden.«

»Leicht zu finden«, wiederholte Tanner und nickte ihr dankend zu.

Vom Stiegenhaus bog Tanner nach links ab und ging einen endlosen Flur entlang, in dem ihm ein Polizist in schwerer Uniform entgegenkam, der ihn wortlos lächelnd grüßte. Unauffällig drehte sich Tanner um und sah, dass der davoneilende Uniformierte zwei Pistolentaschen am Gürtel befestigt hatte. Eine war leer, in der anderen steckte eine Waffe. Warum zwei? Und wie hießen diese ledernen Pistolentaschen noch mal? Während er auf der Suche nach der Nummer 110 den Flur hinunterlief, dachte er darüber nach, doch der Name fiel ihm nicht ein. Dabei hatte er schon während seiner Volksschulzeit so eine Pistolentasche am Gürtel getragen. Während seiner Wildwest-Zeit.

Sie ließen ihn zehn Minuten in einem fensterlosen Raum warten, bis Nero De Santis in Begleitung eines jungen Uniformierten erschien. Seit ihrem letzten Treffen hat der Bursche locker zehn Kilo zugenommen, dachte Tanner. »Wie schön, dass Sie unserer Einladung gefolgt sind«, sagte er lächelnd.

»Das ist eine Vorladung«, erwiderte Tanner und lächelte zurück.

Mit einer zackigen Geste ließ sich der Commissario von seinem jungen Begleiter einen Aktenordner geben. Dann las er mit bemüht beherrschter Stimme vor, was man Tanner zur

Last legte. Von Behinderung der Ermittlungsarbeit in einem Mordfall war die Rede, von Missachtung des Polizeisiegels sowie einem unrechtmäßigen Zutritt zu der Wohnung des Mordopfers.

»Außerdem wird Ihnen vorgeworfen, dass Sie der Polizei Beweismaterialien unterschlagen haben.«

Tanner hob den Kopf. »Wer wirft mir das vor?«

»Meine Ermittler. Und die wissen Bescheid. Das wirft kein gutes Licht auf Sie, Herr Detektiv.«

Bleib ruhig, sagte sich Tanner.

»Und jetzt ist die Zeit gekommen«, setzte De Santis übergangslos fort, »dass Sie zu unseren Vorwürfen Stellung beziehen, bevor ich die Angelegenheit dem Staatsanwalt übergebe.«

Mit Interesse beobachtete Tanner, dass sich die Türklinke langsam nach unten bewegte. Die Tür ging auf, und ein junger Polizist in Uniform trat ein und legte wortlos ein Blatt Papier vor De Santis auf den Tisch. Dann sah er Tanner an und sagte in barschem Ton: »Ich soll noch fragen, ob wir Ihnen einen Espresso oder Mineralwasser bringen sollen.«

Das klang wie der letzte Wunsch vor der Hinrichtung. Tanner wünschte sich ein Glas Wasser und verfolgte die schlaksigen Bewegungen des Mannes, der zackig den Raum verließ. An seinem rechten Oberschenkel baumelte eine Pistole. Plötzlich fiel ihm der Name der Pistolentasche ein: Holster.

»Übrigens sind wir darüber informiert, dass Sie sich ins Untersuchungsgefängnis einschleichen und mit den Angeklagten reden, was ausdrücklich verboten ist.«

»Warum?«

»Es ist rechtswidrig, solange sich der Mordverdächtige in U-Haft befindet.«

»Sie sind falsch informiert«, sagte Tanner. »Grundsätzlich sind Besuche während der Untersuchungshaft erlaubt. Der Anwalt Georg Rottenmanns hat dazu eine Besuchserlaubnis vom Staatsanwalt eingeholt.«

»Lassen wir das«, sagte De Santis ärgerlich. Sein dummes Gesicht sah Tanner einige Augenblicke an, der sich in Gedanken ausmalte, wie er mit einem schweren Vorschlaghammer darauf einschlug. Genau zwischen Neros Augen. Vielleicht auch ein klein wenig höher.

Tanner blätterte in seinem Notizbuch. »Ich erzähle Ihnen jetzt die Fakten, damit wir Ihre Märchen vom Tisch bringen. Die leider verstorbene Elena Zingerle hat sich verfolgt und beobachtet gefühlt und mich in ihre Wohnung gebeten, um für ihre Sicherheit zu sorgen. Ich habe die elektrotechnischen Voraussetzungen überprüft und hatte vor, eine Alarmanlage zu installieren.«

In diesem Moment vibrierte Neros Handy, das sich irgendwo in der Tiefe seiner Uniform befand. Er fingerte es aus der Hosentasche, sah auf das Display und nahm seufzend das Gespräch an.

»Ja, Schatz … nein, Schatz … nein, ich kann jetzt nicht …« Neros Gesicht färbte sich leicht rötlich. Er sah auf die Uhr und sagte: »Vielleicht in fünf Minuten … höchstens … ja, ich dich auch … bis später.«

Er steckte das Handy wieder weg und sah den neben ihm sitzenden Polizisten an. »Was gibt's denn da zu lachen? Das war meine Frau.«

»Vielleicht könnten wir jetzt zur eigentlichen Sache zurückkehren«, sagte Tanner. »Leider kam es aus den Ihnen bekannten Gründen nicht mehr zur Installation der Alarmanlage.« Er klappte sein Notizbuch zu. »Ach, übrigens, Sie sollten sich nicht wundern, wenn Ihre Spurensicherung auf einige wenige Fingerabdrücke stößt, die mit meinen identisch sind.«

In diesem Moment sprang De Santis auf und deutete auf den jungen Mann neben ihm. »Machen Sie weiter.«

Der Commissario eilte zur Tür, und Tanner konnte ihm gerade noch nachrufen: »Vergessen Sie nicht, Ihre Frau anzurufen.«

*

Tanner hatte gerade seinen zweiten Grappa getrunken, als sein Handy klingelte. »Maurizio«, las er am Display.

»Wie war dein Gespräch mit meinem Spezialfreund Nero, und wo bist du gerade?«

»Nero De Santis kann man nur im Suff ertragen«, sagte Tanner. Seine Stimme wurde leiser, als er bemerkte, dass die Leute vom Nebentisch ärgerlich herüberschauten.

»Ging es um deine Fingerabdrücke?«, fragte Maurizio.

»Natürlich. Da gab es wohl einige in Elenas Wohnung.«

»Und? Bist du noch in Freiheit?«

»Ich habe ihm den Wind aus seinen Segeln genommen. De Santis hat nicht erfreut reagiert.«

»Und wie sah deine Ausrede aus?«

»Ich habe ihm den Plot eines neuen Krimis aufgetischt. Elena hat kurz vor ihrem Tod mich als allseits beliebten Bozner Detektiv zu sich gerufen, weil sie sich beobachtet fühlt.

Also ging ich zu ihr, was die Fingerabdrücke des Meisterdetektivs in ihrer Wohnung erklärt. Dass sich die Frau beschattet gefühlt hat, ist nicht mal gelogen. Mindestens zwei Männern aus ihrem erotischen Dunstkreis hat sie erzählt, dass sie beunruhigt ist, weil ständig dunkle Gestalten vor ihrem Haus stehen und sie ausspähen oder ihr nachschnüffeln.«

»Wenn rauskommt, dass du gelogen hast, sorgt Nero dafür, dass du deine Detektivlizenz los bist.«

»Keine Bange«, sagte Tanner. »Es gibt nur eine Zeugin, die beweisen könnte, dass ich nicht in ihrer Wohnung war, als sie noch lebte. Und Elena ist tot.«

»Und du ersäufst gerade deinen Nero-Frust in Grappa?«

»Ich sitze in der City Bar in Bozen, nicht weit weg von der Questura. Ich bearbeite soeben meinen zweiten Grappa di Chardonnay. Nur zwei kleine Gläser. Warum hast du mich angerufen?«

»Ich habe zwei Neuigkeiten, Tiberio. Einer der Männer, dessen Telefonnummer du in Elenas Wohnung gefunden hat, heißt Gabriel Varga. Der Name kam mir bekannt vor, also habe ich in meinen alten Unterlagen gekramt und war sogar gestern in meinem alten Büro, in dem jetzt Gerd Rieper sitzt, mein früherer Mitarbeiter. Und weißt du, was ich fand?«

»Ich bin gespannt.«

»Gabriel Varga ist zweifach vorbestraft. Beide Male Sexualdelikte. Auf den solltest du achten.«

Gabriel Varga … Tanner überlegte. »Der Mann hat mir ein extrem wackliges Alibi angeboten. Er hat die fragliche Zeit gemeinsam mit einem großen Unbekannten verbracht, sagt er, aber dessen Name will er nicht verraten.«

»Jetzt zu meiner zweiten Botschaft. Halt dich fest: Als ich gestern in der Questura war, habe ich bei Gerd die Ermittlungsakte Elenas durchgeblättert. Das Obduktionsergebnis liegt vor. Halt dich fest! Sie war schwanger.«

Überrascht pfiff Tanner durch die Zähne. »Das ändert einiges an der Sachlage.«

Er hörte Maurizio laut ausatmen. »Tut es das? Glaubst du, dass sie deshalb umgebracht wurde?«

»Wäre möglich. Die Frau merkt, dass sie schwanger ist, und kommt zu dem Schluss, dass ihr neben den pikanten Videos jetzt noch ein weiteres Mittel zur Verfügung steht, um einen der Männer zu erpressen. Vielleicht versucht sie es sogar bei allen. Alles potenzielle Väterkandidaten. Wir müssen herausfinden, wer der Vater des ungeborenen Kindes ist.«

»Prinzipiell geht das«, sagte Maurizio. »Ich weiß nur nicht genau, wie.«

»Wie weit war die Schwangerschaft fortgeschritten?«

»Das weiß ich nicht. Aber erst kurze Zeit. Drei oder vier Wochen, glaube ich, meinte der Rechtsmediziner.«

»Hast du eine Ahnung, wann eine Frau merkt, dass sie schwanger ist?«

»Du hast eine ausgeprägte Gabe, die falschen Fragen an die falsche Person zu stellen. Frag deine Paula. Die weiß das.«

»Was stand sonst noch im Obduktionsbericht?«

»Es war wohl schon der erste Stich tödlich. Er traf die Lunge und hat eine der Hauptarterien durchtrennt. Die Folge war eine starke innere Blutung, sagt der Arzt, die aber nicht sofort zum Tod geführt hat. Aus der Blutspur im Vorzimmer weiß man, dass sie noch ein paar Schritte gegangen ist, wohl um dem Mörder zu entkommen. Dabei wurde sie zweimal in den Rücken gestochen. Wahrscheinlich hat sie das nicht mehr gespürt.«

»Wurde die Tatwaffe gefunden?«, wollte Tanner wissen.

»Nein. Es könnte übrigens ein normales Küchenmesser gewesen sein.«

*

»Ich wohne in einem Reiheneckhaus in Naraun«, sagte Urban Pircher am Telefon. »Und solltest du das nicht kennen, Naraun gehört zur Gemeinde Tisens.«

»Ich bin in einer halben Stunde bei dir«, sagte Tanner.

Der Weg führte ihn in die Hügel westlich des Etschtals hinauf, wo es immer einsamer und der Schnee immer tiefer wurde, zusammengeweht vom Wind, der über die Höhenrücken blies.

Es könnte ein normales Küchenmesser gewesen sein. Maurizios Satz kam ihm ins Gedächtnis zurück, und zum x-ten Mal stellte er sich die Situation vor, in dem sich Elena befunden hatte. Es ist spät nachts, und Georg Rottenmann hat gerade die Wohnung verlassen, um Zigaretten zu holen, nach denen sie ihn geschickt hat. Was geschieht als Nächstes? Es klopft. Oder es läutet an der Tür. Schaut Elena durch den Türspion? Denkt sie, dass Georg schon zurück ist, der sich auf dem Weg zum Zigarettenautomaten beeilt hat? Sie öffnet, und da steht nicht Georg, sondern der Mörder, der bereits das Messer in der Hand hält und keinen Moment zögert, ihr in die Brust zu stechen. Vorsätzlicher Mord. Geplant. Oder war alles ganz anders abgelaufen? Stand doch

Georg vor der Tür? Mit dem Messer in der Hand? Hatte Elena ihm vielleicht von ihrer Schwangerschaft erzählt? Wenn es so wäre, würde Georg ihn ins Gefängnis rufen und ihm den Auftrag geben, seine Unschuld zu beweisen? War das logisch? Ein Mord ist selten logisch. Oder doch?

Sie gingen hintereinander ins Wohnzimmer. Urban Pircher deutete auf die Couch und nahm gegenüber in einem Sessel Platz.

»Wie lange haben wir uns schon nicht gesehen?«, fragte Urban Pircher zur Begrüßung.

»Wie geht's dir?«, fragte Tanner.

Ein Schatten legte sich über sein Gesicht. »Gut. An sich geht's mir gut. Leider ist vor einem Jahr meine Frau gestorben.«

»Das tut mir leid«, sagte Tanner.

»Danke. Die Zeit heilt, sagt man, und Gott sei Dank stimmt es.« Urban deutete Richtung Küche. »Dadrin lag sie. Vor der Geschirrspülmaschine habe ich sie gefunden, als ich aus dem Labor nach Hause kam. Der Arzt konnte nichts mehr für sie tun. Gehirnschlag. So einen Tod wünsche ich mir auch mal. Zack, bumm und aus.«

»Na ja«, sagte Tanner und wiegte den Kopf hin und her. In einer Küche vor dem Geschirrspüler wollte er nicht sterben. Wenn schon, dann beim Törggelen vor einem Glas Vernatsch und mit freiem Blick auf die umliegenden Berge.

»Wie geht's eurem Labor?«

Urban hatte offenbar auf die Frage gewartet. »Seit ein paar Monaten haben wir einen neuen Namen. DAZ. DNA-Analyse-Zentrum. Wir sind derzeit das führende Labor für DNA-Tests, unser Geschäft blüht und gedeiht, und wir investieren gerade, um weiterzuwachsen. Neue Gebäude und neue Analysetechniken. Und wir suchen Personal. Wenn du überlegst ... Vor fünfunddreißig Jahren haben wir mit den ersten DNA-Tests begonnen, und heute beschäftigen wir fast vierzig Mitarbeiter.«

»Beeindruckend.« Tanner nickte und warf einen Blick auf die beiden Bücherregale an der Wand, die auf sympathische Art mit alten und neuen Büchern vollgestopft waren.

Tanner erinnerte sich, dass sein Freund schon in der Schule als Büchernarr galt und jedes Buch, das er gelesen hatte, mit einem roten X markierte, wahrscheinlich dass er es nicht irrtümlich ein zweites Mal las.

»Ich habe in der Küche was zum Trinken vorbereitet.« Mit leisem Stöhnen erhob sich Urban und ging aus dem Zimmer.

Rasch begab sich Tanner zu einem der Regale und blätterte einige der Bücher durch. Nirgendwo war ein rotes X zu finden. Entweder hatte Urban das Lesen oder das Markieren der Bücher aufgegeben.

»Vor einer halben Stunde, also seit ich weiß, dass du kommst, habe ich den Wein dekantiert.« Er füllte beide Gläser und setzte sich dann wieder Tanner gegenüber. »Wie kann ich dir helfen?«

»Es geht um einen Fall, den ich gerade bearbeite.«

»Du bist Detektiv, stimmt's?«

Tanner erzählte von seiner Arbeit und dem aktuellen Fall. »Die Frau war schwanger, und ich möchte wissen, wer der Vater ist.«

»Gibt es Verdächtige?«

»Einige. Und ich kenne sie.«

»Du kennst sie. Das ist gut. Dann bring mir eine DNA-Probe von den möglichen Vätern und eine vom Kind.«

»DNA – Probe ... was heißt das genau?«

»Idealerweise ein Abstrich der Mundschleimhaut.»

»Ich komme kaum an die Männer heran, geschweige denn an deren Mundschleimhaut.«

»Ich sagte idealerweise. Ich ahne bereits, was du vorhast. Also: Bring mir eine Zahnbürste, eine Unterhose oder ein Glas, aus dem derjenige getrunken hat. Kaugummi geht übrigens auch.«

Tanner nickte »Das mit der Unterhose wird schwierig. Kaugummi geht vielleicht.«

»Die ganze Prozedur ist aber nicht billig.«

»Nicht billig ... wie teuer ist so eine Untersuchung?«

Urban schüttelte den Kopf. »Für Freunde gibt's vielleicht einen Sonderpreis.« Er trank sein Weinglas leer und stellte es auf den Tisch. »Die Sache hat nur einen Haken. In unserem Land darf die DNA eines Menschen nur mit dessen Zustimmung entnommen werden. Alles andere ist illegal. Und vor Gericht nutzlos.«

Tanner dachte an sein Gespräch mit De Santis. »Illegal sein ist meine Stärke«, sagte er. »Und die Mutter können wir ohnehin nicht mehr fragen.«

»Warum das?«

»Weil sie tot ist.«

*

Wie immer, wenn Tanner im Büro zu tun hatte, ließ er sein Auto in einer Parkbucht am Bach stehen und ging die schmale asphaltierte Straße am Talfergries entlang.

Die Wolken hatten sich verzogen, und die Sonne beschien die Promenade vor ihm mit den vier altertümlichen Ecktürmen und dem hoch aufragenden Gemäuer des Schlosses Maretsch. Hatte Paula nicht davon gesprochen, dass die Wettervorhersage für das Wochenende Sonnenschein und ein paar Grad wärmere Temperaturen angekündigt hatte? Die Talfer war nicht mehr gefroren, nur einige Eisplatten schwammen noch auf dem Wasser. Man kann den Frühling schon riechen, dachte Tanner, als er auf das Haus zuging, in dem sich sein Büro befand.

Im Büro saß Schluzzer und übertrug die Aufzeichnungen aus seinem Notizbuch in den Bürocomputer.

»Schluzzer, es gibt Arbeit.«

»Das ist gut, Chef.«

»Wir müssen noch mal mit den vier Männern reden, deren Nummern in Elenas Telefonbuch stehen.«

»Das ist schlecht, Chef.«

»Es muss sein. Hören Sie zu.« Ausführlich erzählte Tanner von seinem Gespräch mit Urban Pircher. »Bringen Sie irgendetwas mit, aus dem wir an die DNA des Mannes rankommen. Maurizio besorgt uns eine Gewebeprobe des Kindes, das leider nie geboren wurde.«

»Auch nicht ganz legal.«

»Der Erfolg wird die Mittel heiligen. Also, bringen Sie von jedem der Männer etwas Aussagekräftiges mit. Einen Zigarettenstummel zum Beispiel. Oder seine Zahnbürste. Das ist ein schwieriger Auftrag, den Sie ganz allein durchführen werden.«

»Schwieriger Auftrag ...« Schluzzer freute sich darüber wie ein Volksschüler, der soeben vom Lehrer den Auftrag bekommen hatte, ihm zu helfen, die Schulhefte nach Hause zu tragen.

»Noch einen Tipp«, sagte Tanner. »Rufen Sie die Burschen vorher an, und denken Sie sich einen überzeugenden Grund aus, warum Sie sie unbedingt sprechen müssen. Es muss nur plausibel sein. Verstehen Sie?«

»Natürlich ... was ist ein plausibler Grund?«

Tanner atmete auf, als Schluzzer das Zimmer verlassen hatte, und wandte sich seinem Bürokram zu, als sein Handy klingelte. Die Nummer auf dem Display war ihm unbekannt.

»Hier ist Verena Rubner.«

Tanner erkannte die Stimme sofort. »Vom Weingut Rottenmann.«

Sie lachte leise. »Stimmt. Mein Chef hat mich gebeten, Sie anzurufen.«

»Sie reden vom Senior ... Philipp Rottenmann?«

»Genau. Er möchte Sie gern sprechen und bittet Sie herzukommen.«

»Ist es wichtig?«

»Ich denke, ja.«

»Warum will er mit mir reden?«

»Großes Geheimnis.« Sie lachte wieder. »Normalerweise hat Herr Rottenmann keine Geheimnisse vor mir, aber diesmal hat er mir nicht verraten, worum es geht.«

»Bei unserem letzten Treffen hat er von einer Schneewanderung hinauf zu Ihrem Ansitz geschwärmt und mich eingeladen.«

»Er hat mich ausdrücklich aufgefordert, die Einladung für Sie und Ihre Partnerin zu wiederholen. Morgen soll schönes

Wetter sein. Und ich soll Ihnen ausrichten, dass die Straße zu uns herauf vom Schnee geräumt sein wird. Sie werden die Wanderung genießen. Früher Nachmittag bei uns … passt Ihnen das?«

»Meine Paula und ich werden da sein.«

*

Schluzzer musste lange auf Mattheo Tomasi einreden, bis er mit einem Treffen einverstanden war.

»Sie sind mir schon vor ein paar Tagen auf die Nerven gegangen. Was wollen Sie schon wieder von mir?«

»Das war mein Chef«, sagte Schluzzer. »Jetzt bin ich dran. Und ich muss noch eine wichtige Frage mit Ihnen abklären.«

»Wichtige Frage … Für mich wichtig oder für Sie?«

»Unsere Unterredung wird nur fünf Minuten dauern«, sagte Schluzzer und blätterte in seinem Notizbuch. »Es geht um den Zeitpunkt, an dem Elena Zingerle ermordet wurde. Sie sagten, sie saßen zu Hause vor dem Fernseher.«

»Ja und?«

»Das wackelt.«

»Was wackelt?«

»Ihr Alibi. Darum müssen wir reden. Ich bin in einer halben Stunde bei Ihnen. Wo treffen wir uns?«

Ein händeringender Seufzer drang durch das Telefon. »Also meinetwegen … hören Sie: Rita, meine Frau, ist zwei Tage zu Ihrer Schwester gefahren. Kommen Sie zu mir in die Wohnung. Runggener Straße in Sarthein. Nummer 12, das gelbe Haus direkt beim Schwimmbad.«

Die Wohnung im Haus mit der Nummer 12 war klein und dunkel. Mattheo Tomasi begrüßte ihn mit den Worten: »Fünf Minuten und keine Sekunde länger.«

Er bat Schluzzer nicht ins Wohnzimmer. Sie standen sich in dem dunklen Vorraum, das hässlich grün gekachelt war, gegenüber, und Schluzzer kam ohne Zögern zur Sache. »An diesem Donnerstagabend saßen Sie vor dem Fernsehapparat, sagten Sie meinem Chef. Ich möchte wissen, welches Programm Sie gesehen haben und welchen Film. Und von wann bis wann.«

»Deshalb sind Sie gekommen?«, lachte der Mann. »Also: RAI Uno. *Der junge Montalbano* bis halb elf und danach einen alten Erotikfim mit der wunderbaren Laura Antonelli in der Hauptrolle. Schönen Tag noch.«

Schluzzer machte sich ausführlich Notizen, dann hob er den Kugelschreiber und sagte: »Ich habe noch eine Bitte. Wo kann ich mir hier die Hände waschen? Wäre wichtig für mich vor der langen Rückfahrt.«

»Hände waschen! Das Badezimmer ist da vorne«, sagte Mattheo und zeigte zum Ende des Flurs.

Das Bad war genauso hässlich gefliest wie der Vorraum, nur waren hier die Kacheln braun. Auf der Ablage unter dem Spiegel fand Schluzzer, was er suchte. In einem Plastikbecher steckte die Zahnbürste Tomasis. Der Bürstenkopf zeigte nach oben, und das Ganze sah aus wie eine einsame Blume in einer Vase. Passt, dachte Schluzzer. Rita Tomasi ist bei ihrer Schwester und hat ihre Zahnbürste mitgenommen. Also gehört die hier Mattheo. Schluzzer wickelte die Bürste in eine Plastikfolie und steckte sie ein. Ziel erreicht.

FÜNFZEHN

In einer der Kehren hatte der Schneepflug einen kleinen Parkplatz geschaffen, wo sie den Wagen stehen ließen und die Wanderschuhe anzogen. Die Sonne stand hoch am Himmel und überzog die hügelige Landschaft mit einem millionenfachen Glitzern. Tanner blieb schnaufend stehen und verfolgte die weißen Wölkchen, die aus seinem Mund kamen.

»Dir fehlt es an Kondition.« Paula lachte.

»Al contrario«, sagte Tanner. »Ich genieße den Ausblick ins Etschtal.«

Der Weg war durch eingeschlagene Holzstangen gut markiert. Manchmal waren Reifenspuren zu erkennen, die sich im Schnee abzeichneten. An einer Wegbiegung blieb Paula stehen, verschnaufte und setzte ihre Sonnenbrille auf. »Eine Bergwanderung im Winter ist etwas Herrliches«, sagte sie und zeigte nach oben. »Da liegt viel Schnee. Bist du sicher, dass wir da raufkommen?«

»Alles gut geräumt, hat Verena gesagt.«

»Wer ist Verena?«

»Die Haushälterin, die mich angerufen hat. Sie betreut den alten Herrn. Du wirst sie heute kennenlernen.«

»Was will er eigentlich von dir?«

»Das werden wir bald erfahren.«

Es war still und friedlich. Hinter dem dichten Gestrüpp plätscherte ein Bach ins Tal, den sie hintereinander auf einem schmalen, vereisten Brett überquerten. Am Rand des

Bachbettes hatte sich eine Eisschicht gebildet. Luftblasen wanderten unter dem Eis entlang.

Langsam zog sich der Himmel zu, und der Wind frischte auf. Sie folgten dem schneebedeckten Weg, der sich den Berg hinaufwand und beiderseits von Büschen und niedrigen, kahlen Obstbäumen gesäumt wurde.

Nach einer letzten Wegbiegung, teilweise von einigen Nadelbäumen verdeckt, lag der Ansitz der Rottenmanns vor ihnen, wuchtig breit und mit Erkern und Loggien verziert. Wie eine Festung.

Sie klopften den Schnee von den Schuhen, betraten den Flur und gingen an den dunklen Ölgemälden der Rottenmann'schen Ahnengalerie vorbei, die Tanner bereits kannte. Dort wurden sie von der lächelnden Verena Rubner begrüßt.

»Ich habe Sie vom Fenster aus gesehen. Herzlich willkommen! Unser Senior erwartet sie im Herrenzimmer.«

Das Herrenzimmer war eine Halle mit einer imposanten Bücherwand und einem großen, geschwärzten Kamin, in dem ein Holzfeuer brannte. Die Fenster und Türen wurden von beigem Sandstein umrahmt, die Wände waren holzgetäfelt und in einem dunklen Braun gehalten, das mit dem warmen Rot der Vorhänge kontrastierte. Dominiert wurde der Raum von dem Esstisch, der genau in der Mitte stand und für fünf Personen gedeckt war. Die schweren Stühle trugen ein dekoratives Schnitzwerk in ihren hohen Lehnen. An den Wänden stand eine Unmenge an Sideboards, Tischen, Stehlampen und großen, antik aussehenden Vasen mit Blumen, Hirschgeweihe in allen Größen zierten die Wände, und dazwischen hingen zahlreiche Bilder. Wahrscheinlich war dies die Fortsetzung der Ahnengalerie aus dem Flur.

Fast zeitgleich mit ihnen öffnete sich eine Tür, und Philipp Rottenmann trat ein, beide Arme ausgestreckt. So wie man eigentlich nur alte Freunde begrüßte.

»Einen Hugo zur Begrüßung.« Mit etwas zittriger Hand wies Philipp Rottenmann auf die Gläser, die am Tisch standen.

Lächelnd hob ihnen der Senior sein Glas entgegen. »Herzlich willkommen und nehmen Sie Platz.«

»Schmeckt mir«, sagte Paula. »Herrlicher Minzegeschmack. Wie bereiten Sie so etwas jetzt im Winter zu?«

Der Senior lächelte. »Unser Geheimnis.«

Rottenmann war exzellent gekleidet. Über dem weißen Leinenhemd trug er dieselbe golden schimmernde Weste mit der Uhrkette, die Tanner schon an ihm gesehen hatte. Der Schnurrbart war vorbildlich gepflegt, das beim letzten Besuch störrisch in alle Richtungen stehende silbergraue Haar war sorgsam auf dem Kopf sortiert und wirkte wie festgeklebt.

»Sie wollten mich sprechen«, sagte Tanner.

»Bevor wir darüber reden, eine Frage, Herr Tanner. Wie steht es um meinen Sohn Georg? Wann kommt er frei?«

Keine Ahnung, dachte Tanner. Ich bin nicht einmal von seiner Unschuld überzeugt. »Das sieht nicht schlecht aus«, sagte er. »Erst gestern war ich auf der Questura und habe mit Nero De Santis gesprochen, dem leitenden Ermittler. Leider hat der Mann wenig Ahnung von der Praxis. Seit gestern wissen wir auch, dass die ermordete Frau schwanger war. Ich bin hier der Polizei um einiges voraus und verfolge derzeit zwei brisante Spuren, mit denen, so hoffe ich, die Unschuld Ihres Sohnes bewiesen werden kann.«

Tanner bemerkte, dass ihn Paula von der Seite beobachtete. War da nicht sogar ein leises Lächeln auf ihren Lippen? Tanner fühlte sich plötzlich etwas verunsichert.

»Er fehlt mir«, sagte Philipp. »Und Georg fehlt dem Weingut. Ich hoffe, dass Roland, mein Enkel, sein Studium bald beendet hat. Dann kommen neue Ideen in unser Weingut.« Er hob den Kopf und sah Tanner in die Augen. »Wir brauchen neue Ideen, um in der Zukunft zu überleben.«

Rottenmanns zitternde Finger förderten mit Schwierigkeiten eine Zigarette aus seinem Etui zutage. Trotz seines Alters sprach er mit einer dunklen, wohlklingenden Stimme, konzentriert und etwas zu laut. Tanner beneidete Männer, die über eine derartig bassbetonte Stimme verfügten. Alles, was eine laute, tiefe Stimme sagte, klang wohldurchdacht und doppelt überzeugend. Tanners Stimme war anders.

»Wo er nur bleibt?« Philipp sah auf die Uhr. »Über mein anderes Thema reden wir später, wenn wir allein sind. Zuerst darf ich Sie zu einer Führung durch die Rottenmann'schen Weinkeller einladen. Deshalb habe ich Markus Moroder herbestellt. Unseren Kellermeister.« Er ging langsam quer durch das Zimmer, öffnete die Tür und sprach einige Worte mit einer Person im Nebenraum.

Tanner nutzte die Gelegenheit, beugte sich zu Paula hinüber und flüsterte ihr zu: »Diesen Markus habe ich beim letzten Mal getroffen. Ein Dauerlächler, aber ein aggressiver Mensch.«

»Er stößt gleich dazu«, sagte Rottenmann, der sich ihnen wieder zuwandte, und deutete auf Paula. »Es ist kalt da unten. Vielleicht nehmen Sie Ihre Jacke.«

Vorsichtig stiegen sie einige schief getretene Stufen nach

unten, die aussahen, als ob sie feucht wären, und betraten einen Flur, der sich weiter hinten in einen größeren Raum öffnete. Philipp drückte auf einen Lichtschalter. Mit einem vielstimmigen Klacken schalteten sich zahlreiche Leuchtstoffröhren ein und tauchten den Raum in ein verwirrendes Spiel aus hellen Flächen und scharf abgegrenzten Schatten, die die dicken Betonsäulen in alle Richtungen auf den Boden warfen.

Mit seinem Gehstock vollführte Rottenmann einen Kreis in der Luft. »Typisch Überetscher Stil. Der gesamte Ansitz hat eine innere Symmetrie und war übrigens von meinen Vorfahren nicht als Winzerbetrieb geplant. Das kam erst später. Vielleicht erzähle ich Ihnen während des Essens mehr darüber. Diese Halle befindet sich genau unterhalb des Herrenzimmers, in dem wir vorher waren. Wir stehen hier genau in der Mitte des Gebäudes. Von diesem Raum gehen alle anderen symmetrisch nach links und nach rechts.«

In diesem Moment gesellte sich Markus Moroder zu ihnen und gab allen die Hand. »Schön, Sie wiederzusehen«, sagte er zu Tanner – mit einem Lächeln.

»Da links befindet sich unsere Probierstube.« Mit dem Stock stieß Philipp Rottenmann eine Tür auf.

»Stube ist untertrieben«, flüsterte Paula.

Die Räumlichkeiten hätten einem großen Restaurant alle Ehre gemacht. Mindestens zehn weiß gedeckte Tische mit bequemen Stühlen und Klimaschränken an den Wänden.

»Wir beginnen den Rundgang in der Kelterhalle«, sagte Rottenmann und zeigte auf ein Rolltor im Hintergrund. »Dort drüben werden die Trauben angeliefert.«

Der weitere Weinkeller war eine Aneinanderreihung mehr oder weniger großer, verwinkelter Räume, alle blitzsauber gefliest und hell beleuchtet.

Rottenmann lächelte vergnügt. »Die Macht der Presse bekommen vor allem die Weintrauben zu spüren, sagt mein Sohn Georg immer.« Er wies mit dem Stock auf die im Raum angeordneten Gerätschaften. »In dem Raum sind die teuersten Investitionen der letzten fünf Jahre versammelt. Hier adeln wir den Traubensaft zu aromatischen und erfrischenden Weißweinen.«

»Der Traubenwagen fasst zweitausend Liter«, ergänzte Moroder. »Und der Maischewagen dort drüben hat ein zugelassenes Gesamtgewicht von zweitausendachthundert Kilogramm.«

Tanner zeigte sich beeindruckt.

»Vom Gebäude her betrachtet, sind wir hier fast im Mittelalter angelangt. Und in diesem Bereich wurde viel an- und umgebaut. Und die Investitionen müssen weitergehen, in neue Gebäude und in neue Techniken.« Rottenmann warf dem neben ihm stehenden Moroder einen Seitenblick zu. »Bei jedem Besuch erzählt mir mein Enkel Roland von den neuen Dingen, die er an der Universität lernt, digitale Techniken, und dann redet er von Vernetzung. Damit können wir die Kosten senken und die Qualität unserer Weine erhöhen.«

»Na ja«, sagte Moroder. »Theorie ist nicht alles. Letztlich kommt es auf die Praxis an.«

Mit erstaunlicher Geschwindigkeit drehte sich Rottenmann senior um und sagte: »Ich kenne Ihre Ansichten.« Sein Gesicht entspannte sich. »Mein Enkel ist jetzt schon ein hervorragender Fachmann. Außerdem habe ich das Gefühl, dass sich Verena und Roland gut verstehen.« Er wackelte mit der Hand. »Wer weiß …«

»Wir sollten weitermachen«, meinte Moroder und stieß eine Tür auf.

»Das ist ja toll«, flüsterte Tanner, als sie den nächsten Raum betraten, in dem zehn riesige Gärtanks aus mattem Edelstahl aufgereiht standen.

Moroder deutete zur Decke. »Auf diesen Schienen laufen die Körbe entlang. Die Beeren werden nach der Lese zuerst entrappt und mit den kippbaren Behältern in die Tanks befördert.«

In dem von der Technik der Produktionsanlagen abgetrennten Barriquekeller herrschte feierlich abgedunkeltes Licht sowie ein herrlicher Geruch nach dem bereits in fortgeschrittenem Stadium vergorenen Rebensaft. Von Zeit zu Zeit blieb der alte Winzer bei einem der Fässer stehen und begann von den darin befindlichen flüssigen Köstlichkeiten zu schwärmen. Auf eines der Fässer legte er beinahe liebevoll seine Hand, dämpfte seine Stimme und schwadronierte über sensorische Verkostung und analytische Prüfung der rubinroten Farbnuancen, von Duftnoten nach Mandeln, Veilchen und Rosen. Schließlich philosophierte er, halb weggetreten und mit geschlossenen Augen, über rote Kirschnoten, samtige Himbeeraromen und feine Herbheit am Gaumen mit schön ausgewogener Frucht und harmonischem Nachklang.

Nach dem Rundgang ging es zurück ins Herrenzimmer, in dem in der Zwischenzeit der Tisch festlich gedeckt war, an dem bereits eine Frau Platz genommen hatte: Valentina

Rottenmann. Tanner musste innerlich lächeln. Valentina, die Strohwitwe. So sehr bekümmert, dass ihr Mann immer noch im Gefängnis saß, sah sie nicht aus.

Große Tafel, wenn heute auch nur für fünf Personen. Die Vorhänge waren halb zugezogen, es war dämmrig im Raum, der nur von zwei Stehlampen und einigen Kerzen auf der Festtafel beleuchtet wurde.

Aufrecht wie ein Soldat saß der Senior auf dem Ehrenplatz an der Schmalseite des Tisches. Als einer der wenigen hatte er den Kopf hocherhoben, den Blick den anderen zugewandt. Mit dem Löffel klopfte er leise gegen sein Weinglas, begrüßte die beiden Gäste herzlich und schlug in seiner kurzen Ansprache den Bogen zu seinem Sohn Georg. »Wir hoffen sehr«, beendete er seine Rede mit leiser Stimme, »dass Georg bald wieder mit am Tisch sitzt. Und da sieht es, wie ich heute von Herrn Tanner erfahren habe, nicht allzu schlecht aus. Trinken wir darauf!«

Markus Moroder und die neben ihm sitzende Valentina hatten die Begrüßungsworte mit eisigem Gesicht verfolgt. Stiff upper lip, wie die Engländer sagen. Na ja. Immerhin saß ihr Gatte im Knast. Moroder starrte auf den Tisch vor ihm und zeichnete mit seinem Messer geometrische Figuren auf das Tischtuch.

Das Essen wurde von Philipps Haushälterin Verena serviert, die eine tief ausgeschnittene Bluse und ein weißes Häubchen trug, das wie eine kleine Krone aussah. Hüftschwingend ging sie um den Tisch, wechselte mit jedem ein paar leise Worte, bevor sie den Fisch und die Beilagen auf den Teller legte.

»Du musst das Mädchen nicht so anstarren«, flüsterte ihm

Paula zu. »Sie kommt bestimmt beim Dessert noch mal zu dir.«

Tanners Blick wanderte im Kreis um den großen Tisch, und er versuchte, die Gedanken jedes Einzelnen zu erraten. Der Kellermeister Markus Moroder trug eine fleckige Weste, die früher einmal hellblau gewesen sein könnte. Er dauerlächelte vor sich hin, als wären seine Mundwinkel an unsichtbaren Fäden hochgebunden. Tanner überlegte, wie viel Energie es kostete, ständig zu lächeln. Bei welchen Gelegenheiten verschwand das falsche Gegrinse wohl aus seinem Gesicht? Vielleicht im Schlaf. Oder beim Sex. Es war still im Raum. Ob die kleine Runde sich normalerweise mehr zu sagen hatte, wenn Georg Rottenmann mit am Tisch saß? Der Senior spielte den höflichen Gastgeber, beugte sich von Zeit zu Zeit zu Paula hinüber, und sie wechselten einige Worte, die Tanner nicht verstand.

Philipp Rottenmann war gerade mit dem Fischfilet beschäftigt, als Tanner ihn fragte: »Wie geht es eigentlich Ihrem Enkel Roland?«

Ein ohrenbetäubender Knall ertönte. Tanner sah hoch. Verena hatte einen Teller zu Boden fallen lassen, der in tausend Scherben zersplitterte. Hochrot im Gesicht kam sie mit Besen und Schaufel zurück, entschuldigte sich für das Ungeschick und beseitigte die Scherben.

Einige Male wurde es noch dunkler im Raum, weil die beiden Stehlampen ausfielen oder hektisch zu flackern begannen, was Moroder mit ständigen Problemen an der Elektrik begründete. »Es wird Zeit, dass ein Fachmann die Stromleitungen im Haus überprüft.«

Das Essen schmeckte Tanner nicht besonders. Der Fisch

war nicht ganz durch, der Reis leicht angebrannt. Nur der Wein war hervorragend.

Nach Dessert, Grappa und Kaffee begann Philipp Rottenmann einen Monolog über die Geschichte des Weinguts und der preisgekrönten Jahrgänge. »Unsere Steillagen befinden sich zum Teil über sechshundert Meter, was für uns und die Reben eine besondere Herausforderung darstellt. Die kühlenden abendlichen Fallwinde sorgen für optimale Temperaturunterschiede zwischen Tag und Nacht.«

Rottenmann sah von einem zum anderen, und als Tanner auffiel, dass jeder dem Senior bestätigend zunickte, tat er es ebenfalls.

»Das Geheimnis für die Qualität des Rottenmann'schen Weins ist unsere Höhenlage und das daraus resultierende Mikroklima. Jeder Wein schmeckt stets nach dem Weinberg.« Er hob den Zeigefinger und seine Stimme wurde lauter. »Geringer Hektarertrag, aber höchste Qualität im Glas.« Er wies auf die Rotweinkaraffe. »Zum Beispiel der hier, unser Blauburgunder Riserva Rottenmann, Hanglage, fünfhundert Meter, granatroter Schimmer, feinfruchtiges Bouquet mit Duftnoten nach Waldbeeren, extrem langer Abgang.«

Tanner sah zu Valentina hinüber, die offensichtlich begonnen hatte, sich systematisch zu betrinken. Sie hatte das mit Lippenstift verschmierte Grappaglas geleert und begann umständlich, ihre Haare zu richten. Valentinas zarte, gepflegte Hände waren dazu geschaffen, filigrane Gläser zu halten, aber nicht, ein großes Weingut zu führen.

Tanner entschuldigte sich, murmelte etwas von Händewaschen und marschierte zur Tür, wo er beinahe über Verena

Rubner stolperte, die offensichtlich an der Tür gelauscht hatte.

»Ich wollte gerade fragen, ob noch jemand ...«, stotterte sie.

»Das mit dem zerbrochenen Geschirr vorhin ... Habe ich Sie mit der Frage nach Roland erschreckt?«

Wieder lief ihr Gesicht rot an. Sie schüttelte den Kopf und schickte sich an zu gehen.

»Ihr Service war übrigens vorbildlich«, sagte Tanner.

Als er in das Herrenzimmer zurückkehrte, hatte sich die kleine Gruppe aufgelöst, und Philipp Rottenmann, der neben Paula stand, sagte: »Jetzt zu meinem anderen Thema, weswegen ich Sie hergebeten habe. Danach wird Sie Felix mit dem Wagen ins Tal bringen.«

»Warum das?«, sagte Tanner. »Paula und insbesondere ich sind top in Form. Wir schaffen das.«

»Es ist spät. Nehmen Sie mein Angebot an.« Er zeigte zur Tür. »Der Wagen steht schon vor dem Haus.« Philipp Rottenmann zog Tanner am Ärmel ein paar Schritte zur Seite. »Sie erinnern sich an die geheimnisvollen Spuren im Schnee.«

Tanner nickte. »Und die Geräusche am Dachboden. Haben Sie das seither noch einmal beobachtet?«

»Ich bin nach wie vor sehr beunruhigt. Die Spuren im Schnee tauchen immer wieder auf. Nur die Geräusche da oben sind verschwunden. Ich habe Verena eingeweiht, und wir beide sind seitdem doppelt wachsam.«

»Ich lasse mir etwas einfallen«, sagte Tanner und wunderte sich, dass sich der Alte damit zufriedengab.

Es war kalt, als sie vors Haus traten. Tanner blickte zum

Himmel und stellte fest, dass die Sterne intensiver leuchteten als unten in Bozen. Lichtverschmutzung, dachte er. Hier oben gab es keine störenden Lichtquellen.

SECHZEHN

Ein heftiger Muskelkater von der gestrigen Schneewanderung begleitete Tanner bis ins Badezimmer. Wenn die Muskeln schmerzen, existieren sie noch, dachte Tanner. Schließlich kann man nur bewegen, was man auch spürt. Und man kann nur spüren, was man auch bewegen kann.

Das Thermometer vor dem Fenster zeigte genau null Grad. Und etwa auf demselben Niveau war seine Stimmung, wenn er an das heutige Tagesprogramm dachte. Noch ein Treffen mit Claudio Valloni, dem mürrischen Mann mit dem ewig trübsinnigen Blick. Er legte wenig Wert auf ein weiteres Gespräch, einziges Ziel war, an eine DNA-Probe ranzukommen.

Viel Speck, drei Eier und zwei dicke Stück Brot, das war nur möglich, wenn er allein am Frühstückstisch saß.

Tanner wählte Vallonis Nummer, der nach dem vierten Läuten abhob. »Ich muss Sie dringend sprechen. Heute noch. Nur ein oder zwei Fragen. Unser Treffen wird nicht lange dauern. Versprochen«, flötete Tanner durchs Telefon.

»Schwierig«, sagte Valloni. »Heute ist Vertretertag, da müssen wir alle im Büro sein. Befehlsausgabe.« Er lachte kurz auf. »Fünf Minuten könnte ich allerdings erübrigen ... weil Sie es sind.« Tanner hörte, wie am anderen Ende der Leitung mit Papier geraschelt wurde. »Hier ist das Programm. Um zehn Uhr könnte ich mich kurz von unserem Meeting in der Firma absetzen. Aber lassen Sie Ihre dreckigen Bilder samt den Videos zu Hause liegen.«

»Wo ist Ihre Firma?«

»In Bozen ... Hören Sie ... Punkt zehn Uhr im Caffè Alan in der D'Aosta-Allee. Okay? Das ist in der Nähe des Siegesdenkmals. Oder direkt neben dem Landesgericht, wenn Ihnen das lieber ist.«

Tanner war viel zu überrascht über die problemlose Terminvereinbarung, um auf Vallonis Anspielung einzugehen. Sie verabschiedeten sich, und als Tanner das Handy in der Hosentasche verstaut hatte, stellte er fest, dass der Speck auf dem Schneidbrett so verführerisch roch, dass er sich gezwungen sah, eine weitere Portion zu sich zu nehmen.

Heute ist Bozen-Tag, sagte er sich und beschloss, sein Auto stehen zu lassen. Das Siegesdenkmal lag zu Fuß nur zwanzig Minuten von Paulas Haus entfernt. Und eine weitere Viertelstunde würde er hinterher brauchen, um ins Büro zu kommen, wo er am Nachmittag mit Schluzzer verabredet war. Abends würde er Paula stolz sein absolviertes Fitnessprogramm präsentieren.

Der Wind pfiff durch die Alte Mendelstraße. An einer Weggabelung kam ihm ein Mädchen entgegen, das einen schmalen Aktenkoffer in der Hand trug. Trotz ihres gefütterten Steppmantels sah man, dass sie eine schlanke, wohlgeformte Figur hatte. Tanner verfolgte sie mit den Augen, und je näher sie kam, desto bekannter kam sie ihm vor. Es war Verena Rubner.

»Guten Tag, Herr Tanner«, sagte sie gut gelaunt. »Einmal gesehen, sofort wiedererkannt. Sind Sie gestern gut nach Hause gekommen?«

»Gut und sicher. Dank des Rottenmann'schen Fahrdienstes. Sie lassen Ihren Senior allein in der Wildnis der Berge zurück«, sagte er mit gespielter Empörung.

»Ganz im Gegenteil. Ich bilde mich weiter, um ihn noch besser versorgen zu können.« Sie deutete die Straße hinunter. »Da vorne ist das Krankenhaus. Dort beginnt gleich mein heutiger Kurs.«

»An der Claudiana«, sagte Tanner. »Das habe ich mir gemerkt.« Er sah auf die Uhr. »Schade ... Ich habe eine Verabredung. Sonst hätte ich Sie gern auf einen Kaffee eingeladen.«

Sie lächelte. »Meine Mutter hat mich immer vor Männern gewarnt, die mich auf der Straße ansprechen und auf einen Kaffee einladen.«

»Ich bin harmlos«, sagte Tanner.

Sie streckte ihm die Hand hin. »Grüßen Sie mir Ihre Paula von mir. Ich habe gestern ein paar Worte mit ihr gewechselt. Vielleicht besuche ich sie mal in ihrer Apotheke.«

Tanner sah Verena Rubner nach, wie sie mit weit ausholenden Schritten die Straße hinabging. Sie trug auffallend rote Schuhe.

Im Caffè Alan begrüßte ihn Claudio Valloni mit tränenden Augen und verstopfter Nase. »Ich habe Schnupfen. Halten Sie Abstand! In fünf Minuten muss ich wieder zu meinem Meeting.«

Er warf Tanner von unten her einen müden Blick zu. Seine Brille war so tief auf die Nasenspitze gerutscht, dass er nicht mehr hindurchschauen konnte.

Nachdem sie beide einen Caffè Latte bestellt hatten, nahm Tanner sein Merkheft zur Hand. Wer während eines Gesprächs in seinem Notizbuch blätterte, zeigte, dass er strukturiert arbeitete und sich systematisch auf das Gespräch vorbereitet hatte.

Valloni schnäuzte sich umständlich in ein Papiertaschentuch, das er zusammenknüllt unter den Rand der Kaffeetasse schob.

»Danke, dass unser Treffen so rasch geklappt hat, Herr Valloni. Eine Frage hat sich noch aufgetan. Elena hat sich kurz vor ihrem Tod verfolgt gefühlt. Einige Male hat sie einen Mann beobachtet, der auf der Straße vor ihrem Haus stand und zu ihr hinübersah.«

»Ja und?«

»Hat sie Ihnen nie davon erzählt?«

»Nein.«

»Wenn Sie das Haus verlassen haben, ist Ihnen nie ein Verdächtiger aufgefallen?«

Er schüttelte den Kopf und sah auf die Uhr. »Ich muss los.«

»Sie sind heute mein Gast«, sagte Tanner und legte seine Geldtasche auf den Tisch, worauf der Mann das Lokal verließ.

Mit spitzen Fingern ließ Tanner das zusammengeknüllte Papiertaschentuch in die mitgebrachte Plastiktasche fallen. Dann ging er zu der freundlichen Frau, die neben der Tür an der Kasse saß.

*

Zu Gabriel Varga sollte er besonders hartnäckig sein, hatte ihm sein Chef eingebläut. Das mit der Hartnäckigkeit schob Schluzzer zur Seite. Wenigstens für diesen Besuch. Schließlich stand heute kein Verhör im Mittelpunkt, ging es doch nur darum, eine DNA-Probe der Zielperson sicherzustellen. Und das wollte er so rasch wie möglich hinter sich bringen. Hinterher hatte er noch den Auftrag, Elias Senoner in Brixen zu besuchen, was zeitraubend werden dürfte, weil auf der Brennerautobahn alle paar Kilometer eine Baustelle den Verkehr behinderte. Kam im Radio.

Schluzzer hatte noch nicht zur Gänze verstanden, wie eine DNA-Analyse genau funktioniert. Damit konnte man einen Menschen genau identifizieren, hatte er in seinem Lexikon gelesen. Ob seine Molly auch eine DNA besaß?

Eine Stunde später fuhr er durch Mölten, das wie ausgestorben wirkte. Er parkte vor dem etwas heruntergekommenen Haus, in dem Gabriel Varga wohnte. Schluzzer wollte gerade aus dem Wagen steigen, als sich die Haustür öffnete und ein junger Mann auf den Gehsteig trat. Vor Schreck blieb ihm der Mund offen stehen. Die Aufregung packte ihn. Das war Andreas, der Bursche, den er gemeinsam mit Marianna in Meran getroffen hatte. Vielleicht nur eine Ähnlichkeit, dachte er, doch dann drehte sich der Mann um, als er die Straße überquerte, und Schluzzer konnte noch einmal sein Gesicht sehen, diesmal von der anderen Seite. Schluzzer schnappte nach Luft und beeilte sich, aus dem Wagen zu kommen. So leise wie möglich schloss er die Autotür und folgte dem Mann, der mit weit ausholenden Schritten die Straße hinunterging.

Für einen Moment wurde Schluzzer wieder unsicher, was er jetzt tun sollte. Kurz überlegte er, dem Jungen nachzurufen, verwarf die Idee aber. Besser war, ihn nicht aus den Augen zu lassen. Mit großer Entschlossenheit folgte Schluzzer ihm, zuerst zwei Häuserblocks die Straße weiter, dann auf einen schmalen Weg, der am Rand eines Parks verlief, bis sie die nächste Kreuzung erreichten, wo der Mann rechts abbog und seine Schritte beschleunigte. Mit klopfendem Herzen schlich Schluzzer in gebotenem Abstand hinterher und reagierte blitzschnell, als der Mann, aus irgendeinem Grund offenbar misstrauisch geworden, an einem Schaufenster stehen blieb und sich unauffällig umsah. Der Mann hatte nicht mit der pfeilschnellen Professionalität Schluzzers gerechnet, der rasch in einen Hauseingang huschte und sich ein paar Sekunden in die Mauernische drückte.

Als Schluzzer wieder den Gehsteig betrat, war der junge Mann verschwunden. Mit wehenden Haaren lief Schluzzer einmal die Straße rauf und runter. Der Bursche blieb wie vom Erdboden verschluckt.

Niedergeschlagen trottete Schluzzer zum Wohnhaus zurück und saß wenige Minuten später einem müde aussehenden Gabriel Varga gegenüber.

»Heute dürfen Sie ohne Ihren Chef in die Welt hinaus«, sagte Varga grinsend. Er sah genauso unordentlich aus wie seine Einzimmerwohnung. Die fettigen Haare standen nach allen Seiten weg, das Zimmer war überhitzt, es roch nach Zigarettenrauch, und in der Kochnische stapelten sich schmutzige Teller und Tassen. Überall lagen Kleiderhaufen, das Bett war ungemacht. Schluzzer erinnerte sich an einen Spruch seiner Mutter: Wer sein Bett ungemacht zurücklässt, ist mit der Nacht noch nicht fertig.

Mit zwei Schlucken trank Varga den Rest des Bieres aus, ging zum Kühlschrank und öffnete eine weitere Flasche.

Schluzzer verspürte großen Durst. »Hätten Sie für mich auch ein Bier?«, sagte er. »Es ist heiß hier drin.«

»Ziehen Sie halt Ihren Anorak aus«, sagte Varga und holte für Schluzzer eine Flasche aus dem Kühlschrank.

»Ich habe zwei Fragen an Sie.« Schluzzer nahm einen Schluck aus der Bierflasche. Das Bier schmeckte. »Sie sind geschieden, erinnere ich mich. Wo wohnt Ihre Frau? Ihre Ex, meine ich.«

»In Turin. Sie lebt mit irgendeinem langweiligen Bildungsbürger zusammen. Lehrer oder so was Ähnliches. Vor ein paar Wochen haben sie sogar geheiratet.« Er lachte wieder. »Wegen der Political Correctness. Sind Sie wegen der Frau hergekommen?«

»Kennen Sie einen jungen Mann mit dem Vornamen Andreas?«

Varga schloss kurz die Augen, ließ aber darüber hinaus keine Überraschung erkennen. Oder er war ein guter Schauspieler. Er trank die Bierflasche leer und stellte sie auf den Tisch. »Einen Andreas kenne ich nicht.«

Schluzzer deutete vage Richtung Fenster. »Aber er kam aus Ihrem Haus. Vor wenigen Minuten. Und bei unserem letzten Besuch waren Sie über einen jungen Mann mit dem Namen Andreas gut informiert. Und seine Freundin. Die heißt Marianna.«

»Hab ich das gesagt?« Er rieb sich die Stirn, als ob er angestrengt nachdachte. »Keine Ahnung. Jedenfalls hier in dem Haus kenne ich keinen Andreas. Lieber Freund, in unserem Wohnblock leben über zehn Familien. Ich weiß nicht einmal, wie die Leute alle heißen, geschweige denn, wer vor wenigen Minuten hier rausgegangen ist.«

»Wie Sie meinen«, sagte Schluzzer und klappte sein Notizbuch zu.

»Sie finden allein hinaus.« Varga zeigte zur Haustür und verschwand in der Toilette.

Blitzschnell griff Schluzzer nach Vargas Bierflasche, steckte sie in die Tasche und floh aus der Wohnung.

Jetzt noch das Gespräch mit Elias Senoner, dachte er und überlegte die schnellste Route von Mölten nach Brixen.

*

Es herrschte wenig Verkehr auf der Autobahn, als er zwei Stunden später auf der Brennerautobahn Richtung Bozen fuhr. Schluzzer war müde. Hätte er das Bier besser nicht trinken sollen? Natürlich nicht. Es ist nun mal hart, ein Detektiv zu sein, sagte er sich.

Auf der Brennerautobahn schob er eine CD der Pustertaler ein. »Wenn i vom Berg zruggkimm«, sangen die beiden Brüder. Im Kampf gegen die Müdigkeit drehte Schluzzer die Musik lauter, wiegte den Kopf im Takt und klopfte mit der Hand rhythmisch auf das Lenkrad. Es half nichts. Er wurde nicht munterer. Im Gegenteil, die Gedanken an sein Gespräch in Brixen und der Gesang versetzten ihn in eine träge und beinahe schläfrige Stimmung.

Plötzlich kam es ihm so vor, als fahre er in einem roten Maserati Richtung Süden, mit Stolz erfüllt, etwas Großes geleistet zu haben. Sein Handy klingelte. Die größte Detektei in Rom war am Apparat. Sie wollten Schluzzer als Kompagnon und Vizepräsidenten. Wir brauchen Sie dringend, sagte der Mann am Telefon, als erfahrenen Detektiv wie als kompetente Führungskraft. Ich komme, sagte Schluzzer. Er hatte den Satz noch nicht ganz zu Ende gesprochen, als er sich auf dem engen Parkplatz vor Tanners Büro in Bozen wiederfand.

*

Mit gespitzten Ohren verfolgte Tanner zur vollen Stunde die Lokalnachrichten im Radio: »Beim Frauenmord in Vilpian hat die Polizei angeblich neue Erkenntnisse gewonnen, will aber noch keine Einzelheiten verlautbaren lassen. Der des Mordes verdächtige Georg R. befindet sich nach wie vor in Untersuchungshaft, obwohl in der Öffentlichkeit immer häufiger die Möglichkeit diskutiert wird, dass der wahre Mörder noch frei herumläuft.«

Tanner rief Maurizio an, der vermutete, dass das mit den neuen Erkenntnissen nur leeres Gerede wäre, weil Nero De Santis zunehmend unter Druck stehe. »Das gönne ich dem«, fügte Maurizio hinzu.

»Noch eine wichtige Frage«, sagte Tanner. »Ich möchte morgen für ein kurzes Gespräch zu Georg Rottenmann ins Gefängnis, aber möglichst ohne behördliche Besuchserlaubnis und ohne Genehmigung vom Staatsanwalt. Kennst du aus deinen früheren Tagen einen freundlichen Menschen am Gericht, der mir den Zutritt ermöglicht?«

»Du hast Wünsche«, knurrte Maurizio. »So was ist illegal.«

»Illegalität ist der kürzeste Weg zur Wahrheit. Kannst du mir nun helfen?«

»Kassian müsste dir helfen können.«

»Wer ist Kassian?«

»Kassian Piffer. Er ist Pressesprecher und direkt der Gefängnisdirektorin unterstellt. Vielleicht könnte er dich als Journalisten eintragen und …«

»Ich wollte früher mal Journalist werden«, sagte Tanner. »Das könnte helfen.« Er hatte den Satz noch nicht ganz ausgesprochen, als ihm bewusst wurde, wie lächerlich das war, was er gesagt hatte.

Er hörte Maurizio am anderen Ende der Leitung laut schnaufen. »Ich habe heute das Gerücht gehört, dass bei De Santis aktuell eine Meinungsänderung stattfinden könnte. Er soll einen neuen Verdächtigen haben. Markus Moroder.«

»Den Kellermeister?«

»Genau den. Moroder, so hat De Santis festgestellt, ist zweimal vorbestraft. Vor drei Jahren soll er im Suff einen Mann halb totgeschlagen haben, und einmal stand er wegen Weinpanscherei vor Gericht, wurde aber freigesprochen. Wegen Mangel an Beweisen.«

»Aber das macht ihn noch nicht verdächtig, Elena ermordet zu haben. Er kannte doch die Frau gar nicht.«

»Na ja«, sagte Maurizio. »Vielleicht kannte er sie doch. Wer weiß?«

Sie beendeten das Gespräch. Eine Sekunde später flog die Tür donnernd gegen die Wand, und Schluzzer stürmte herein. »Bin ich zu spät, Chef?«

Tanner sah auf die Uhr. »Was hatte ich gesagt?«

»Dass ich um fünf da sein und die Uhrzeit strikt einhalten soll.«

»Es ist fast halb sechs«, sagte Tanner.

»Ich wusste nicht genau, was strikt bedeutet.«

Schluzzer griff in seine Tasche und legte mit einem lauten »Ecco« drei Plastikbeutel auf den Tisch. »Asservate nennen wir Fachleute die Beweisstücke. Ich habe sie mit den Nummern eins bis drei gekennzeichnet. Eins ist das voll geschnäuzte Papiertaschentuch. Wie Sie wissen, stammt es von Claudio Valloni. Nummer zwei ist eine leere Bierflasche. Aus ihr hat Signor Varga getrunken.«

»Ich muss Sie loben, Schluzzer«, sagte Tanner.

»Warum tun Sie es dann nicht?«

»Was ist mit dem Mann aus Brixen? Wie hieß der noch mal?«

»Senoner. Elias mit Vornamen. Von dem komme ich gerade. Sie erinnern sich, das war der Schauspieler. ›Der mit dem Wolf tanzt‹ oder so ...«

»Das verwechseln Sie. *Wer hat Angst vor Virginia Woolfe* hieß das Theaterstück.«

»Egal.« Schluzzer zeigte auf den Plastikbeutel mit der Nummer drei. »Dadrinnen ist

sein Zigarettenstummel. Während unseres Gesprächs hat der Kerl ununterbrochen gequalmt.«

»Die Theateraufführung gab er ja auch als sein Alibi an. Konnten Sie das überprüfen?«

»Sie müssen mich loben, Chef. Natürlich habe ich das geprüft. Zweimal sogar. Check und Double-Check. Ich habe mich durchgefragt und bin schließlich bei Cäcilia gelandet.«

»Cäcilia?«

»Ich durfte sie Cilli nennen. Sie ist Bäckerin von Beruf und spielt in dem Theaterstück die Rolle der Honey. Eine ziemlich dumme Nuss muss das sein.«

»Die Cilli?«

»Nein. Die Honey in dem Theaterstück. Jedenfalls hat die Bäckerin mir bestätigt, dass die Aufführung an diesem Donnerstag bis halb elf gedauert hat. Wegen das langen Applauses. Und hinterher sind die Schauspieler so lange in einer

Enoteca gewesen, bis alle blau waren. Die Cilli sagt, sie hat zweimal mit dem Senoner getanzt. Und wenn sie nicht miteinander getanzt haben, hat sie neben ihm gesessen, sagt sie.«

»Hieb- und stichfest, das Alibi. Ist das auch Ihr Eindruck?«

Schluzzer nickte. »Ich habe Senoner dann gefragt, ob ihm zu dem Mann, der Elena angeblich bespitzelt hat, noch etwas eingefallen ist … Sie erinnern sich, Chef, die dunkle Gestalt, die vor dem Haus stand. Aber da kam von Senoner nichts mehr. Es wird wohl ein Freier in der Warteschleife gewesen sein, war seine Vermutung, ein Typ, der in der Kälte gewartet hat, bis das Bett bei Elena frei war.«

»Gut gemacht, Schluzzer. Gab es sonst noch irgendwelche besonderen Vorkommnisse? Oder Erkenntnisse?«

Schluzzer hob die Hand. »Aber hallo! Und zwar in Mölten, genau vor dem Wohnblock, in dem Gabriel Varga daheim ist. Ich saß noch im Auto, da geht die Haustür auf, und der junge Mann, dieser Andreas, kommt raus. Den ich, begabt wie ich bin, in Meran aufgetrieben habe, ihn und diese Marianna.«

»Was kann Andreas in dem Haus gewollt haben?«

»Auf keinem Türschild steht sein Name. Varga meinte, dass zehn Familien in dem Haus wohnen, und er kennt keinen Andreas. Was wahrscheinlich gelogen ist. Ich habe versucht, ihn daraufhin festzunageln. Aber Varga hat sich geflüchtet.«

»Wohin?«

»In eine faule Ausrede.« Schluzzer hob die Schultern. »Da war nichts mehr zu machen.«

Tanner überlegte, ob er Schluzzer noch einmal loben sollte. Es gibt neun Möglichkeiten, dem Mitarbeiter Anerkennung auszudrücken. Dieser Gedanke erinnerte Tanner an seine diversen Führungsseminare, die er bei Fiat in Turin absolvieren musste. Die einfachste der neun Möglichkeiten war das Lob, was allerdings beim Mitarbeiter den Wunsch nach einer Gehaltserhöhung wecken könnte. Also verwarf Tanner die Variante Lob. Die anderen Arten zu loben hatte er vergessen.

Als er Paulas Haus betrat, fielen ihm zwei Dinge auf. Am Boden lag ein Brief, der offensichtlich nicht von der Post zugestellt, sondern durch den Schlitz in der Haustür eingeworfen worden war. Außerdem herrschte klirrende Kälte im Haus. Entweder Paula oder die Putzfrau hatte ein striktes Energiesparprogramm gestartet. Auch im Wohnzimmer war es ungemütlich. Tanner testete die Heizkörper. Alle waren abgedreht und eiskalt. Ärgerlich drehte er die Heizung auf volle Touren, ließ sich noch im Anorak auf das Sofa fallen und öffnete den Brief.

Valentina ist die Mörderin

Wie der erste Brief war auch der ohne Absender. Am Computer geschrieben und auf handelsübliches Papier gedruckt.

Valentina ist die Mörderin. Könnte das der Wahrheit entsprechen? Tanner ertappte sich dabei, dass er mehr darüber nachdachte, wer den Brief geschrieben und bei ihm eingeworfen hatte. Er erinnerte sich an das erste anonyme Schreiben, das ihm zugestellt wurde. *Der Mörder beobachtet Sie. Geben Sie acht auf sich.* Vielleicht hätte er dieses erste Schreiben doch nicht ins Feuer werfen sollen. *Valentina ist die Mörderin.* Warum sollte die Frau Elena Zingerle ermorden? Na ja, dachte er, immerhin ging die Frau mit ihrem Mann ins Bett.

Es war kalt im Wohnzimmer. Zu kalt für weiteres logisches Denken. Also ging er in die Küche und machte sich auf die Suche nach seinem Grappa-Depot.

SIEBZEHN

Das Klingeln seines Handys riss Tanner aus dem Schlaf. War etwas passiert? Paula befand sich bereits in ihrer Apotheke, also war das ihr Anruf, oder sie hatte auf der Fahrt ins Stadtzentrum einen Unfall, und der Anruf kam aus dem Krankenhaus. Einige Sekunden später merkte er, dass ihn nicht ein Anruf aus dem Schlaf gerissen hatte, sondern das Läuten des Weckers.

Dafür fand er auf dem Handy zwei Nachrichten von Maurizio vor, die noch von gestern stammten. Die Leiche Elenas war vom Staatsanwalt freigegeben worden, und das Begräbnis würde übermorgen um elf Uhr in Vilpian stattfinden. Die zweite Nachricht interessierte Tanner mehr, nämlich dass ihn Kassian Piffer am Haupteingang des Gerichtsgebäudes erwarten würde. Heute um neun Uhr. Und er habe dem Gerichtsangestellten Tanners Autonummer verraten, damit der ihm einen Parkplatz reserviert. Das SMS endete mit den Worten: »So ein Service kostet Geld. Du kannst wählen. Grappa oder Vernatsch.«

Neun Uhr! Panik erfasste ihn, und mit einem Satz sprang Tanner aus dem Bett, was sonst nur ein- oder zweimal im Jahr vorkam.

Immer, wenn man es eilig hatte ... Die Straßen waren spiegelglatt, und als Tanner die Talfer entlangfuhr, zogen dichte Nebelschwaden vom Fluss herauf. Er bog in die Horazstraße ein, wo er zu allem Überfluss in einen Stau geriet, der ihn weitere zehn Minuten kostete.

Kassian Piffer, der bereits vor der Strafanstalt wartete, war ein kleiner, kugelrunder Glatzkopf, der mit flinken Bewegungen auf ihn zueilte, als Tanner mit dem Auto in die Dantestraße einbog.

»Sie sind also der erfahrene Journalist, der mit Georg Rottenmann reden möchte. Ich habe das mit dem zuständigen Staatsanwalt geregelt. Gehen wir!« Piffer winkte ihm und watschelte mit raschen Schritten voran.

Im zweiten Stock des Gebäudes gingen sie hintereinander den unendlich langen Flur entlang, als Piffer stehen blieb und auf eine der Türen wies. Raum Nummer 300. »Ich wünsche Ihnen viel Erfolg.« Bevor sich Tanner bedanken konnte, war Piffer in einem abzweigenden Gang verschwunden.

Georg Rottenmann saß mit gesenktem Kopf da, die Arme auf der Tischplatte verschränkt. Als Tanner eintrat, hob er langsam den Kopf und sagte: »Na endlich!« Gleichzeitig mit Tanner betrat eine junge Frau in Polizeiuniform den Raum und setzte sich auf einen Holzsessel neben die Tür.

»Na endlich«, wiederholte Georg. »Ich bin zwar ein U-Häftling, aber dennoch Ihr Auftraggeber. Schön, dass Sie sich mal blicken lassen. Hoffentlich mit interessanten Ergebnissen.«

Tanner machte eine beruhigende Geste mit beiden Händen und zog sein Notizbuch aus der Tasche. Er hatte sich vorgenommen, den Tätigkeitsbericht mit hoffnungsfrohen Vorbemerkungen zu starten, um danach den Report über seine und Schluzzers Ermittlungen anzuschließen, die er mit einem gerüttelt Maß an erfundenen Aktivitäten schmücken würde. Aufhübschen nannte man das.

»Guten Tag, Herr Rottenmann. Ich verstehe Ihre Ungeduld, aber meine Mitarbeiter und ich haben viel erreicht während der letzten Tage. Und es gibt durchaus Grund für vorsichtigen Optimismus.«

»Durchaus Grund für vorsichtigen Optimismus ...« Georg lachte auf und klatschte mit der flachen Hand so laut auf den Tisch, dass die Uniformierte erregt aufsprang.

»Hören Sie zu ...« Tanner blätterte sich durch das Notizbuch und berichtete über die gewonnenen Erkenntnisse sowie seine Gespräche mit den diversen Verdächtigen.

»Ihrem Wunsch entsprechend habe ich natürlich auch mit Ihrem Vater gesprochen ... zweimal sogar. Wir nehmen auch die Ängste Ihres Vaters ernst. Er hat über die Geräusche am Dachboden berichtet und von den geheimnisvollen Spuren im Schnee. Zuerst aber würde ich mich mit Ihnen gerne über den Mord an Elena Zingerle austauschen.«

»Darüber sollten Sie sich mit anderen austauschen, aber nicht mit mir.«

»Einen Moment ...« Tanner drehte sich zu der jungen Frau um, die neben der Tür saß. »Könnten Sie uns etwas zu trinken besorgen? Leitungswasser reicht. Und zwei Gläser bitte.«

Die Frau nickte und gab den Auftrag per Handy weiter.

»Ich lese Ihnen jetzt vier Namen vor.« Tanner leierte die Namen herunter, die er in Elenas Telefonbuch entdeckt hatte. »Kennen Sie einen der Männer?«

Georg schüttelte den Kopf. »Nie gehört. Standen die auch auf Elenas Besucherliste?«

»Sieht so aus. Ich habe mit allen gesprochen. Jeder der vier wurde von Elena erpresst. Und von jedem der Besucher, mit dem sie im Bett war, hat Elena interessante Videos aufgenommen. Mit versteckter Kamera.«

Erregt deutete Rottenmann mit dem Daumen auf seine Brust. »Auch von mir?«

»Sie hatten doch keinen Sex miteinander. Das haben Sie mir jedenfalls erzählt. Sie gingen zu Elena in die Wohnung und haben mit ihr Kaffee getrunken. Ein Video von einem Paar, das nebeneinandersitzt und Kaffee trinkt, ist langweilig. Also haben Sie nichts zu befürchten. Oder sind Sie doch von ihr erpresst worden?«

»Sparen Sie sich Ihren Zynismus. Es gab nicht mal den leisesten Versuch einer Erpressung.«

»Glück gehabt. Bei allen anderen Männern war die Frau erfolgreich.«

Eine Uniformierte kam mit einer Karaffe Wasser und zwei Gläsern herein und stellte alles wortlos auf den Tisch. Tanner füllte beide Gläser und schob eines zu Georg hinüber.

»Herr Rottenmann, wie würden Sie eigentlich Ihre Ehe beschreiben?«

»Was meinen Sie mit der Frage?«

»Sind Sie glücklich verheiratet?«

»Ich weiß nicht, warum Sie das wissen wollen ... und was Sie das angeht.«

»Weil es jemanden gibt, der Ihre Frau beschuldigt, Elena Zingerle getötet zu haben.«

»Valentina? Das ist völlig absurd. Die beiden kannten sich überhaupt nicht. Wer behauptet so etwas?« Georg war aufgeregt. Er nahm das Wasserglas in die Hand, betrachtete es einen Augenblick lang, als ob er noch nie eines gesehen hätte, dann trank er den Inhalt in einem einzigen Zug aus.

»Selbst wenn ich wollte, könnte ich die Frage nicht beantworten.« Tanner setzte einen treuherzigen Blick auf. »Nicht, weil ich nicht will ... Es war ein Hinweis, der mir anonym zugesteckt wurde. Sie haben mir die Frage nach Ihrer Ehe nicht beantwortet.«

Georg quälte sich ein Lächeln ab. »Die Qualität meiner Ehe ... sechs von zehn Punkten nach dem italienischen Schulsystem.«

»Einem der anderen Besucher gegenüber hat Elena einen geheimnisvollen Mann erwähnt, der ihr Sorgen machte. Sie hat sich von ihm beobachtet gefühlt. Hat sie Ihnen auch so etwas erzählt?«

»Kein Wort.«

»Wie lange studiert eigentlich Ihr Sohn Roland noch? Ihr Vater hält sehr viel von seinem Enkel.«

»Zu Recht. Roland studiert Weinbau und Marketing ... Ich glaube, er beginnt jetzt das sechste Semester. Bis er mich im Weingut unterstützen kann, vergehen noch mindestens zwei Jahre.«

»Mir ist gerüchtehalber zugetragen worden, dass sich der Verdacht der Polizei jetzt auch gegen Ihren Kellermeister richten soll. Können Sie sich erklären, warum?«

»Zuerst Valentina und nun Moroder? Kompletter Unsinn.«

»Sie haben wahrscheinlich recht.« Tanner klappte sein Notizbuch zu und sah Georg ins Gesicht. »Bekommen Sie eigentlich Besuch?«

»Mein Sohn Roland kommt regelmäßig. Sooft es das Gericht zulässt.«

»Da fällt mir noch eine Frage ein. Kennen Sie einen gewissen Andreas?«

»Andreas? Und wie noch?«

Das haben wir zu fragen vergessen, dachte Tanner und bekam ein schlechtes Gewissen. »Wissen wir leider nicht.«

»Andreas ... nie gehört.«

Über den Tisch hinweg schüttelte Tanner seinem Gegenüber die Hand, murmelte ein paar aufmunternde Worte, worauf Georg von der jungen Polizistin aus dem Raum geleitet wurde.

Tanner nummerierte das von Georg benutzte Wasserglas und steckte es in eine Plastiktasche.

*

Es klingelte viermal, dann meldete sich eine tiefe Männerstimme: »Patrick Turato.«

»Guten Tag, Herr Turato. Ich muss Sie kurz sprechen.«

Der Mann lachte kurz auf. »Aber wir reden doch schon. Was wollen Sie?«

»Nicht am Telefon. Ich brauche Sie persönlich. Nur ein kurzes Gespräch. Am liebsten wäre mir, wenn ich sofort zu Ihnen kommen könnte.«

»Persönlich und sofort? Sie gefallen mir. Haben Sie gehört, dass manche Leute auch einem Beruf nachgehen? Bei mir geht es frühestens am Nachmittag. Um vier Uhr.«

»Vier Uhr ist okay. Ich habe noch eine Bitte, die Ihre Tochter betrifft. Geben Sie mir Lauras Handynummer.«

»Was wollen Sie von der?«

»Ich möchte mit ihr reden. Immerhin ist sie Elenas Tochter.«

»Machen Sie, was Sie wollen.« Patricks Stimme ging in

ein unfreundliches Brummen über. Aber immerhin diktierte er Tanner die Telefonnummer, bevor er das Gespräch beendete.

Laura Turato meldete sich mit einer hellen Jungmädchenstimme. Tanner hatte den Eindruck, dass sie aufmerksam zuhörte, während er ihr etwas umständlich erklärte, wer er war und warum er sie sprechen möchte.

»Geht schon okay«, sagte sie. »Ich arbeite bei der Spedition Esposito, und um zwölf habe ich Mittagspause.«

»Wo treffen wir uns?«

»Gleich neben meiner Firma kann man ausgezeichnet essen. Kampill heißt das Lokal. In der Hildegard-Straub-Straße. Das Vitello tonnato ist ein Traum.«

»Okay«, sagte Tanner. »Ich warte direkt am Eingang auf Sie.«

Laura Turato trug einen blauen Anorak und darunter einen Minirock. Sie ging aufrecht, als trüge sie ein Buch auf dem Kopf. Ihre dunkelblonden Haare waren kurz geschnitten, abgesehen von den zotteligen Stirnfransen, die ihr bis in die Augen hingen.

Tanner war sich unsicher, ob er sie als Mädchen oder als junge Frau ansprechen sollte. Sie blieb vor ihm stehen und sagte: »Gehen wir rein. Um diese Zeit ist es immer ziemlich voll.«

Es war laut in dem Raum, der einem riesigen Wintergarten glich. Die meisten Plätze auf den Holzbänken waren bereits besetzt. Sie machten einen Rundgang durch das Lokal, bis sie einen freien Platz fanden.

»Vitello tonnato, habe ich mir gemerkt.« Tanner sah die

dunklen Augen des Mädchens und den traurigen Zug um den Mund und sagte: »Ich möchte Ihnen noch mein Beileid aussprechen.«

Sie nahm es nickend zur Kenntnis. »Was ist Ihre Rolle in dem ganzen traurigen Spiel?«

»Ich arbeite mit der Polizei zusammen. Und ich suche nach dem Mörder Ihrer Mutter.«

»Wie schön.« Sie hob den Kopf. »Wissen Sie, mir ist es eigentlich egal, wer sie getötet hat.«

»Keine Idee? Wer es getan haben könnte.«

Laura schüttelte den Kopf. Sie machte einen etwas verkrampften und nervösen Eindruck, wie eine junge Lehrerin, die zum ersten Mal vor den Schülern in der Klasse stand.

»Was für ein Mensch war Ihre Mutter?«

»Was meinen Sie?«

»War sie ein glücklicher Mensch? Was machte sie? Hatte sie besondere Liebhabereien?«

Sie schüttelte den Kopf. »Liebhabereien? Sie hatte Liebhaber. Männer waren wohl ihr Hobby. Mein Gott!«, sagte sie plötzlich laut. »Man soll über Tote nichts Schlechtes reden, und erst recht nicht über die eigene Mutter ... aber, wenn ich ehrlich bin, mir fällt nichts Positives über sie ein. In der letzten Zeit haben wir uns kaum noch gesehen. Eigentlich war sie nie eine gute Mutter ... auch früher nicht. Ständig gab es Streit. Zwischen ihr und meinem Vater und auch mit mir. Meine Mutter ist ihr ganzes Leben irgendeinem Ziel nachgelaufen. Ständig war sie auf der Suche nach ›Flair‹. Das hat sie mir mal erzählt. ›Flair‹ ... das Wort hat sie wohl in irgendeiner Modezeitschrift gelesen, und seitdem wollte sie es haben. Aber dann ist sie draufgekommen, dass Flair teuer ist. Frisur, Schminkzeug, teure Klamotten und schicke Schuhe. Einiges hat sie sich angeschafft ... weiß Gott, von wem sie das Geld bekam. Jedenfalls hat sie nach der Scheidung ihr Leben ... umgekrempelt, könnte man sagen. Sie hat die Freiheit entdeckt, so hat sie es genannt. Von Frauen in Modejournalen oder im Fernsehen hat sie sich bestimmte Posen abgeschaut. Wahrscheinlich hat sie die vor dem Spiegel eingeübt.«

Das Essen wurde serviert, und Tanner versuchte einen Gesprächswechsel hin zu etwas weniger kritischen Themen.

»Ich kannte dieses Lokal bisher nicht.« Er wies auf die große Portion Spareribs mit einer noch größeren Portion Pommes, die der Kellner vor ihm auf den Tisch stellte. »Sieht sehr gut aus.«

Laura rümpfte die Nase. »Zu viel Kalorien für meinen Geschmack. Sie hätten die Kalbsschulter nehmen sollen.« Sie zeigte mit der Gabel auf ihren Teller. »Ich koche das auch gern in unserer Küche ... da, wo ich wohne. Vitello Tonnato ... Das Rezept ist nichts für Ungeduldige. Echtes Slow Food.«

»Sie machen eine Lehre, sagte mir Ihr Vater.«

Mit vorgestülpter Unterlippe blies sie sich eine herunterhängende Haarsträhne aus der Stirn. »Speditionskauffrau. Furchtbar langweilig.«

Während des Essens überlegte sich Tanner, welche Themen er noch ansprechen sollte.

»Einige Fragen habe ich noch, zum Beispiel zu den Freunden Ihrer Mutter. Oder ihren Liebhabern.« Tanner zückte sein Notizbuch und las die Namen der Männer aus Elenas Telefonbuch vor. »Sagt Ihnen einer der Namen was?«

»Noch nie gehört.«

»Ihre Mutter besaß eine Videokamera. Bekannt?«

»Warum wollen Sie das wissen?«

»Nur so. Hatte Ihre Mutter Feinde?«

»Keine Ahnung.«

»Hat sich eigentlich die Polizei bei Ihnen gemeldet?«

Kopfschütteln.

»Wo waren Sie an diesem Tag … an dem Donnerstag, an dem Ihre Mutter starb? Es war spät am Abend.«

»Auf die Frage habe ich gewartet.« Ein kaum merkliches Lächeln zeigte sich auf ihren Lippen. »Jetzt geht's um das Alibi. Ich kann Ihnen das genau sagen, weil ich den Moment nie vergessen werde, an dem der Anruf kam, dass meine Mutter tot ist. Ich saß in meinem kleinen Zimmer in unserer kleinen Wohnung, die ich mir mit zwei anderen teile.«

»Wer hat Sie angerufen?«

»Mein Vater.«

»Hat Sie die Nachricht erreicht, dass Ihre Mutter morgen begraben wird. In Vilpian.«

Sie nickte. »Ich werde dort sein.«

»Wird das eine Erdbestattung?«

Sie hob den Kopf und sah ihn verwundert an. »Ist das wichtig? Sie sind mit dem Begräbnisritual hier bei uns nicht vertraut, stimmt's? Vilpian ist ein Dorf, da wird ein Toter in die Erde gelegt, so wie es seit Jahrhunderten Brauch ist. Dort, wo die Italiener in Südtirol angesiedelt wurden, hat sich das geändert. Dort wird verbrannt.«

»Wie ist das Verhältnis zu Ihrer ... Stiefmutter. Ich meine Ofelia.«

»Da gibt es kein Verhältnis. Ofelia ist eine dumme Kuh.«

»Und Patrick, Ihr Vater? Wie würden Sie ihn beschreiben?«

»Sie haben ihn doch kennengelernt. Schlimm genug, sich so eine Frau wie Ofelia ins Haus zu holen.«

Tanner sah auf die Uhr. »Wie lange haben Sie Mittagspause? Es gibt Apfelküchel mit Vanillesauce als Dessert. Habe ich in der Karte gelesen.«

»Hören Sie auf! Ich habe ein ganzes Kilo zugenommen.«

»Ein ganzes Kilo«, wiederholte Tanner nachdenklich. »Das sind nicht meine Größenordnungen, über die mich ereifere.«

»Meine Firma ist gleich da drüben.« Laura lächelte. »Die ganze Abteilung, in der ich arbeite, geht hierher zum Mittagessen. Und heute am Nachmittag werden mich alle fragen, ob ich mir einen älteren Herrn als Freund angelacht habe.«

»Älter ist Gott sei Dank weniger alt als alt«, sagte Tanner, klappte das Notizbuch zu. »Ich lade Sie dennoch zum Essen ein.«

»Danke«, sagte Laura Turato und hob die Hand. »Übrigens, da fällt mir noch etwas ein, was Sie vielleicht interessiert. Als Sie bei ihm waren, hat Ihnen da mein Vater erzählt, dass er in den vergangenen Wochen meine Mutter wieder öfter besucht hat?«

»Wissen Sie das sicher?«

»Wenn Sie nochmals mit meinem Vater reden ... kein Wort, dass Sie das von mir haben. Aber ja, ich weiß, dass er Elena, also meine Mutter, in Vilpian besucht hat. Einige Male sogar. *Il primo amore non si scorda mai*, sagt man auf Italienisch. Alte Liebe rostet nicht.«

*

»Meine Frau ist nicht da«, sagte Patrick Turato. »Wir können offen reden.«

»Gern«, sagte Tanner. »Gibt es denn Neuigkeiten aus Ihrer Sicht?«

»Nur so eine Redewendung.« Patrick kaute Kaugummi und blickte ihn mit lauerndem Blick an.

»Mit Ihrem schwarzen Anzug sehen Sie sehr nach Trauer aus. Sehen wir uns morgen beim Begräbnis?«

»Ich werde natürlich dort sein.«

Genau das hat deine Tochter auch vor einer halben Stunde gesagt, dachte Tanner und erinnerte sich an eine andere Aussage Lauras: ›Alte Liebe rostet nicht.‹

»Sie brauchen mich persönlich, sagten Sie am Telefon. Also …« Er breitete die Arme aus, als wollte er die ganze Welt umarmen. »Werden Sie persönlich.«

»Ihre Heizung funktioniert gut. Hätten Sie ein Glas Wasser für mich?«

»Ich hab nur Bier. Wasser gibt's bei mir nicht.«

»Ich beuge mich dem Edikt«, sagte Tanner.

»Bin gleich wieder da.« Patrick spuckte seinen Kaugummi in den Aschenbecher, verschwand in der Küche und kam mit zwei Bierflaschen zurück. »Also, worum geht's?«

»Bei unserem ersten Gespräch vor einigen Tagen fragte ich Sie, wann Sie Ihre Ex-Frau zuletzt gesehen haben. Wissen Sie noch, wie Ihre Antwort lautete?« Tanner tippte auf sein Notizbuch, das vor ihm auf dem Tisch lag. »Schon lange her, sagten Sie. Ein paar Monate.«

Patricks Gesicht verriet jetzt volle Aufmerksamkeit, und die Falte zwischen den Augenbrauen wurde tiefer. »Was kommt jetzt?«

»Es gibt Anzeichen, dass dies eine Lüge war.«

»Behaupten Sie, ich lüge?«

»Gut möglich. Es gibt Zeugen, die Sie bei Elena gesehen haben. Vor dem Haus und im Haus. Während der letzten Wochen, und es soll gar nicht selten vorgekommen sein, dass Sie dort beobachtet wurden.«

»Wer sagt das?«

»Die Informanten kann ich Ihnen nicht verraten. Aber sie haben einen durchaus verlässlichen Eindruck auf mich gemacht.«

Hastig griff Patrick Turato nach der Flasche, die bereits vor Tanner stand, wobei er ein wenig Bier verschüttete. Den Kopf gesenkt und leicht schief, sah er Tanner von unten her an und trat einen Schritt auf ihn zu. Die Falte zwischen den Augenbrauen war noch tiefer geworden.

»Am besten verschwinden Sie jetzt.«

»Ich wünsche Ihnen noch einen angenehmen Tag«, sagte Tanner, nahm sein Notizbuch vom Tisch und ging.

Kaum hatte er die Haustür passiert, als ein Sonnenstrahl durch die dunkle Wolkendecke brach und die vor ihm liegende Ausfahrt hell beleuchtete, als würde ihm jemand signalisieren, dass er sich auf dem richtigen Weg befand.

Im Auto öffnete er vorsichtig sein Notizbuch. Zwar hatte der Kaugummi zwei Seiten etwas verklebt, doch mit seinem

Taschenmesser ließ sich das rasch beheben. Er steckte den noch feuchten Kaugummi in einen Plastikbeutel und startete den Motor.

Beim Plattnerhof rechts abbiegen, hatte sich Tanner gemerkt. An der Weggabelung passierte er das Schild **URLAUB AM BAUERNHOF**, daneben zeigte ein Verkehrspfeil, dass es noch eineinhalb Kilometer bis Naraun waren.

»Ich habe vergessen, um wie viel Uhr wir verabredet waren«, sagte Urban Pircher. »Deshalb bin ich heute etwas früher aus der Firma weg. Purer Freundschaftsdienst dir gegenüber.«

Im Wohnzimmer stand eine Staffelei, auf der sich ein halb fertiges Bild befand. Die mit Farbspritzern übersäte Jacke war Urban viel zu eng und offenbarte schonungslos, wie dick er geworden war. Alles Konkave an ihm war konvex geworden. Er zeigte auf Tanners prall gefüllte Leinentasche. »Sind das die Proben? Sieht sehr nach Arbeit aus.«

»Und was ist das?« Tanner ging näher an das Gemälde heran. »Ich wusste nicht, dass du Künstler geworden bist.«

»Öl, ich mache nur Ölgemälde. Das hier wird die Mona Lisa, haargenau wie die von Leonardo, nur etwas farbenfroher. Schau her.« Er neigte sich so weit vor, dass er die Leinwand fast mit der Nase berührte.

»Siehst du die vielen Linien und die Ziffern? Eins ist schwarz, zwei ist grau, fünf ist rot und so weiter. Malen nach Zahlen heißt diese Kunstrichtung. Es gibt Historiker, die vermuten, dass schon da Vinci nach diesem Prinzip gearbeitet hat. Eine gute Abwechslung übrigens zu meiner gentechnischen Expertise.«

»Ich habe die Proben der möglichen Väter mit den Zahlen eins bis sechs gekennzeichnet. In dem Behälter sind die DNA-Proben der Mutter und des Fötus. Direkt aus der Rechtsmedizin.«

»Was passiert, wenn ich dich frage, wie du da rangekommen bist?«

»Du würdest eine eher wolkige Antwort bekommen. Zum Beispiel, dass man echte Freunde braucht in der Questura.«

»Echte Freunde?«

»Ja. Man braucht sie immer zweimal. Einmal bei Beschaffung der DNA-Proben und hinterher bei der Auswertung in deinem Labor.«

»Wie schnell brauchst du die Ergebnisse?«

»Bis morgen.«

Überrascht blies Urban die Luft aus. »Das würde eine Nachtschicht für zwei meiner Leute bedeuten.«

»Ich habe nachgesehen«, sagte Tanner. »Heute ist ein mieses Fernsehprogramm. Deine Nachtschichtler versäumen nichts.«

Die rötliche Sonnenscheibe stand schon tief über dem Naturnser Hochwart und näherte sich dem Horizont, als Tanner den lang gezogenen Höhenrücken überquerte, der gegen das Etschtal steil abfiel. Sein Weg führte ihn am markanten Kirchenhügel von St. Hippolyt vorbei, der während seiner Kindheit oft das Ziel einer der ungeliebten Sonntagnachmittagsausflüge war, die er mit seinen Eltern unternehmen musste. Sosehr er sich auch sträubte. Kaum war das Geschirr des sonntäglichen Mittagessens abgewaschen und abgetrocknet, wurden ihm die verhassten hohen Schuhe angezogen, die rosarot waren und wie Babyschuhe aussahen. In seiner Erinnerung hatte Tanner den Eindruck, dass er nur deshalb mitgeschleift wurde, weil alle anderen Eltern in der Straße dasselbe taten. Und so begegnete man sich auf der staubigen Straße, die hinaus ins Grüne führte, die Eltern, die sich freundlich grüßten, und die mitgezogenen Kinder, die sich mit einer resignierenden Handbewegung gegenseitig bedauerten.

Tanners Handy läutete. Eine laute Männerstimme meldete sich. »Hier ist Konrad Sonnerer.«

Wer war Konrad Sonnerer? In Gedanken ging Tanner die ungeschriebene Namensliste seiner Gesprächspartner durch. Konrad Sonnerer … da war doch was.

»Kurzes Namensgedächtnis, Herr Detektiv, stimmt's? Ich bin der Hausmeister in Vilpian. Wo die tote Frau gefunden wurde. Die Elena Zingerle. Erinnern Sie sich an mich? Sie haben mich Ihren Detektivausweis lesen lassen. Von da weiß ich auch Ihren Namen.«

»Natürlich erinnere ich mich an Sie. Warum rufen Sie mich an?»

»Weil ich Ihnen nur die halbe Wahrheit gesagt habe, als Sie in Vilpian waren. Schlechtes Gewissen, verstehen Sie? Da war ein Mann, der vor dem Haus stand. Ich habe ihn gesehen.«

»Und? Wie sah der Mann aus?«

»Können Sie nicht bei mir vorbeikommen?«

»Aber wenn Sie die Person beschreiben können … so etwas geht auch am Telefon.«

»Ich habe den Mann fotografiert.«

»Schon unterwegs«, sagte Tanner. »Ich bin gerade in Naraun und bin in zwanzig Minuten bei Ihnen.«

»Gut. Nehmen Sie nicht die MeBo, sondern fahren Sie über Tisans und Prissian. Ist deutlich kürzer.«

Auf der kurvigen Fahrt Richtung Nals dachte Tanner über den Hausmeister Sonnerer und dessen Gewissen nach. *Von schlechtem Gewissen getrieben.*

Tanner überlegte, wie es wäre, überhaupt kein Gewissen zu haben, kein Gefühl von Schuld oder Reue, egal, was man auch anstellte. Er hätte dann keine Skrupel, Schluzzer anzuschnauzen oder Paula zu hintergehen. Kein Gewissen zu haben hieße auch, keine Verantwortung übernehmen zu müssen. Dann könnte er alles tun, was er wollte, und er fragte sich, welchen Einfluss dies wohl auf seine Lebensführung hätte? Könnte er Vorteile daraus ziehen? Oder würden die Nachteile überwiegen? Wie wäre es, andere ohne schlechtes Gewissen zu manipulieren? Oder sogar zu schikanieren? Würde ihm das Spaß machen? Vor Kurzem hatte er in der Zeitung über eine psychische Schieflage gelesen, die sich antisoziale Persönlichkeitsstörung nannte. In dem Zeitungsartikel wurden Menschen ohne Gewissen auch als Soziopathen bezeichnet, Geschöpfe mit einem flachen Gefühlsleben, ohne Liebe und ohne Gespür für Zuneigung. Nein, dachte Tanner, ein Leben ohne Gewissen wäre nicht erstrebenswert. Wer will sich schon einen Soziopathen nennen lassen?

Die Unordnung im Wohnzimmer des Hausbesorgers Sonnerer war bemerkenswert, und Tanner fragte sich, wie das mit der Aufgabe des Mannes zusammenpasste, für Ordnung und Sauberkeit im gesamten Wohnblock zu sorgen. Am Fußboden lagen Wäschestücke, Zeitungen und einige

Schuhe, die nicht zueinander passten. Es roch nach altem Fett und gebratenem Fleisch.

Mit einer vagen Handbewegung deutete Sonnerer auf den Wäscheberg. »Mir geht es im Moment nicht gut. Ich bekomme eine Grippe, glaube ich. Normalerweise sieht es bei mir anders aus. Wollen Sie nicht wissen, warum ich Sie angerufen habe? Übrigens, mein Abendessen ist gerade fertig. Rindfleisch. Mögen Sie Rindfleisch? Mit Bohnen und Knoblauch. Ich habe auch gerade eine Flasche Vernatsch geöffnet.«

»Vernatsch ja, bitte«, sagte Tanner. Wenn man die Einladung eines Zeugen annahm, hatte das Einfluss auf die Bereitschaft, die Wahrheit zu sagen. Der Rotwein schmeckte ausgezeichnet.

»Also«, sagte Tanner. »Sie haben einen Mann gesehen. Wann war das?«

»Ich hab natürlich viele Männer gesehen, die bei der Zingerle ein und aus gegangen sind. Eine Frau, die bei uns im Haus wohnt, hat die Elena eine Putana geheißen und unser Haus eine Nagglburg. Diese Männer meine ich nicht. Ich rede von einem, den ich einige Male gesehen habe.« Sonnerer zeigte mit dem ausgestreckten Arm zum Fenster. »Meist ist er gekommen, wenn es dunkel wurde. Da drüben stand er dann und hat zum Haus herübergeschaut. Da, wo Elena ihr Wohnzimmerfenster hat.«

Tanner stellte das leere Weinglas auf den Tisch. »Als ich da drüben stand, sind Sie sofort auf mich losgestürzt und wollten sogar meinen Ausweis sehen. Warum nicht bei dem Mann, der da drüben lauerte?«

»Der war sehr aufmerksam. Zweimal bin ich aus dem Haus gerannt, und der Bursche war jedes Mal verschwunden.« Sonnerer fischte sein Handy aus der Tasche, wischte kurz darüber und hielt es Tanner hin. »Einmal habe ich den Mann durch einen Spalt im Vorhang fotografiert.«

»Nicht sehr scharf das Bild.« Tanner schob die Brille auf die Stirn und betrachtete das Foto aus der Nähe. Zwischen dem hochgeschlagenen Mantelkragen und dem tief in die Stirn gezogenen Schlapphut war ein Stück der Wange zu sehen. Zu wenig, um sich ein klares Bild von dem Gesicht zu machen. Die Hände hatte der Mann in den Manteltaschen vergraben, und obwohl man keinen Gesichtsausdruck erkennen konnte, machte die Figur einen missmutigen, verdrossenen Eindruck.

»Senden Sie mir die Fotografie auf mein Handy«, bat Tanner. »Leider sieht man vom Gesicht wenig.«

»Das ist von meinem Schlafzimmer aus fotografiert. Ich erinnere mich, dass ich das Handy auf das Bett geworfen habe und hinauslief. Doch als ich zum Gehsteig kam, war er weg.«

»Wie groß war der Mann?«

»Kleiner als Sie.« Er lachte. »Und kleiner als ich. Unterdurchschnittlich. Eins siebzig. Vielleicht ein paar Zentimeter größer.«

»Wie lange stand er da?«

»Kann ich nicht sagen. Aber sicher eine Stunde.«

Tanner gab Sonnerer das Handy zurück. »Haben Sie das der Polizei erzählt? Das mit dem Mann?«

»Nein.«

»Warum nicht?«

»Hab ich wohl vergessen.«

ACHTZEHN

Schon seit der Früh schien die Sonne und zauberte auf den Schnee, der über den Gräbern lag, unzählige Sterne. Der Leichenzug startete um Punkt elf Uhr bei der alten Kirche in Vilpian, die dem Heiligen Josef gewidmet war. Wenige Menschen folgten dem Sarg auf dem Weg zum Grab. Im Vorbeigehen erkannte Tanner Patrick Turato, der ohne seine Frau Ofelia gekommen war. Weiter hinten entdeckte er Laura, die sich von ihrem Vater fernhielt. Die Schritte knirschten auf dem gefrorenen Kiesweg, auf dem sich die wenigen Menschen, die dem Sarg folgten, zwischen den Gräbern des Friedhofs hindurchschlängelten. Rechts neben Tanner stand ein kleiner, schmächtiger Mann mit Tränen in den Augen, die er mit einer raschen Handbewegung von den Wangen wischte. Verwirrt blinzelte er mit den Augen. Tanner hielt sich im Hintergrund, als der armselige Trauerzug ins Stocken geriet und die Leute begannen, sich um das offene Grab herum aufzustellen. Vor ihm stand eine dicke Frau mit einem schwarzen, bodenlangen Mantel. Im Hintergrund wurden Autotüren zugeschlagen, und kurz darauf marschierte ein Ehepaar mit zwei Kindern im Volksschulalter herbei und drängte zum Grab, bei dem der Priester gerade begonnen hatte, einige Worte vorzulesen, die Tanner aus der Entfernung nicht verstehen konnte. Ein Quietschen war zu hören, als sich die dünnen Seile spannten und der Sarg ruckweise in die Grube sank.

Neben Patrick hatten sich drei Frauen Mitte vierzig postiert. Vielleicht Freundinnen. Oder Arbeitskolleginnen. Aber dann erinnerte er sich, dass Elena keinem Beruf nachgegangen war. Außer ihren Bettgeschichten, wie sich Patrick ausgedrückt hatte. Noch einmal ließ er den Blick von einer Frau zur anderen wandern. Wahrscheinlich Verwandte, Nachbarn oder Bekannte.

Dann war alles vorbei, und die Menschen verließen allein oder in kleinen Gruppen den Friedhof.

»Du kommst doch noch mit zu uns«, rief Patrick seiner Tochter Laura zu, die mit dem Rücken zur Friedhofsmauer stand. Aus der Entfernung sah es zornig aus, wie sie den Kopf schüttelte und sich wegdrehte.

Tanner war noch eine Weile zwischen den Gräbern umhergewandert und strebte dem Ausgang zu. Die Sonne war zwischen den vorüberziehenden Wolken hervorgetreten und beleuchtete den weißen Kirchturm. Tanner ging auf Laura zu, die verunsichert in die Sonne blinzelte. Ein Lächeln zeigte sich auf ihren Lippen. »So sieht eine traditionelle Erdbestattung am Dorf aus. Wenn's nach mir gegangen wäre ... ich hätte sie verbrannt.«

*

Der Anruf erreichte Tanner ziemlich genau eine Stunde nach dem Begräbnis. Am Telefon war Urban Pircher, der sich mit dem Satz meldete: »Zwei meiner Laborleute haben die halbe Nacht für dich gearbeitet. Möchtest du wissen, was das normalerweise kostet?«

»Ich möchte eher wissen, wer der Vater ist.«

»Die Probe Nummer drei. Nach deiner Liste ein Mann mit dem Namen Gabriel Varga.«

»Ich habe es geahnt«, sagte Tanner, mehr zu sich selber, lobte Pircher überschwänglich und versprach, seinen Dank später bei ihm abzustatten.

Es dauerte ewig, bis sich die Tür einen Spaltbreit öffnete. Tanner erkannte das verkaterte Gesicht Gabriel Vargas.

»Was wollen Sie schon wieder? Ich habe gerade Besuch.«

»Und ich habe interessante Neuigkeiten«, sagte Tanner.

»Für wen?«

»Für Sie und für die Polizei.«

Nachdem er zwei Schlösser entriegelt hatte, schwang die Tür auf. Varga trug eine aus der Form geratene Jogginghose und ein T-Shirt mit einem Loch an der Schulter. Er war barfuß und unrasiert, seine Haare waren zerzaust.

Wer eine Jogginghose trägt, hat die Kontrolle über sein Leben verloren. Der Satz fiel Tanner ein, er wusste aber nicht, von wem er stammte.

Sie standen sich in der Mitte des Zimmers gegenüber. Varga roch nach Schweiß und Alkohol. Tanner machte einen Schritt zurück und sagte: »Die Polizei hat zwei Dinge herausgefunden. Erstens: Ihre frühere Freundin Elena war schwanger, als sie getötet wurde, und zweitens: Sie sind der Vater des Kindes.«

Varga taumelte zwei, drei Schritte rückwärts und ließ sich stöhnend auf das Sofa fallen. Dann klopfte er sich auf die Schenkel und kicherte blöd.

»Wiederholen Sie das, aber ganz langsam.«

»In ungefähr acht Monaten wären Sie Vater geworden.«

Langsam lehnte sich Varga zurück, ohne sein Gegenüber aus den Augen zu lassen. Dann erhob er sich ächzend, ging zum Schrank und nahm eine Flasche heraus, mit der er auf Tanner zeigte. »Grappa Lagrein. Auch einen?«

Tanner schüttelte den Kopf.

»Den brauche ich jetzt«, sagte Varga und füllte das Glas bis zum Rand. Sein Gesicht war dunkelrot angelaufen. »Vater geworden ... da habe ich ja gerade noch mal Glück gehabt. Ich hätte die Frau nicht geheiratet. Und ich habe sie natürlich nicht getötet.« Varga saß auf der schäbigen Couch, die Arme auf der Rückenlehne ausgebreitet, die Beine gespreizt.

In ihrem Gespräch entstand eine Pause. Varga starrte aus dem Fenster. Man sah, dass er nachdachte. Plötzlich deutete er mit dem Daumen auf seine Brust. »Ich ... der Vater des Kindes? Wissen Sie, was ich mich frage? Wie hat die Polizei das festgestellt?«

»Wollen Sie mit der Polizei reden? Die haben sicher noch andere Fragen an Sie.«

Varga machte mit beiden Händen eine abwehrende Bewegung. »Bleiben Sie mir vom Leib mit dem Putz.«

Wieder kehrte eine Gesprächspause ein, bis Varga mit den Schultern zuckte und die Beine übereinanderschlug. Aus einem der benachbarten Räume war ein undefinierbares Geräusch zu hören. »Mein Vater sagte immer: Man soll sich nicht über Dinge aufregen, die man nicht ändern kann.« Varga sah Tanner an. »Sie sind beide tot. Elena und das Kind.« Wieder zuckte er mit den Achseln. »Nicht mehr zu ändern.«

»Das Dumme ist nur ...« Tanner drehte einen der hölzernen Stühle herum und setzte sich rittlings darauf. »Sie haben kein Alibi. Das sieht nicht gut aus für Sie. Vergangener Donnerstag von zehn Uhr abends bis Mitternacht. Was Sie uns angeboten haben, ist kein Alibi, sondern eine Farce. Sie behaupten, dass Sie während dieser Zeit mit einem jungen Mann zusammen waren.«

Er nickte. »Und einer Flasche Grappa. Das habe ich Ihnen bereits erzählt, als Sie mit Ihrem intelligenten Mitarbeiter bei mir waren.«

»Senza valore«, sagte Tanner. »Kein Alibi. Bei der Questura ziehen bereits dunkle Wolken über Ihnen auf. Das wird ein verheerendes Gewitter, Herr Varga. Zumal die Polizei über Ihre Vorstrafen informiert ist. Zweifach vorbestraft. Beide Male Sexualdelikte. Warum soll man Ihnen glauben. Wo ist Ihr Zeuge?«

Wieder war das Geräusch zu hören, und Tanner war sicher, dass es aus dem Badezimmer kam. Er deutete zu der Tür. »Ist er dadrin?«

Varga nickte. Er ging zur Tür und sprach einige Worte mit einer Person im Badezimmer. Wenige Augenblicke später trat ein hübscher junger Mann mit schlankem Gesicht und verträumten Augen ins Zimmer.

»Guten Tag, Andreas«, sagte Tanner. »Wie geht es Marianna?«

»Nimm Platz«, sagte Varga.

Mit bockigem Gesicht musterte der Junge zuerst Tanner, dann Varga. »Deshalb bin ich nicht zu dir gekommen. Dass du mich hier vorführst.«

»Manchmal gibt es Zwänge. Du musst mir helfen.«

»Du hast mich in die Falle gelockt.«

»Keine Falle, glaub mir.« Varga wandte sich Tanner zu. »Darf ich Ihnen Andreas vorstellen. Er ist mein Bruder.«

»Ihr Name ist Andreas Varga?«

Der Junge nickte.

Tanner zeigte auf Varga. »Warum haben Sie nicht gesagt, dass Sie mit Ihrem Bruder zusammen waren? Sofern es überhaupt der Wahrheit entspricht.«

»Es entspricht der Wahrheit«, sagte Andreas. »Ich war damals noch bei dieser evangelikalen Sekte.«

»SGG?«, sagte Tanner.

»Genau. Die haben mich unter Druck gesetzt und mich bedroht, als sie gemerkt haben, dass ich wegwill. Und dann haben sie mich verfolgt.« Mit seiner rechten Hand zeichnete Andreas einen Kreis in die Luft. »Deshalb ging ich hierher zu meinem Bruder.«

»Weil er wusste, dass ihn bei mir keiner findet«, ergänzte Gabriel Varga.

Tanner nickte. Keiner hätte Schluzzer oder ihn daran gehindert, Andreas nach seinem Nachnamen zu fragen. Der normale Weg des Detektivs ist der Umweg.

Auf der Zufahrt zur SP 99 fuhr er kreuz und quer auf schlecht beleuchteten Wegen, die von kahlen Alleebäumen gesäumt waren. Ein paar einsame Häuser im Hintergrund sahen aus, als seien sie alle zur selben Zeit und vom selben Baumeister errichtet worden.

*

Tanner saß auf der Couch und hörte, wie Paula aufsperrte und, begleitet vom klirrenden Klang zweier Flaschen, die aneinanderstießen, das Wohnzimmer betrat.

Er ließ sein Buch sinken. »Du hast eingekauft? Unser Weinkeller braucht in der Tat Nachschub.«

»Die beiden Weinflaschen habe ich geschenkt bekommen. Rate von wem.«

»Wahrscheinlich wieder von einem deiner geheimen Verehrer.«

»Irrtum. Verena … die von gestern im Weingut am Berg … sie macht irgendeinen Kurs in Bozen und hat mich heute in der Apotheke besucht. Die beiden Flaschen hat sie mir mitgebracht.«

»Hat sie *uns* mitgebracht«, korrigierte Tanner und griff nach einer der Flaschen.

Weißburgunder Nobless Rottenmann entnahm er dem Etikett. Er sah zu Paula hoch. »Verena ist ein hübsches Mädchen«, sagte Tanner.

»Sie gefällt dir. Das ist mir schon des öfteren aufgefallen, als wir bei den Rottenmanns beim Abendessen saßen. Aber offenbar hat der Enkel des Alten ebenfalls ein Auge auf das Mädchen geworfen. Eine Liebesbeziehung, denke ich.«

»Du meinst Roland? Woher weißt du das mit der Liebesbeziehung?«

»Der Senior hat so eine Andeutung gemacht. Während der Führung durch den Weinkeller. Du wirst von Mal zu Mal vergesslicher.«

Energisch schüttelte Tanner den Kopf. »In meinem Alter lässt tatsächlich einiges nach, aber nicht das Gedächtnis. Außerdem ist ›Liebesbeziehung‹ ein dehnbarer Begriff, der im Regelfall drei Abschnitte hat, den Anfang, einen Mittelteil und den Schluss.«

»In welchem Abschnitt befinden wir zwei uns gerade?« Paula zog die Augenbrauen hoch.

»Wir kennen uns jetzt schon fünfundzwanzig Jahre«, sagte Tanner.

»Dann befinden wir uns in Abschnitt eins.« Paula lächelte freundlich.

Tanner blätterte in seinem Notizbuch. »Du hast gestern im Weingut einige Menschen kennengelernt. Was fällt dir zu denen ein ... ich meine, wie würdest du sie beschreiben?«

»Am leichtesten fällt mir das bei Markus Moroder, dem Kellermeister.«

»Nämlich?«

»Mit allen Wassern Südtirols gewaschen.«

»Ich hatte heute ein Gespräch mit Gabriel Varga. Sein Bruder Andreas hat mir erzählt, dass seine Freundin Marianna wieder in die Internatsschule zurückgekehrt ist.«

»Bravo. Also ist einer deiner Fälle gelöst.«

»Lukas Urthaler hat auch schon meine Honorarrechnung vorliegen. Irritierend finde ich, dass der eine Bruder dem anderen das Alibi liefert.«

»Hast du jetzt einen Verdächtigen weniger?«

»Ganz im Gegenteil. Das Alibi des jüngeren Bruders ist nichts wert. Ich glaube den beiden kein Wort.«

Ein Ton riss Tanner aus seinen Gedanken. Auf dem Handy war eine neue Nachricht eingetroffen. Sie stammte von Konrad Sonnerer und enthielt die unscharfe Fotografie des Mannes, die der Hausbesorger durch das Fenster seiner Wohnung gemacht hatte.

»Vor dem Haus, in dem Elena gewohnt hat, hat der Hausmeister immer wieder einen verdächtigen Mann beobachtet. Dieses Foto hat er von dem Typen geschossen.«

Er reichte ihr das Handy und beobachtete Paula, während

sie aufmerksam das Foto betrachtete. Sie schüttelte leicht den Kopf und gab ihm das Handy zurück.

»Der Typ, wie du ihn nennst, steht mit überkreuzten Beinen da. Das sieht man bei Frauen öfter als bei Männern.«

Er betrachtete das Foto genau. »Unsinn. Das ist keine Frau.«

NEUNZEHN

Der Schnee war in Regen übergegangen, es war so kalt und unfreundlich, dass man besser daheimblieb. Doch Tanner konnte nicht zu Hause bleiben, da er im Büro Besuch erwartete, der sich telefonisch angemeldet hatte. Der junge Rottenmann. Was er wohl wollte?

Im Büro war es kalt. Fast wie draußen im Freien. Fröstelnd drehte er die Heizung auf, setzte sich und betrachtete aufmerksam seinen Schreibtisch, der sauber und aufgeräumt war. Aus Erfahrung wusste er, dass es nicht länger als zehn Minuten dauerte, bis aus der leeren Tischoberfläche eine chaotische Regellosigkeit geworden war, die sich aus einigen Büchern, Kugelschreibern, mindestens einer Kaffeetasse, dem Handy, unzähligen Büroklammern, seinem allgegenwärtigen Notizbuch sowie mindestens einem Papierberg neben der Tastatur zusammensetzte. Dagegen konnte er nichts tun.

Blonder Haarschopf und ein blasses, hageres Gesicht. Tanner erkannte Roland Rottenmann sofort, der zur verabredeten Zeit den Kopf zur Tür hereinsteckte.

»Nehmen Sie Platz. Was darf ich Ihnen anbieten? Einen Espresso oder ein Glas Wasser?«

»Wasser ist okay.« Der junge Mann ließ sich auf der vorderen Kante des Stuhls nieder. Sein Körper schien sich etwas zu entspannen.

Tanner stellte das Wasserglas auf den Tisch und sagte: »Ich habe Sie schon einmal gesehen, wenn auch nur kurz, als ich Ihren Großvater besucht habe.«

Roland nickte. »Zwei Leute haben mir von Ihnen erzählt. Mein Vater, als ich ihn letztes Mal im Gefängnis besucht habe, und dann noch Fräulein Rubner.«

»Fräulein Rubner ... bleiben wir doch bei Verena. Ist einfacher. Es ist immer spannend, wenn man erfährt, was andere über einen erzählen. Was haben die beiden über mich berichtet?«

»Meinem Vater wurde gestern zum ersten Mal signalisiert, dass er bald entlassen werden könnte. Zum ersten Mal, seit er im Gefängnis sitzt, schöpft er wieder Hoffnung. Und auch mein Nen hat positiv über Sie geredet. Das weiß ich von Verena.«

Tanner deutete eine Verbeugung an. »Jeder freut sich, wenn er von anderen gut beurteilt wird.«

»Zu Ihrer Frage, warum ich gekommen bin ... Verena möchte mit Ihnen reden.«

»Warum sagt sie mir das nicht selbst?«

»Ich glaube, sie traut sich nicht.«

»Aber ... ich habe Verena als selbstbewusstes Mädchen kennengelernt ... als selbstbewusste junge Frau. Außerdem habe ich sie vor Kurzem in Bozen getroffen. Sie war auf dem Weg zu ihrem Kurs im Krankenhaus.«

»Ich weiß.« Er fuhr sich durchs Haar und wirkte plötzlich etwas unsicher. Er griff nach dem Wasserglas und trank einen Schluck.

Tanner lehnte sich zurück. Wir haben alle Zeit der Welt, dachte er. »Sie studieren Weinbau und Weinmarketing. Das weiß ich von Ihrem Großvater. Er hält große Stücke auf Sie.«

Roland begann zu lächeln. »Wir zwei tauschen gerade Komplimente aus.«

»Wo wohnen Sie in Bozen?«

»Im Studentenheim. Ist mir lieber als jeden Tag die gefährliche Strecke hinauf in die Berge. Besonders jetzt im Winter. Außerdem ist Valentina ... sagen wir, es gibt noch andere Gründe.«

»Weinbau und Weinmarketing. Das ist eine vorteilhafte Kombination. Zukunftssicher und lohnenswert.«

Roland nickte. Langsam beugte sich Tanner vor und sah dem jungen Mann in die Augen. »Warum will Verena mich sprechen?«

»Sie macht ein Geheimnis darum. Und sie hat sich nicht hergetraut.«

»Nicht hergetraut? Warum?« Tanner warf den Kugelschreiber, den er in der Hand hielt, auf den Schreibtisch. »Hören Sie, Verena und Sie ... wir sind alle erwachsene Menschen. Also reden Sie schon.«

»Sie hat offenbar etwas herausgefunden, und darüber möchte Sie mit Ihnen reden.«

»Herausgefunden? Hat das mit der ermordeten Frau zu tun? Oder worum geht es?«

»Großes Geheimnis ... sagte ich schon.«

»Sagen Sie mir, worum es geht. Sie wissen es. Verena hat es Ihnen doch erzählt. Reden Sie endlich.«

»Ich weiß es nicht.«

Tanner schüttelte den Kopf. »Sie kommen hier in mein Büro, um mir zu mitzuteilen, dass Sie nicht wissen, warum Sie mich sprechen wollen. Das verstehe ich überhaupt nicht.«

»Ganz so ist es auch nicht«, sagte Roland.

In dem Moment läutete Tanners Handy. Es war Maurizio.

»Du kennst doch ein junges Mädchen mit dem Namen Verena Rubner.«

»Kenne ich. Was ist mit ihr?«

Tanner presste sein Handy ans Ohr und richtete seinen Blick auf Roland.

»Sie ist tot«, sagte Maurizio. »Autounfall.«

»Zur Identität ... kein Zweifel?«

»Kein Zweifel.«

»Wo ist es passiert?«

»Auf der Straße von Kurtatsch nach Hofstatt.«

»Kenne ich. Unübersichtlich und steil.« Tanner dachte einen Augenblick nach, dann sagte er: »Ich fahre hin.«

»Was ist los?« Roland starrte ihn besorgt an.

»Ich habe eine schlechte Nachricht für Sie. Verena hatte einen Autounfall.«

»Ist sie ... tot?«

»Tut mir leid ... offenbar ja. Kommen Sie!«

Die gesamte Strecke auf der A 22 Richtung Süden sprachen sie kaum ein Wort miteinander. Roland rief zum wiederholten Mal Verena am Handy an. »Die Leitung ist tot.« Tanner verspürte plötzlich Lust auf eine Zigarette.

In einer der Spitzkehren drehten die Räder durch. Tanner nahm den Fuß vom Gas. Nirgendwo gab es Leitplanken, obwohl es links senkrecht nach unten ging. Mit einem Mal fühlte er, wie seine Hände am Steuer zu zittern begannen.

»Soll ich fahren?« Roland auf dem Beifahrersitz hatte offenbar seine Unsicherheit bemerkt. »Ich bin hier zu Hause«, schob er nach, »und kenne jeden Meter hierherauf.«

Nach der nächsten Biegung versperrte ihnen ein Polizeiauto den Weg. Zwei Carabinieri standen herum und sahen aus, als ob sie nichts zu tun hätten, beide in ihrer fast schwarzen Uniform mit den eigenartig aussehenden Mützen und dem fest gespannten weißen Gurt quer über der Brust. Der eine Polizist machte einen nervösen Eindruck, er war klein und kugelrund und hielt ihnen die Handfläche entgegen. Halt! Tanner kurbelte das Seitenfenster herunter. »Autounfall«, sagte der Uniformierte und deutete in die Tiefe. »Sieht nicht gut aus.«

Ein penetranter Brandgeruch lag in der Luft.

Roland sprang aus dem Wagen und lief an dem Carabiniero vorbei zu der Trage neben dem Rotkreuzwagen. Aufgeregt redete er auf die herumstehenden Uniformierten ein und kniete sich dann neben die Trage. Ein Kriminaltechniker oder ein Arzt stand gebückt da und zog ein weißes Tuch über den Körper. War das Verena? Zwei Rotkreuzhelfer gurteten den Körper auf der Bahre fest und trugen ihn zum Wagen.

Tanner legte den Rückwärtsgang ein, fuhr zehn Meter zurück und stellte das Auto am Straßenrand ab. Erneut traf ein Einsatzfahrzeug mit Bozner Kennzeichen ein. Unzählige Polizisten liefen im Schneematsch herum, einige befestigten Absperrungen, andere standen neben einem Kranwagen, der versuchte, den Unglückswagen aus der Tiefe zu hieven, nachdem man die Insassin geborgen hatte. Gelbe und blaue Lichter blinkten ununterbrochen und spiegelten sich in hektischen Reflexen in den weiß verschneiten Hängen wider.

Roland saß neben der Straße im Schnee und presste die Hände vors Gesicht. »Ich will mit«, rief er plötzlich, sprang auf und drängte sich in den Wagen, an dem immer noch das Blaulicht blinkte.

Mit heulendem Motor fuhr das Rettungsauto an Tanner vorbei. Durch eines der Fenster konnte er gerade noch den blonden Haarschopf Rolands erkennen.

Aus der Entfernung musterte Tanner jeden der Männer und stellte beruhigt fest, dass Nero De Santis nicht darunter war. Langsam ging er näher und schaute über den Felsvorsprung in die Tiefe.

»Nur noch Schrott ist übrig. Der Wagen hat gebrannt«, hörte er einen der Männer sagen. »Das Mädchen hatte keine Chance.«

»Sie war allein im Wagen«, sagte ein anderer.

Stück für Stück zog der Kranwagen die rauchenden Reste des zerschellten Wagens nach oben, wobei das Wrack immer wieder an einem der felsigen Vorsprünge hängen blieb.

Tanner ging zurück zu seinem Auto und sah aus der Ferne dem geschäftigen Treiben zu, bis die Carabinieri ihre Arbeit schließlich beendet hatten, um die Fahrbahn einspurig wieder freizugeben.

*

Die Scheibenwischer drohten zu vereisen, als Tanner die Serpentinen zu den Rottenmanns hochfuhr. Er parkte seinen Fiat direkt vor dem Haus, öffnete die Wagentür und stand bis zu den Knöcheln im Schneematsch.

Die Sonne hatte sich hinter einer mächtigen Wolkenfront verborgen, die sich über den Mendelkamm schob und weiteren Schnee oder Regen ankündigte.

Irgendwie sah alles anders aus, stellte er fest, als hätten

sich der Platz und die Gebäude auf geheimnisvolle Weise verändert. Es herrschte ein gedämpftes und die Augen irritierendes Zwielicht, das die Wirklichkeit zu verzerren schien. Aber vielleicht bildete sich Tanner das auch nur ein. Wahrscheinlich war das nur eine Folge des grausamen Unfalls, dessen Zeuge er soeben geworden war.

Der Ansitz lag still da und sah menschenleer aus. Nur ein Wagen, der einem Jeep ähnelte, stand vor dem Haus. Einige Zeit beobachtete Tanner die Szenerie, ohne dass sich eine Spur von Leben gezeigt hätte. Wo waren all die Leute? Aus dem Kamin kam eine dünne Rauchsäule. War doch jemand zu Hause? Aus einem Fenster im ersten Stock war das Gesicht eines Mannes zu sehen. Könnte Markus Moroder gewesen sein. Er war es. Mit schweren Schritten stieg er die Stufen herunter und kam näher.

»Was wollen Sie schon wieder?«

»Verena ist tot«, sagte Tanner.

»Die Polizei war schon hier. Fahren Sie wieder nach Hause. Hier brauchen wir Sie nicht.« Mit ausgestreckter Hand zeigte er ins Tal, um auch keinen Zweifel aufkommen zu lassen, was er meinte. »Sie bringen Unglück über uns. Und Sie haben überall Ihre Finger drin. Verschwinden Sie endlich!«

Er warf Tanner einen drohenden Blick zu, drehte sich um und verschwand.

Tanner zählte langsam bis zehn, dann ging er auf das kleinere Haus zu und trat ein. Stille empfing ihn. Im Flur stolperte er über einen Stuhl. Nach rechts zweigte eine schmale Stiege ab, die in den ersten Stock führte. Leise Schritte waren zu hören. Direkt über ihm. Im ersten Stock. Behutsame, leise

Schritte. Drei hin und drei zurück. Er ging die Treppe nach oben, darauf bedacht, kein Geräusch zu machen. Als er den ersten Stock erreichte, blieb er stehen und wartete, bis sich seine Atmung beruhigt hatte. Keine Schritte waren mehr zu hören, nur die leise Stimme eines Mannes.

Tanner öffnete die erste Tür und fand sich in dem dämmrigen Zimmer wieder.

»Herrn Rottenmann geht es nicht gut«, flüsterte ein weiß gekleideter Mann und zeigte diskret auf den alten Mann, der zusammengesunken in einem Lehnstuhl saß und zu schlafen schien. Der Weißgekleidete stellte sich als Allgemeinmediziner Doktor Müller vor. »Die Botschaft von dem tödlichen Autounfall hat ihn sehr mitgenommen. Ich habe ihm ein Beruhigungsmittel gegeben.«

»Kann ich mit ihm reden?«

»Ich bin nicht sicher ...«

»Wer ist da?« Eine brüchige Stimme aus dem Hintergrund. Neugierig drehte Philipp Rottenmann seinen Kopf und nickte, als er Tanner erkannte. Er lag mehr in seinem Polstersessel, als er saß, eine kleine, verlorene Gestalt, halb unter einer Decke verborgen. Er richtete den Blick auf Tanner, seine Augenlider flatterten, und es schien, als würde er wieder einschlafen.

»Ein furchtbares Unglück ist geschehen«, sagte der Alte mit brüchiger Stimme. »Die Polizei war hier.« Langsam, als ob es ihm Mühe machte, hob er den Kopf. Seine Hände zitterten. »Wo ist Roland?«

Wie sollte Tanner die Frage beantworten? »Er hat die arme Verena ins Tal hinunterbegleitet.« Oder das, was von ihr übrig ist.

Der Arzt brachte ein Glas Wasser und stellte es neben Rottenmann auf den Tisch. In dem Moment flackerte das Licht. Tanner sah zu der Deckenlampe hoch. »Die Elektrik ist wohl genauso alt wie das Haus«, sagte der Arzt und wandte dem Alten den Rücken zu.

»Sie war ein pflichtbewusstes Mädchen«, sagte Philipp Rottenmann, an niemand Besonderes gerichtet. Und leise, Wort für Wort betonend, fügte er hinzu: »Leider war sie auch neugierig. Viel zu neugierig.«

An Tanner gerichtet, sagte der Arzt: »Sie sollten jetzt gehen.«

»Nur eine Frage noch«, flüsterte Tanner und warf einen Blick zu Rottenmann hinüber, doch der war eingeschlafen.

Auf der Treppe stieß Tanner beinahe mit Valentina Rottenmann zusammen, die einen Koffer nach unten schleppte. Er zeigte auf das Gepäckstück. »Sie verreisen?«

»Nur ein kurzer Ausflug zur Weinmesse nach Mailand. Wir sind bald wieder zurück.«

Einen Moment überlegte Tanner, Valentina beim Tragen des Koffers behilflich zu sein. Stattdessen sah er ihr nach, wie sie den schweren Koffer die Stiege hinunterschleppte. Er trat ans Fenster, durch das man auf den Parkplatz vor dem Haus sehen konnte. Nach wenigen Augenblicken erschien Valentina in seinem Blickfeld, die bereits von Markus Moroder erwartet wurde, der neben dem Wagen stand. Galant verstaute er ihren Koffer im Auto. Durch das geschlossene Fenster hörte Tanner die Reifen auf dem Kies knirschen, als die beiden wegfuhren.

ZWANZIG

Während sie beim Frühstück saßen, klingelte irgendwo ein Handy. »Das ist deines«, sagte Paula. »Es liegt im Badezimmer.«

Es war Maurizio. »Halt dich fest. Es geht um Verena Rubner. Ihre Obduktion ist erst für heute Nachmittag oder morgen angesetzt, aber eine erste Erkenntnis gibt es bereits: Verena Rubner war schon vor dem Autounfall tot. Lupenreiner Mord also.«

Sie beendeten ihr Gespräch, und Maurizio versprach, sich zu melden, wenn die Ergebnisse der Obduktion vorlagen.

Blutige Bilder stiegen bei Tanner hoch, als er das Wort »Obduktion« vernahm. Vor einigen Jahren, als Maurizio noch als Commissario Capo in der Questura tätig gewesen war, hatte Tanner in der Rechtsmedizin Bozen an einer Leichenöffnung teilgenommen. Genauer gesagt: teilnehmen müssen. Man hatte ihm einen steifen und sperrigen Umhang gegeben, mit dem er den Sektionsraum betrat, in dem es nach Innereien roch. Wie in einer Metzgerei. Tanner war augenblicklich schlecht geworden und hatte es gerade noch bis zur Toilette geschafft. Die Obduktion lief ohne ihn ab.

All dies sah Tanner vor seinem geistigen Auge vor sich, als ihn Paula mit den Worten »Du siehst blass aus« in die Gegenwart zurückholte.

»Verena …«, sagte er und merkte, wie fahrig seine Stimme klang. »Es war Mord.«

»Mord? Wie ging das vor sich?«

Er zuckte mit den Schultern. »Ich hab das Auto gesehen, als es der Kran aus der Tiefe holte. Nur noch ein zerquetschter Haufen Blech. Das Mädchen wurde schon vorher getötet, sagt Maurizio.« Tanner lehnte sich zurück und schloss die Augen. »Das stellt einiges auf den Kopf, was ich bisher herausgefunden habe.«

»Das arme Mädchen«, sagte Paula. »Und du hast überall deine Finger drin.«

Tanner sah auf die Uhr und stand auf. »Das hat Moroder auch gesagt.«

*

Verenas Eltern waren in St. Pauls zu Hause, hatte sich Tanner gemerkt. Sie bewohnten das Erdgeschoss eines kleinen Hauses am Schloss-Warth-Weg. Tanner wollte den Eltern einen Besuch abzustatten, um ein bisschen mehr über Verena und ihr Privatleben zu erfahren.

Er war schon auf dem Weg nach St. Pauls, als er es sich anders überlegte. An der nächsten Kreuzung wendete er den Wagen und fuhr auf die A 22 in Richtung Kurtatsch. Er beschloss, sich noch einmal am Unfallort umzusehen, auch wenn es sich, was den Mord an dem Mädchen betraf, nicht um den Tatort handelte. Tanner erinnerte sich, dass er in der Nähe der Spitzkehre, an der Verenas Wagen in die Tiefe gestürzt war, zwei oder drei Häuser standen. Es war mehr eine spontane Idee, als er beschloss, eine wenn auch etwas unsystematische Haus-zu-Haus-Befragung durchzuführen.

In dem oberen der beiden Häuser öffnete eine etwa vierzigjährige Frau, die ihn kritisch, aber nicht unfreundlich musterte. »Ich habe bereits alles gesagt, was ich weiß. Sind Sie von der Polizei? Die war bereits bei mir.«

»Es dauert nicht lang. Nur ein paar Fragen.«

»Ich höre.«

Tanner deutete ins Haus. »Könnten wir das vielleicht drinnen besprechen?«

Sie verschränkte die Arme vor der Brust und sagte: »Nein. Es dauert nicht lang, haben Sie gesagt. So kalt ist es nicht. Also reden wir hier.« Einer ihrer Schneidezähne war dunkel verfärbt.

Tanner warf einen Blick über ihre Schulter in den Flur. Aus dem Obergeschoss hörte man Kindergeschrei.

»Sagen Sie mir Ihren Namen.«

Die Frau redete schnell und monoton auf Tanner ein. Das Problem beginnt immer dann, dachte er, wenn das Tempo der Zunge größer ist als die Geschwindigkeit des Denkens.

Er gab ihr seinen Ausweis, den sie aufmerksam Seite für Seite durchblätterte. Dann blickte sie ihn an, wie um das Foto in dem Ausweis mit der Realität zu vergleichen. Tanner hasste die Fotografie in seinem Detektivausweis, weil er damals mindestens fünfzehn Kilos mehr wog.

»Mein Name ist Stephanie Roller«, sagte sie plötzlich. Es klang wie ein Versöhnungsangebot. »Also, die Sache lief folgendermaßen ab. Ich stand in der Küche, und ich bin sicher, da oben waren zwei Autos. Ich habe sie nicht gesehen, nur gehört.« Sie zeigte die Straße hinauf.

»Wo genau?«

»Ich sagte soeben, dass ich sie nicht gesehen habe. Sie waren wohl da oben. Kurz vor der Kurve. Ich habe gerade

Risotto gekocht. Unter ständigem Rühren. Verstehen Sie? Da kann man nicht vom Herd weglaufen.«

»Von wo kamen die zwei Autos? Ich meine, aus welcher Richtung?«

Sie deutete nach oben. »Von da. Dann knallten Autotüren. Und dann gab's ein Mordsgetöse. Dann knallten wieder Autotüren, und ich hörte, wie ein Wagen Gas gab und wegfuhr.« Wieder deutete sie die Straße nach oben. »Das Auto muss den Berg hochgefahren sein, sonst wäre es hier vorbeigekommen, und ich hätte es von der Küche aus gesehen, wo ich immer noch am Rühren war. Risotto. Sie wissen schon.«

»Und das Mordsgetöse?«

»Das war der Wagen, der in die Tiefe gestürzt ist. Später habe ich den Topf vom Herd genommen und bin raus. Gerardo, das ist mein Nachbar vom Haus da unten, kam auch herauf. Wir standen dort drüben und sahen hinunter. Das Auto brannte. Es rauchte und stank, und wir hatten Angst, dass etwas explodiert.«

Tanner bedankte sich für das Gespräch und ging zu dem kleinen, ebenerdigen Haus, das etwa zweihundert Meter unterhalb direkt in einer Kurve lag. Der Mann, der ihm öffnete, war an die sechzig und sah mit seinem weißen Bart wie ein Gartenzwerg aus. Nur die Zipfelmütze fehlte.

»Ich wette, es geht um den Autounfall.« Neugierig schob er den Kopf vor, als wäre er kurzsichtig.

»Darf ich Sie einen Moment stören?«

Der Mann kraulte seinen Bart, dann machte er eine Kopfbewegung zur Seite, was Tanner als Einladung auffasste, näher zu treten. Er stolperte durch den dunklen Flur, in dem viel Gerümpel am Boden lag.

»Danke, dass Sie Zeit für mich haben«, sagte Tanner, als sie im Wohnzimmer saßen und der Mann mit erwartungsvollem Gesicht ihm gegenüber Platz genommen hatte.

»Die Polizei hat mich auch schon besucht. Was möchten Sie hören?«

»Was haben Sie gesehen? Kurz vor und während des Unfalls.«

»Wenig.« Er deutete auf die Couch, auf der Tanner saß. »Ich lag da. Kleines Schläfchen. Un pisolino, verstehen Sie?«

Tanner nickte. »Und dann sind Sie plötzlich munter geworden?«

»Genau. Vom Fenster aus konnte ich nicht viel sehen. Ich bin nach draußen gelaufen, aber da lag der Wagen schon in der Tiefe und hat gebrannt. Nur den gelben Fiat habe ich gesehen.«

»Gelben Fiat? Wo?«

»Oben an der Kurve. Ich sah ihn gerade noch, dann war er verschwunden.«

»Aus welcher Richtung kam der Wagen?«

»Keine Ahnung.«

»Haben Sie das Auto schon mal gesehen? Wissen Sie, wem es gehört?« Kopfschütteln.

»Was geschah dann?«

»Dann ... dann kam Stephanie angelaufen. Die Nachbarin da oben.«

»Und weiter?«

»Nichts weiter. Das Auto lag da unten und hat gebrannt. Es stank nach Benzin. Ich habe die Carabinieri angerufen. Es hat lange gedauert, bis die kamen.«

»Vorher … Ich meine, bevor der Wagen in die Tiefe gestürzt ist, haben Sie da gehört, wie jemand eine Autotür zuschlug?«

Schulterzucken. »Möglich. Vielleicht bin ich davon munter geworden. Ich lag ja auf der Couch.«

Tanner blieb bei laufendem Motor noch einige Minuten im Wagen sitzen und schrieb konzentriert eine ganze Seite in seinem Notizbuch voll. Besonders sorgfältig notierte er die Geschichte, die ihm Stephanie Roller aufgetischt hatte. Und Gerardo, der dem Gartenzwerg ähnlich sah. Konnte man den beiden glauben? Bei Zeugenaussagen hatte Tanner in seiner Praxis schon zahlreiche Varianten erlebt, Lügner zum Beispiel, die, aus welchen Motiven auch immer, sich einen Spaß daraus machten, die Unwahrheit zu erzählen. Dann gab es die Phantasten und Ausschmücker, die nicht unbedingt logen, aber ihre Beobachtungen aufblähten und die Unwissenheit durch Erfindungsreichtum ersetzten. Zu welcher Kategorie zählten wohl der Gartenzwerg und die Frau mit dem Risotto?

Das Haus von Verenas Eltern lag am Ortsrand von St. Pauls und sah wie ein heruntergekommener Bauernhof aus. Als Tanner aus dem Auto stieg, fiel ihm die Stille auf, die hier herrschte. Nur ein leiser Wind war zu hören, der durch die nackten Äste einer alten Linde strich, die vor dem Haus stand. Er klopfte an die Haustür, und als sich niemand meldete, trat er ein. Im Wohnzimmer saß ein Paar am Tisch. Sie schauten sich nicht an und redeten kein Wort, und sie sahen auch nicht zu Tanner, der in der halb geöffneten Tür stehen geblieben war. Er räusperte sich und sagte: »Grüß Gott. Darf ich kurz eintreten?«

»Kommen Sie«, sagte der Mann.

»Was wollen Sie von uns?«, fragte die Frau. »Die Carabinieri waren schon da. Wir wissen nichts. Nur dass unsere Tochter tot ist.«

Tanner murmelte ein paar Worte des Beileids. Er betrachtete das Paar und überlegte, wie er das Gespräch beginnen sollte. Die beiden waren an die fünfzig, schätzte er.

»Was für ein furchtbarer Tod! Und es soll kein Unfall gewesen sein.« Die Frau sprach mit weinerlicher Stimme. Langsam hob sie den Kopf und blickte Tanner überrascht an, als hätte sie erst jetzt bemerkt, dass er im Zimmer stand. »Verstehen Sie das? Unsere Tochter ist seit gestern tot, und ich kann das immer noch nicht glauben. Ich will es nicht glauben.«

Die beiden fragten nicht, wer er war. Wahrscheinlich dachten sie, dass er von der Polizei kam. Tanner ließ sie in dem Glauben.

»Wer kann das getan haben?«, fragte er, und kaum hatte er die Worte ausgesprochen, kamen sie ihm unsinnig vor.

»Sie war so ein liebes Mädchen«, sagte die Frau. »In fünf Monaten wäre sie vierundzwanzig geworden.«

»Wir wissen nicht, wer das getan hat«, sagte der Mann. »Zuerst dachten wir, dass es ein Unfall war, doch dann kam einer von der Questura aus Bozen, und der hatte eine ganz andere Erklärung. Sie war ein so tüchtiges Mädchen, und der Herr Graf war immer zufrieden mit ihr.« Er hob den Kopf und sah Tanner an. »Das hat er mir einmal selbst gesagt.«

Der Herr Graf ... damit war wohl Philipp Rottenmann gemeint. »Seit wann hat Ihre Tochter für ihn gearbeitet?«

Der Mann sah fragend zu seiner Frau hinüber. »Drei Jahre waren es wohl. Und der Alte war immer zufrieden mit Verena. Und weil sie so tüchtig war, hat sie sogar ein Studium beginnen dürfen.«

»Der alte Rottenmann war schon in Ordnung«, ergänzte die Frau. »Nur dass der Sohn, ich meine Georg Rottenmann, im Gefängnis sitzt, das hat uns nicht gefallen. Musst du wirklich in so einem Haus arbeiten, habe ich ihr gesagt, wo einer im Gefängnis sitzt?«

Die Frau holte umständlich ein Taschentuch heraus und schnäuzte sich.

»Hatte Verena Freunde?« Tanner stand immer noch steif wie eine Statue neben dem Tisch.

»Wenige«, sagte die Frau. »Sie hat ja so viel gearbeitet. Und alles da oben in der Einsamkeit. Da war für Freundschaften kein Platz.«

»Hatte ihre Tochter Streit mit irgendjemanden? Mit ihrem Chef vielleicht oder einem anderen bei den Rottenmanns. Hat sie nie so etwas erzählt?«

Kopfschütteln. Die Mutter sah auf das feuchte Taschentuch, das sie beim Reden zu einer Kugel zusammengedreht hatte.

»Kennen Sie Roland Rottenmann? Er ist der Enkel des Seniors.«

Wieder wechselte das Ehepaar einen Blick; es entstand eine kurze Pause, dann räusperte sich der Mann und fuhr fort: »Verena hat uns von ihm erzählt, und einmal haben wir ihn gesehen. Er wohnt ja nicht zu Hause, glaube ich.«

Da ist nicht viel an Information zu holen, dachte Tanner. Entweder wissen sie nichts, oder sie wollen nicht. Oder der Tod der Tochter war ein so großer Schock, dass sie nicht darüber reden konnten. Vielleicht zu einem späteren Zeitpunkt.

Tanner bedankte sich und verließ das Wohnzimmer. Im Flur hing eine gerahmte Fotografie an der Wand. Verenas Eltern mit ihrer Tochter in der Mitte. Das Bild hing schief. Tanner richtete es mit seinem Zeigefinger gerade, doch es kippte immer wieder in seine schiefe Lage zurück.

*

Tanner fuhr auf der MeBo am Schloss Sigmundskron vorbei, als Maurizio Chessler anrief.

»Wir sollten uns treffen. Dringend.« Maurizios Stimme klang gehetzt, als hätte er etwas Wichtiges zu berichten.

»In einer halben Stunde bin ich mit einem Menschen bei einer Bank in Bozen verabredet.«

»Welcher Bank?«

»Banca Privata Bolzano S. p. A. In der Laubengasse.«

»Kenne ich. Stinkfeiner Laden. Treffen wir uns hinterher?«

»Wo? Mach einen Vorschlag.«

»Gasthaus Vögele oder in den Paulaner Stuben. Beide sind nicht weit weg von deiner Bank. Die Frage lautet: Ist dir nach Wein oder Bier zumute?«

Tanner überlegte einen Moment, wog die Vor- und Nachteile ab und sagte zu Maurizio: »Der Wein hat knapp gewonnen.«

»Also im Vögele. In zwei Stunden.«

Die Bank befand sich in einem altehrwürdigen Bau direkt neben den Marktständen am Obstplatz. Die beiden unauffälligen Schriftzüge **BANK** und **BANCA** suggerierten dem Besucher, dass hier die Tradition zu Hause war. Tanner studierte die Hinweisschilder in der gläsernen Eingangshalle und fand den Namen Dott. Alessandro Schrödinger gemeinsam mit dem Hinweis »Firmenkunden« im vierten Stock, Zimmer 12. Alessandro Schrödinger … Tanner sagte den Namen einige Male leise vor sich hin. War das derselbe Allessandro, der im Gymnasium fünf Jahre hinter ihm gesessen ist? Der rundliche und geistig etwas ungelenke Junge mit dem weißblonden Haar?

Im Lift wurde Tanner von Musik eingehüllt, harmonische Klänge von der Art, die nur deshalb da waren, um nicht beachtet zu werden, Wallpaper-Music. Den Begriff hatte er einmal in England gehört.

Im vierten Stock waren die Fußböden mit hellbeigen Teppichen ausgelegt. Tanner klopfte an die Tür mit der Nummer 12, und ohne eine Antwort abzuwarten, betrat er mit den Worten »Mein Name ist Tanner, ich habe angerufen« das Sekretariat, in dem zwei junge Frauen saßen, die offensichtlich nicht ausgelastet waren. Die eine der beiden erhob sich stöhnend, wobei er nicht unterscheiden konnte, ob ihr der Rücken wehtat oder sie sich von Tanner gestört fühlte. Routiniert ging sie zu der doppelt gepolsterten Tür, öffnete sie einen Spaltbreit und sagte: »Ein gewisser Tanner ist da.« Offenbar war er willkommen, denn ohne ihn anzusehen, stieß sie die Tür auf und ließ ihn eintreten.

Tanner erkannte seinen ehemaligen Schulkameraden auf

den ersten Blick. Alessandro war wie damals: klein und dick. Nur die blonden Haare waren verschwunden und hatten einer beeindruckenden Glatze Platz gemacht. »Schön, dass wir uns wieder einmal begegnen«, sagte Tanner pflichtschuldig.

Alessandro hatte ein teigiges, glänzendes Gesicht und trug eine dicke Hornbrille mit eigenartig blau schimmernden Gläsern, durch die er Tanner anblitzte. »Alter Schulfreund«, sagte er und streckte beide Hände in die Luft. »Beinahe hätte ich dich nicht gleich erkannt. Wie geht's dir? Tiberio war doch dein Name, stimmt's?«

»Mir geht es gut«, sagte Tanner. »Du gestattest doch.« Er zog einen Stuhl heran und setzte sich. Eine gerahmte Fotografie neben dem Notebook zeigte den kugelrunden Alessandro, seine auch nicht ganz schlanke Frau und zwei blonde Kinder, von denen man nicht erkennen konnte, ob es Mädchen oder Buben waren. Im Hintergrund waren die bescheidene Villa und der silberne BMW der Familie zu erkennen. Augenscheinlich betrachtete Alessandro das Foto der Familie sowie die Beweisstücke seines beruflichen Erfolgs selbst nicht gerne, jedenfalls war die Fotografie dem Besucher zugewandt. Kundenfreundlich.

»Tolles Büro.« Tanner schnalzte anerkennend mit der Zunge und legte sein Notizbuch neben das Familienfoto auf Alessandros Schreibtisch. »Und das Auto, das Haus und zwei Kinder. Alles ganz toll.«

»Du hast meine Frau vergessen.« Alessandro deutete auf das Bild. »Sie heißt Donatella, was so viel wie von Gott geschenkt bedeutet. Donatella stammt aus Tarquinia und soll etruskische Vorfahren haben.«

Tanner überlegte, ob er von seinem Klassenkameraden noch mehr wissen wollte als den etruskischen Stammbaum seiner Frau, und sagte: »Ich brauche deine Hilfe, Alessandro.«

»Immer zu Diensten«, sagte der Dicke, »das ist nicht nur das Motto unserer Bank, sondern auch mein persönliches.«

»Ich komme in Auftrag von Herrn Rottenmann«, log Tanner. »Von Philipp, also dem Senior, um genau zu sein. Wie du sicher weißt, sind im engeren und weiteren Umfeld der Familie zwei … sagen wir, mysteriöse Todesfälle bekannt geworden. Zwei Frauen …«

Dottore Alessandro unterbrach ihn mit einer ungeduldigen Handbewegung. »Weiß ich alles. Ich habe gute Kontakte zur Polizia di Stato. Mit Nero De Santis spiele ich regelmäßig Tennis. Ein sympathischer Mensch übrigens. So natürlich. Aus seinem Büro habe ich übrigens heute früh Signale empfangen, dass Georg Rottenmann aus der U-Haft entlassen werden soll. Und zwar kurzfristig.« Er zündete sich umständlich eine Zigarette an. »Jetzt sag mir endlich, warum du zu mir gekommen bist.« Alessandro richtete den Satz direkt an Tanner, aber ohne ihn anzusehen, als wollte er damit zeigen, dass er eigentlich an einer Antwort nicht sonderlich interessiert war.

»Ich möchte mehr über die Familienverhältnisse der Rottenmanns erfahren, und dazu gehört auch das Weingut. Soweit ich weiß, bist du … seid ihr als Bank deren Finanzpartner. Wie würdest du das Unternehmen beschreiben? Bezüglich seiner Finanzierungsstruktur?«

Beinahe empört drückte Alessandro seine Zigarette aus. »Mein lieber Tiberio, das, was du von mir möchtest, nennen wir Bankfachleute eine dingliche Bekundung über die wirtschaftlichen Verhältnisse eines Kunden, dessen Kreditwürdigkeit oder Zahlungsfähigkeit. So etwas machen wir nicht. Außerdem bin ich nicht befugt, dir betragsmäßige Angaben über der Bank anvertraute Vermögenswerte sowie Auskünfte über Höhe von Kreditinanspruchnahmen zu geben.«

Er holte tief Luft und sagte: »Bankgeheimnis, verstehst du?«

»Alessandro, alter Freund.« Tanner ließ eine große Portion Vertrauenswürdigkeit in seine Stimme einfließen. »Schieb deine Bedenken zur Seite. Siehe, ich bin sowohl ein Weggefährte deines Kunden als auch ein Vertrauter der Polizei, mit der ich eng zusammenarbeite. Außerdem bin ich diskret, und zwar so, dass ich den Ruf habe, nicht mal mein eigenes Geburtsdatum zu verraten. Ich möchte nur wissen, wie der aktuelle Geschäftsverlauf des Unternehmens aussieht. Das wirst du mir doch verraten dürfen. Also, wie geht es der Firma Rottenmann?«

»Na gut«, sagte er. »Weil du es bist. Der Firma geht es beschissen. Als erfahrenes Bankhaus wissen wir natürlich, dass das Wachstum des Südtiroler Weinmarktes derzeit nur bei zwei bis drei Prozent liegt. Die Zeiten sind schlecht. Beim Weingut Rottenmann gibt es offenbar einige zusätzliche Effekte, die ich noch nicht ganz durchschaue.«

»Du untertreibst.« Tanner lächelte unterwürfig. »Ich kann mir nicht vorstellen, dass deinem monetär geschulten Auge etwas verborgen bleibt.«

»Das Problem des Unternehmens ist die Rendite. Wie du weißt, hängt der Gewinn jeder Firma von zwei Faktoren ab, dem Umsatz und den Kosten. Und bei den Rottenmanns hapert es an beiden. Der Umsatz stagniert, und die Kosten steigen. Offenbar bleibt seit dem Vorjahr die Kundschaft fern. Eine dramatische Entwicklung.« Mit dem gekrümmten Zeigefinger deutete er auf seinen Schreibtisch. »Hier in meinem Büro gab es bereits ein Krisengespräch mit Georg Rottenmann. Den Junior meine ich. Doch der ist in Finanzfragen ziemlich unbeleckt.«

»Wo liegen deiner Einschätzung nach die Probleme?«

»Wenn du mich fragst, gibt es zwei Punkte, die zusammengenommen in die Pleite führen: Erstens hat die Firma keine Strategie, sie hat keine Innovationen und keine Perspektive. Und die aktuelle Firmenleitung hat keine Ahnung. Da war der alte Philipp Rottenmann aus anderem Holz geschnitzt.«

»Es gibt einen hoffnungsfrohen Junior. Roland Rottenmann.«

»Hör auf! Der soll zuerst mal fertig studieren. Bis der weiß, dass man Wein auch aus Trauben machen kann, ist die Firma pleite.«

»Und was noch?«

Schrödinger dämpfte seine Stimme, obwohl keine weitere Person im Zimmer war, die hätte mithören können. »Eines der Hauptprobleme liegt an den Geldentnahmen der Familie. Genauer gesagt, eines Teils der Familie.«

»Valentina?«

Schrödinger hob die Schultern. »Das weiß ich natürlich nicht. Vielleicht ist sie es. Privatentnahmen sind prinzipiell okay ... das machen alle ... sie dürfen aber nicht die Rendite mindern.«

»Irgendjemand im Hause Rottenmann knabbert an den Gewinnen«, sagte Tanner.

Alessandro schüttelte den Kopf. »Ich dürfte dir als Banker diese vertraulichen Informationen gar nicht geben, und ich tu das nur, weil du mein alter Schulfreund bist. Ich kenne die aktuelle Bilanz nicht, aber meines Erachtens geht das Eigenkapital der Firma Rottenmann in galoppierender Geschwindigkeit gegen null.«

»Was bedeutet das?«

»Ganz einfach. Die Firma wackelt. Und zwar gewaltig. Wir sind die Hausbank des Weinguts. Deshalb sind wir verpflichtet, mit dem Verantwortlichen in der Firma zu reden. Und das habe ich getan.«

»Mit Georg Rottenmann, der zur Stunde im Gefängnis sitzt?«

Alessandro nickte. »Er ist der Chef.«

Tanner beugte sich vor und suchte Augenkontakt zu Alessandro, scheiterte aber an dessen dicken Brillengläsern. »Du sprachst vorhin von einem der Hauptprobleme. Gibt es noch ein zweites?«

Eine kurze Pause entstand, so als ob der Banker darüber nachdachte, wie er den nächsten Satz formulieren sollte. Es war warm im Büro, und Tanner bekam Durst. Der Banker wischte sich mit dem Taschentuch über seine Glatze. Ein Schweißtropfen rollte die Nase herunter und fiel auf den Schreibtisch.

»Was ich eigentlich sagen wollte …«, begann er leise. »Irgendetwas ist los in der Firma Rottenmann.«

»Aber was?«

Alessandro steckte das Taschentuch weg. »Alleine mit Privatentnahmen ist die Situation in dem Weingut nicht erklärbar.«

»Was heißt das?«

»Es ist wie bei Shakespeare, verstehst du? Etwas ist faul im Staate Dänemark.«

»Aber was?«

»Ich habe keine Ahnung«, sagte Alessandro.

*

Vom oberen zum unteren Ende des Obstmarktes, an dem sich das Wirtshaus Vögele befand, waren es nur wenige Schritte. Tanner hatte Glück und ergatterte einen freien Platz in der schummrigen alten Stube. Als er am Tisch mit den Zeitungen vorbeiging, fiel ihm die Schlagzeile der Neuen Südtiroler Tageszeitung ins Auge: **MORD AN JUNGER FRAU**. Der Tod einer gewissen Verena R. war der Zeitung nur eine kurze Notiz wert. Umso größer prangte das Foto des allgegenwärtigen Commissario Capo auf der Titelseite, Nero De Santis: exakt gebundene Krawatte, blütenweißes Hemd, dunkler Anzug und ein künstliches, gestelztes Lächeln, von dem Tanner annahm, dass es unmittelbar nach dem Blitz der Kamera verschwunden war.

Einige Minuten später näherte sich Maurizio, schälte sich aus seinem dick gefütterten Wintermantel und ließ sich stöhnend gegenüber Tanner auf den Stuhl fallen.

»Die Gespräche machen wir hinterher.« Maurizio griff nach der Speisekarte. »Zuerst muss ich etwas essen.«

»Und trinken«, ergänzte Tanner.

Ein junger Kellner erschien, wischte mit einer flinken Bewegung über das Tischtuch, als hätte er dort Brösel entdeckt, und nahm ihre Bestellung auf. Tanner orderte den

Lammrücken mit Pfifferlingen, Maurizio schloss sich dem an, bestand aber auf einer Portion Ravioli mit Trüffeln als Vorspeise. Schließlich habe er seit dem Frühstück nichts gegessen. Oder fast nichts.

Auch beim Wein gab es nach kurzem Meinungsaustausch Einigkeit. Sie entschieden sich für einen 2018er Chardonnay vom Weingut Manincor in Kaltern. »Elegant, dicht, kräftig und anspruchsvoll«, las der Kellner vor.

»Genau der richtige Wein für uns«, sagte Maurizio. Sein Sakko war über dem Bauch zugeknöpft, und Tanner hatte Angst, dass der Knopf die Spannung nicht aushalten würde.

»Der junge Rottenmann war bei mir im Büro, als der Anruf von dem Autounfall kam.«

»Wie jung ist der Junge?«

»Knapp über zwanzig. Er soll mal die Firma übernehmen. Georg, sein Vater, ist an die fünfzig.«

»Georg Rottenmann steht kurz vor der Entlassung aus der U-Haft. Ein Akt von Neros Gnaden. Und keiner weiß, wieso. Warum war der Sohn bei dir?«

»Das Interessante ist, dass Roland mit Verena befreundet war. Wahrscheinlich sogar eine sehr enge Freundschaft.«

»Warum sagst du wahrscheinlich?«

»Weil ich es nicht genauer weiß. Zumindest hatten sie was miteinander. Gestern war er bei mir im Büro, redete eigenartiges Zeug und behauptete, dass Verena angeblich etwas Wichtiges herausgefunden habe und sie deshalb mit mir reden möchte.«

»Und? Wie geht die Geschichte weiter?«

»Nichts dahinter meiner Meinung nach. Außerdem kam

genau in diesem Moment dein Anruf, dass Verena verunglückt ist.«

»La pausa pranzo«, sagte Maurizio, hob die Hand und lächelte das Essen an, das der Kellner vor ihn hinstellte. Er warf noch einen kurzen Blick auf Tanners Teller, murmelte etwas von gutem Appetit, dann packte er entschlossen das Besteck, rückte den Sessel etwas nach vorn und spießte mit einem wohligen Stöhnen eine dampfende Ravioli auf die Gabel.

Tanner beobachtete Maurizio eine Weile, dann fragte er: »Warst du in letzter Zeit bei einem Arzt?«

Maurizio deutete auf das gerahmte Bild neben ihnen an der Wand, auf der in großen Lettern WEIN, WEIB & GESANG zu lesen war. »Über diese drei Dinge hat mir mein Arzt einen langen Vortrag gehalten. Es ist höchste Zeit, meinte er, damit aufzuhören. Stufenweise.«

»Stufenweise? Wie macht man das?«

»Seit einer Woche verzichte ich auf das Singen.«

Tanner deutete auf die Tageszeitungen und Magazine, die in einem wilden Stapel auf dem Tisch neben dem Eingang lagen. »Hast du die Südtiroler Tageszeitung gesehen?«

»Mit der Fotografie von De Santis auf der Titelseite? Ist mir beim Vorbeigehen aufgefallen. Ich bin aber nicht stehen geblieben, sonst wäre mir der Appetit vergangen.«

Tanner trank sein Weinglas leer. »Ich frage mich, was deine ehemaligen Mitarbeiter in der Questura über den sogenannten Autounfall des Mädchens herausgefunden haben. Es gibt nämlich einen Zeugen, der gehört hat, was in den letzten Sekunden passiert ist, bevor Verenas Wagen in die Tiefe gestürzt ist.«

Maurizio hörte Tanner aufmerksam zu und zupfte wie gedankenverloren an seinem Doppelkinn, was er immer tat, wenn er sich konzentrierte. »Was sagt der Zeuge?«

»Genauer gesagt, eine Zeugin. Sie hat nichts gesehen, aber interessante Dinge gehört. In die Geschehnisse, die dem tödlichen Crash unmittelbar vorausgegangen sind, war ein zweiter Wagen verwickelt, der leider schon weg war, als die Frau auf die Straße kam. Es gibt aber einen zweiten Zeugen, der das Auto gesehen hat. Einen gelben Fiat.«

Maurizio lächelte. »Du fährst doch einen Fiat.«

»Ich werde mich jedenfalls noch einmal intensiv mit Roland unterhalten. Habe ich dir eigentlich von den geheimnisvollen Spuren im Schnee berichtet, die den alten Rottenmann beunruhigen. Ich gehe jede Wette ein, dass sein Enkel Roland mehr weiß, als er sagt. Irgendetwas stimmt nicht bei den Rottenmanns. Und ich finde es heraus.«

Lächelnd richtete Maurizio seine Schweinsäuglein auf Tanner. »Ich sehe schon ... Die Sache hat dich gepackt. Wer ist eigentlich dein Auftraggeber?«

»Philipp Rottenmann. Der Alte.«

»Du warst doch bei der Bank. Was hast du dort erfahren?«

»Dass das Weingut auf ernsthafte finanzielle Probleme zuläuft, wenn sich nichts ändert.«

»Ich habe auch noch eine interessante Neuigkeit.« Maurizio wischte sich den fettigen Mund ab und warf die Serviette auf den Teller. »Weißt du, was eine Audiodatei ist? Man hat Elenas Handy im Labor untersucht und ist auf einen Anruf gestoßen, der auf ihrer Mailbox gespeichert war.« Maurizio holte sein Handy aus der Jackentasche, wischte darauf herum und sagte dann: »Hör gut zu. Mein ehemaliger Mitarbeiter, Gerd Rieper, hat mir die Datei zugesandt. Dieser Anruf ging wenige Stunden vorher auf Elenas Handy ein, bevor der andere Typ Elenas Leiche gefunden hat, als er mit den Zigaretten in ihre Wohnung kam.«

Tanner hielt sein Ohr an das Telefon und hörte, wie eine männliche Stimme sagte: »Ich habe Lust auf dich. In drei Stunden komme ich. Zieh dich schon mal aus.«

»Die Stimme kommt mir bekannt vor.« Tanner hielt Maurizio das Handy hin. »Kann ich das noch mal hören?«

»Im Moment bemühen sich die Kollegen, den Anrufer zu identifizieren. Er hat zwar seine Rufnummer unterdrückt, doch sie herauszufinden ist kein großes technisches Problem.«

»Die Stimme kommt mir wirklich bekannt vor«, wiederholte Tanner. »Das könnte Gabriel Varga sein.«

»Bist du sicher?«

Tanner dachte einige Augenblicke nach und machte eine abwinkende Handbewegung. »Na wenn schon ... das ist nun auch schon egal. Varga ist der Vater des ungeborenen Kindes. Das macht ihn um vieles verdächtiger als dieser hormongetriebene Anruf.«

»Wahrscheinlich hast du recht.« Maurizio winkte dem Kellner und deutete ihm mit einer pantomimischen Geste an, dass er die Rechnung bringen solle.

»Habe ich dir eigentlich erzählt, dass man in Verenas Auto – oder was davon übrig war – einen Brandbeschleuniger nachgewiesen hat?«

»Brandbeschleuniger?«

»Höchstwahrscheinlich Benzin. Gar nicht so wenig. Die

Leute von der Spurensicherung stellen sich das so vor: Irgendjemand hat im Wagen, in dem sich Verenas Leiche befand, das Benzin verteilt und das Auto in die Tiefe rollen lassen. Vielleicht wurde im Wagen vorher noch ein kleines Lagerfeuer entfacht. Zur Sicherheit.«

»Ich habe die Überreste des Mädchens nur kurz aus der Ferne gesehen. Gott sei Dank jedenfalls. War die Leiche stark verbrannt?«

Maurizio schüttelte den Kopf. »Angekohlt, sagte mir der Rechtsmediziner, der die Obduktion vorgenommen hat. Er hat mir erklärt, dass ein menschlicher Körper erst bei tausend Grad verbrennt ... restlos wenigstens ... und das dauert an die zwei, drei Stunden. In dem Auto hat es nur kurz gebrannt. Das ergab einige hundert Grad vielleicht. Da bleibt das meiste vom Körper übrig.«

Einige Augenblicke trat Stille ein.

»Ich bin froh«, sagte Tanner, »dass du mir das erst jetzt erzählst. Nach dem Essen, meine ich.«

*

»Kommen Sie doch bitte zu mir ins Büro«, sagte Tanner. »Aber rasch.«

»Was heißt rasch?«

»Auf der Stelle! Ich habe einen Auftrag von Ihrem Vater und einen von Ihrem Großvater, die ich nur erfüllen kann, wenn Sie endlich den Mund aufmachen und aufhören, meine Arbeit und mich zu torpedieren.«

Roland Rottenmann machte eine kurze Pause, während der Tanner ihn nur schwer atmen hörte.

»Auf geht's!« Tanners Stimme war laut und bestimmend geworden. »Ich warte im Büro auf Sie.« Dann beendete er das Telefonat.

Tanner saß am Tisch und starrte auf sein Notebook, als es klopfte und Roland Rottenmann eintrat. Verwirrt sah er Tanner an, beinahe erschreckt. »Ich fühle mich von Ihnen unter Druck gesetzt. Ich torpediere Ihre Arbeit nicht. Und Sie schon gar nicht.«

Tanner deutete auf den Besucherstuhl vor seinem Schreibtisch. »Doch. Und Sie benehmen sich unfair Ihrer Familie gegenüber, insbesondere betrifft das Ihren Vater, der immer noch im Gefängnis sitzt. Sie können mithelfen, dass er rauskommt.«

»Er wird ohnehin demnächst entlassen. Auch ohne meine Mithilfe. Mein Vater hat mit dem Tod Elenas nichts zu tun.«

»Dennoch … es wird Zeit, dass Sie mir ein paar Dinge erklären. Zum Beispiel, was im Weingut Rottenmann los ist. Die Frage betrifft sowohl die Familie als auch die wirtschaftliche Situation in Ihrer Firma. Fangen wir mit Ihrer Stiefmutter Valentina an.«

»Stiefmutter!« Roland machte eine ärgerliche Handbewegung. »Valentina kann keiner leiden. Und mich zum Beispiel mag sie auch nicht. Das beruht auf Gegenseitigkeit. Mein Vater hat sich für diese Frau entschieden, aus welchen Gründen auch immer. Ich betrachte sie jedenfalls nicht als meine Stiefmutter.«

»Doch jetzt kommen wir zuerst zu Verena Rubner. Sie hat etwas Wichtiges herausgefunden, sagten Sie. Und deshalb wollte sie mit mir reden. Das waren Ihre Worte hier in meinem Büro … kurz bevor der Anruf kam, dass sie verunglückt ist. Und Sie wissen, dass es kein Unglück war. Also … raus mit der Sprache! Was hat Verena entdeckt?«

Nervös fuhr sich Roland Rottenmann durch die Haare, so als ob seine Finger ein Kamm wären, dann blickte er zu Tanner und schüttelte langsam den Kopf. »Ich weiß es nicht.«

»Warum lügen Sie mich an?«

»Das tu ich nicht.«

»Verena war ein ernst zu nehmender Mensch. Und wissen Sie, wie Ihr Großvater Philipp das Mädchen genannt hat? Neugierig hat er sie genannt. Viel zu neugierig. Das waren seine Worte.« Tanner beugte sich vor, so dass er Rolands Aftershave riechen konnte. »Was hat die neugierige Verena herausgefunden? Vielleicht etwas, was niemand erfahren sollte? Verdammt! Reden Sie schon!«

»Sie können mich noch hundertmal fragen. Von mir erfahren Sie nichts. Ich mag nicht meine Familienangelegenheiten vor einem Fremden ausbreiten.«

»Ihre Familienangelegenheiten beinhalten bereits zwei Morde. Und Sie zieren sich, mit mir zu reden. Verdammt! Ihr Vater sitzt im Gefängnis, und ich ermittle im Auftrag Ihres Großvaters. Schon vergessen? Oder möchten Sie weiterhin so lange den Mund halten, bis ein weiterer Mord geschieht? Also … was war mit Verena?«

Seufzend lehnte sich Roland zurück. Hatte er den Widerstand aufgegeben? »Mein Großvater hat sich nicht nur Sorgen über die Spuren im Schnee gemacht. Die allgemeine

Geschäftssituation hat ihn beunruhigt. Und beunruhigt ihn nach wie vor.«

»Ist mir bekannt. Ich war bei Ihrer Hausbank.« Tanner wartete, bis ihm Roland ins Gesicht sah. »Die durften mir zwar keine Details mitteilen, aber der Bankmensch hat nicht glücklich ausgesehen, als das Gespräch auf die aktuellen Geschäftszahlen kam. Wissen Sie, dass die Frau Ihres Vaters viel Geld ausgibt. Shopping und Co.«

Der junge Mann machte eine ärgerliche Handbewegung. »Davon geht eine Firma nicht kaputt. Jedenfalls nicht so schnell. Die Wahrheit ist viel unangenehmer.«

»Die Wahrheit«, sagte Tanner. »Und Verena ist auf die Wahrheit gestoßen.«

»Verena musste sich ständig die Sorgen meines Großvaters anhören, dass das Geschäft schlecht läuft und was denn eigentlich los ist im Weingut Rottenmann, das er immer noch als seines ansieht. Und dann hat Verena etwas tiefer gegraben. Schließlich weiß sie, wo sich die Geschäftsunterlagen befinden, und sie kennt die Passwörter in unserem internen IT-System.«

Gespannt beugte sich Tanner vor. »Und?«

»Sie hat sich mit einigen Details vertraut gemacht, und die werfen ein besonderes Licht auf die Klamottensucht Valentinas und deren teure Einkäufe. Da gab es aber noch mehr.«

»Was denn noch?«

»Verena kennt sich aus in der Buchhaltung einer Firma. Und sie ist auf Transaktionen gestoßen, die nichts mit Valentinas Shoppingaktivitäten zu tun haben. Beziehungsweise darüber hinausgehen.«

»Transaktionen ... jetzt wird's interessant«, sagte Tanner.

»Das hat Verena auch gesagt. Sie stieß auf regelmäßige und unregelmäßige Überweisungen hoher Geldbeträge.«

»Überweisungen ... wohin?«

»Irgendwelche Konten bei zwei römischen Privatbanken.«

Tanner pfiff durch die Zähne. »Hat sie mit jemandem darüber gesprochen?«

Roland schüttelte den Kopf. »Mit Sicherheit nicht. Wir wollten mehr darüber wissen, und außerdem hatte ich vor, mit meinem Vater darüber zu reden, bevor wir Fragen stellen. Dann kam Papa ins Gefängnis, und das mit den Fragen hat sich logischerweise verzögert.«

Tanner betrachtete das leicht gerötete Gesicht des jungen Mannes. Sagte Roland die Wahrheit? Er beschloss, dem Gespräch eine etwas andere Richtung zu geben und danach wieder zum Kern zurückzukommen.

»Wie eng war Ihre Freundschaft zu Verena?«

Man konnte deutlich erkennen, dass Roland die Frage unangenehm war. Er zuckte mit den Schultern. »Kann man schlecht sagen.«

»Haben Sie mit ihr geschlafen?«

Schlagartig hob er den Kopf. »Was soll die Frage? Wir wollten heiraten. Sobald ich mit dem Studium fertig bin.«

»Was ist eigentlich Markus Moroder für ein Mensch? Als Kellermeister hat er auf mich einen guten Eindruck gemacht.«

»Um Gottes willen«, rief Roland aus und begann vehement den Kopf zu schütteln.

»Moroder ist ein Mann der alten Schule. Besser gesagt,

der veralteten Schule. Die Südtiroler sind bekannt für ihre Bodenständigkeit. Tradition ist prinzipiell etwas Positives. Aber bodenständig sein reicht heute nicht mehr. Bei den meisten unserer Konkurrenten ist eine neue Generation von Winzern am Ruder, verstehen Sie? Junge Leute, die innovative und unbekannte Wege beschreiten. Da wird experimentiert, und da werden neue Grenzen ausgelotet. Leider ist mein Vater genau das Gegenteil. Und dasselbe gilt auch für Moroder. Das ist die alte Schule. Und wer nicht modernisiert, ist in kurzer Zeit weg vom Fenster.«

Tanner dachte an sein Gespräch mit dem Bankmenschen Alessandro Schrödinger und überlegte, ob er Roland davon erzählen sollte, entschied sich aber dagegen.

»Ich hatte einige Gespräche mit Valentina«, sagte Tanner. »Einige wenige Gespräche. Während des Abendessens, zu dem mich Ihr Großvater eingeladen hat. Während des Essens habe ich sie beobachtet … und auch Moroder, der mit am Tisch saß. Ich kann es nicht begründen, aber während des Abends kam mir der Verdacht, dass die beiden etwas miteinander haben.«

Roland nickte. »Ich schließe nicht aus, dass Valentina dem Mann schöne Augen macht, glaube aber, dass es eher finanzielle Interessen sind, die beide zueinander führt.«

»Was meinen Sie?«

»Da ist keine Liebe. Valentina und Moroder … sie planen etwas, das …«

»Was planen sie?«

»Lassen Sie mich ausreden. Ich glaube, dass die Aktivitäten von Valentina ausgehen, die sich möglicherweise intensiviert haben, seit mein Vater im Gefängnis sitzt. Ich traue dem Weib nicht über den Weg. Das ist der Grund, warum ich nicht zu Hause wohne, sondern im Studentenheim.«

»Sehen Sie einen Zusammenhang mit den beiden Morden?«

Roland nickte. »Ich gäbe viel darum, zu wissen, was genau zwischen den beiden läuft. Und wie ihre Pläne aussehen.«

»Mir fehlt die Phantasie, in welche Richtung das gehen sollte. Helfen Sie mir!«

»Man müsste Zeuge sein, was die zwei miteinander reden.« Roland richtete seinen Zeigefinger wie eine Pistole auf Tanner. »Das wäre doch eine lohnende Aufgabe für einen Detektiv.«

»Das ist in der Tat eine lohnende Aufgabe«, sagte Tanner. »Würden Sie mich dabei unterstützen?«

»Wenn es der Wahrheitsfindung dient, bin ich dabei.«

»Dabei fällt mir eine Geschichte ein, die mir Ihr Großvater erzählt hat und die ihn sehr beunruhigt. Er zeigte mir Spuren im Schnee, menschliche Schritte, die quer über das Feld zum Haus führen. Einige der Tritte waren besonders gut zu erkennen. Schuhgröße dreiundvierzig. Schätzungsweise.« Tanner begann zu lächeln. »Ich wette, Sie haben Schuhgröße dreiundvierzig.«

»Ich kenne die Geschichte, sowohl von Verena als auch von meinem Großvater. Keine Ahnung, was da los ist. Glauben Sie denn, ich schleiche nachts durch die Gegend?«

»Nochmals zu den Finanzen Ihres Weinguts. Vielleicht sollten Sie sich die Sache mal ansehen.«

»Das hätte ich schon längst getan, doch dann kam Papas

Verhaftung dazwischen. Da hatten wir plötzlich andere Sorgen.«

Während der letzten Sätze hatte sich der Gesichtsausdruck des jungen Mannes verändert, was Tanner aber nicht zu deuten vermochte. Er überlegte, ob Roland noch etwas bedrückte.

»Gibt es noch was, über das wir reden sollten?«

»Ich weiß nicht ... Verena hat noch einen Punkt angesprochen.«

»Erzählen Sie!«

»Wenn man sich den ganzen Tag im Haus aufhält, hört man eine ganze Menge, sagte sie. Ich habe seitdem viel über diese Bemerkung Verenas nachgedacht. Wahrscheinlich war sie tatsächlich ein neugieriges Mädchen. Viel zu neugierig, wie es mein Großvater ausgedrückt hat. Jedenfalls muss etwas ihre Aufmerksamkeit erregt haben.«

»Nämlich?«

»Wenn ich das wüsste«, sagte Roland mehr zu sich. »Es gibt noch einen weiteren Punkt, den du wissen solltest, sagte Verena zu mir am Telefon. Etwas ganz Wichtiges.« Er legte beide Hände über sein Gesicht. »Dann hatte ich den Termin bei Ihnen im Büro, und eine Stunde später war Verena tot. Diesen weiteren Punkt, wie ihn Verena nannte, habe ich nie erfahren.«

Tanner ließ eine Gesprächspause eintreten, um dem Gegenüber die Gelegenheit zu geben, sich zu sammeln.

»Und Sie haben keine Ahnung, was Verena gemeint haben könnte?«

»Ich würde es Ihnen sagen. Diesmal müssen Sie mir glauben. Es ist die Wahrheit.«

»Bevor wir uns verabschieden, noch eine Frage: In Ihrem Elternhaus stimmt irgendetwas mit der Elektrik nicht. Ich habe zweimal miterlebt, dass der Strom ausfiel und das Licht geflackert hat. Wissen Sie, warum?«

Roland schmunzelte. »Möchten Sie mit mir jetzt über Elektrotechnik reden? Keine Ahnung, was da los ist. Wahrscheinlich stammen die Stromleitungen noch aus dem vorigen Jahrhundert. Müsste man mal auf den neuesten Stand bringen. Wie so vieles in dem alten Gemäuer.«

»Ich könnte Ihnen einen tüchtigen Installateur empfehlen«, sagte Tanner.

*

Plötzlich war es, als würde ihn sein Gehirn darauf aufmerksam machen, etwas Wichtiges vergessen zu haben. Er hätte Roland Rottenmann gegenüber ein Thema anschneiden sollen. Oder ihn etwas fragen sollen. Tanner dachte einige Augenblicke nach. War es etwas in Zusammenhang mit Valentina oder Moroder? Nein. Er erinnerte sich nicht. Und doch war das Gefühl da. Deutlich sogar. Ärgerlich über sich selbst, schüttelte er den Kopf und griff nach seinem Handy.

»Es gibt gute Gründe«, sagte Tanner zu Schluzzer am Telefon, »dass wir uns in der Stadt zum Shoppen treffen.«

»Meinen Sie Frühschoppen, Chef?«

»Es geht um intelligente Elektronik, Schluzzer. Das Geschäft heißt ›Audio und Alarm‹ und befindet sich in der Rauschertorgasse. Direkt neben der Herz-Jesu-Kirche.«

»Ich bin so gut wie unterwegs, Chef.«

Audio und Alarm. In großformatigen Klebebuchstaben prangte die Schrift auf der Schaufensterscheibe. Sie stiegen drei schief getretene Stufen hinunter, und als Tanner die Tür öffnete, hörte er einen Klingelton, der ihm merkwürdig vertraut vorkam, wie ein Klang aus fernen Kindertagen.

Ein strenger Geruch lag in der Luft, den er nicht zuordnen konnte. Helle Neonröhren bestrahlten die Regale, die bis zur Decke mit unterschiedlich großen Geräten gefüllt waren. Im Hintergrund flog eine Tür auf, und mit eigenartig federndem Gang kam ein junger Bursche auf sie zu. Er mochte achtzehn oder neunzehn Jahre alt sein, war schlank und hatte eine Menge Pickel im Gesicht. Er grinste und breitete die Arme aus, als wollte er Tanner und Schluzzer auf einmal umarmen. Carlo Plazotta stand auf dem Namensschild, das er auf seinem Hemd trug.

»Was kann ich für Sie tun?« Er hob beide Hände und blieb in dieser Pose wie erstarrt stehen.

»Sie können Ihre Arme wieder nach unten nehmen«, sagte Tanner. »Wir möchten nur eine Wanze kaufen. Oder vielleicht zwei.«

»Grandios« rief er und deutete auf das zwei Meter hohe Plakat hinter ihm, auf dem eine Unzahl schwarzer Kästchen abgebildet war, die mit einem Knäuel roter Linien miteinander verbunden waren. »Bei uns dreht sich alles um Abhören, Sichern und Ausspionieren.«

»Es geht um die typische Arbeit eines Detektivs«, sagte Tanner. »Wir möchten wissen, was zwei Menschen, die sich im selben Haus, aber jeweils in einem anderen Raum befinden, miteinander reden. Ohne Wissen der Beteiligten natürlich. Großer Lauschangriff mit bescheidenen Mitteln. Verstehen Sie?«

»Bei mir bekommen Sie Wanzen aller Art.« Carlo griff unter den Tresen und legte einige schwarze Kästchen auf den Tisch und ordnete sie der Größe nach. »Früher lief alles mit Funktechnik, die jedoch fehleranfällig und teuer war. Heute arbeiten wir mit GSM-Wanzen. Das sind praktisch miniaturisierte Handys, aber ohne Display und Tastatur.« Er nahm eines der Kästchen in die Hand und öffnete es. »Damit zeichnen Sie die Gespräche auf. Und das hier ist das Sendegerät. Hier kommt eine SIM-Karte hinein, und schon ist alles betriebsbereit. Sie sitzen in Ihrem Kommandoraum und werden automatisch benachrichtigt, sobald von der Wanze ein Gespräch oder ein Geräusch entdeckt wird. Die Abgehörten bekommen davon natürlich nichts mit.«

Interessiert nahm Schluzzer das Kästchen zur Hand, schob seine Brille auf die Stirn und begutachtete interessiert das Gerät. »Und wo wird die Wanze versteckt?«

»Ganz einfach.« Carlo grinste und trat einen Schritt näher. »Ein beliebter Ort ist das Bücherregal im Wohnzimmer. Stecken Sie das Ding zwischen zwei Bände.«

»Und wenn die Zielperson nur ein Buch hat, was dann?«

»Sie wollen es genau wissen.« Carlo lachte. »In so einem Fall nehmen Sie die Unterseite einer Tischplatte.«

»Ist so etwas eigentlich erlaubt?«, fragte Schluzzer.

»Das wollen wir gar nicht so genau wissen«, griff Tanner ein. Und an Carlo gewandt, sagte er: »Wir kaufen das Zeug.«

*

»Passen Sie gut auf«, sagte Tanner zu Schluzzer. »Zwei Dinge sind jetzt kriegsentscheidend wichtig.«

»Kriegsentscheidend? Führen wir Krieg?«

»Ja. Gegen einen teuflischen Mörder, der bereits zwei Menschen auf dem Gewissen hat.«

»Chef, dass der Mord an Elena und Verena zusammengehören oder sogar vom selben Täter verübt wurden, haben Sie einmal eine Arbeitshypothese genannt. Wir als seriöse Detektive brauchen jedoch Beweise.«

»Schluzzer, Sie werden immer besser. Die Hypothese lautet also: Zwei Opfer und ein Mörder. Diese Annahme werden wir durch Fakten ersetzen. Und das ist Ihre Aufgabe. Schon der alte Rottenmann sagte so etwas Ähnliches über Verena. Neugierig ist sie, meinte er, viel zu neugierig.«

Schluzzer dachte einige Augenblicke, dann nickte er. »Wenn die Neugierde nachlässt, müssen wir zu denken anfangen.«

»Und das Denken ist ab sofort Ihre Aufgabe, Schluzzer, wir müssen wissen, was Verena an ihrem Todestag getan hat. Jede Minute … verstehen Sie? Recherchieren Sie genau. Ich werde Roland einweihen. Der wird Sie bei den Rottenmanns erwarten und Sie in dem unübersichtlichen Gebäudewirrwarr unterstützen. Mein Verdacht konzentriert sich auf Valentina und Markus. Eine Wanze installieren Sie deshalb bei ihr, die andere in Moroders Zimmer. Machen Sie aber schnell. Die beiden sind verreist, und wer weiß, wie schnell sie zurückkommen.«

»Valentina verstehe ich. Warum ist auch Moroder Ihrer Meinung nach verdächtig?«

»Das ist der Arbeitshypothese zweiter Teil.«

»Der Verkäufer sprach von einem Kommandoraum. Wo ist der? Ich meine, wo ist meine Wanzenzentrale?«

»Es gibt einen Dachboden. Philipp Rottenmann hat mir davon erzählt. Wie Sie dahin kommen, sagt Ihnen Roland. Dort schlagen Sie Ihr Lager auf.«

»Und was ist der zweite Punkt?«

»Was meinen Sie?«

»Zwei Dinge sind kriegsentscheidend wichtig, sagten Sie vorhin.«

Tanner veränderte seine Stimme, um zu zeigen, dass er jetzt zum Kern der Sache kam. »Wie gut sind Ihre Kenntnisse in der Elektrotechnik?«

»Gut«, sagte Schluzzer. »Ich schwimme ständig gegen den Strom.«

»Hören Sie gut zu. Der Ansitz der Rottenmanns ist fast fünfhundert Jahre alt. Und genauso antiquiert sind auch die elektrischen Leitungen, so dass der Strom immer wieder ausfällt. Besorgen Sie sich einen blauen Arbeitsanzug, fahren Sie hinauf in die Berge und stellen Sie sich im Weingut als Fachmann für Stromausfälle vor. Sagen Sie, dass Sie im Auftrag von Roland Rottenmann kommen und Sie den Auftrag haben, in allen Räumen die Steckdosen zu überprüfen.«

»Steckdosen überprüfen ... Chef, wie geht das?«

»Gehen Sie zu einem Elektriker und lassen Sie sich eine Nachhilfestunde geben. Kennen Sie einen?«

Einige Augenblicke sah ihn Schluzzer entgeistert an, dann änderte sich sein Gesichtsausdruck, und er nickte. »Mein zweiter Cousin ist Elektriker in Margreid. Ich rede mit ihm. Der borgt mir auch einen Blaumann.«

»Fragen Sie ihn auch, wie man Sicherungen raus- und

reinschraubt. Gehen Sie zum Verteilerkasten, fummeln ein bisschen darin herum, und wenn Ihnen jemand zuschaut, murmeln Sie: ›Verdammt, da stimmt mit der Hauselektrik einiges nicht. Das kann länger dauern‹. Achten Sie aber darauf, dass derjenige, dem Sie das erzählen, sich beim Strom etwas weniger auskennt als Sie.«

Kaum hatte sich Schluzzer verabschiedet, beschlich Tanner wieder das Gefühl, etwas vergessen zu haben. Das kannte er bereits, und er ärgerte sich, dass er es bereits kannte. Jeder Unsinn fiel ihm ein, sogar ein Spruch, den vor mindestens vierzig Jahren seine Mutter immer aufsagte: Wir erinnern uns an das, was wir vergessen sollten, und vergessen, an was wir uns erinnern sollten. Was war es? Ein zusätzlicher Auftrag an Schluzzer für dessen Recherchen auf dem Rottenmann'schen Ansitz? Übersah er gerade etwas? Das Offensichtliche, das direkt vor seiner Nase lag?

Er zog sein Handy aus der Tasche und rief Roland Rottenmann an. »Es ist so weit. Wenn es der Wahrheitsfindung dient, sagten Sie, würden Sie mich unterstützen. Mein Mitarbeiter kommt zu Ihnen nach Hause. Er braucht Ihre Hilfe. Sollte Ihr Großvater fragen, wer das ist, sagen Sie ihm, dass endlich der Fachmann fürs Elektrische angekommen ist, der alle Störungen beseitigt.«

»Wann kommt er?«

»Morgen früh.«

»Was genau haben Sie vor?«

EINUNDZWANZIG

»Wir gehen zuerst zu meinem Großvater«, sagte Roland, der Schluzzer willkommen hieß. »Wie nennen Sie sich eigentlich?«

»Mein Name ist Ingenieur Alfons Maier«, sagte Schluzzer. »Elektroinstallateur von Beruf. Mit Abschlussdiplom und Eintragung in die Bozener Berufskammer der Periti Industriali.«

Roland grinste. »Sie spielen Ihre Rolle hervorragend. Nur Ihre blaue Arbeitskluft ist Ihnen zwei Nummern zu groß.« Er zeigte quer über den Hof. »Da müssen wir hin. Mein Großvater ist der Patriarch und Oberhaupt der Familie. Er will über alles informiert sein, insbesondere wenn ein Handwerker in den Privaträumen unterwegs ist.«

Philipp Rottenmann streckte ihm freundlich die Hand entgegen. »Endlich ein Fachmann, der sich unserer altertümlichen Anlage annimmt. Wie oft habe ich zu Georg ... das ist mein Sohn ... schon gesagt, er soll einen Elektriker holen.«

»Das werden wir bald erledigt haben.« Schluzzer sagte es laut und selbstbewusst und sah dabei vom Großvater zum Enkel. »Ich vermute einen Wackelkontakt, der manchmal zu einem Kurzschluss führt. Einem sehr kurzen Kurzschluss wahrscheinlich.«

»Viel Erfolg, Herr Ingenieur«, sagte der Alte und winkte Schluzzer jovial zu wie früher der Kaiser Franz Joseph seinen Völkern.

»Kommen Sie«, sagte Roland. »Ich zeige Ihnen jetzt die Zimmer. Von Ihrem Chef weiß ich, auf welche Räume sich Ihre Arbeit konzentrieren wird.«

Aufgeregt folgte Schluzzer dem jungen Mann den Flur entlang und in einen Raum, in dem es nach Schweiß und kaltem Zigarettenrauch roch. Roland begann erbärmlich zu husten. »Meiner Meinung nach ist Markus Moroder nikotinsüchtig. Hier müsste man ordentlich lüften.«

Sie gingen schweigend weiter, Roland mit langen Schritten voran, fast laufend, so dass Schluzzer Mühe hatte zu folgen.

»Bevor Sie mit Ihrer Arbeit beginnen, zeige ich Ihnen noch Valentinas Zimmer und den Raum, in dem Sie Ihre Kommandozentrale aufschlagen können.«

Von der Haustür ging eine breite Treppe in das Obergeschoss.

»Das ist Valentinas Heiligtum.« Nach einem raschen Rundumblick lächelte er Schluzzer an. »Ich war selbst auch noch nie hier drin. Es wird Sie niemand stören, wenn Sie sich hier im Zimmer aufhalten. Valentina und Moroder, unser Kellermeister, sind in Mailand und kommen wahrscheinlich erst morgen zurück.«

»Wahrscheinlich?«, fragte Schluzzer.

»Höchstwahrscheinlich.« Mit der Hand zeigte Roland nach oben. »Jetzt zu Ihrer Zentrale.« Hintereinander stiegen sie eine wackelige Leiter nach oben und betraten den Dachboden. Eiseskälte schlug ihnen entgegen.

»Ab sofort Ihr Reich.« In einer großzügigen Geste breitete er die Arme aus.

Der Dachboden war geräumig, staubig und eiskalt. Durch

eines der schrägen Fenster konnte Schluzzer den Himmel sehen und den oberen Teil eines kahlen Baumes.

»Das ist eine sehr kühle Kommandozentrale.« Um die Kälte zu demonstrieren, schlang Schluzzer die Arme um sich.

»Ich bringe Ihnen einen Heizlüfter«, sagte Roland Rottenmann und grinste. »Allerdings funktioniert der nur mit Strom. Und für den sind Sie zuständig. Ich lasse Sie jetzt allein. Hier ist meine Handynummer. Falls Sie noch Fragen haben. Ich bin den ganzen Tag hier irgendwo im Gebäude.« An der Tür drehte er sich noch mal um. »Es könnte sein, dass mein Vater heute noch aus dem Gefängnis entlassen wird. Dann melde ich mich sofort.«

Na, hoffentlich kommt der nicht heute schon, dachte Schluzzer.

Verkehrt herum kletterte er die Stiege nach unten, blieb stehen und versuchte, sich in dem Labyrinth von Fluren und Treppen zu orientieren. Nach einigen Irrläufen fand er schließlich wieder zu Valentinas Zimmer, das mit seinen edlen Möbeln und Stoffen eher einem gräflichen Schlafgemach glich.

Schluzzer drehte sich einmal um seine eigene Achse. An der Wand, dem Fenster gegenüber, hing in einem mächtigen Rahmen ein großes Bild vom Typ *Röhrender Hirsch*. Alles muss genau geprüft werden. Mit dem Zeigefinger strich er über den Bilderrahmen und schloss aus der dicken Staubschicht, dass das Gemälde nur selten gereinigt, geschweige denn von der Wand genommen wurde. Ein idealer Platz. Er platzierte die Wanze hinter dem Bild.

Schluzzer war gerade auf der Treppe, als er eine Mädchenstimme hörte, die das Lied *Azurro* trällerte, das er von

Adriano Celentano kannte. Viele Jahre her. Einige Augenblicke später rannte ein junges Mädchen, mit Staubsauger und Besen bepackt, fast in ihn hinein. Mitten auf der Treppe blieb sie stehen und lachte ihn an. »Ich bin zwar erst seit Kurzem hier angestellt, aber ich weiß, wer Sie sind. Der Herr Ingenieur. Ihr Anzug sieht ganz neu aus.« Noch einmal lachte sie die Tonleiter rauf und runter und deutete mit der Hand den Flur entlang. »Wenn der Herr Ingenieur die Elektrotechnik in den Griff bekommen hat … da hinten ist mein Zimmer. Sie können zwischen Kaffee und Tee wählen. Mein Kaffee ist legendär. Ich heiße übrigens Ulrike. Meine Freunde nennen mich Uli.«

Schluzzer mochte Frauen mit roten Haaren. Die haben ganz bestimmte Eigenschaften, dachte er.

Im Zimmer Moroders war es kalt, und es stank nach altem Zigarettenrauch. Schluzzer wollte schon ein Fenster öffnen, ließ es aber sein. Es war ein heller Raum, unaufgeräumt und spartanisch möbliert. Ein Bett in der Ecke, ein Tisch und an der Wand ein kleiner Spiegel. Kein Bild an der Wand. Wo sollte er das Abhörgerät verstecken? Schließlich betrachtete er den Tisch, kniete sich nieder und befestigte die Wanze unter der Platte.

Pflicht erster Teil ist getan, sagte er sich und zog die Gardine zur Seite. Die zum Teil schneebedeckten Wiesen und Weinfelder zogen sich über den Hang hinauf bis zum Wald. Schluzzer erinnerte sich an die geheimnisvollen Fußspuren, von denen ihm Tanner erzählt hatte. Sein Chef berichtete aber auch über seinen Verdacht, von wem die Spuren wahrscheinlich stammten. Schluzzer öffnete das Fenster und warf einen Blick auf die ruhig daliegende Landschaft.

Nachdenklich verfolgte er einen Sprung im Verputz der Mauer, der eigenartig gezackt nach oben lief. An der Decke und in den Ecken des Zimmers hingen dichte Spinnweben. Vielleicht sollte er dem rothaarigen Mädchen einen Tipp geben, dass hier Arbeit auf sie wartete. Was sollte er jetzt tun? Nachdem ihm längere Zeit nichts eingefallen war, griff Schluzzer zum Äußersten und dachte nach. Höchste Zeit, die Zentrale in Betrieb zu nehmen.

Mit zitternden Knien kletterte er wieder die schwankende Leiter zum Dachboden hinauf. Dort, so war sein Eindruck, war es in der Zwischenzeit noch kälter geworden. Zufrieden bemerkte er, dass Roland seine Zusage eingehalten hatte. Neben der Tür stand ein Heizlüfter, daneben lag ein Verlängerungskabel. Schluzzer warf das Gerät an und stellte es neben die Zentraleinheit, die später die Verbindung zu den beiden Wanzen herstellen sollte.

Jetzt startet der operative Vorgang, sagte er sich, nahm sein Handy aus der Tasche und schaltete den Überwachungsbaustein ein, an dem die Daten der beiden Wanzen zusammenliefen und an sein Telefon weiterleiteten. Das kleine Gerät sah wie seine Playstation aus, mit der Schluzzer, immer wenn er Zeit hatte, *Spider Man* oder *Ghost Warrior* spielte.

Er drückte das Handy ans Ohr und verband sich zuerst mit der Wanze in Moroders Zimmer. Gleichmäßiges Rauschen. Nichts zu hören. Auch die angeschlossene Mailbox hatte bislang kein Gespräch aufgezeichnet. Plötzlich war ein Geräusch zu hören, das aus Raum A kam. Valentinas Zimmer. Eine Tür wurde geöffnet und wieder geschlossen. Der Verkäufer in dem Geschäft hat nicht gelogen, dachte Schluzzer.

Klar und deutlich waren klappernde Schritte zu hören. Eine Frau, dachte er. Vielleicht die kleine Rothaarige. Der Verdacht bestätigte sich, als er die ihm bereits bekannte Stimme vernahm, die das Lied *Azurro* summte.

Ein Sieg der Technik, dachte er. Sein Chef würde stolz auf ihn sein.

Von draußen war plötzlich Lärm und Bewegung zu vernehmen. Das muss vor dem Haus sein. Zwei Autotüren wurden zugeschlagen. Stimmen waren zu hören. Geräusche. Schritte.

Schluzzer schob eine Kiste unter das schräge Dachfenster und kletterte hinauf. Er stellte sich auf die Zehenspitzen, um die gesamte Szenerie überblicken zu können. Valentina stand neben dem Auto, ein Täschchen unter den Arm geklemmt, während Moroder die Koffer aus dem Wagen hob.

Schluzzer schloss das Fenster, setzte sich auf die Kiste und dachte nach. Die beiden waren also zurück. Änderte das seine Situation? Nur unwesentlich. Die zwei kannten ihn nicht. Änderte das seinen Auftrag? Keine Änderung. Er war der Installateur Alfons Maier und kümmerte sich um die altersschwache Elektrik. Ob Moroder sich beim Strom auskannte? Schlimmstenfalls ja. Vielleicht war er sogar ein elektrischer Fachmann. Egal. Schluzzer beschloss, den begonnenen Weg konsequent weiterzugehen. Nicht die Ziele machen den Erfolg des Detektivs aus, sagte sein Chef immer, sondern die Wege zum Ziel. Jetzt würde er sich mit seiner ganzen Expertise um die Hauselektrik kümmern. Damit konnte er seine Anwesenheit rechtfertigen. Deshalb war er hergekommen. Nur war ihm der Weg zum Ziel etwas unklar. Er hatte vergessen, Roland zu fragen, wo sich der

Zählerkasten befand. Unter der Treppe wahrscheinlich. In alten Häusern befanden sich die Sicherungen oftmals gut versteckt unter der Stiege. Genau dort wurde Schluzzer fündig. Ein kompetenter Elektroingenieur findet immer zu seiner Arbeit.

Motiviert öffnete er die eiserne Tür des Zählerkastens und fand sich vor einer Vielzahl kleiner Kästchen mit und ohne Schalter. Alle Hebelchen befanden sich in der oberen Position. Die obere Position ist auch im Leben die einzig richtige, sagte sich Schluzzer. Hier war weder etwas zu holen noch zu reparieren. Mit Interesse stellte er fest, dass man den unteren Teil der Schalttafel aufklappen konnte und sich ein unübersichtliches Gewirr von Kabeln enthüllte. Hier irgendwo müsste der Fehler zu finden sein. Er war gerade dabei, einige elektrische Knäuel zu entwirren, als das Mädchen mit dem feuerroten Haar hinter ihm auftauchte.

»Guten Tag, Uli«, sagte er, als ob es das Selbstverständlichste wäre.

»Hallo«, hauchte sie grinsend und deutete einen Knicks an. Die Rothaarige musste sich umgezogen haben, denn jetzt trug sie einen engen, kurzen Rock und eine weit ausgeschnittene Bluse, die Schluzzer tiefe Einblicke gestattete. Erst beim zweiten Hinschauen bemerkte er, dass sie eine Halskette mit einem herzförmigen Anhänger trug.

»Wie geht es dem Verteilerkasten?« Sie summte ihr *Azzurro*-Lied und wiegte sich sacht in den Hüften.

Schluzzer erinnerte sich an die Worte, die ihm sein Chef mitgegeben hatte. Er bemühte sich, dem Dienstmädchen ins Gesicht zu sehen und sagte: »Da stimmt einiges mit der Hauselektrik nicht.« Er machte eine kreisförmige Handbewegung um das unübersichtliche Kabelknäuel herum. »Sehen Sie sich das elektrische Durcheinander an. Hier irgendwo ist der Defekt verborgen. Das kann länger dauern.«

Uli stoppte ihre Hüftschwingungen. »Wenn es länger dauert, sollten Sie eine Pause einlegen. Der Kaffee ist fertig.«

»Ich kann die Fehlersuche auf später verschieben«, sagte Schluzzer. »Ich bin Herr meiner Arbeitszeit.«

Vom Parkplatz hörte man erneut Türenknallen und leise Stimmen. Schluzzer deutete zum Fenster. »Da ist ein Auto angekommen«, sagte Schluzzer. »Mit zwei Leuten.«

Sie nickte. »Die Chefin ist zurück. Ich kann sie nicht leiden. Und der, mit dem sie auf Dienstreise war, ist unser Kellermeister. Er steigt mir ständig nach. Ich kann ihn noch weniger leiden.«

Sie nahm seine Hand und zog ihn vom Zählerkasten fort. »Gemütlich ist es bei Ihnen«, sagte Schluzzer und ärgerte sich, dass ihm keine intelligentere Bemerkung einfiel. In der Ecke neben der Tür stand ein Bett, das einen merkwürdig einladenden Eindruck auf ihn machte. Zwei kleine, unbequeme Sessel standen in der anderen Ecke, gemeinsam mit dem runden Tisch, auf dem die bauchige Kanne stand, die einen verführerischen Kaffeedunst verströmte. Auf dem Teller daneben lagen die kleinen Schüttelbrote, die Schluzzer so gerne aß. Seine Mutter hat die immer selbst gebacken. Wie hießen die Dinger noch mal? Dann fiel ihm der Name wieder ein. Knabbermäuschen hat sie seine Mutter genannt. Mini in der Form, aber maxi im Geschmack.

»Eine Südtiroler Leckerei mit Biss«, flüsterte Uli und hielt ihm den Teller hin. Die weit aufgeknöpfte Bluse ließ einen Einblick zu, der tiefer war, als es sich für eine Bedienstete gehörte. Während sie ihn undurchschaubar anlächelte, stellte Schluzzer überrascht fest, dass sein Blick an Ihrem Dekolleté festklebte und die Gedanken von seinen detektivischen Pflichten wegdrifteten. Schlechtes Gewissen überfiel ihn. Er erinnerte sich an die geheimnisvollen Spuren im Schnee, von denen sein Chef berichtet hatte. Vielleicht waren sie Uli auch schon aufgefallen. Er beschloss, sie danach zu fragen. Krampfhaft überlegte er einen plausiblen Grund, warum sich ein Elektroinstallateur um Fußspuren kümmern könnte.

»Ich habe vorhin meinen Werkzeugkasten aus dem Auto geholt. Und da sind mir Spuren aufgefallen. Da oben.« Kein schlechter Start, sagte sich Schluzzer. Er zeigte zum Fenster hin, um die Richtung anzudeuten. »Tritte im Schnee, die vom Wald bis zum Haus herunterführen.«

Sie lachte. »Sie sind nicht nur Elektriker, sondern auch Spurensachverständiger. Natürlich kenne ich die Fußstapfen. Sie sind auch dem Alten schon aufgefallen.«

»Wahrscheinlich stammen sie von Roland.« Schluzzer sagte es so beiläufig wie möglich. Er beugte sich vor, nahm einen Schluck Kaffee und sah sie über den Rand seiner Brille an.

»Warum sollte Roland sich von da oben zum Haus schleichen, wenn er hier zu Hause ist? Ich habe den Mann gesehen, von dem die Spuren stammen. Zweimal sogar. Das heißt, den Mann selber habe ich nicht zu Gesicht bekommen, nur seinen Schatten.«

»Nur seinen Schatten.« Schluzzer spielte den Beeindruckten. Und er spielte ihn glaubhaft. »Aber es war sicher ein Mann?«

Uli grinste. »Ganz sicher. Männer sind mein Spezialgebiet. Die erkenne ich schon am Schatten. Wer der Mann ist, kann ich aber nicht sagen.«

»Die Schneetritte gehen nur herunter.« Er deutete wieder zum Fenster. »Vom Wald zum Haus. Das ist meiner Logik aufgefallen. Warum gibt es keine Spuren in die anderen Richtungen?«

Sie hob eine Hand. »Uli fragen … auch Frauen haben eine Logik. Das habe ich bemerkt und das Rätsel rasch gelöst. Der Donnerstag-Mann bleibt zwei oder drei Stunden im Haus und verlässt es dann durch eine kleine Tür hinten beim Zugang zu den Weinkellern. Dort kommt man auf die Straße, und dort sieht man keine Fußspuren.«

»Donnerstag-Mann? Warum nennen Sie ihn so?«

»Normalerweise ist die kleine Tür zur Straße hin versperrt. Aber irgendwer aus dem Haus sperrt sie dem geheimnisvollen Besucher auf und lässt ihn raus.«

»Wer?«

Sie lächelte geheimnisvoll. »Ich habe einen Verdacht. Aber den verrate ich nicht.« Schlagartig verschwand das Lächeln aus ihrem Gesicht. »Verena hatte auch einen Verdacht. Und jetzt lebt sie nicht mehr.«

»Warum heißt er Donnerstag-Mann?«

»Er kommt immer am Donnerstag.«

»Jede Woche?«

Sie nickte. »Aber erst wenn es dunkel ist. Im Sommer erst spät am Abend, jetzt im Winter oft schon am Nachmittag.«

»Heute ist Donnerstag«, sagte Schluzzer und schlug die Beine übereinander. Unruhig rutschte er auf dem unbequemen Sessel herum, wechselte die Beinhaltung und legte jetzt das linke über das rechte Bein.

»Die Stühle sind unerträglich hart«, sagte sie, stellte sich vor Schluzzer hin und zog ihn hoch. Sie deutete zum Bett. »Komm. Da drüben ist es verführerisch weich. Es wird dir gefallen. Das mit der Elektrizität kannst du auch morgen bearbeiten.«

»Ich stehe schon unter Strom«, sagte er und rutschte ein Stück näher.

Diese verdammten Holzsessel sind wirklich ungemütlich, dachte er. Vielleicht kann man am Bett bequemer sitzen.

*

Schluzzer war müde und schläfrig. Er sah auf die Uhr. Höchste Zeit, um nach Hause zu fahren. Uli war ein kluges Mädchen. Morgen ist auch noch ein Tag, um seine Arbeiten an der Elektroinstallation abzuschließen. Oder so zu tun. Schlagartig wurde er munter, als eigenartige Töne von draußen an sein Ohr drangen. Gespannt horchte er auf und versuchte herauszufinden, was oder wer die Geräusche verursachte. Waren da Schritte? Schluzzer mochte zwar die Kälte nicht, aber sein detektivisches Pflichtbewusstsein drängte ihn danach, herauszufinden, was da zu dieser nächtlichen Stunde draußen los war.

Er hielt die Jacke am Kragen zusammen und trat vorsichtig in das dichte Schneegestöber hinaus. Die einsame Glühbirne über der Tür beleuchtete nur die herumwirbelnden Flocken.

Einige Augenblicke starrte er in alle Richtungen und versuchte, das Schneetreiben zu durchdringen. Nichts zu sehen. Nichts zu hören.

Als er den Drang verspürte, seine Blase zu entleeren, stellte er sich zu einem Baum und versuchte, seinen Namen in den Schnee zu pinkeln. In der Volksschule war er darin ein wahrer Meister gewesen. Er betrachtete die krakelige Schrift im Schnee. Kein Meisterwerk. Im Alter gehen alle Begabungen den Bach runter. Auch beim Pinkeln.

Da waren die Geräusche wieder. Es waren eindeutig Schritte, die näher kamen. Vielleicht war es der Donnerstag-Mann, von dem Uli erzählt hatte. Schluzzer starrte in die Dunkelheit, und undeutlich erkannte er eine Gestalt, die sich dem Haus näherte. In Panik lief er ein paar Schritte, bis er sich hinter einem immergrünen Gestrüpp verstecken konnte. Jetzt sah er die schwarze Figur deutlicher. Es war ein Mann. Er trug einen dunklen Mantel und einen breitkrempigen Hut. Irgendetwas hatte er in der Hand. Ein Gewehr? Einen Holzknüppel?

Einige Augenblicke stand Schluzzer wie gelähmt da. Jetzt! Er riss sich zusammen, fischte sein Handy aus der Tasche und schoss ein paar Bilder. Leise raschelten die Zweige. Irgendwo schrie ein Tier. Er zuckte zusammen. Dann waren die Schritte schon ganz nahe. Schluzzer verstaute das Handy wieder in seiner Tasche und presste sich gegen die stacheligen Äste des Strauchs. Die dornigen Zweige drückten sich in seine Haut und schmerzten. Er vernahm einen weiteren Schritt. Und noch einen. Er drehte den Kopf und duckte sich, dann war der Schatten über ihm, und er hörte ein bedrohliches Schnaufen, das jetzt ganz nahe war. Er spürte einen Luftzug über sich und wunderte sich, woher der kam. Nichts mehr war zu sehen. Nur ein schwirrendes Geräusch drang an sein Ohr, wie von einer Libelle. Er wollte sich zur Seite werfen, doch es war zu spät. Ein harter Schlag traf ihn am Kopf, der eigenartigerweise nicht wehtat. Ihm wurde schwarz vor Augen, und dann kam der matschige Boden rasch näher. Aus.

Zuerst spürte er die Kälte. Sie kroch die Beine hoch und dann weiter in seinen Bauch. Schritte näherten sich. Schluzzer hatte die Augen geschlossen, doch er spürte deutlich, dass jemand neben ihm stand oder besser: über ihm. Wie lange war er bewusstlos gewesen? Nicht sehr lange, sagten ihm seine Gedanken, die noch nicht klar und logisch abliefen, sondern durcheinandergewirbelt und verschwommen daherkamen. Als Nächstes meldeten sich einige Erinnerungen zurück. Er spürte, wie seine Augenlider flatterten, als er versuchte, sie zu öffnen. Wer war die Person, die mit gespreizten Beinen über ihm stand?

Vorsichtig tastete er seinen Kopf ab und hatte Blut auf den Fingern. Und einen ekelhaften Blutgeschmack im Mund. Er muss sich auf die Zunge gebissen haben. Langsam drehte er sich auf die Seite und spürte, dass sein Handy noch in der Hosentasche steckte. Die beiden Fotos ... ob sie etwas geworden waren?

»Was ist los, Herr Elektriker? Hat Sie der Drehstrom zu Boden geworfen?«

Diese Stimme kannte er. Es war Roland Rottenmann, der die Hand ausstreckte und ihm auf die Beine half. Schluzzer stützte sich gegen einen der Bäume, hielt den Kopf ruhig und wartete, bis das Glockengeläute in seinem Kopf abgeklungen war.

»Schmerzen?« Roland legte ihm tröstend die Hand auf den Arm.

Schluzzer deutete auf den Boden zu seinen Füßen, bückte sich und griff nach den Resten seiner Brille. Ein Glas war zerbrochen. »Ich habe die Fassung verloren«, murmelte er.

»Gehen wir rein«, sagte Roland.

Schluzzer hob den Kopf und sah auf die Lampe über der Haustür. In seinem Gesichtsfeld erschienen oben und unten zwei breite schwarze Streifen, wie früher bei einem Breitwandfilm im Fernsehen. Na prima, dachte er. Nicht nur reduziertes Denkvermögen. Auch eingeschränktes Gesichtsfeld. Sie betraten das Haus, und Schluzzer ließ sich stöhnend auf einen Sessel fallen.

»Wie fühlen Sie sich?« Roland stand vor ihm und hielt ihm ein Glas Wasser hin. »Was ist eigentlich passiert?«

Schluzzer zuckte mit den Schultern, und seine Hand wanderte zu der schmerzenden Stelle an seinem Kopf. »Die Beule ist am Wachsen.«

»Wer war das? Haben Sie ihn erkannt?«

»Vielleicht der Donnerstag-Mann. Er hatte einen Prügel. So lang.« Schluzzer hielt die Hände im Abstand von etwa einem dreiviertel Meter hoch, wie ein Angler, der stolz die Länge seines Fisches mitteilt.

»Lassen Sie mal sehen.« Roland untersuchte Schluzzers Hinterkopf. »Das sieht nicht gut aus. Alles blutverkrustet. Ich verstehe nicht viel davon, aber das scheint mir eine Platzwunde zu sein. Mindestens zwei Zentimeter lang. Vielleicht zeigen Sie das einem Arzt.«

»Kein Arzt«, sagte Schluzzer. »Ein Detektiv kennt keinen Schmerz.«

Roland grinste. »Trifft das auch auf Elektroinstallateure zu?«

»Wenn sie Alfons Maier heißen, ja. Dem Mutigen gehört die Welt.«

»Am Dachboden, direkt neben Ihrer Kommandozentrale, befindet sich ein eisernes Klappbett.« Roland deutete zum Himmel. »Bei dem dichten Schneegestöber sollten Sie mit Ihrer Rückfahrt ins Tal noch etwas warten. Legen Sie sich auf die Matratze.«

Gute Idee, dachte Schluzzer. Am Dachboden angekommen, stellte er zuerst den Kontakt mit den beiden Wanzen her. Nur leises Rauschen war zu hören. Kein Gespräch. Dann eben nicht. Gespannt suchte er am Handy die beiden Fotografien, die er geschossen hatte, bevor ihn der Mann niedergeschlagen hatte. Das erste Bild war völlig misslungen und zeigte nur nebelhaftes Schneegestöber. Auch das andere Foto bestand im Wesentlichen aus unregelmäßigen Schatten, doch fügten sich hier die hellen und dunklen Flecken zu den groben Zügen und Umrissen eines Gesichtes zusammen. Eines leider verschwommenen Gesichts.

Jedes Bild muss man aus der richtigen Entfernung betrachten, wusste Schluzzer. Er legte das Handy auf den Boden und inspizierte das Foto aus einigem Abstand. Jetzt wurde es deutlicher. Das Gesicht eines Mannes. Harte Gesichtszüge. Mitte vierzig. Vielleicht auch älter. Schluzzer hatte den Typ noch nie gesehen.

»Kennen Sie diesen Mann?« Mit dieser Frage und einem

kurzen Report über seinen Zusammenstoß mit dem Unbekannten sandte Schluzzer das Foto an seinen Chef.

*

»Der Wein ist ausgezeichnet«, sagte Tanner. »Haben wir von dem noch eine Flasche?«

»Du hast genug«, sagte Paula.

»Wie kommst du darauf?«

»Das ist ein Faktum.«

»Non può essere vero! Ein Faktum ist nur dann ein Faktum, wenn es erstens wahr ist und zweitens bewiesen werden kann.«

»Und?«

»Deine Aussage kann nicht bewiesen werden. Weinflaschen zählen gehört in das Gebiet der Mathematik. Und da gab es schon vor Jahren einen Mathematiker namens Gödel, der bewiesen hat, dass man in der Mathematik nicht alles beweisen kann.«

Paula rollte ihre Augen. »Womit beschäftigt sich mein Cousin derzeit? Bist du eigentlich mit ihm zufrieden?«

»Schluzzer? Der recherchiert bei den Rottenmanns.«

»Du hast recht«, sagte Paula und leerte ihr Glas. »Der Wein ist wirklich herrlich.« Sie griff nach der Flasche, wischte mit dem Ärmel über das Etikett und las laut vor: »Lagrein Riserva 2018, Kellerei Terlan. Dichte, fruchtige Aromen, kontrapunktiert mit Akzenten von Sauerkirschen und Pflaumen.« Sie hob den Kopf und lächelte. »Im Keller ist noch eine Flasche.«

»Das trifft sich gut«, sagte Tanner. »Das Problem ist Folgendes: Wenn ich ein volles Weinglas vor mir habe, höre ich zwei Stimmen in mir. Die eine sagt: ›Trink!‹. Die andere sagt: ›Hast du nicht gehört? Du sollst trinken!‹«

Paula machte eine abweisende Geste, und Tanner konnte erkennen, dass sie bereits dabei war, sich eine gepfefferte Antwort zurechtzulegen, als mit einem schrillen Piepton sein Handy meldete, dass eine Nachricht eingetroffen war. Er sah auf das Display. »Du hast gerade von ihm gesprochen. Schluzzer ist einem Mann begegnet, und er fragt, ob ich den Typ auf dem Foto kenne.« Er wischte über das Display, rief das Bild auf und pfiff überrascht durch die Zähne.

»Wer ist es?«

»Surprise, Surprise«, murmelte er. »Du kennst ihn. Hier«, sagte er und hielt ihr sein Handy hin. »Kommt er dir bekannt vor? Einen attraktiven Mann hast du ihn mal genannt. Vater einer gewissen Marianna und mein erster Auftraggeber.«

Paula schaute finster und nahm ihm das Handy ab. »Lukas«, sagte sie. »Das ist Lukas Urthaler.«

*

Schluzzer sah auf die Uhr und dachte an seine Katze Molly, die sicher schon Hunger und Durst hatte. Höchste Zeit, nach Hause zu fahren. Zum letzten Mal überprüfte er, ob die Verbindung zu den beiden Wanzen intakt war, dann machte er sich auf den Weg zur Treppe, als Uli den Dachboden betrat. Sie trug einen schlaffen, billig aussehenden Pelzmantel, stellte sich vor ihn hin und strich ihm mit den Fingern durchs Haar. »Ich habe eine gute und eine schlechte Nachricht.«

Schluzzer wusste nicht, was er antworten sollte. »Zuerst die schlechte«, sagte er nach einigem Nachdenken.

»Du kannst nicht weg. Von einem der Südhänge weiter unten ist ein Schneebrett oder eine Lawine abgegangen. Die Straße ist verschüttet.« Sie grinste und nestelte am obersten Knopf ihres Mantels herum. »Da ist kein Durchkommen. Sie arbeiten daran, aber heute wird das nichts mehr.«

Mit ausgestrecktem Arm deutete Schluzzer zum Dachfenster. »Mit einer schlechten Nachricht kann ich auch aufwarten. Ich hatte draußen eine unangenehme Begegnung.«

»Mit wem?«

»Einem Mann.«

»Dem Donnerstag-Mann?«

»Vielleicht. Hast du irgendjemanden gesehen?«

»Ganz sicher der Donnerstag-Mann«, sagte sie. »Kaum ist Valentina zurück, schleicht er schon ums Haus.«

»Du hast eine gute und eine schlechte Nachricht … was ist die gute?«

»Rate mal, was ich unter dem Pelzmantel anhabe.« Sie lächelte und schlang die Arme um ihren Körper. »Hier ist es kalt. Besuche mich in meinem Zimmer. Wenn wir gemeinsam im Bett liegen, überstehen wir die klirrende Kälte. Das ist ein altes Überlebensprinzip.«

Mit heißen Blicken und einem gemurmelten »Ich warte auf dich« verließ sie den Dachboden.

Was sie wohl unter ihrem Pelzmantel trug? Schluzzers Phantasie begann zuerst langsam, dann stufenweise rascher zu rotieren. Vorsichtig tastete er nach seiner immer noch schmerzenden Kopfwunde. Als er die Hand wieder hervorzog, waren die Fingerspitzen blutig. Warum passierte gerade ihm so ein Missgeschick? Er erinnerte sich, dass er schon einmal niedergeschlagen wurde, und auch damals hatte die Kopfwunde mit einem dienstlichen Auftrag in Verbindung gestanden. Detektiv sein war eine gefährliche Angelegenheit. Ob die Krankenkasse dies als Arbeitsunfall anerkennen würde? Zwei Gedanken liefen durch seinen Kopf. Erstens nahm er sich vor, seine Nachbarin anzurufen, damit sie Molly fütterte, zweitens verspürte er einen gewissen Drang, nachzuprüfen, ob es Ulis Bett tatsächlich schaffte, die Kälte aus seinem Körper verschwinden zu lassen. Beim zweiten Punkt war Schluzzer guter Hoffnung.

ZWEIUNDZWANZIG

»Was gibt's zum Frühstück?«, fragte Tanner, als er zu Paula in die Küche trat.

»Zuerst erwarte ich einen Kuss, dann darfst du an Essen denken.«

»Essen ist meine Lieblingsspeise«, murmelte Tanner, während er sie umarmte. Paula zeigte ihm kurz die Zunge und sah auf die Uhr. »Ich muss in einer halben Stunde in der Apotheke sein. Was steht bei dir heute auf dem Programm?«

Er deutete auf ihre Beine und sagte: »Erinnerst du dich an die Fotografie, die mir der Hausmeister gegeben hat.«

»Meinst du den dunklen Typ, der vor Elenas Haus stand?«

»Genau den.«

»Und was ist mit dem?«

»Er hat die Beine überkreuzt. Wie du.«

»Das Thema hatten wir schon mal. Du glaubst …«

»Ich weiß nicht, was ich glaube. Aber vielleicht ist das gar kein Mann, den der Hausmeister fotografiert hat.«

»Eine Frau?«

»Viel mehr Möglichkeiten gibt es nicht.« Wieder deutete Tanner auf ihre Beine. »Du stehst bequem da und hast die Beine überkreuzt.«

»Es ist auch bequem. In dieser Position habe ich einen guten Halt. Aber wahrscheinlich gilt das nur für eine Frau, vielleicht weil wir gelenkig und flexibel sind. Mit dem Körper wie mit dem Geist.«

»Bleiben wir beim Körper.« Tanner stellte sich in die

Mitte der Küche und versuchte, die Beine zu überkreuzen, verlor jedoch spontan das Gleichgewicht und wäre fast zur Seite gekippt.

»Quod erat demonstrandum«, sagte Paula. »Männer sind ungelenkig und unflexibel. Mit dem Körper wie mit dem Geist. Unmöglich hast du ausgesehen, als du so dagestanden bist, einen Fuß vor dem anderen. Wenn ein Mann die Beine überkreuzt, glaubt man, dass er dringend aufs Klo muss. Bei Frauen sieht das sexy aus.«

»Lassen wir das«, sagte Tanner. »Zu deiner Frage, was ich heute vorhabe ... Als erstes werde ich Lukas Urthaler einen Besuch abstatten. Oder wenigstens mit ihm telefonieren.«

»Wegen der Fotografie, die Schluzzer geschossen hat?«

Tanner nickte. »Ich möchte ihn fragen, warum er dort war.«

»Warum ist das verdächtig für dich?«, fragte Paula. »Lukas besucht den Ansitz am Berg. Na und? Soweit ich mich erinnere, ist er ein Verwandter des alten Rottenmann. Also darf er sich dort aufhalten.«

»Vielleicht steigt er der attraktiven Valentina nach.«

Paula zog die Augenbrauen in die Höhe. »Kannst du dir Lukas Urthaler auf Freiersfüßen vorstellen?«

Tanner dachte kurz nach, dann schüttelte er den Kopf. »Er ist eher ein Beamter als der feurige Liebhaber.«

»Eccolo!«

»Aber er hat Schluzzer niedergeschlagen. Deswegen werde ich ihn besuchen.«

»Vielleicht hat sich dein Lehrling blöd benommen.«

Tanner nickte. »Das tut er allerdings öfter.«

Wortlos stellte Paula ein gesundes Frühstück vor Tanner auf den Tisch. Obst, gedünstetes Gemüse, ein wenig Schüttelbrot. Allerdings sehr wenig Schüttelbrot. Dafür mehr Vitamine.

»Ein Mann braucht mehr Brennwert als das da.« Mit ausgestrecktem Zeigefinger schob er den ihm zugedachten Teller in die Mitte des Tisches.

»Halt!«, rief sie. »Gegessen wird, was auf den Tisch kommt. Ich serviere dir nur Gesundheit pur. Und jede Menge Antioxidantien. Die schützen deine Zellen. Du siehst ohnehin müde aus. Vermutlich das Alter.«

Tanner fauchte: »Ich doch nicht!«

Sie lächelte. »In der aktuellen Apothekerzeitung steht, dass Psychologen vor Kurzem eindeutige Indizien für das Altern des Mannes entdeckt haben.« Ihr Lächeln versprach nichts Gutes. »Das Alter eines Mannes beginnt dann, wenn er mehr ans Sterben denkt als an Sex.«

»Ich lese nie Apothekerzeitungen. Außerdem betrifft mich das nicht. Die leichte Müdigkeit von Zeit zu Zeit ist meinem Arbeitspensum zuzuschreiben, das möglicherweise mein vegetatives Kostüm etwas durcheinandergerüttelt hat.«

Sie schob den Teller zu ihm hin. »Iss jetzt brav deine Antioxidantien. Wenn du dich fit hältst, kannst du auch noch mit siebzig dein Daseinchen fristen.«

*

»Sie können sich die Fahrt hierher sparen«, sagte Lukas Urthaler am Telefon. »Wir haben nichts zu besprechen.«

»Wo treffen wir uns? Vielleicht nicht in Terlan und nicht in Ihrem Büro. Wir wollen weder Ihre Frau noch die Bürokollegen irritieren.«

Urthaler stöhnte laut auf. »Okay ... weil Sie's sind und weil Sie uns geholfen haben, Marianna wiederzufinden.«

Sie verabredeten sich im Café Caramel in St. Michael, wo Tanner zwanzig Minuten später eintraf.

»Guten Morgen.« Tanner sagte es betont höflich, als er an den Tisch trat, an dem Urthaler bereits auf ihn wartete.

»Nehmen Sie Platz, und machen Sie's schnell. Ich musste mich aus dem Büro wegstehlen. Mein Chef mag es überhaupt nicht, wenn seine Mitarbeiter während der Arbeitszeit in Kaffeehäusern herumsitzen.«

»Sie haben sich äußerlich verändert.« Tanner strich mit einer Hand unter seinem Kinn entlang. »Ihr Bart ... wegrasiert.«

»Auch daran ist mein Chef schuld, der Lopp. Er sagt, mit dem Bart schau ich aus wie Osama bin Laden. Dabei lebt der gar nicht mehr.«

Sie bestellten je einen Espresso, dann fragte Urthaler: »Also, worum geht es?«

»Wie geht es Marianna?«

Mit der Hand strich Lukas Urthaler über seinen fast haarlosen Kopf, und Tanner hatte den Eindruck, dass ihm diese Frage unangenehm war. »Marianna ist wieder zurück im Internat. Sie hat uns sogar diesen Andreas vorgestellt, und wir haben beschlossen, die ganze unliebsame Geschichte zu vergessen.« Urthaler hob beide Hände. »Wir haben wieder Frieden geschlossen.«

Ob er Lukas erzählen sollte, dass Andreas der Bruder von Gabriel Varga war, einem der Verdächtigen im Mordfall Elena? Tanner entschied sich dagegen. Aus den Augenwinkeln beobachtete er sein Gegenüber. Lukas machte einen zunehmend unruhigen Eindruck. Er sah auf die Uhr, dann begann er mit dem Zeigefinger auf den Tisch zu klopfen.

Tanner legte die Fotografie auf den Tisch, die Schluzzer vor dem Haus der Rottenmanns geschossen hatte. »Kennen Sie diesen Herrn?«

»Das war gestern Abend.« Lukas hob den Kopf. »Na und?«

»Haben Sie der Familie Rottenmann einen Besuch abgestattet?«

»Das sind meine Verwandte, Herr Tanner. Was soll dieser Unsinn?«

»Ihr Cousin Georg sitzt immer noch in Untersuchungshaft. Galt Ihr Besuch der attraktiven Valentina?«

»Das was Sie hier tun, ist schamlose Dreistigkeit. Die Frau interessiert mich nicht.«

»Sie kannten sicher Verena Rubner, die junge Pflegerin des Seniors. Sie wurde ermordet. Und ich suche den Mörder.«

»Meinen Sie, ich war es? Und was hat das mit dem Besuch bei meinen Anverwandten zu tun?«

Tanner trank den letzten Rest Kaffee aus seiner Tasse und beugte sich vor. »Auch ich habe zwischenzeitlich gute Kontakte zu den Rottenmanns. Dort gibt es Menschen, die meinen, dass Sie, Ihrem männlichen Drang folgend, Valentina regelmäßig in ihrer Kemenate aufgesucht haben. Aus der Psychoanalyse stammt der Begriff Libido und bedeutet so viel wie Begehren oder Begierde. Ist es das, was Sie antreibt? Vielleicht in verstärktem Maß, seit sich Ihr Cousin Georg im Gefängnis aufhält … seitdem die Luft also rein ist.«

Lukas holte schon Luft und wollte etwas erwidern, doch Tanner stoppte ihn mit einer Handbewegung. »Es ist Ihnen offenbar entgangen, dass Sie auf Ihren liebesdurstigen Ausflügen zum Haus der Rottenmanns Spuren im Schnee hinterlassen haben. Die sind sogar dem alten Philipp aufgefallen.«

»Harmlose Verwandtenbesuche. Nicht mehr.«

Tanner steckte die Fotografie wieder ein. »Mein Mitarbeiter Schluzzer ist ein ideenreicher Mann. Er hat nämlich eine Theorie entwickelt. Und die ist der eigentliche Grund, warum ich Sie sprechen wollte. Mein Kompagnon ist überzeugt, dass Verena eins und eins zusammengezählt hat. Sie ist dahintergekommen, von wem die Spuren im Schnee stammen und dass Sie es sind, der Georg Rottenmann Hörner aufsetzt. *Cocu,* sagen die Franzosen dazu.«

»Und?« Lukas strich mit der flachen Hand über das Tischtuch. »Wo ist die Pointe?«

»Die Pointe könnte eine tödliche sein. So lautet die Theorie meines Mitarbeiters. Und wissen Sie, was er denkt? Er vermutet, dass Verena beobachtet hat, wie Sie zu Valentina ins Zimmer geschlüpft sind. Und Schluzzer denkt weiterhin, dass Sie herausgefunden haben, zu welchen Erkenntnissen Verena gekommen ist. Und plötzlich war Verena tot. Ermordet.«

Tanner lehnte sich zurück und beobachtete, wie Lukas langsam rot anlief. »Das ist ganz große Scheiße«, rief er. »Sie liegen so was von daneben!«

»Warum haben Sie meinen Mitarbeiter zusammengeschlagen?«

»Ach der war das?« Lukas begann zu lächeln. »Ihr Mitarbeiter ist ein Trottel. Er hat mich in der Dunkelheit erschreckt. Da habe ich ihm einen Klaps versetzt. Reine Notwehr.«

»Ich überlege, Ihr Alibi zu überprüfen. Vielleicht sollte ich gelegentlich mit Ihrem Vorgesetzten reden. Wir wissen fast auf die Minute genau, wann die beiden Frauen ermordet wurden. Da würde einem Alibi viel Aussagekraft zukommen.« Tanner sah Urthaler ins Gesicht, in dem sich die Röte verflüchtigte und einer erschrockenen Blässe wich.

»Was soll der Scheiß?«

Tanner schüttelte den Kopf. »Kein Scheiß. Sie sind leitender Angestellter in der Großgemeinde Eppan, habe ich mir gemerkt. Ein kurzes Gespräch mit Ihrem Chef würde Licht ins Dunkel bringen.«

Lukas seufzte und ließ den Kopf hängen. Er starrte auf das Tischtuch und begann mit dem Löffel das karierte Muster nachzuzeichnen.

»Also!«, sagte Tanner. »Warum sind Sie ständig in Bergeshöhen durch den Schnee gestapft? Liebeskoller streiten Sie ab ... was war es dann?«

»Von ständig kann keine Rede sein.« Lukas machte eine längere Pause, als wollte er seine weiteren Worte überlegen. »Ich hatte vor, mit Valentina zu reden.«

»Worüber?«

»Aber sie wollte zuerst nicht.«

»Zuerst wollte sie nicht. Und dann? Verdammt, lassen Sie nicht alles aus der Nase ziehen.«

Lukas hob den Kopf. »Die Geschichte, die ich Ihnen jetzt erzähle, hat nichts mit den beiden ermordeten Frauen zu tun.« Ein zögerliches Lächeln zeigte sich auf seinen Lippen.

»Und ich rede auch nur darüber, wenn Sie den Mund halten. Kein Wort zu irgendjemandem.«

»Legen Sie los.« Tanner lehnte sich zurück.

»Ich leite das Tourismusmarketing«, sagte Urthaler. »Mir gegenüber im Büro sitzt mein Kollege, der in der Gemeinde das Thema Abgaben bearbeitet. Finanzen und Steuern und so. Und vor einiger Zeit ist dem Kollegen etwas aufgefallen, etwas Ungewöhnliches, verstehen Sie? Und weil er weiß, dass ich mit dem alten Rottenmann verwandt bin, hat er mir davon erzählt. Das Weingut Rottenmann hat offenbar ein neues Geschäftsmodell entwickelt. Ich weiß noch nicht genau, was die treiben, aber es geht um irgendeine Schweinerei mit minderwertigen Weinen, die offenbar aus dem Ausland kommen.«

»Weinpanscherei?«

Lukas nickte. »So könnte man es nennen. Aber das ist nicht alles. Offenbar geht es auch um die Vermarktung von Übermengen, Wein also, der eigentlich der Destillation zugeführt werden müsste. Ich habe mir die Unterlagen angesehen und festgestellt, dass in den letzten Monaten fast eine Million Liter als Biowein deklariert wurde. Und die Exportpapiere tragen alle die Unterschrift Markus Moroders.«

Überrascht pfiff Tanner durch die Zähne. »Der Herr Kellermeister als Weinpanscher.«

»Aus den Papieren ist zu erkennen, dass Valentina mittendrin sitzt in der Betrügerei. Und die Umsätze werden an der Firma vorbeigebucht. Weiß Gott, wohin. Mit im Boot ist offensichtlich ein Exportunternehmen in Trient, das den gepanschten Wein weiterverkauft.«

»Wohin? Ins Inland?«

Lukas schüttelte den Kopf. »Die betreiben ein internationales Geschäft. Osteuropa und China wahrscheinlich. Dort gibt es Millionen betuchter Kunden, die wenig bis nichts vom Wein verstehen.«

Es entstand eine längere Pause. »Sie wollen mir also weismachen, dass Sie deshalb Ihre Spuren in den Rottenmann'schen Schnee gezeichnet haben, um Valentina mitzuteilen, dass sie sich mit ihren obskuren Geschäften strafbar macht. Und Moroder mit dazu. Ist es so?«

»So könnte man es ausdrücken.« Urthaler nickte.

»Oder ging es vielleicht um einen kleinen Erpressungsversuch?«

»Erpressung ist ein hartes Wort«, sagte Lukas.

»Wie würden Sie es nennen?«

»Sie können sich vorstellen, dass Valentina ziemlich erschrocken war, dass ich einige Details dieser Geschäfte kenne, die sie gemeinsam mit Moroder betreibt.«

»Diese Geschäfte, wie Sie es nennen ... wer war Ihrer Meinung nach der treibende Teil? Valentina? Markus Moroder?«

Lukas zuckte mit den Schultern. »Keine Ahnung.«

»Jetzt schildern Sie mir Ihre Rolle. Erpressung ist ein hartes Wort, sagen Sie. Wie dann?«

»Beim ersten Mal hat sie mich rausgeworfen. Nach meinem dritten Besuch bei ihr hat sie eingesehen, dass man unter Umständen zu einer einvernehmlichen Lösung kommen könnte.«

Tanner lachte. »Einvernehmliche Lösung klingt gut. War das amourös oder monetär gemeint?«

»Sie sind immer so direkt, Herr Tanner.« Urthaler erhob sich.

»Die Welt ist ungerecht«, sagte Tanner.

»Sie reden von Erpressung, und gleichzeitig drohen Sie mir, zu meinem Chef zu gehen. Wie würden Sie das nennen?«

»Die Welt ist ungerecht.«

Wütend warf Urthaler ein paar Münzen auf den Tisch und verließ das Café.

*

Tanner saß an seinem Schreibtisch und rieb sich die müden Augen. Es musste vor einigen Wochen zu einer ebensolchen Dämmerstunde gewesen sein, als Paula ins Büro geschneit kam und ihn, als er gerade allein an seinem Schreibtisch saß, mit den Worten begrüßte: »Wolltest du gerade eine Kuschelstunde einlegen, oder warum ist es hier so dunkel?«

Tanner erinnerte sich nicht mehr, wie er Paulas Frage damals beantwortet hatte, dennoch trieb ihn das schlechte Gewissen zum Lichtschalter. Dann fuhr er seinen Rechner hoch und entdeckte eine Nachricht, die vor einer Stunde eingetroffen war. Die Betreff-Zeile war leer, und die Nachricht bestand nur aus einem Satz:

Der Mörder ist hinter Ihnen her!

Tanner stemmte sich aus dem Sessel, ging zur Espressomaschine und beobachtete gedankenverloren die tanzenden Schaumblasen in der Tasse. Er schaltete die Maschine aus, setzte sich wieder und starrte auf den Bildschirm des Notebooks. Er erinnerte sich an die beiden anonymen Briefe, die er bekommen hatte. In seinem Notizbuch fand er den Text des ersten Schreibens: *Der Mörder beobachtet Sie. Geben Sie acht auf sich.* Die Nachricht des zweiten Briefes, der nicht mit der Post kam, sondern eingeworfen wurde, war kürzer: *Valentina ist die Mörderin.* Und jetzt das Mail mit einer ähnlichen Botschaft. *Der Mörder ist hinter Ihnen her!* Was zum Teufel sollte das bedeuten? Und von wem kam das Mail? Als Absender schien eine gmail-Adresse auf, die wie ein Phantasieprodukt aussah. Gefälschte Identität. Auf einem Zettel erstellte er eine Liste jener Personen, die er sich unter Aufbietung all seiner Phantasie als Ersteller und Absender dieses Mails sowie der vorangegangenen Botschaften vorstellen konnte. Er fragte sich, ob und wie man herausfinden konnte, von wem ein E-Mail abgesandt wurde, wenn man in der Lage wäre, den dazugehörigen Laptop fachmännisch zu untersuchen. Das könnte eine Frage für Maurizio sein, sagte er sich. Schließlich müsste er als früherer Commissario Capo ständig mit solchen Fragen konfrontiert worden sein. Er rief ihn an und las ihm den Text des Mails vor.

»Keine einfache Aufgabe«, schnaufte Maurizio ins Telefon. »Die meisten Spammer verstecken sich nicht nur hinter einer gefälschten E-Mail-Adresse, sie nutzen auch irgendwelche Fake-Konten, so dass die Zurückverfolgung der E-Mail im Nirwana endet. Unter bestimmten Voraussetzungen lässt sich der Mailserver ausfindig machen, zum Beispiel über die IP-Adresse, und gegebenenfalls führt dann eine Spur zum tatsächlichen Mail-Absender.«

»Was heißt gegebenenfalls?«

»Bist du denn im Besitz des Computers, von dem die Nachricht abgesetzt wurde?«

»Natürlich nicht.«

»Tiberio, selbst wenn du das Notebook hättest, kommt es darauf an, ob das Gerät einen Passwortschutz hat und wie gut dieser ist.« Maurizio schnaufte wieder. »Ich erinnere mich an einen ähnlichen Fall in Bozen. Schon einige Jahre her. Unsere Techniker haben sechs Wochen daran gearbeitet. Mit Unterstützung aus Mailand. Und das Ergebnis war nicht sehr zufriedenstellend.«

Nach etwas Smalltalk beendeten sie ihr Gespräch und verabredeten, sich bald wieder zu treffen. Schon während des Telefonats konnte Tanner das Gefühl nicht loswerden, etwas Wichtiges vergessen zu haben. Eine Frage oder einen wichtigen Punkt, den er ansprechen sollte. Nicht zum ersten Mal in letzter Zeit, dachte er und ärgerte sich darüber. War das das Alter? Du weißt, dass du etwas weißt, aber du kannst dich nicht daran erinnern, was du weißt. Tanner beschloss, diesen Gedanken nicht weiter zu verfolgen. Doch dann fiel es ihm ein. Das gelbe Auto. Darauf hatte er vergessen. Er kramte sein Notizbuch hervor, und nach einigem Blättern stieß er auf die Aussage der Frau, die sich ihm mit dem Namen Stephanie Roller vorgestellt hatte. Das Ergebnis der Haus-zu-Haus-Befragung hatte er in seinem Büchlein notiert. Stephanie Roller, keine Augenzeugin, sondern eine Ohrenzeugin des Autounfalles, bei dem Verena Rubner in ihrem Wagen in die Tiefe gestürzt ist. Die Frau war sicher, zwei Autos gehört zu haben. Jede Menge Türenknallen, dann stürzt ein Wagen mit Getöse in die Tiefe, das andere Auto gibt Gas und fährt weg. Zwei Autos. Warum hatte er dies noch nie zu Ende gedacht? Der zweite Wagen und dessen gelbe Farbe. Davon hatte der andere Zeuge berichtet. Tanner blätterte in seinem Notizbuch. Es war ein Mann, von dem er sich den Namen nicht aufgeschrieben hatte, nur dass er einen weißen Bart hatte, war ihm in Erinnerung geblieben, und wie ein Gartenzwerg aussah. Und dass er das zweite Auto beobachtet hatte, das Gas gab und wegfuhr. Hinauf wahrscheinlich. Ein gelber Fiat war es. Da war sich der Gartenzwerg sehr sicher. Tanner startete sein Notebook und suchte auf Google Maps die kurvige Straße, die von Kurtatsch hinauf in die Berge führt. Er vergrößerte den Maßstab, bis er sicher war, die Kurve gefunden zu haben, in der Verena mit dem Auto in die Tiefe gestürzt war. Sowohl unterhalb dieser Stelle als auch bergaufwärts zweigten kleinere Straßen und Fahrwege ab, führten zu einsam gelegenen Bauernhöfen oder auf der anderen Seite des Bergrückens wieder ins Tal. Daraus konnte man keinen Schluss ziehen, welches Ziel der ominöse gelbe Wagen gehabt hatte.

Tanner hatte zwei Spielzeugautos auf seinem Schreibtisch stehen, einen Polizeiwagen mit Blaulicht und ein englisches Taxi, das er vor Jahren in London gekauft hatte. Er begann die Analyse damit, dass er auf dem großen Kalender, den er als Schreibunterlage nutzte, mit zwei dicken Strichen die Straße markierte, die an den Häusern des Gartenzwergs und von Frau Roller vorbeiführte. Beide Fahrzeuge kamen vom Berg herunter, sagte die Frau. Wahrscheinlich und möglicherweise. Jedenfalls klang sie unsicher. Tanner nahm die Blechautos und fuhr auf der Schreibunterlage von rechts nach links, wobei er froh war, dass Paula in diesem Moment nicht im Raum war. Zwei Autos … in welcher Reihenfolge lief das Ganze ab? Im ersten Wagen befinden sich zwei Menschen, der Fahrer und auf der Rückbank oder im Kofferraum die bereits tote Verena. War es so? Das zweite Auto, das dem ersten hinterherfährt, ist der gelbe Fiat. Dadrinnen sitzt der Komplize hinter dem Steuer, der jetzt mit einem vollen Benzinkanister herausspringt und den Treibstoff in den ersten Wagen gießt. Brandbeschleuniger nannte es Maurizio. In aller Eile platzieren sie die Leiche des Mädchens hinter dem Lenkrad und stoßen das Auto in die Tiefe. Dann springen sie in den gelben Fiat und rasen davon. Wohin? Wieder der Berg nach oben? Gedankenverloren starrte Tanner auf das Straßengewirr, das ihm Google Maps darbot. War das Ganze so abgelaufen? Der gelbe Fiat ist die Lösung, dachte er. Wenn es ihm gelang, das gelbe Auto zu finden, hatte er den Mörder. Oder die Mörder. Oder die Mörderin.

*

Von einem ausreichenden Frühstück gut gesättigt und durchaus befriedigt, verließ Schluzzer Ulis Zimmer, wo er nach wenigen Metern beinahe mit einem Mann zusammenstieß, in dem er den Kellermeister Moroder wiedererkannte. Schluzzer war froh, dass er bereits in voller Arbeitsmontur unterwegs war. Mit dem Blaumann sah er einem Elektroinstallateur verdammt ähnlich.

»Ich höre, wir haben einen Elektriker im Haus«, sagte Moroder und stellte sich vor Schluzzer hin. »Sind Sie das?«

Der Kellermeister stand breitbeinig vor ihm, die Hände in den Hosentaschen vergraben. Ernste Miene, nur der Mund war zu einem Lächeln verzerrt. Schluzzer fiel keine

Antwort ein, er deutete auf den roten Elektropfeil auf seiner Brust.

»Und warum kommen Sie aus Ulis Zimmer?«, bellte ihn Moroder an.

»Bei ihr war die Sicherung locker«, sagte Schluzzer mit fester Stimme. »Das ist gegen die Vorschriften. Außerdem wollte ich von ihr wissen, ob die Straße wieder frei ist.«

Das Lächeln des Mannes verlor sich für einen Moment. Er blickte Schluzzer wütend an, schüttelte den Kopf, dann eilte er mit großen Schritten davon.

Schluzzer sah sich nach allen Seiten um. Er versuchte sich zu orientieren, dann ging er den Flur entlang, bis er zu der wackeligen Leiter kam, die auf den Dachboden führte.

An seiner Kommandozentrale blinkte das rote Licht. Eine der Wanzen hatte das Gerät zum Leben erweckt. Während Schluzzer sein Handy ans Ohr presste, spürte er, wie Nervosität in ihm aufkam und sein Herz schneller schlug. Er hörte, wie eine Tür geöffnet wurde. Laute Schritte auf dem Holzboden. Dann eine weibliche Stimme. Valentinas Stimme. Sie war aufgeregt. »Schlechte Nachricht, Markus. Ich habe gerade einen Anruf vom Anwalt bekommen. Georg wird morgen entlassen.«

»Scheiße.«

Das war Moroders Stimme. Der Herr Kellermeister hielt sich also in Valentinas Zimmer auf. Und sie nannte ihn Markus. Mit Besorgnis in der Stimme. Vielleicht sogar mit Panik durchmischt. Aufmerksam vernahm Schluzzer, worüber die beiden sprachen. Höchst interessant. Er wusste zwar, dass das Abhörgerät die Gespräche speicherte, machte aber dennoch einige Notizen. Sicher ist sicher. Nach einigen

Minuten waren wieder Schritte zu hören. Feste, selbstbewusste Schritte. Eine Tür wurde geöffnet und geschlossen. Dann war es still. Schluzzer war von der Qualität der Wanze beeindruckt. Es war, als ob er in Valentinas Zimmer dabei gewesen wäre, und er hatte jedes Wort des Gesprächs verstanden.

Plötzlich wurde es dunkel. Ein Blick zum Dachfenster zeigte ihm, dass sich graue Wolken vor die Sonne geschoben hatten. Langsam kroch die Kälte in ihm hoch, und er begann zu frösteln. Er dachte an die Wärme in Ulis Zimmer, beschloss aber, pflichtgemäß in der Nähe seiner Kommandozentrale auszuharren. Als Kampf gegen die Langeweile suchte er auf dem Handy nach Musik und wurde schließlich bei einem Potpourri der Kastelruther Spatzen fündig. Schluzzer mochte die gefühlvollen volksmusikalischen Klänge.

Die Spatzen sangen gerade von ihrem Ziel, später oder überhaupt nie älter zu werden, als Schluzzers Handy klingelte. Verdammt! Er hatte vergessen, es leise zu stellen.

»Schluzzer, was gibt es Neues?«

Sein Chef. Schlagartig sprang Schluzzer auf und ertappte sich dabei, eine Habachtstellung einzunehmen.

»Haben Sie bei den Rottenmanns übernachtet und wenn ja, warum?«

»Ich musste hier schlafen«, sagte Schluzzer. »Wegen der Lawine. Soll ich einen kurzen Report loslassen?«

»Lassen Sie.«

»Also, Chef, ich konnte mich mit der Zählertafel im Haus anfreunden und habe soeben erfahren, dass Georg Rottenmann aus dem Gefängnis entlassen wird. Angeblich kurzfristig. Die Wanzen sind installiert, auf Funktion geprüft, und ich habe schon ein interessantes Gespräch mitgehört. Signifikant, wie Sie manchmal sagen.«

»Schluzzer, das haben Sie gut gemacht.«

»Es ist furchtbar kalt hier am Dachboden, Chef. Ihr Lob wärmt mich. Nur weiter so.«

»Ich habe zwei Fragen an Sie. Erstens, wer singt hier? Sind Sie auf einem Volksfest?«

»Das sind die Spatzen. Ich wusste nicht, dass Sie die Musik hören, während wir telefonieren. Was ist Ihre zweite Frage?«

»Die zweite Frage ist eigentlich ein Auftrag: Machen Sie sich auf die Suche nach einem kleinen gelben Auto. Durchstöbern Sie den gesamten Ansitz, verstehen Sie? Schauen Sie hinter jeden Busch und in jeden Winkel.«

»Ich habe einen gelben Wagen gesehen, Chef. Gestern, bevor die Lawine kam und die Straße verschüttet hat.«

»Sie haben das gelbe Auto gesehen? Wem gehört es?«

»Das kann ich Ihnen sagen. Der Post. Ich habe das kleine Auto gestern gesehen. Mit dem Briefträger am Steuer.«

»Das meine ich nicht, Schluzzer. Noch mal: Halten Sie Ausschau nach einem gelben Fiat. Und wenn Sie ihn finden, rufen Sie mich sofort an. Dann müssen wir uns etwas einfallen lassen.«

»Ich werde beim Einfallenlassen mithelfen, Chef«, sagte Schluzzer.

Ein kleines Auto und ein weitläufiger, verwinkelter Gebäudekomplex. Und jede Menge Büsche, Bäume und Schnee. Das würde eine schwierige Suche werden. Hätte er seinen

Chef informieren sollen, dass Valentina und Moroder zurückgekehrt waren? Egal. Er überlegte, ob er sofort mit der Fahndung nach dem gelben Fiat beginnen sollte. Nein, zuerst würde er noch mal den Installateur Alfons Maier spielen und sich sachkundig um die Elektroanlage kümmern.

Wenige Minuten später stand er wieder vor der Schalttafel. Gut, dass er sich ausführlich bei Egon, seinem Cousin zweiten Grades in Margreid, Rat geholt hatte. »Bring Ordnung in das Kabelchaos.« Darüber hinaus hatte ihm Egon noch mehr Ratschläge mit auf den Weg gegeben, die sich Schluzzer wohlweislich auf mehreren Zetteln aufgeschrieben hatte.

Mit fachmännischer Sicherheit öffnete er die Schalttafel, warf einen kurzen Blick auf Egons Erläuterungen, ließ die Niederspannungssicherungen und die Stromzähler links liegen und betrachtete mit Interesse die kräftigen Sicherungskästen der Kraftwerksleitung. Gleich darüber entdeckte er eine Reihe von blitzblanken Knöpfen, die Egon nicht erwähnt hatte, weshalb sie Schluzzer nicht besonders beachtete. Links daneben war ein eigenartiger runder Kessel angebracht, der eine verblüffende Ähnlichkeit mit einer Trockenhaube hatte, wie sie Schluzzer von seinem Friseur kannte. In der Öffnung darunter befand sich das ihm bereits bekannte Gewirr an Kabeln und verschiedenfarbigen Drähten. *Bring Ordnung in das Kabelchaos.* Besonders störend war ein dickes, grüngelb gemasertes Kabel, das nach seiner Meinung hier nicht hingehörte. Er zog daran, und mit einem kurzen Ruck gelang es ihm, die Stromleitung aus der Verankerung zu ziehen. Im selben Moment geschahen viele Dinge gleichzeitig: Drei Kabel begannen zu schmoren, eine

Glühlampe zerbarst mit einem Knall in tausend Stücke, kleine Blitze zuckten über die Trockenhaube, und die ganze Schalttafel begann zu rauchen.

*

Tanner saß in seinem Büro, die leere Kaffeetasse fest im Blick und dachte nach. Offenbar trieben sich seine Gedanken ungesteuert in der Gegend herum, jedenfalls schreckte er hoch, als sein Handy klingelte. Maurizio meldete sich mit den Worten: »Georg Rottenmann wird morgen aus der U-Haft entlassen.«

»Das hat sich bereits herumgesprochen.«

»Ich habe gerade noch etwas Eigenartiges erfahren, das ich dir nicht vorenthalten möchte.«

»Sprich, mein Freund.«

»Es geht um Verena Rubner. Genauer gesagt, um ihre Leiche in dem ausgebrannten Autowrack. Sie trug einen roten Schuh.«

Es entstand eine kurze Pause, in der Tanner über Maurizios Botschaft nachdachte und darüber, welche Bedeutung sie für den Fall haben könnte. »Ich hab Verena in Bozen mal getroffen. Ich glaube, da trug sie rote Schuhe.«

»Du musst auf meine Worte achten. Das Besondere ist … die tote Verena im Auto trug nur einen Schuh. Der auf dem rechten Fuß fehlte.«

»Ganz sicher?«

»Ganz sicher. Und bevor du weitere Fragen stellst: Nein, der Schuh ist nicht verbrannt, und er wurde in dem Autowrack auch nicht übersehen.«

»Und das bedeutet was?«

»Ganz einfach. Wer immer die Leiche des Mädchens ins Auto gelegt hat ... er hat den zweiten Schuh übersehen.«

Tanner bedankte sich für die Information und versprach, sich darum zu kümmern.

»Du klingst nicht sehr motiviert«, sagte Maurizio zum Abschied.

Tanner drückte auf den AUS-Knopf und legte das Handy zur Seite. *Du klingst nicht sehr motiviert.* Hätte er dementieren sollen? Nein. Er war tatsächlich enttäuscht über die stockenden Fortschritte. Gemeinsam mit Schluzzer hatten sie viele Gespräche geführt und waren unterschiedlichen Spuren verfolgt. Mit welchem Ergebnis? Verdammt. War jetzt der Zeitpunkt gekommen, alles wieder infrage zu stellen? Zwei brutale Morde ... und was hatte er bisher erreicht? Tanner war unruhig, und er kannte diese Unruhe, die sich mit einem Mal wie eine Krise auftat, immer dann, wenn sich erste Anzeichen einer Gewissheit zeigten, wer der große Unbekannte war. Die Frage war nur, worauf sich diese erste erkennbare Gewissheit abstützte. Und? Er folgte dem Gedanken. Worauf stützte sie sich ab? Tanner seufzte. Auf einen gelben Fiat und einen roten Damenschuh.

Immer noch mit Verbitterung über seine Unzulänglichkeit griff er nach dem Handy und rief Schluzzer an, der erst nach dem gefühlten hundertsten Läuten ans Telefon ging. »Habe ich Sie beim Nachmittagsschlaf erwischt?«

»Das ist nicht fair, Chef. Ich arbeite mir die Seele aus dem Leib, und Sie stellen mir menschenverachtende Fragen.«

»Schluzzer, ab sofort suchen wir nicht nur ein gelbes Auto, sondern auch einen roten Schuh.«

»Ich dachte, wir suchen einen Mörder.«

»Schluzzer, wir suchen einen Mörder, einen gelben Fiat und einen roten Schuh.«

»Meine Arbeit wird immer mehr.«

»Hören Sie jetzt genau zu.«

»Ich hole mir was zum Schreiben«, sagte Schluzzer.

Tanner sprach über die aktuellen Erkenntnisse und fragte zuletzt seinen Mitarbeiter, was er davon halte.

»Das klingt sehr interessant«, sagte Schluzzer. »Ich hatte bereits einen Zusammenstoß mit Markus Moroder. Er und Valentina sind von ihrer Reise zurück.«

»Die sind zurück?« Tanners Stimme war laut geworden. »Warum sagen Sie mir das nicht?«

»Chef, ich meine mich zu erinnern, dass ich Ihnen das soeben gesagt habe.«

»Programmänderung, Schluzzer. Ich komme zu Ihnen.«

»Wann?«

»Morgen.«

»Warum? Haben Sie kein Vertrauen in meine Arbeit?«

»Morgen binden wir den Sack zu.«

»Welchen Sack?«

»Das ist umgangssprachlich, Schluzzer. Wir entlarven den Täter. Morgen. Noch am Vormittag.«

»Ich mache mit«, sagte Schluzzer.

DREIUNDZWANZIG

Der Wecker läutete, und Tanner wusste einen Moment nicht, wo er war. Auf und ab schwellende Kopfschmerzen machten ihm zu schaffen. Bekam er eine Grippe? Mühsam rappelte er sich hoch und blickte aus dem Fenster. Strahlender Sonnenschein. Langsam verschwanden die nächtlichen Schatten, während die Sorgen aufgrund der unaufgeklärten Morde nach wie vor über ihm schwebten.

»Heute binden wir den Sack zu.« Mit diesem Satz betrat Tanner die Küche.

»Welchen Sack?«

»Das hat Schluzzer auch gefragt.«

»Und wie war deine Antwort?«

»Dass wir … also Schluzzer und ich, heute ein Exempel statuieren werden. Mit dem Ziel, den Täter zu entlarven und der Polizei zu übergeben.«

»Das klingt gefährlich.«

»Ich nehme meine Waffe mit.«

Paula legte das Geschirrtuch weg und ließ sich auf den Sessel fallen. »Das klingt noch gefährlicher. Überlass das der Polizei.«

»Georg Rottenmann wird heute aus der U-Haft entlassen.«

»Du versuchst abzulenken, mein Schatz. Übrigens … dieser Rottenmann ist dein Klient, und sein Auftrag war, ihn aus dem Gefängnis zu holen. Damit hast du die Aufgabe zu hundert Prozent erfüllt. Schick Georg die Rechnung, warte, bis das Geld am Konto ist, und lade mich auf einen Urlaub ein. Nach Madeira zum Beispiel. Dort kann man um diese Zeit im Meer baden.«

»Ich mag nicht im Meer baden«, sagte er.

*

Auf der Quireiner Straße herrschte viel Verkehr, der sich bis zur Rombrücke hinzog, auf der er den Eisack überquerte. Er fuhr auf die Brennerautobahn Richtung Süden und erreichte eine halbe Stunde später den Weiler Hofstatt, der sich, so entnahm er der Ortstafel, bereits auf sechshundert Meter Meereshöhe oberhalb von Kurtatsch befand. Auf der Fahrt in die Berge bekam er die Reste der Lawine zu Gesicht, von der Schluzzer erzählt hatte.

Als ob er erwartet worden wäre, stand Markus Moroder vor der Haustür und machte zu Tanners Überraschung ein freundliches Gesicht, als er aus dem Wagen kletterte. Markus, der Dauerlächler.

»Haben wir nicht wunderbares Wetter heute? Mein Großvater hätte es noch ein Kaiserwetter genannt.«

»Wie recht Sie haben.« Tanner nickte und ging Markus entgegen, der sich die Hand an der Hose abwischte und sie Tanner entgegenstreckte.

»Wir erwarten heute Georg zurück«, sagte er lächelnd. »Das haben wir Ihnen zu verdanken. Jetzt können wir in der Firma endlich wieder in den Normalbetrieb übergehen. Es stehen eine Reihe von Investitionen an, für die wir seine Entscheidung brauchen.«

Tanner war verblüfft. So freundlich und umgänglich hatte

er Moroder noch nie erlebt. Welche Gründe das wohl hatte? Er warf einen Blick zum Dachfenster hinauf und erblickte Schluzzers Gesicht hinter der schrägen Scheibe.

»Sie haben mir noch nicht gesagt, warum Sie gekommen sind«, sagte Moroder. Sein Lächeln verstärkte sich.

»Sie haben mich das auch noch nicht gefragt.« Tanner ging zurück zu seinem Auto und holte das Notizbuch, das auf dem Beifahrersitz lag. »Ich werde mich jetzt kurz mit Philipp Rottenmann unterhalten und hinterher gern ein Gespräch mit Valentina und Ihnen führen.« Mit einer weit ausholenden Handbewegung sah Tanner auf die Uhr. »Wann können wir uns treffen? In einer Viertelstunde in der Bibliothek. Würden Sie bitte Valentina Bescheid geben?«

Moroder nickte. Sein Lächeln war verschwunden.

Tanner führte ein kurzes Gespräch mit Schluzzer, dann suchte er längere Zeit nach Roland, den er schließlich im Weinkeller traf.

»Ich bin froh, dass Sie da sind.« Roland Rottenmann schüttelte den Kopf. »Ihr etwas eigenartiger Elektrikerfreund sucht nach einem roten Schuh. Bisher erfolglos, glaube ich.«

»Soweit ich weiß, sucht er auch nach einem gelben Fiat.«

»Das ist die leichtere Übung. Der steht am anderen Ende des Grundstücks in einer Holzhütte. Gut versteckt.«

»Wem gehört der Wagen?«

»Valentina.«

Tanner sah auf die Uhr. »Ich führe jetzt das Gespräch mit den beiden.«

Roland runzelte die Stirn. »Alleine?«

»Alleine«, sagte er.

Tanner wurde bereits von Valentina Rottenmann und Moroder erwartet. Er betrat die Bibliothek, und schlagartig beendeten die beiden ihr Gespräch. Wortlos starrte ihn Moroder an. Sein Lächeln war verschwunden. Als Valentina Tanner erblickte, wurde ihre Leichenbittermiene noch um eine Spur bitterer.

»Was soll dieses zwanghafte Stelldichein?«, fragte sie. Valentina war bleich wie ein Gespenst, die Augen aufgerissen und unruhig flackernd.

Angespannt sieht sie aus, dachte Tanner.

»Also, was wollen Sie von uns?«, wiederholte Moderer.

Tanner setzte sich auf die Couch beim Fenster und ließ die beiden nicht aus den Augen. »Oberhalb Hofstatts, nur eine Kurve von der Stelle entfernt, an der vor Kurzem Verena Rubner in den Tod stürzte, wurde ein gelb lackierter Fiat beobachtet. Von zuverlässigen Zeugen.«

Moroder nickte mehrmals mit dem Kopf. »Und weiter?«

»Ist der Wagen abgesperrt? Ich würde gerne einen Blick hineinwerfen.«

»Wozu?«

»Ich suche einen roten Schuh.«

Valentina wechselte das Standbein und sah mit einer übertriebenen Geste auf ihre Füße. »Ich vermisse keine Schuhe.«

»Sie haben Verena mit nur einem Schuh in die Tiefe gestoßen. Künstlerpech.«

»Sie sind nichts anderes als ein dummer Schnüffler!« Moroder steckte die rechte Hand in die Hosentasche. Die Unterhaltung wurde zunehmend lauter und Moroders Kopf röter.

»Der heutige Tag wird in die Annalen eingehen«, sagte Tanner zu Valentina. »Ihr Mann kommt aus dem Gefängnis nach Hause, und Sie beide werden heute noch dort landen.«

»Sie täuschen sich.« Moroder ging zu der Kommode neben der Tür und wählte nach einer kurzen Suche eine Flasche aus, auf deren Etikett Tanner das Wort »Grappa« entziffern konnte. Er schenkte sich ein Glas ein und wandte sich wieder Tanner zu. »Möchten Sie auch einen Drink?«

Tanner wurde einer Antwort enthoben, denn in diesem Moment ging die Tür auf, und Schluzzer betrat den Raum. In der Hand hielt er einen roten Schuh. Vor Valentina blieb er stehen und hielt den Schuh in die Höhe. Wie eine wertvolle Trophäe.

»Was für eine Überraschung«, sagte Tanner. »Wo haben Sie den Schuh gefunden?«

Schluzzer machte eine Vierteldrehung und zeigte mit dem Schuh auf Valentina. »In ihrem gelben Fiat. Hinter dem Beifahrersitz.«

»Sie Scheiß-Schnüffler«, rief Valentina und machte Anstalten, sich auf Schluzzer zu stürzen, der sich rasch in Sicherheit brachte.

»Der Herr Elektriker«, sagte Moroder. »Der Wolf im elektrischen Schafspelz.«

»Im Schach ist das ein klares Matt«, sagte Tanner.

»Nicht ganz«, sagte Moroder. Er zog eine Pistole aus der Hosentasche und richtete sie auf Tanners Brust.

Verdammt, dachte Tanner. Seine Pistole lag im Handschuhfach.

Mit einem lauten Knall flog die Tür auf und krachte gegen

die Wand. Begleitet von einem Aufschrei Valentinas, stürmte Roland Rottenmann mit einem Gewehr im Anschlag ins Zimmer. Er orientierte sich kurz, dann richtete er die Waffe auf Moroder, der fassungslos einen Schritt zurückwich und, wie Tanner erleichtert feststellte, mit der Pistole nicht mehr auf seine Brust zielte.

»Lass die Pistole fallen, Markus.«

Moroder reagierte nicht. Erstarrt stand er da, unfähig, sich zu rühren. Nur sein heftiger Atem hob und senkte seine Brust. Es war still im Raum.

»Lass die Waffe fallen«, wiederholte Roland mit leiser Stimme. Keine Reaktion. Roland riss das Gewehr hoch und mit ohrenbetäubendem Donnerschlag löste sich der Schuss. Neben Tanner rieselte der Putz auf den Boden. Die Kugel hatte sich in die Decke gebohrt. In Tanners Kopf hallte es. Das mehrfache Echo der Druckwelle im Raum gab ihm das Gefühl, taub zu sein. Der Rückstoß hatte Roland einen Schritt zurücktaumeln lassen.

Sobald sich der Rauch gelegt hatte, sprang Tanner auf Moroder zu und schlug auf seinen immer noch vorgestreckten Arm. Die Pistole glitt ihm aus der Hand und rutschte auf dem Parkettboden bis zum Fenster.

Tanner hatte plötzlich Füße wie Blei. Er starrte auf Roland, der langsam die Waffe senkte. Tanner beobachtete, dass aus dem Gewehrlauf grauer Rauch strömte. Wie in einem Wildwestfilm.

Schluzzer hob die Pistole vom Boden auf und zeigte zur Zimmertür. »Chef, auf der Suche nach dem Zählerkasten habe ich alle Räume im Erdgeschoss durchsucht. Da vorne ist ein Abstellraum ohne Fenster. Für Moroder gut geeignet. Bis die Polizei kommt.«

»Links daneben befindet sich das Badezimmer«, sagte Roland. »Für dich, Valentina.«

»Schluzzer, ich bin sehr zufrieden mit Ihrer Arbeit«, sagte Tanner, nachdem sie gemeinsam Valentina im Badezimmer und Moroder in dem kleinen Abstellraum untergebracht hatten.

»Gehen wir in die Küche«, sagte Roland. »Wann wird die Polizei eintreffen?«

»Sie wollten sich sofort auf den Weg machen«, sagte Tanner und griff nach dem Gewehr. »Eine richtige Antiquität. Wo haben Sie die Waffe her?«

»Es ist ein Carcanogewehr aus italienischer Fertigung.« Roland nahm ihm die Waffe aus der Hand. »Kaliber 6,5 × 52 mm. Es gehörte dem Vater meines Großvaters, hergestellt noch während des Ersten Weltkrieges.«

»Ich kann die Reserviertheit Ihrer Stiefmutter gegenüber gut verstehen«, sagte Tanner.

»Sagte ich Ihnen schon mal. Ich mag den Begriff Stiefmutter nicht. Mein Vater hat die Frau ins Haus gebracht, und ich habe mich bemüht, das zu akzeptieren.« Er zuckte mit den Schultern. »Musste ich ja. Aber das Leben Valentinas fand in einer anderen Welt statt. Das hat in der Zwischenzeit auch mein Vater eingesehen. Ich bin gespannt, wie er mit der Tatsache umgeht, dass seine Frau einen Mord begangen hat.«

»Sie hat zwei Morde begangen.«

Roland hob den Kopf und nickte. »Sie hat zwei Morde begangen.«

Tanner spürte immer noch die Aufregung der vergangenen Stunde in sich. »Ich hole die Grappa-Flasche«, sagte er leise. Langsam erhob er sich und ging hinüber in die Bibliothek, in der es immer noch nach Pulverdampf roch. Er öffnete eines der Fenster und atmete die frische Luft ein. Auf der Wiese stand ein einsamer Obstbaum, die kahlen Äste in die Luft gereckt, gekrümmt, nass und schwarz.

In wenigen Minuten wurden Valentina und Markus in Handschellen nach Bozen gebracht. War damit alles geklärt? Der Rest war Sache des Staatsanwalts und der Schöffen. Der Mord an Verena und das dahinterliegende Motiv glaubte Tanner zu durchschauen. Philipp Rottenmann hatte sie ein pflichtbewusstes Mädchen genannt, aber auch als neugierig bezeichnet. *Viel zu neugierig.* Und diese Neugierde hat sie das Leben gekostet. Und wie war das mit dem Mord an Elena Zingerle? Hatte Valentina ihn alleine durchgeführt und auch alleine geplant? *Sie hat zwei Morde begangen.* Vor dem Fenster stand ein hölzerner Hocker. Tanner ließ sich darauf fallen und starrte aus dem Fenster. Auf der Wiese, die sich vom Haus den Hang hinaufzog, war ein lautes Schwirren zu hören. Ein ganzer Schwarm Krähen flog auf den Baum zu, als ob sie sich dort zu einer Konferenz verabredet hätten.

War Moroder die treibende Kraft gewesen? Oder nur Mittäter? Tanners Gedanken kehrten zum Mord an Elena zurück. Langsam schlenderte er den Flur entlang und blieb einige Augenblicke vor dem Badezimmer stehen. Dann drehte er den Schlüssel im Schloss und stieß die Tür auf.

Valentina saß auf einem Schemel neben der Badewanne und funkelte ihn an.

»Lassen Sie mich hier raus.« Ihre Züge waren verzerrt, und ihre Stimme klang wie ein aggressives Fauchen. Sie wollte aufstehen, doch Tanner legte ihr die Hand auf die Schulter und drückte sie nieder.

Im Badezimmer war es übertrieben warm. Es roch nach Haarwaschmittel und Parfum. An der Wand hingen zwei Bademäntel. Ein blauer und ein rosaroter.

Tanner setzte sich auf den Badewannenrand.

Sie saßen so dicht beieinander, dass sich ihre Knie fast berührten. In so einer Situation hatte er noch nie ein Gespräch geführt.

»Ich möchte mit Ihnen reden.«

»Ich nicht. Hat Roland Sie nicht gewarnt vor mir? Oder Markus?« Sie drehte sich um und sah zum Badezimmerspiegel. »Ich könnte Ihnen Haarspray in die Augen sprühen.«

Tanner schüttelte den Kopf. Er machte sich auf ein schwieriges Gespräch gefasst. »Ich bin sicher, dass Sie das nicht tun werden.«

»Warum sollte ich mit Ihnen reden?« Sie verzog das Gesicht. »Alles, was ich Ihnen erzähle, kann gegen mich verwendet werden. So heißt das doch, nicht wahr?«

Wie versteinert saß die Frau da und hielt sich mit beiden Händen an dem Hocker fest. Er betrachtete ihr Gesicht. Fahl und ohne Ausdruck. »Sie verwechseln das. Ich bin kein Polizist. Ich bin nicht einmal ein Freund der Herren aus der Questura.«

»Was sind Sie dann? Ein Detektiv. Auch nicht viel besser.«

»Die Situation, in der Sie sich befinden, ist in der Tat nicht beneidenswert.« Mit dem ausgestreckten Arm deutete Tanner zur Tür. »Markus Moroder ... er hat bestätigt, dass Sie beide Verena getötet haben.«

»Das glaube ich Ihnen nicht. Sie lügen.«

»Doch«, sagte Tanner leise. »Damit ist die Sachlage klar.«

»Die Sachlage ist klar«, wiederholte sie leise. »Das habe ich verstanden. Ich bin ja nicht blöd. Und ich war mein ganzes Leben lang realistisch.« Sie bedeckte ihr Gesicht mit beiden Händen, und es sah so aus, als hätte sie Tränen in den Augen. War das alles echt oder nur gespielt? Tanner kam zu keinem Ergebnis. Nur eines war für ihn offensichtlich: Sie war eine äußerst hübsche Frau. Wenn das Böse so aussah, war es nicht nur erschreckend nichtssagend, sondern ausnehmend attraktiv. Tanner fühlte plötzlich, dass er müde war.

»Es ist sinnvoll, etwas konkreter zu werden«, sagte er so beiläufig wie möglich. »Wie lange fährt man mit dem Auto von hier bis Vilpian, wo Elena Zingerle zu Hause war. Eine gute halbe Stunde, schätze ich. Sie müssen es wissen, denn Sie sind die Strecke einige Male gefahren, nicht wahr? Trugen Sie immer den Schlapphut und den Mantel oder gelegentlich auch etwas anderes? Mit dem Hut haben Sie fast wie ein Mann ausgesehen. Wenn man Sie nicht mit überkreuzten Beinen fotografiert hätte. Wir wissen, dass Sie es waren.«

»Wir wissen es«, sagte sie. »Wer ist wir?«

»Nicht nur mein Mitarbeiter und ich, sondern auch ein aufmerksamer Hausmeister, dem Sie verdächtig vorgekommen sind. Und nicht zu vergessen, Verena Rubner, die wohl schon relativ früh dahintergekommen ist, dass Sie Elena ermordet haben. Warum?«

»Warum was?«

»Warum haben Sie Elena umgebracht? Ich habe mir den Kopf zerbrochen, kam aber zu keinem Ergebnis.«

»Männer begreifen nie etwas.«

»Erklären Sie es mir. Zu wissen, was passiert ist, reicht mir nicht. Ich möchte begreifen, warum etwas geschehen ist. Ich möchte es nachvollziehen …«

»Sie möchten es nachvollziehen … Mein Gott, Sie sitzen wie ein Musterschüler hier vor mir.«

»Auch Musterschüler wissen nicht alles. Ich vermute aber, dass Sie ziemlich schnell dahintergekommen sind, mit wem Sie Georg betrügt. Sie haben ihn verfolgt, und dann wussten Sie, wo Elena zu Hause war. Wie viele Stunden haben Sie vor dem Haus in Vilpian verbracht, mit dem Männerhut auf dem Kopf? Wo haben Sie den Hut versteckt? In Ihrem Zimmer? Oder in Ihrem Fiat?«

»Haben Sie eine Zigarette für mich?«

Tanner schüttelte den Kopf. »Erzählen Sie von dem Abend, als es passierte. Ihr Mann Georg hatte sich mit der Frau, die er wohl schon einige Monate kannte, in Bozen verabredet. Irgendeine Veranstaltung der Winzergenossenschaft. Wahrscheinlich sprach er davon, dass es spät werden könnte. Sie schöpften Verdacht, fuhren nach Vilpian und warteten in der Dunkelheit, bis die beiden ankamen. War es so? Wie lange haben Sie dort ausgeharrt? Eine Stunde? Zwei? Dann kam er aus dem Haus. Sie müssen überrascht gewesen sein, dass er nicht ins Auto stieg und wegfuhr. Wahrscheinlich sahen Sie ihn die Straße hinuntergehen. Sind Sie ihm gefolgt? Waren Sie wütend? Immerhin kam er gerade vom Liebesspiel mit der anderen Frau. Und dann haben

Sie den Beschluss gefasst, die Frau umzubringen. War es so? Haben Sie das Messer aus Elenas Küche geholt oder mitgebracht?«

»Dazu sage ich nichts.«

»Dabei hatten Sie Glück, dass Sie das Haus nach dem Mord schnell wieder verließen. Sie konnten ja nicht wissen, dass Georg nur zum Zigarettenholen weggegangen war. Ich habe eine Theorie«, fuhr Tanner nach einem kurzen Zögern fort. »Sie haben Markus Moroder zu den Betrügereien angestiftet, die das Weingut in finanzielle Schieflage gebracht haben. Dazu haben Sie ihn gebraucht. Nicht als Liebhaber, sondern als Kompagnon für Ihre abgefeimten Machenschaften. Nur Ihr Mann stand Ihnen im Wege. Ich frage mich, wie Sie Geld und Wein beiseiteschaffen konnten, ohne dass es Georg gemerkt hat. Da ist viel kriminelle Energie am Werk. Waren Sie eigentlich sehr betroffen, als Sie dahinterkamen, dass er sich ständig mit dieser Frau traf? Ich kann mir das fast nicht vorstellen. Wütend ja, aber ich glaube eher, dass Sie plötzlich die Chance sahen, alles auf einen Streich zu erledigen. Um Georg loszuwerden.«

Valentinas Augen waren plötzlich voll von Angst. Eine Träne rann über ihre Wange.

»Unterbrechen Sie mich, wenn ich in die falsche Richtung denke. Das eigentliche Problem für Sie war ein sehr neugieriges Mädchen, das plötzlich begann, herumzuhören, Informationen zu sammeln und eins und eins zusammenzuzählen. Verena kam bald dahinter, dass erhebliche Mengen Exportweine in fremde Kanäle flossen, Umsatzerlöse auf anderen Bankkonten landeten und Firmenvermögen irgendwohin verschwand.«

Valentina zog die Augenbrauen hoch. »Das haben Sie sich alles gut ausgedacht.«

»Ich bin sicher, dass ich mich sehr nahe an der Wahrheit bewege«, sagte Tanner. »Ihr Problem ist, dass Verena ein bisschen was von Buchhaltung versteht und genau hingeschaut hat. Georg war da offenbar sehr großzügig. Bei wem kam die Idee zuerst auf, Verena zum Schweigen zu bringen? Haben Sie Moroder dazu gedrängt? Waren Sie der treibende Part? Sie mussten aktiv werden, sagten Sie sich. Bevor Verena mit jemandem redet. Mit Leuten außerhalb der Familie Rottenmann. Wussten Sie, dass Verena bereits Roland ins Vertrauen gezogen hatte? Reden Sie!«

»Hören Sie auf«, sagte sie. »Ich habe Verena nicht getötet. Das war Markus.«

»Die Theorie der Einzeltäterschaft wird den Staatsanwalt nicht überzeugen. Den Mord an Verena haben Sie jedenfalls im Duett begangen. Das kann ich belegen«, sagte er und hoffte, dass ihn keiner zwingen würde, den Beweis dafür anzutreten.

»Wie geschah der Mord an dem Mädchen?«

»Sie haben eine verdammt widerliche Art, mir auf die Nerven zu gehen. Markus war's. Er hat sie vermutlich auf den Kopf geschlagen. Eine Wunde mehr oder weniger spielt keine Rolle, sagte er, wenn das Auto mit ihr in die Tiefe stürzt.«

»Wessen Idee war das mit den beiden Autos?«

»Sagte ich schon. Markus hatte die Idee. Er allein hat das zu verantworten.«

»Der gelbe Fiat ist Ihr Auto?«

»Mein Zweitwagen.« Müde hob sie den Kopf und sah zu ihm auf. »Markus war es, der den roten Schuh in meinen

Wagen gelegt hat. Er versucht jetzt verzweifelt, mir die Schuld zuzuschieben.«

»Machen Sie nicht gerade dasselbe?«

»Haben Sie die Polizei verständigt?«, fragte sie mit leiser Stimme.

Tanner nickte. »Die ist bereits unterwegs.«

»Und wie geht's jetzt weiter?«

Tanner überlegte einen Moment, dann sprach er weiter. »Für Sie gibt es nur einen Weg.«

»Und der wäre?«

»Die Wahrheit sagen. Nichts als die Wahrheit. Vom Anfang bis zum Ende.«

Jemand klopfte mit der Faust an die Tür, laut und kraftvoll.

»Was ist?«

Schluzzers Stimme. »Chef, öffnen Sie die Tür. Es gibt Neuigkeiten.«

Schluzzer hielt einen braunen Schlapphut in der Hand. »Den habe ich in Valentinas Zimmer gefunden. War zwischen der Wäsche versteckt. Außerdem lag dort auch Verenas Handy.«

Tanner blickte auf Valentina, die zusammengesunken auf dem Hocker saß. »Hat die beiden Sachen auch Markus Moroder in Ihrem Schrank versteckt?«

Sie machte eine abwehrende Geste, antwortete aber nicht.

»Gut gemacht, Schluzzer«, sagte Tanner.

Sie verließen das Badezimmer, Tanner versperrte die Tür und steckte den Schlüssel in die Hosentasche.

Gemeinsam gingen sie vor das Haus, wo gerade ein Taxi angekommen war, aus dem Georg Rottenmann stieg.

»Hallo, Roland«, sagte er, während er zu dem Koffer ging, den der Taxifahrer aus dem Kofferraum hob. »Hallo, Herr Detektiv.« Georg streckte Tanner die Hand hin. »Ihr schaut alle etwas betroffen. Offenbar freut sich keiner, dass ich zurück bin.«

»Ich freue mich, dass du wieder da bist«, sagte Roland.

In diesem Moment hörten sie die Polizeisirene und sahen das Blaulicht auf den beiden Polizeiwagen, die sich von der Zufahrtsstraße dem Haus näherten.

VIERUNDZWANZIG

Die Sonne war dabei, hinter dem Mendelkamm zu versinken. Tanner streckte die Beine aus. Was gab es Schöneres, als in dem Ohrensessel zu sitzen und durch das große Fenster hinunter ins Tal zu schauen. Es war ein schöner Tag gewesen, der sich jetzt mit Rot- und Pinktönen im Westen verabschiedete.

Paula saß neben ihm und blätterte in den *Dolomiten*. »Seit zwei Tagen sind die Zeitungen voll mit deinen Mordgeschichten.«

»Das sind nicht meine Mordgeschichten, mein Schatz.«

Es klingelte an der Tür. »Gehst du bitte«, sagte er. »Ich bin gerade beim Nachdenken.«

»Du bist ein Macho«, sagte Paula, machte auf dem Absatz kehrt und ging mit erhobenem Kinn aus dem Raum.

Wenige Augenblicke später betraten Maurizio und Schluzzer das Zimmer. Der eine hatte zwei Weinflaschen unter den Arm geklemmt, der andere balancierte eine bauchige Tragetasche, die er vorsichtig auf einen Sessel stellte.

Tanner gab den Besuchern die Hand. »Schluzzer, was haben Sie uns mitgebracht?«

»Ich habe Molly mitgenommen. Sie war die letzten Tage sehr einsam.« Schluzzer nahm die Katze aus der Tasche und setzte sie auf den Boden. »Hast du etwas Milch für sie?«

»Gib ihr etwas Rotwein«, sagte Maurizio. »Katzen mögen das.«

»Deine Katze bekommt natürlich Milch«, sagte Paula und verschwand in der Küche.

»Nehmt Platz.« Mit einer schwungvollen Armbewegung deutete Tanner auf die Couch. »Heute stoßen wir auf den gelösten Kriminalfall an.« Er ging zum Bücherregal und schob Beethovens Streichquartett Nr. 13 in den CD-Player.

»Molly mag Beethoven«, sagte Tanner und deutete auf die Katze, die ihre Ohren spitzte.

Sie genossen den herrlichen Lagrein Riserva aus der Klosterkellerei Gries, lauschten den Klängen der Cavatina und versuchten eine Zeit lang, nicht über Valentina Rottenmann und die Morde zu sprechen.

»Wie wird das Gericht über Valentina urteilen?« Alle sahen Schluzzer an, der mit der Frage die Stille unterbrochen hatte.

»Sie werden sich gegenseitig die Schuld zuschieben«, sagte Tanner. »Valentina hat im Badezimmer bereits damit begonnen.«

»Glaubst du ihr?«

»Ich weiß es nicht.«

»Typisch Mann.« Paula schüttelte den Kopf. »Valentina ist eine ausgefuchste Lügnerin. Ein Luder. So hätte meine Mutter sie genannt.«

»Ich kannte deine Mutter«, sagte Schluzzer. »Das war eine kluge Frau.«

»Ich hätte schon viel früher einen der Rottenmanns fragen sollen, wem der gelbe Fiat gehört. Das war ein Fehler. Ein entscheidender Fehler, der uns viel Zeit gekostet hat.«

Maurizio beugte sich zu Tanner und legte ihm die Hand auf den Arm. »Es war ein Fehler, okay, aber jetzt hör auf, dir

Vorwürfe zu machen. Du kannst nicht dein ganzes Leben damit verbringen, über deine Fehler nachzudenken. Dann kommst du ab morgen nicht mehr aus dem Bett.«

Tanner lächelte und hob Maurizio sein Glas entgegen.

»Die Schöffen werden keine Schwierigkeiten haben, zu einem Urteil zu kommen«, sagte Maurizio. »Verena ist tot, Elena ist tot. Valentina ist eine Mörderin. Und zumindest ist Moroder ein Mittäter. Vielleicht war er sogar der treibende Keil? Es hat sich übrigens herausgestellt, dass Valentina das Messer dabeihatte, als sie bei Elena geläutet hat.«

»Nicht gut für sie«, sagte Tanner. »Das läuft eindeutig auf Mord hinaus.«

Maurizio nickte. »Ich bin gespannt, wie der Staatsanwalt mit den Tonaufzeichnungen eurer versteckten Mikrofone umgeht. Immerhin ist ein privater Lauschangriff in Italien verboten.«

Tanner zuckte mit den Schultern. »Mördersuche bedingt manchmal unkonventionelle Methoden. Ich habe übrigens nochmals mit Roland gesprochen. Verena hat sehr früh die Wahrheit herausgefunden. Sie wusste, dass Valentina den Mord an Elena Zingerle begangen hat.«

Maurizio schüttelte den Kopf. »Sie wusste es? Bist du sicher?«

»Zumindest hat sie es geahnt. Auf jeden Fall wusste sie von der Betrügereien und davon, dass Valentina Wein und Vermögen beiseiteschaffte. Sie hätte nur den Mund halten sollen. Dann würde sie heute noch leben.«

»Was hat sie stattdessen getan?«, fragte Paula.

»Das wird die Gerichtsverhandlung zeigen. Oder auch nicht.«

Maurizio nickte. »Vielleicht hat Verena versucht, ihre finanzielle Situation etwas aufzubessern.«

»Hat sie Valentina erpresst?«

»Ich weiß es nicht«, sagte Tanner. »Noch nicht. Manchmal frage ich mich, wie weit Roland eingeweiht war.«

»Glaubst du das im Ernst?« Maurizio zog die Augenbrauen hoch.

Tanner drehte den Kopf Maurizio zu. »Wahrscheinlich hat sich auch Lukas Urthaler als Erpresser versucht. Etwas laienhaft zwar, aber immerhin.«

»Vielleicht werden wir die ganze Wahrheit nie erfahren. Warten wir mal ab, was Valentina dazu aussagen wird. Aber das wird noch Wochen dauern.«

Paula kam mit einem Tablett herein, auf dem eine bauchige Flasche und fünf Gläser standen. »Feinster Weintresterbrand vom Pircher. Die Flasche stammt von einem Pharmavertreter, der mich in der Apotheke besucht hat. Geschenke an Apotheker sind verboten, also vermute ich, dass er den Grappa bei mir im Büro vergessen hat.«

»Wer hat dir nun die geheimnisvollen Briefe und Mails zukommen lassen?«, fragte Maurizio.

»Roland hat mir das verraten. Es war Verena. Nur die letzte Nachricht, dass man hinter mir her ist, kam von ihm.«

Sie stießen mit den Gläsern an, und bis auf Paula kippten alle den Grappa in einem Zug hinunter.

»Was ich mich frage …« Paula lächelte hintergründig. »Georg soll ausgesagt haben, dass er die Einladung in Elenas Wohnung nur angenommen hat, um einen Kaffee zu bekommen. Außer Kaffeetrinken sei nichts passiert. Ich frage mich, ob dies der Wahrheit entspricht.«

»Meine liebe Paula«, sagte Maurizio gedehnt. »Das wird eines der ewigen Geheimnisse bleiben, die wir wohl niemals lüften werden. Das Leben ist voll davon.«

Paula schenkte jedem das Glas voll und stellte die bauchige Flasche in die Mitte des Tisches. Dann legte sie Maurizio die Hand auf die Schulter. »Ich glaube, du hast recht.«

Er sah zu ihr hoch. »Was meinst du? Womit habe ich recht?«

»Was du sagtest. Das Leben ist in der Tat voller Geheimnisse.«

GLOSSAR SÜDTIROLERISCH – DEUTSCH

Ansitz Oftmals schlossartiger Wohnsitz des (früheren) Südtiroler Adels, erbaut meist Ende des Mittelalters bis hin ins 19. Jahrhundert
Baumkelter (auch Kelterbaum) hölzerne Weinpresse
Bärig toll, super
Binggl Beule
Brennerdoktor Südtiroler Gebrauch des Doktorgrades ohne Promotion
Bsuff Trunkenbold
C&C (auch C+C) Supermarktkette in Italien
Dompfplouderer Maulheld, Vielredner
Dottloff Blödian
Eppes, eppas etwas
Ergattern sich (mit List, Ausdauer oder Glück) etwas Seltenes verschaffen
Forkl Mistgabel
Gelbruab Karotte
Gerschtnsuppe Deftige Suppe aus Rollgerste, Fleisch, Kartoffeln und Gemüse
Giggerle Hähnchen (meist gegrillt oder vom Rost)
Giovanni-Palatucci-Platz 1 Adresse der Staatspolizei (Questura, Bozen)
Gneatig eilig
Hapern kriseln, mangeln, abgehen, fehlen
Heiter zu bemitleidendes armes Würstchen
Hetz Spaß

Hetzig lustig
Hiasl Dummerchen
Hugo Südtiroler Aperitif aus Holunderblütensirup, Prosecco und Minze
Jangger Jacke, meist aus Schafwolle
Jeschesna (Ausruf) Ach du meine Güte
Laggl (grober) Bursche
Lichtmess katholischer Festtag (2. Februar)
Kredenz Wandschrank, Küchenschrank
Lopp Trottel
Lottl einfältiger Kerl
Marende Zwischenmahlzeit, Vesper
MeBo 30 Kilometer langer Abschnitt der Strada Statale 38 dello Stelvio durch das Etschtal von Meran nach Bozen
Nagglburg Bordell
Neina zweites Frühstück, »Halbmittag«
Nen Großvater, Opa
Pisolino Mittagsschläfchen
Putana Hure
Putz Polizist
Ratschkattl geschwätzige Frau
Raunzer Unzufriedener, Person, die (ständig) jammert
Tamischer Kirbis sturer Kopf
Tatta Vater, Papa
Schnotterpix jemand, der viel redet
Toagoff Idiot, Spinner
Tschumpus Gefängnis
Virwitze neugierig
Wamperle Bauch, Bäuchlein
Wischpln pfeifen

Zelten Gebäck zur Winterszeit, speziell zu Weihnachten
Zweitr Kusin Cousin zweiten Grades (hat gleiche Urgroßeltern, aber verschiedene Großeltern)